Esposa
por la mañana

Amor · Aventura

Esposa
por la mañana

Lisa Kleypas

Traducción de Máximo González Lavarello

VERGARA
GRUPO ZETA **Z**

Barcelona • Bogotá • Buenos Aires • Caracas • Madrid • México D.F. • Montevideo • Quito • Santiago de Chile

Título original: *Married by morning*
Traducción: Máximo González Lavarello
1.ª edición: septiembre 2011

© 2010 by Lisa Kleypas
© Ediciones B, S. A., 2011
   para el sello Vergara
   Consell de Cent 425-427 - 08009 Barcelona (España)
   www.edicionesb.com

Printed in Spain
ISBN: 978-84-666-4572-0
Depósito legal: B. 22.199-2011

Impreso por S.I.A.G.S.A.

A mi querida, elegante y sabia Connie,
porque un buen amigo es más barato
que una terapia.
Siempre te querré,

L. K.

1

Hampshire, Inglaterra
Agosto de 1852

Cualquiera que alguna vez haya leído una novela sabe que a las institutrices se las consideraba personas apacibles y sumisas. También se suponía que eran calladas, serviles y obedientes, y, por descontado, deferentes con el amo de la casa. Leo, lord Ramsay, se preguntaba exasperado por qué no habrían cogido a una de ésas. Por el contrario, la familia Hathaway había contratado a Catherine Marks, quien, en su opinión, no dejaba nada bien a su profesión.

No era que él no estuviera conforme con la labor de la señorita Marks; en realidad, había hecho un trabajo excelente al instruir a sus dos hermanas más jóvenes, Poppy y Beatrix, en las normas del protocolo. Y eso que ellas habían necesitado una dedicación excepcional, puesto que ningún miembro de la familia Hathaway había pensado jamás que acabaría moviéndose en los círculos más elevados de la sociedad británica. Ellos se habían criado en un ambiente estrictamente de clase media, en un pueblo al oeste de Londres. El padre, Edward Hathaway, un erudito en historia medieval, había sido considerado un hombre de buena estirpe, aunque en absoluto un aristócrata.

Sin embargo, tras una serie de acontecimientos insólitos, Leo había heredado el título de lord Ramsay. Si bien había estudiado para ser arquitecto, ahora era vizconde, dueño de tierras y arrendatarios. La familia Hathaway se había mudado a la finca Ramsay, en Hampshire, donde se había esforzado por adaptarse a las exigencias de su nueva vida.

Uno de los grandes retos que habían tenido que afrontar las hermanas Hathaway había sido aprender el absurdo montón de reglas y buenos modales que se esperaba de tan privilegiadas damiselas. De no haber sido por la paciente instrucción de Catherine Marks, las Hathaway se hubieran aventurado por Londres con la misma elegancia que una estampida de elefantes. Marks había hecho maravillas con ellas, especialmente con Beatrix, quien sin duda era la más excéntrica de una familia ya de por sí excéntrica. A pesar de que Beatrix era más feliz retozando por el campo y el bosque como un animal salvaje, Marks había logrado convencerla de que en los salones de baile se requería un código de conducta diferente. La institutriz incluso había escrito para las chicas una serie de poemas a modo de reglas de conducta, con joyas literarias tales como:

> *Una dama debe ser recatada*
> *al hablar con un extraño.*
> *Flirteos, discusiones o enfados*
> *a nuestra reputación hacen daño.*

Por supuesto, Leo no había podido reprimir la tentación de burlarse de los dones poéticos de Marks, si bien en privado tuvo que reconocer que sus métodos habían dado resultado. Al fin, Poppy y Beatrix habían logrado superar una temporada en Londres con éxito, y la primera había contraído matrimonio hacía poco con un hotelero llamado Harry Rutledge.

Ahora sólo quedaba Beatrix. Marks había asumido el papel de dama de compañía y confidente de la vigorosa muchacha de diecinueve años. Con respecto al resto de los Hathaway, Catherine Marks prácticamente era un miembro más de la familia.

Leo, por su parte, no podía soportar a aquella mujer, que expresaba su opinión cuando le venía en gana y se atrevía a darle órdenes. En las escasas ocasiones en las que él trataba de ser simpático, ella le contestaba mal o le daba la espalda con desdén. Cuando Leo exponía una opinión que era perfectamente racional, apenas si podía terminar la frase antes de que Marks hubiera enumerado todas las razones por las que él estaba equivocado.

Sin embargo, cada vez que se enfrentaba a su sempiterna antipatía, Leo no podía evitar responder con amabilidad. Llevaba todo un año tratando de convencerse a sí mismo de que poco importaba que ella lo menospreciara. Había muchas mujeres en Londres que eran infinitamente más bellas, encantadoras y atractivas que Catherine Marks.

No obstante, ninguna lo fascinaba como ella.

Tal vez se tratase de los secretos que tan celosamente guardaba. Marks nunca hablaba acerca de su infancia o su familia, ni de por qué había decidido trabajar para los Hathaway. Durante un breve período de tiempo, había enseñado en un colegio para chicas, pero rehusaba hablar de su experiencia académica o de por qué había dejado el empleo. Algunos de sus alumnos habían hecho circular el rumor de que no se llevaba bien con la directora, o que tal vez era una mujer descarriada que debido a la pérdida de su estatus se había visto obligada a dedicarse a servir.

Marks era tan independiente y tenaz que, a menudo, resultaba fácil olvidar que todavía era una mujer joven, de poco más de veinte años. Cuando la había conocido, la primera impresión que Leo había tenido de ella había sido que se trataba de la típica solterona arrogante, con sus lentes, su expresión de suficiencia y una severa línea como boca. Su columna vertebral era tan tiesa como el atizador de una chimenea, y su cabello, de un castaño anodino como el de una polilla, siempre estaba recogido hacia atrás con demasiada tirantez. Leo la había apodado la Dama de la Guadaña, muy a pesar de la familia.

En el último año, sin embargo, Marks había experimentado un cambio notable. Había ganado peso, y su cuerpo, aunque seguía siendo esbelto, ya no era un fideo; sus mejillas, además, se habían vuelto rosadas. Una semana y media atrás, cuando Leo había lle-

11

gado de Londres, se había quedado boquiabierto al encontrarse a Marks con rizos ligeros y dorados. Al parecer, había estado tiñéndose el pelo durante años, pero tras un error de su farmacéutica, se había visto obligada a abandonar el disfraz. Y mientras que los rizos de color castaño oscuro eran demasiado severos para sus delicadas facciones y su piel pálida, el rubio natural de su cabello era deslumbrante.

Eso había provocado que Leo se diera cuenta de que Catherine Marks, su archienemiga, era una preciosidad. En realidad, no había sido su falso color de pelo lo que la había hecho parecer tan distinta. Se trataba, más bien, de que Marks se encontraba muy incómoda sin él. Se sentía vulnerable, y eso se notaba. En consecuencia, Leo sintió de repente el deseo de ir destapando más capas de aquella muchacha, tanto en sentido figurado como físico. Quería conocerla, en el más amplio sentido de la palabra.

Leo había tratado de mantener las distancias mientras sopesaba todo lo que implicaba aquel descubrimiento. Estaba confundido porque su familia sólo sentía por Marks una cierta indiferencia. ¿Cómo era posible que, salvo él, ninguno de ellos tuviera al menos una pizca de curiosidad? ¿Por qué Marks se había encargado durante tanto tiempo de ocultar su atractivo? ¿De qué diablos se escondía?

Una tarde soleada, en Hampshire, una vez que se hubo cerciorado de que los demás miembros de la familia estaban ocupados en sus asuntos, Leo fue a buscar a Marks, pensando que si la abordaba en privado tal vez obtendría algunas respuestas. La encontró fuera de la casa, en un jardín cercado repleto de flores, sentada en un banco junto a un sendero de gravilla.

No estaba sola.

Leo se detuvo a unos veinte metros, resguardándose bajo la sombra de un frondoso tejo.

Marks estaba sentada junto al marido de Poppy, Harry Rutledge, y los dos estaban enfrascados en lo que parecía una conversación de carácter íntimo.

Si bien la situación no era precisamente comprometedora, tampoco es que fuera apropiada.

¿De qué diantre podrían estar hablando?

Incluso desde su escondite, era evidente que se estaban diciendo cosas importantes. Harry Rutledge tenía la cabeza inclinada sobre la de ella, de manera protectora. Como un amigo íntimo, como un amante.

Leo se quedó boquiabierto cuando vio que Marks metía la mano por debajo de sus anteojos con delicadeza, como para secarse una lágrima.

Marks estaba llorando, y en compañía de Harry Rutledge.

Entonces, él la besó en la frente.

A Leo se le cortó el aliento. Se quedó quieto, debatiéndose entre un cúmulo de emociones y tratando de distinguirlas: asombro, preocupación, sospecha, furia...

Era obvio que ocultaban algo, que tramaban algo.

¿Acaso habría sido ella amante de Rutledge? ¿La estaría él chantajeando, o, tal vez, ella extorsionándolo a él? No. La ternura que había entre ambos era evidente, incluso a la distancia.

Leo se rascó la barbilla, pensando qué hacer. La felicidad de Poppy era más importante que cualquier otra cosa, así que antes de hacer papilla al marido de su hermana, tenía que averiguar exactamente qué ocurría. Y luego, si las circunstancias lo demandaban, ya se encargaría de hacer papilla a Rutledge.

Leo respiró con calma, poco a poco, y siguió observando a la pareja. Rutledge se puso de pie y regresó a la casa, mientras que Marks permaneció sentada en el banco.

Sin haber decidido nada, Leo se acercó a ella lentamente. No estaba muy seguro de qué iba a hacer, o de qué iba a decirle; todo dependía del impulso que surgiera en él cuando estuviese a su lado. Era muy posible que la estrangulara, aunque también podía tirarla sobre la hierba, al sol, y violarla. De repente, lo asaltó una sensación febril y desagradable que no le era nada familiar. ¿Acaso se trataba de celos? Dios, sí. Estaba celoso por culpa de una flacucha engreída que lo ofendía y lo fastidiaba a la mínima oportunidad.

¿Se trataría de una nueva forma de perversión? ¿Habría desarrollado Leo una atracción enfermiza por las solteronas?

Quizá lo que él encontraba tan erótico era la cautela de la muchacha. Siempre le había intrigado qué haría falta para ganarse su confianza. Catherine Marks, su odiosa y menuda adversaria, gimiendo desnuda debajo de él... No había nada que Leo deseara más. Y, por cierto, tenía razón: cuando una mujer era fácil, no había ningún reto en ello. En cambio, llevar a Marks a la cama, hacer que durara un buen rato, y atormentarla hasta que ella gritara y suplicara... ¡Eso sí que sería divertido!

Leo se acercó como si tal cosa, no sin advertir que, al verlo, Marks se puso tensa; su rostro adquirió una expresión de dolor y tristeza, y se puso rígida. Leo se imaginó que le tomaba la cabeza con las manos y la besaba con lascivia durante varios minutos, hasta que ella, jadeante, se rendía en sus brazos.

En lugar de eso, se detuvo frente a la muchacha con las manos en los bolsillos del abrigo y la miró de arriba abajo, inexpresivo.

—¿Le importaría explicarme de qué se trataba todo eso?

El sol se reflejó en los lentes de Marks, oscureciendo momentáneamente sus ojos.

—¿Ha estado espiándome, milord?

—No exactamente. Lo que haga una solterona en su tiempo libre no me interesa en absoluto. No obstante, es difícil no extrañarse al ver a mi cuñado besando a la institutriz en el jardín.

A pesar de todo, Marks supo guardar la compostura. No mostró reacción alguna, salvo que las manos, sobre su regazo, se pusieron algo tensas.

—Sólo ha sido un beso —alegó—. En la frente.

—No me importa el número de besos, ni dónde hayan sido. Va usted a explicarme por qué hizo eso mi cuñado, y por qué usted lo permitió. Y trate de que parezca cierto, porque estoy a esto —dijo Leo, poniendo el pulgar y el dedo índice a un centímetro de distancia— de arrastrarla a usted hasta la carretera y meterla en el primer coche para Londres.

—Váyase al diablo —masculló ella, poniéndose de pie. No pudo dar ni dos pasos antes de que Leo la agarrara por detrás—. ¡No me toque!

Leo la cogió por sus esbeltos brazos y controlándola sin dificultad la puso frente a frente. Sintió la calidez de su piel a través de la fina muselina de las mangas. Al mismo tiempo, la inocente fragancia a agua de lavanda le rozó la nariz. Reparó en que había un leve rastro de talco en la base de su cuello. El olor de Marks le recordó una cama recién hecha, con sábanas limpias. ¡Cuánto deseaba deslizarse dentro de la muchacha!

—Esconde usted demasiados secretos, Marks. Ha sido una espina clavada en mí por más de un año, con esa lengua tan afilada y su misterioso pasado, y ahora quiero algunas respuestas. ¿De qué estaba hablando con Harry Rutledge?

Ella enarcó sus delicadas cejas, de un tono bastante más oscuro que el de su cabello.

—¿Por qué no se lo pregunta a él?

—Se lo estoy preguntando a usted. —En vistas del testarudo silencio de Marks, Leo decidió provocarla—. De ser usted otra clase de mujer, diría que está utilizando sus encantos con él. Aunque ambos sabemos que no posee usted ninguno, ¿verdad?

—De tenerlo, ¡seguro que no lo usaría con usted!

—Vamos, Marks, tratemos de tener una conversación civilizada; sólo por esta vez.

—No hasta que no me quite las manos de encima.

—¿Y dejar que se escape? Hace mucho calor para perseguirla.

Catherine se revolvió contra Leo y le dio un empujón, plantándole las manos en el pecho. Estaba pulcramente enfundada en un corsé, en encajes e interminables metros de muselina. La sola idea de lo que había debajo excitó a Leo de inmediato; piel blanca y rosada, suaves curvas, vello delicado y rizado...

De repente, la joven sintió un escalofrío, como si hubiera leído los pensamientos de Leo, que se quedó mirándola fijamente.

—No tendrá miedo de mí, ¿verdad, Marks? Justamente usted, que arremete contra mí a la mínima oportunidad.

—Por supuesto que no, estúpido arrogante. Ojalá se comportara usted como un hombre de su posición.

—¿Como un lord, quiere decir? —preguntó Leo, enarcando las cejas de manera burlona—. Así es como se comportan los lores. Me sorprende que todavía no se haya dado cuenta.

—¡Y tanto que me he dado cuenta! Un hombre lo bastante afortunado para heredar un título debería tener la decencia de intentar estar a la altura. Ser un lord conlleva unas obligaciones, una responsabilidad, pero parece que usted lo considera una licencia para entregarse a los comportamientos más repulsivos y egoístas. Es más...

—Marks —la interrumpió Leo con suavidad—, ése ha sido un intento realmente admirable de distraer mi atención, pero no va a funcionar. No va a librarse usted de mí hasta que no me cuente lo que deseo saber.

Ella tragó saliva y evitó a toda costa mirarlo a los ojos, lo cual no era nada fácil teniendo en cuenta que tenía a Leo delante.

—La razón por la que estaba hablando en privado con el señor Rutledge... Lo que ha presenciado usted...

—¿Sí?

—Es porque... Harry Rutledge es mi hermano; mi medio hermano —contestó Catherine, cabizbaja.

Leo se la quedó mirando, atónito, tratando de entender lo que acababa de oír. La sensación de haber sido traicionado, embaucado, lo llenó de ira. Dios bendito, conque Marks y Harry Rutledge eran hermanos.

—No veo motivo alguno —dijo— para habernos ocultado semejante información.

—Es complicado de explicar.

—¿Por qué no han dicho nada de esto antes?

—No es asunto suyo.

—Deberían haberme informado antes de que él contrajera matrimonio con Poppy. Era su deber.

—¿Por qué?

—Por lealtad, maldita sea. ¿Qué más sabe usted que pueda afectar a mi familia? ¿Qué otros secretos esconde?

—Le repito que no es asunto suyo —replicó Catherine, tratando de zafarse—. ¡Suélteme!

—No hasta que averigüe lo que está tramando. ¿De verdad se llama Catherine Marks? ¿Quién demonios es usted? —La muchacha empezó a forcejear, y Leo elevó el tono de sus palabras—.

¡Quédate quieta, pequeña diablilla! Sólo quiero... ¡Ay! —Marks consiguió darse la vuelta y propinarle un codazo en el costado.

Finalmente, la joven logró liberarse, pero sus anteojos salieron volando y cayeron al suelo.

—¡Mis gafas! —Suspiró irritada y se puso a gatas a buscarlas.

Inmediatamente, la ira de Leo dio paso a un sentimiento de culpa. Al parecer, Catherine estaba prácticamente ciega sin sus anteojos, y la visión de la joven arrastrándose por el suelo hizo que se sintiera como un bruto, como un imbécil. Así que Leo también se arrodilló y se puso a buscar las gafas.

—¿Ha visto en qué dirección salieron despedidas? —preguntó.

—De ser así —contestó ella, furiosa—, no las necesitaría, ¿no cree?

Se hizo un breve silencio.

—La ayudaré a encontrarlas.

—Qué detalle por su parte —replicó ella con acritud.

Catherine y Leo dedicaron los minutos siguientes a recorrer el jardín a cuatro patas, buscando entre los narcisos, mientras masticaban aquel incómodo silencio como si de una costilla de cordero se tratase.

—¿Así que realmente necesita anteojos? —preguntó él al fin.

—Pues claro que sí —contestó ella, enfadada—. ¿Por qué iba a llevar gafas si no las necesitase?

—Pensaba que, tal vez, eran parte del disfraz.

—¿Del disfraz?

—Sí, Marks, del disfraz; eso que sirve para ocultar la identidad de una persona, y que suele ser usado por los payasos y los espías. Y ahora, por lo visto, por institutrices. Cielo santo, ¿es que en mi familia no puede haber alguna vez algo normal?

Marks miró hacia donde estaba Leo y parpadeó, sin poder enfocar bien. Por un instante, pareció una niña ansiosa cuya manta favorita había sido dejada fuera de su alcance, y eso hizo que a él se le encogiese el corazón de una manera extraña y dolorosa.

—Daré con sus anteojos —le aseguró bruscamente—. Le doy mi palabra. Si lo desea, puede volver a la casa mientras yo sigo buscándolos.

—No, gracias. Si intentara encontrar la casa en estas condiciones, lo más probable es que acabara en el granero.

De repente, Leo percibió un destello metálico entre la hierba. Alargó el brazo y encontró las gafas.

—Aquí están —dijo, yendo a gatas hasta Marks y arrodillándose frente a ella—. Quédese quieta —añadió, después de limpiar los cristales con el borde de su manga.

—Démelas.

—Deje que se las ponga, no sea terca. Para usted, discutir es tan natural como respirar, ¿verdad?

—Pues no —contestó ella de inmediato, ruborizándose en cuanto Leo rio de manera socarrona.

—No resulta divertido meterse con usted cuando me lo pone tan fácil, Marks. —Leo colocó las gafas en el rostro de la muchacha con sumo cuidado, sosteniendo la montura con los dedos y entornando ligeramente los ojos cuando trató de hacerlas encajar. Con delicadeza, tocó las puntas de las patillas—. No le van bien —dijo, pasando un dedo por el borde superior de una de las orejas. Catherine resultaba muy guapa a la luz del sol, y sus ojos grises despedían destellos azules y verdes, como si de ópalos se tratasen—. Qué orejas tan menudas —señaló, apoyando las manos a los lados de la fina cara de Marks—. No me extraña que se le hayan caído los lentes tan fácilmente; apenas si tienen a qué agarrarse.

Ella se lo quedó mirando, atónita.

«Qué frágil es», pensó Leo. Catherine era tan testaruda y temperamental, que él tendía a olvidar que el tamaño de la muchacha era la mitad que el suyo. Marks odiaba que la tocaran, especialmente él, por lo que Leo supuso que en cualquier momento ella se lo quitaría de encima a bofetadas. No obstante, la joven no hizo nada, así que él le acarició el cuello con el pulgar, y notó que ella tragaba saliva. Hubo algo irreal en ese movimiento, algo inexplicable; Leo deseó que no terminara nunca.

18

—¿Es Catherine su verdadero nombre? —preguntó—. ¿Responderá al menos a eso?

Ella titubeó, temerosa de ceder y de dar incluso esa pequeña información. Sin embargo, en cuanto Leo deslizó los dedos por su cuello, Catherine sucumbió, y no pudo evitar que la respuesta brotara de sus labios.

—Sí —balbuceó—. Lo es.

Todavía seguían arrodillados frente a frente, y los volantes del vestido de Catherine yacían extendidos sobre la hierba. Sin darse cuenta, Leo estaba aplastando parte de la muselina estampada de flores. Estar tan cerca de Marks hizo que su cuerpo reaccionara intensamente, y que él empezara a sentir calor en zonas un tanto inconvenientes. Músculos que se tensaban y que aumentaban de tamaño... Tenía que interrumpir aquello, o, de lo contrario, iba a hacer algo que ambos acabarían lamentando.

—Déjeme que la ayude a levantarse —ofreció Leo bruscamente, haciendo ademán de ponerse de pie—. Volvamos adentro. No obstante, la aviso de que todavía no he terminado con usted. Hay más cosas...

De repente, Leo calló; su cuerpo y el de Marks se habían rozado al tratar ella de incorporarse. Ambos se quedaron inmóviles, frente a frente, mientras sus alientos, inconstantes, se mezclaban.

La sensación de irrealidad se hizo más intensa. Catherine y él estaban arrodillados en medio del jardín, en pleno verano, con el aire perfumado por la hierba caliente y aplastada, y el aroma de las amapolas... y ella estaba en sus brazos. La cabellera de la muchacha relucía a la luz del sol, y su piel era suave como un pétalo de flor. Marks tenía los labios llenos, curvos y delicados como un caqui maduro. Mirando su boca, Leo notó que el vello de la nuca se le erizaba por culpa de la excitación.

Había ciertas tentaciones, decidió apresuradamente, a las que no debía resistirse, porque eran tan persistentes que no hacían más que aparecer una y otra vez. Por lo tanto, la única forma de librarse de ellas era sucumbir.

—Maldita sea —dijo entre dientes—. Voy a hacerlo, aunque sepa de antemano lo que me espera después.

—¿Hacer qué? —preguntó Marks, extrañada.

—Esto.

Y Leo posó su boca sobre la de ella.

Al fin, cada músculo de su cuerpo pareció suspirar aliviado. La sensación era tan placentera que, por un momento, él permaneció inmóvil, limitándose a sentir los labios de Catherine pegados a los suyos. Entonces, se sumergió en la sensación y dejó que ésta se apoderase de su ser. Dejó de pensar en lo que estaba haciendo y se dejó ir, besando el labio superior de Marks, luego el inferior, sellando sus bocas, jugando con sus lenguas... Un beso daba paso a otro, convirtiéndolo todo en una sucesión erótica de caricias, roces y suaves golpes. Leo sintió un placer desbordante, que recorrió cada vena y nervio de su cuerpo.

Que Dios lo ayudara; no quería que aquello acabara nunca. Se moría de ganas de meter las manos por debajo de aquel vestido y sentir cada centímetro del cuerpo de Catherine. Deseaba deslizar la boca sobre las zonas más recónditas de la muchacha, para besar y saborear cada parte de ella. Marks no opuso resistencia, más bien todo lo contrario. Pasó un brazo por detrás del cuello de Leo y se apretó contra él, embebiéndose de la sensación. Ambos se afanaron en pegarse el uno contra el otro, mientras sus cuerpos adoptaban un ritmo nuevo y desaforado. De no haber estado separados por tantas capas de tela, se hubieran puesto a hacer el amor allí mismo.

Leo siguió besándola durante mucho más tiempo del que hubiera debido, no sólo por placer, sino porque no tenía ganas de enfrentarse a lo que iba a ocurrir después. La mala relación que había entre ellos no iba a ser la misma tras aquel beso. Acababa de tomar otra dirección, pero su destino era incierto, si bien Leo estaba seguro de que a ninguno de los dos le iba a gustar adónde los iba a llevar.

Al darse cuenta de que no podía soltar a Catherine de golpe, decidió hacerlo gradualmente, posando la boca en el mentón de la joven y luego en el vulnerable hoyuelo que ella tenía detrás de la oreja. Los labios de Leo notaron que el pulso de la muchacha era rápido y vibrante.

—Marks —dijo, con voz ronca—. Tenía miedo de que acabara ocurriendo esto. Sin embargo, de alguna forma, sabía que... —Leo no terminó la frase; se limitó a alzar la cabeza y mirar a Catherine.

Ella entornó los ojos, tratando de ver a través del vaho que se había acumulado sobre sus gafas.

—Mis anteojos... He vuelto a perderlos.

—No; es que están empañados.

En cuanto los cristales se aclararon, Marks empujó a Leo. De inmediato se puso de pie, rechazando enérgicamente su ayuda.

Se miraron el uno al otro; costaba decir cuál de los dos estaba más consternado.

No obstante, a juzgar por la expresión de su rostro, probablemente fuera Marks.

—Esto nunca ha sucedido —espetó ella—. Si tiene la osadía de mencionarlo, lo negaré rotundamente. —Agitó la falda del vestido para sacudirse las hojas y las briznas de hierba y miró a Leo de manera amenazadora—. Ahora volveré a la casa, ¡y no se atreva a seguirme!

2

Sus caminos no volvieron a cruzarse hasta la cena, que esa noche estuvo muy concurrida. Aparte de Leo, estaban sus hermanas Amelia, Win y Poppy, y sus respectivos maridos, Cam Rohan, Kev Merripen y Harry Rutledge. Catherine Marks, por su parte, se había sentado junto a Beatrix en el otro extremo de la mesa.

Hasta el momento, ninguna de las hermanas de Leo se había casado con un hombre normal y corriente. Tanto Rohan como Merripen eran gitanos romaníes, lo que contribuía, en parte, a que encajasen fácilmente en la familia Hathaway, tan poco formal. Y el marido de Poppy, el excéntrico hotelero Harry Rutledge, era un hombre poderoso del que se decía que caía mejor a sus enemigos que a sus amigos.

¿Era posible que Catherine Marks fuera realmente la hermana de Harry?

Durante la cena, Leo se dedicó a mirarlos a ambos en busca de alguna semejanza. «Pues claro que son parecidos», se dijo. Los pómulos altos, las cejas tan rectas, el toque ligeramente felino en el rabillo de los ojos...

—Tengo que hablar contigo —le dijo Leo a Amelia en cuanto la cena terminó—. En privado.

Ella abrió sus ojos azules de par en par, intrigada.

—¿Quieres que salgamos a dar un paseo? Todavía hay luz.

Leo asintió brevemente.

Como hermanos mayores que eran, Amelia y él habían tenido su buen número de discusiones. Sin embargo, ella era la persona a quien más quería en el mundo, por no decir su confidente más cercano. Amelia tenía mucho sentido común, y nunca vacilaba en decir lo que pensaba.

Nadie se había imaginado que la pragmática Amelia fuera a caer rendida a los pies de Cam Rohan, un gallardo gitano romaní. No obstante, Cam había logrado seducirla y llevarla al altar casi sin que ella hubiera podido darse cuenta. Y resultó que, al final, Cam logró proporcionar a los Hathaway la orientación sensata que la familia necesitaba. Con su cabellera oscura, más larga de lo habitual, y un diamante brillándole en la oreja, no podía decirse que fuera la imagen de un patriarca serio. Sin embargo, era justamente ese estilo tan poco convencional lo que le permitía dirigir a la familia Hathaway con tanta destreza. Ahora, Amelia y él tenían un hijo de nueve meses, Rye, que había heredado el cabello oscuro del padre y los ojos azules de la madre.

Mientras paseaba plácidamente por el camino privado con Amelia, Leo echó un vistazo a su alrededor. En verano, el sol de Hampshire no se ponía hasta, al menos, las nueve de la noche, iluminando un mosaico de bosques, montes y praderas. Ríos y arroyos salpicaban el paisaje, alimentando ciénagas y humedales rebosantes de fauna y flora. A pesar de que la finca Ramsay no era ni mucho menos la más grande de Hampshire, sí era una de las más bellas, y albergaba un antiguo bosque de árboles madereros y mil doscientas hectáreas de tierra cultivable.

Durante el último año, Leo había conocido a sus arrendatarios, había llevado a cabo mejoras en el riego y el drenaje de los campos, había reparado vallas, puertas y edificaciones e, inevitablemente, había acabado sabiendo mucho más de lo que jamás hubiera deseado acerca de los diferentes métodos de labranza, todo gracias a las duras indicaciones de Kev Merripen.

Merripen, que había vivido con la familia Hathaway desde muy pequeño, se había propuesto aprender tanto como le fuera posible sobre la administración de fincas, y ahora pretendía transmitir todo ese conocimiento acumulado a Leo.

—No se convierte realmente en tu tierra —le había dicho Kev— hasta que no has dejado algo de sangre y sudor en ella.

—¿Eso es todo? —había replicado Leo con sarcasmo—. ¿Sólo sangre y sudor? Estoy convencido de que puedo encontrar uno o dos fluidos corporales más que donar si es tan importante.

En privado, no obstante, Leo había reconocido que Merripen tenía razón. Aquella sensación de ser dueño de algo, de estar conectado a ello, no podía adquirirse de otra manera.

Leo metió las manos en los bolsillos y suspiró, tenso. La cena lo había dejado inquieto e irritable.

—Debes de haber vuelto a reñir con la señorita Marks —señaló Amelia—. Normalmente no dejáis de lanzaros puñales el uno al otro cuando estáis en la mesa, pero esta noche estabais de lo más callados. Creo que ella no ha levantado la vista del plato ni una sola vez.

—No hemos reñido —contestó Leo de manera concisa.

—Entonces, ¿qué ha ocurrido?

—Me ha contado, bajo coacción, que Rutledge es su hermano.

Amelia lo miró con suspicacia.

—¿Qué clase de coacción?

—Eso no importa. ¿Has oído lo que acabo de decirte? Harry Rutledge es su...

—La señorita Marks ya ha estado bastante coaccionada toda su vida. Sólo faltaba que tú la presionaras todavía más —dijo Amelia—. Espero que no fueras demasiado cruel con ella, Leo, porque, si no...

—¿Yo, cruel con Marks? Soy yo el que debería preocuparte. Cada vez que tengo una conversación con ella, suelo acabar escaldado. —La indignación de Leo fue todavía mayor cuando vio que su hermana trataba de reprimir una sonrisa—. Sospecho que tú ya sabías que Rutledge y Marks estaban emparentados.

—Desde hace algunos días, sí —reconoció ella.

—¿Por qué no me lo contaste?

—Ella me pidió que no lo hiciera, y, por respeto a su intimidad, acepté.

—No sé por qué hay que salvaguardar la intimidad de Marks, cuando en esta familia no hay quien la tenga. —Leo se detuvo en seco, obligando a su hermana a hacer lo mismo—. ¿Por qué quiere mantener en secreto que es la hermana de Rutledge? —le preguntó, mirándola a los ojos.

—No estoy segura —admitió Amelia, que parecía un tanto alterada—. Lo único que me dijo es que es por su propia seguridad.

—¿De qué podría tener miedo?

Amelia sacudió la cabeza, nerviosa.

—Tal vez Harry pueda responderte a esa pregunta, aunque lo dudo.

—Por Dios, o alguien me lo explica, o pondré a Marks de patitas en la calle en menos que canta un gallo.

—Leo —dijo Amelia, azorada—. No serás capaz.

—Sería un placer.

—Pero piensa en Beatrix, en lo furiosa que se pondrá.

—Estoy pensando en ella. Me niego a que a mi hermana menor la cuide una mujer con un secreto posiblemente peligroso. Si un hombre como Harry Rutledge, que tiene relación con algunos de los personajes más infames de Londres, no puede reconocer que tiene una hermana... Bien podría ser que ella fuese una criminal. ¿Acaso no has pensado en ello?

—No —contestó Amelia con frialdad, empezando a caminar de nuevo—. Francamente, Leo, estás haciendo una montaña de un grano de arena. No es una criminal.

—No seas ingenua —insistió él, yendo tras ella—. Nadie es exactamente quien dice ser.

—¿Qué piensas hacer? —preguntó Amelia, preocupada, tras un breve silencio.

—Mañana mismo salgo para Londres.

Amelia puso cara de sorpresa.

—Pero Merripen espera que participes en la siembra de nabos, y en la fertilización, y...

—Ya sé lo que Merripen espera, y no sabes cuánto lamento perderme sus fascinantes charlas sobre las maravillas del estiércol. De todas formas, quiero estar unas horas con Rutledge y sacarle algunas respuestas.

Amelia frunció el ceño.

—¿Por qué no hablas con él aquí?

—Porque es su luna de miel, y no creo que quiera pasar su última noche en Hampshire hablando conmigo. Además, he decidido aceptar un pequeño encargo para diseñar el jardín de invierno de una casa de Mayfair.

—Pues a mí me parece que lo que quieres es alejarte de Catherine. Creo que entre vosotros dos ha ocurrido algo.

Leo contempló los últimos vestigios violáceos y anaranjados del cielo vespertino.

—Ya casi es de noche —señaló en tono amable—. Deberíamos regresar.

—No puedes huir de tus problemas, ya lo sabes.

Leo, molesto, hizo una mueca.

—¿Por qué la gente siempre dice eso? Por supuesto que se puede huir de los problemas. Yo lo hago todo el tiempo, y nunca falla.

—Estás obsesionado con Catherine —insistió Amelia—. Cualquiera se da cuenta de ello.

—Ahora, ¿quién está haciendo una montaña de un grano de arena? —replicó Leo, dirigiéndose rápidamente a la casa.

—Prestas atención a todo lo que hace —dijo ella a su lado, negándose a que su hermano se le escapara—. Cada vez que se menciona su nombre, eres todo oídos. Y últimamente, cada vez que te veo hablando o discutiendo con ella, pareces más vivo de lo que has estado desde... —Amelia hizo una pausa para escoger bien sus palabras.

—¿Desde cuándo? —preguntó Leo, animándola a que continuara.

—Desde que tuviste la escarlatina.

Aquél era un tema del que nunca hablaban.

El año anterior a que Leo hubiese heredado el vizcondado, una fatal epidemia de escarlatina se había propagado por el pueblo donde vivía la familia Hathaway.

La primera en fallecer había sido Laura Dillard, la prometida de Leo.

La familia Dillard lo había dejado estar junto a la cama de su hija. Durante tres días, él la había visto apagarse poco a poco entre sus brazos, hasta que, finalmente, murió.

Leo se marchó a su casa y cayó enfermo, igual que Win. Milagrosamente, ambos lograron sobrevivir, pero ella quedó inválida, y Leo salió de la enfermedad hecho otro hombre, con cicatrices que ni siquiera él era capaz de contabilizar. Había estado inmerso en una pesadilla de la que no podía despertar; no le importaba si vivía o moría. Lo más grave era que, en su tormento, había hecho daño a los suyos y les había causado un sinfín de problemas. Al final, cuando parecía que Leo había caído en una espiral autodestructiva, la familia decidió mandarlos a él y a Win a recuperarse a una clínica en Francia.

Mientras los pulmones de Win recuperaban fuerzas, Leo se pasaba horas y horas caminando por los calurosos y tranquilos pueblos de la Provenza, paseando por escarpados senderos llenos de flores y atravesando áridos campos. El sol, el aire cálido y limpio, y la *lenteur* o parsimonia de la vida de aquel lugar, le aclararon la mente y sosegaron su espíritu. Dejó de beber salvo un único vaso de vino durante la cena; pintó, dibujó y, finalmente, pudo llorar la pérdida de su amada.

Cuando Win y él regresaron a Inglaterra, ella no perdió un segundo en conseguir lo que más deseaba, que era contraer matrimonio con Merripen.

Leo, por su parte, trató de enmendar el comportamiento que había tenido con su familia, pero, por encima de todo, tomó la determinación de no volver a enamorarse. Ahora que ya sabía lo fatales y profundos que podían llegar a ser sus sentimientos, se negaba a que ningún otro ser humano ejerciera esa clase de poder sobre él.

—Oye, hermanita —le dijo a Amelia, arrepentido de la forma en que le había hablado—, si se te ha ocurrido la locura de pensar que yo pueda tener algún tipo de interés en Marks, olvídalo. Lo único que pretendo es averiguar qué es lo que oculta. Y, conociéndola, no debe de ser nada bueno.

3

—No supe de la existencia de Cat hasta que tuve veinte años
—dijo Harry Rutledge, estirando sus largas piernas, mientras
Leo y él estaban sentados en la sala de reuniones del Hotel Rutledge. Aquel lugar tranquilo y lujoso, con sus numerosos ábsides
octogonales, era uno de los puntos de encuentro más populares
en Londres para nobles extranjeros, viajeros adinerados, aristócratas y políticos.

Leo miró a su cuñado con un escepticismo mal disimulado.
De todos los hombres que él hubiera escogido para casarse con
una de sus hermanas, Rutledge, ciertamente, no hubiera encabe-
zado la lista; Leo no confiaba en él. De todas formas, Harry tenía
algunas cosas buenas, entre ellas una devoción evidente hacia
Poppy.

Harry bebió un trago de su copa de brandy tibio, pensando
bien lo que iba a decir a continuación. Era un hombre apuesto,
que sabía resultar encantador, pero que también era implacable
y manipulador. No cabría esperar menos de un hombre que entre sus logros contaba con la creación del hotel más grande y
suntuoso de Londres.

—Me cuesta hablar de Cat por varias razones —dijo, tapándo-
se sus ojos verdes—. Una es que nunca he sido demasiado considerado con ella, ni la he protegido cuando he debido, cosa que
lamento profundamente.

—Todos nos arrepentimos de algo —añadió Leo, tomando un sorbo de brandy y dejando que aquel calor aterciopelado descendiera por su garganta—. Precisamente por eso me aferro a mis malas costumbres. No hay por qué empezar a arrepentirse de algo a menos que se deje de hacerlo.

Harry esbozó una sonrisa, pero rápidamente volvió a adoptar una expresión grave y se quedó mirando fijamente la llama de un pequeño candelabro que había sobre la mesa.

—Antes de contarte nada, quiero preguntarte cuál es el motivo de tu interés por mi hermana.

—Pues que soy su empleador —contestó Leo—, y me preocupa la influencia que pueda ejercer sobre Beatrix.

—Nunca antes has puesto en duda su trabajo —replicó Harry—, y, hasta donde yo sé, ha hecho una labor excelente con tu hermana.

—Así es. No obstante, el descubrimiento de esta misteriosa conexión contigo me inquieta. Diríase que habéis estado tramando algo.

—En absoluto —contestó Harry, mirando a Leo fijamente—. Nada más lejos de la realidad.

—Entonces, ¿por qué tanto secretismo?

—No puedo contestar a eso sin contarte algo de mi pasado... —Harry hizo una pausa, antes de añadir—: Cosa que detesto tener que hacer.

—Lo lamento —dijo Leo sin el menor rastro de sinceridad—. Continúa.

Harry volvió a titubear, como si considerara la decisión de contarle nada a Leo.

—Cat y yo somos hijos de la misma madre. Ella se llamaba Nicolette Wigens. Nació en Inglaterra, pero su familia se mudó a Buffalo, Nueva York, cuando no era más que una niña. En tanto que hija única, puesto que los Wigens la tuvieron siendo ya bastante mayores, el deseo de sus padres era verla casada con un hombre que se preocupara por ella. Mi padre, Arthur, le duplicaba la edad y era un hombre bastante próspero. Tengo la sospecha de que mis abuelos la obligaron a contraer matrimonio con él, puesto que ahí no había amor de ninguna clase. Fuera como fuese, Nicolette se casó con Arthur y yo nací poco después. Demasiado pronto, de hecho, por lo que se especuló con que Arthur no era el padre.

—¿Acaso era cierto? —no pudo evitar preguntar Leo.

Harry sonrió con cinismo.

—Quién sabe —respondió, encogiéndose de hombros—. En cualquier caso, mi madre acabó escapándose y volvió a Inglaterra con uno de sus amantes —añadió Harry, con la mirada perdida—. Creo que hubo otros hombres después de aquello. Nicolette no tenía límites; era una zorra malcriada y demasiado indulgente consigo misma, pero muy guapa. Cat se parece bastante a ella. —Harry, reflexivo, hizo una pausa—. Sólo que sus rasgos son más suaves, más refinados. Y, al revés que nuestra madre, tiene un carácter amable y bondadoso.

—¿En serio? —dijo Leo con amargura—. Pues conmigo nunca ha sido precisamente amable.

—Eso es porque la asustas.

Leo miró a Harry con incredulidad.

—¿Cómo iba yo a asustar a esa pequeña impertinente? Y no me digas que los hombres la ponen nerviosa, porque con Cam y Merripen siempre es muy cordial.

—Porque con ellos se siente segura.

—¿Y por qué conmigo no? —preguntó Leo, ofendido.

—Creo —contestó Harry, pensativo—, que es porque la impresionas como hombre.

Aquella revelación sobresaltó a Leo, que se dedicó a examinar el contenido de su copa de brandy como si la cosa no fuera con él.

—¿Te lo ha dicho ella?

—No, me he dado cuenta yo solo, en Hampshire. —Harry torció el gesto—. En lo que se refiere a Cat, hay que ser particularmente observador. Nunca habla de ella misma. —Acabó el brandy que le quedaba, dejó el vaso con cuidado sobre la mesa, y apoyó la espalda en la silla—. No volví a saber de mi madre una vez que se fue de Buffalo —dijo, cruzando los dedos sobre el vientre—. Sin embargo, cuando cumplí veinte años, recibí una carta suya en la que me rogaba que fuera a verla. Había contraído una enfermedad degenerativa, alguna clase de cáncer. Supuse que, antes de morir, quería verme por última vez, así que salí para Inglaterra sin pensármelo dos veces, pero falleció justo antes de mi llegada.

—Y fue entonces cuando conociste a Marks —sugirió Leo.

—No, ella no se encontraba allí. A pesar del deseo de Cat de quedarse junto a su madre, la habían mandado con su tía y su abuela paterna. En cuanto al padre, parece ser que prefirió no quedarse a cuidar de la enferma y se fue a Londres.

—Un tipo de lo más noble —dijo Leo.

—Una mujer del lugar se hizo cargo de Nicolette durante la última semana que pasó con vida. Fue ella quien me habló de Cat. Consideré brevemente la idea de visitar a la pequeña, pero al final decidí no hacerlo. No había lugar en mi vida para una medio hermana ilegítima. Apenas si tenía la mitad de años que yo, y necesitaba la orientación de otra mujer, por lo que di por sentado que estaría mejor bajo los cuidados de su tía.

—¿Estabas en lo cierto? —preguntó Leo.

Harry le echó una mirada insondable.

—No —contestó.

Había toda una historia implícita en aquella funesta sílaba, y Leo deseaba conocerla.

—¿Qué ocurrió?

—Decidí quedarme en Inglaterra y probar fortuna en el negocio hotelero, así que le mandé una carta a Cat diciéndole cómo ponerse en contacto conmigo si alguna vez necesitaba algo. Algunos años más tarde, cuando ella hubo cumplido quince años, me escribió pidiéndome ayuda. Digamos que la encontré en... circunstancias difíciles. Ojalá hubiera ido antes a su encuentro.

Leo sintió una preocupación repentina e inexplicable, y le resultó imposible mantener su habitual barniz de indiferencia.

—¿A qué te refieres con circunstancias difíciles?

Harry sacudió la cabeza.

—Me temo que eso es todo lo que puedo contarte. El resto depende de Cat.

—Maldita sea, Rutledge, no irás a dejarlo ahí. Quiero saber por qué mi familia se ha visto envuelta en esto, y por qué he tenido la mala suerte de terminar siendo el patrón de la institutriz más impertinente y malhumorada de Inglaterra.

—Lo cierto es que Cat no necesita trabajar. Dispone de los medios para no hacerlo. Le he dado suficiente dinero para permitirle la libertad de vivir como le dé la gana. Pasó cuatro años en un internado, y se quedó en él como profesora otros dos. A la sazón, vino a verme y me comunicó que había aceptado el puesto de institutriz en la familia Hathaway. Creo que, por aquel entonces, tú te encontrabas en Francia con Win. Cat hizo la entrevista de trabajo; a Cam y Amelia les cayó muy bien, y era evidente que Beatrix y Poppy la necesitaban. Por lo demás, nadie creyó conveniente cuestionar su falta de experiencia.

—Claro que no —dijo Leo en tono mordaz—. Mi familia jamás hubiera puesto objeciones a algo tan insignificante como la falta de experiencia laboral. Seguro que lo primero que le preguntaron fue cuál era su color favorito.

Harry trató, en vano, de no sonreír.

—En eso tienes razón.

—Si no necesitaba el dinero, ¿por qué entró a trabajar en casa?

Harry se encogió de hombros.

—Quería experimentar qué se sentía formando parte de una familia, aunque fuese viniendo de fuera. Cat está convencida de que nunca tendrá su propia familia.

Leo frunció el ceño, como si tratase de comprender ese punto de vista.

—No hay nada que se lo impida —señaló.

—¿Tú crees? —preguntó Harry, cuyos ojos verdes adoptaron una mirada un tanto socarrona—. Tú y tu familia seríais incapaces de comprender cómo es crecer solo, criado por gente a la que le importas un pimiento. Uno no tiene más remedio que dar por sentado que es culpa suya, que es imposible que te quieran. Y ese sentimiento te va engullendo hasta que se convierte en una prisión, y cierras las puertas de tu corazón a cualquiera que pretenda entrar en él.

Leo escuchó atentamente, percibiendo que Harry estaba hablando tanto de Catherine como de él. Sin decir nada, reconoció que su cuñado estaba en lo cierto: incluso en el momento más bajo de su vida, Leo había sido consciente de que su familia lo amaba.

Por primera vez, comprendió en toda su dimensión lo que Poppy había hecho por Harry, cómo ella había conseguido quebrantar esa prisión invisible de la que él había hablado.

—Gracias —dijo en voz baja—. Entiendo que no ha sido fácil para ti contarme todo esto.

—Tenlo por seguro —respondió Harry, y con la seriedad más absoluta murmuró—: Que te quede clara una cosa, Ramsay: si le haces daño a Cat, tendré que matarte.

Poppy estaba en la cama, en camisón, leyendo una novela. De repente, oyó que alguien entraba en los elegantes aposentos, levantó la vista con una sonrisa y vio que se trataba de su marido. El pulso se le aceleró agradablemente ante la visión de Harry, siempre tan imponente y distinguido. Era un hombre enigmático, peligroso incluso a ojos de aquellos que se jactaban de conocerlo bien. Con Poppy, no obstante, él se relajaba y mostraba su lado más amable.

—¿Has hablado con Leo? —preguntó ella.

—Sí, cariño. —Harry se quitó el abrigo, lo dejó sobre el respaldo de una silla y se acercó a la cama—. Como me esperaba, quería hablar de Cat. Le he contado todo lo que he podido sobre su pasado... y el mío.

—¿Qué opinas al respecto? —Poppy sabía que a su esposo se le daba muy bien adivinar los pensamientos y motivos de otras personas.

Harry se desanudó la corbata y la dejó colgada del cuello.

—Ramsay está más preocupado por Cat de lo que él quisiera,

eso está claro. Y no me gusta, pero no pienso interferir a menos que ella me pida ayuda. —Harry puso la mano en el cuello de Poppy, rozando su piel con una delicadeza tal que a ella se le aceleró la respiración. Luego apoyó los dedos en el rápido latido de su pulso y la acarició suavemente.

—Aparta el libro —dijo él en voz baja, advirtiendo que el semblante de su mujer se ruborizaba ligeramente.

Bajo las sábanas, Poppy contrajo los dedos de los pies.

—Pero si estaba en una parte muy interesante —arguyó con recato, provocándolo.

—Ni la mitad de interesante de lo que está a punto de sucederte —replicó Harry, quitándole las sábanas de golpe y haciendo que a ella se le cortara el aliento. Entonces, sus cuerpos se juntaron y el libro cayó al suelo, olvidado.

4

Catherine esperaba que Leo, lord Ramsay, estuviese lejos de Hampshire unos cuantos días. A lo mejor, si pasaba el tiempo suficiente, ambos podrían fingir que el beso que se habían dado en el jardín jamás había tenido lugar.

Mientras tanto, sin embargo, no podía evitar preguntarse por qué él lo había hecho.

Lo más probable era que tan sólo se estuviese divirtiendo a costa de ella, tratando de dar con una nueva manera de inquietarla.

De haber justicia en el mundo, pensó, Leo hubiera debido ser una persona rechoncha y calva, con la cara picada por la viruela. No obstante, era un hombre apuesto, fornido y con un metro ochenta de estatura, de cabello oscuro, ojos celestes y sonrisa arrebatadora. Lo peor de todo era que no parecía en absoluto el bribón que realmente era, sino que tenía el aspecto de un ser íntegro, limpio y honorable, el caballero más agradable que uno pudiera conocer.

Sin embargo, aquella ilusión se desvanecía en cuanto abría la boca. Leo era verdaderamente perverso, locuaz e irrespetuoso. Nadie se libraba de su irreverencia, y menos él mismo. En el año que hacía que se conocían, había hecho gala de casi todas las cualidades desagradables que un hombre podía poseer, y cualquier intento de corregirlo era tanto peor, sobre todo si ese intento venía de parte de Catherine.

Leo tenía un pasado, y ni siquiera tenía la decencia de tratar de camuflarlo. No escondía en absoluto su disoluta historia, sus épocas de bebedor, mujeriego y pendenciero, ni aquel comportamiento autodestructivo que, en más de una ocasión, casi había llevado la catástrofe a la familia Hathaway. Sólo cabía la conclusión de que le gustaba ser un sinvergüenza, o, por lo menos, ser conocido como tal. Desempeñaba a la perfección el papel de aristócrata hastiado, y los ojos le brillaban con el cinismo de un hombre que, con treinta años, había logrado sobrevivir a sí mismo.

Catherine no quería tener nada que ver con ningún hombre, y menos aún con uno que irradiaba un encanto tan peligroso. No se podía confiar en alguien así. Era posible que los peores días de Leo todavía estuvieran por llegar. Y, de no ser así, era posible que los de ella también.

Alrededor de una semana después de que Leo se hubiese marchado de Hampshire, Catherine pasó una tarde fuera con Beatrix. Por desgracia, esas salidas nunca eran los paseos tranquilos que Catherine prefería. Beatrix no se limitaba a caminar, sino que se dedicaba a explorar. Le gustaba adentrarse en el bosque e investigar la flora, los hongos, los nidos, las telarañas y los hoyos que encontraba en el suelo. Nada alegraba tanto a la más joven de las Hathaway como descubrir un tritón negro, el nido de un lagarto, la madriguera de un conejo o el rastro de un tejón.

Le encantaba recoger animales heridos, rehabilitarlos y volverlos a dejar en libertad; aunque, si no podían valerse por sí mismos, éstos pasaban a formar parte del hogar de los Hathaway. Por consiguiente, la familia estaba tan acostumbrada a los animales de Beatrix que nadie se sorprendía al ver a un erizo atravesar el salón o un par de conejos junto a la mesa del comedor.

Cansada del largo paseo con Beatrix, Catherine se sentó en el tocador y se soltó la melena, acariciando con sus dedos el cuero cabelludo y sus mechones rubios y ondulados, para aliviar el leve dolor causado por llevar siempre el pelo recogido en moños tirantes.

De repente, oyó un parloteo alegre detrás de ella y, al volverse, vio que *Dodger*, el hurón de Beatrix, salía de detrás del tocador. El cuerpo largo y sinuoso del animal se arqueó con gracia mientras se dirigía hacia Catherine con uno de sus guantes blancos en la boca. Al muy ladronzuelo le gustaba robar cosas de cajones, cajas y armarios, y ocultarlas en escondites secretos que tenía repartidos por toda la casa. Para infortunio de Catherine, a *Dodger* le gustaban especialmente sus posesiones, y ya se había convertido en una costumbre humillante recorrer la mansión Ramsay en busca de sus propias ligas.

—Tú, rata gordinflona —dijo ella mientras el hurón se ponía sobre las patas traseras y se aferraba con sus minúsculas garras al borde de la silla. Catherine alargó el brazo para acariciarle el suave pelaje, le rascó la cabeza y, con cuidado, le quitó el guante de los dientes—. Como ya me has robado todas las ligas, ahora te dedicas a mis guantes, ¿verdad?

Dodger la miró con afecto; sus ojos brillantes resaltaban en mitad de la franja oscura que, a modo de antifaz, atravesaba su rostro.

—¿Dónde has escondido mis cosas? —le preguntó Catherine, dejando el guante sobre el tocador—. Si no encuentro mis ligas pronto, tendré que sujetarme las medias con cuerdas.

Dodger movió los bigotes y pareció sonreírle, estremeciéndose y mostrándole los dientes, menudos y puntiagudos.

Catherine sonrió a regañadientes, cogió un cepillo y se lo pasó por el cabello.

—No, no tengo tiempo de jugar contigo; tengo que prepararme para la cena.

Entonces, con un movimiento fugaz y repentino, el hurón saltó sobre su regazo, agarró el guante de la mesa del tocador y salió disparado.

—¡*Dodger*! —exclamó ella, yendo a toda prisa tras él—. ¡Devuelve eso! —Catherine salió al pasillo, donde las doncellas iban arriba y abajo con una prisa inusual. *Dodger* desapareció tras una esquina—. Virgie —le preguntó Catherine a una de las sirvientas—, ¿qué ocurre?

La muchacha, de cabello castaño, resollaba y sonreía al mismo tiempo.

—Lord Leo acaba de llegar de Londres, señorita, y el ama de llaves nos ha dicho que preparemos su habitación, que pongamos otro plato a la mesa y deshagamos el equipaje cuando los lacayos lo hayan traído.

—¿Tan pronto? —preguntó Catherine, lívida—. Pero si no ha avisado; nadie lo esperaba.

Lo que en realidad quiso decir fue que ella no lo esperaba.

Virgie se encogió de hombros y se alejó a toda prisa con una pila de sábanas dobladas.

Catherine se llevó una mano al pecho, nerviosa, y regresó a su habitación. No estaba preparada para enfrentarse a Leo. No era justo que estuviese de vuelta tan pronto.

Por supuesto, aquélla era su finca, pero, aun así...

Empezó a dar vueltas en círculo, lentamente, mientras trataba de dominar el caos en que se habían convertido sus pensamientos. Sólo había una solución: evitar a Leo. Aduciría un dolor de cabeza y se quedaría en su habitación.

En medio de su desconcierto, alguien llamó a la puerta y entró en la habitación sin esperar a que le dieran permiso. A Catherine le dio un vuelco el corazón cuando reconoció la figura alta y familiar de Leo.

—¿Cómo se atreve a entrar en mi habitación sin...? —Su voz se desvaneció al cerrar él la puerta.

Leo se volvió hacia ella y la miró de arriba abajo. Tenía la ropa arrugada por el viaje y un poco de polvo encima. Estaba despeinado y varios mechones castaños le caían por la frente. Parecía sereno y prudente, y la sempiterna mirada burlona había sido reemplazada por algo que Catherine fue incapaz de identificar; algo nuevo.

Catherine cerró el puño y trató de mantener la entereza, quedándose muy quieta mientras Leo se le acercaba. El corazón le latía con una vertiginosa mezcla de terror y excitación.

Él pasó los brazos por cada lado del esbelto cuerpo de Catherine y se aferró al borde de la mesa del tocador. Estaba demasiado cerca, y su masculina vitalidad la envolvió. Olía a aire libre, a polvo y a caballos, a varón joven y saludable. En cuanto se inclinó sobre ella, una de sus rodillas se apretó suavemente contra las faldas del vestido.

—¿Por qué ha regresado? —preguntó Catherine con voz débil.

Leo la miró fijamente a los ojos.

—Ya sabes por qué.

Sin poder evitarlo, ella posó la vista sobre el recio contorno de su boca.

—Cat, tenemos que hablar de lo que pasó en el jardín.

—No sé a qué se refiere.

Leo ladeó la cabeza ligeramente.

—¿Quieres que te lo recuerde?

—No, no... —respondió ella, sacudiendo la cabeza—. No.

Él frunció los labios.

—Con un no es suficiente, querida.

«¿Querida?»

Presa de la ansiedad, Catherine trató por todos los medios de no levantar la voz.

—Creo que dejé muy claro que prefiero olvidar lo que sucedió.

—¿Y crees que así lo dejarás atrás?

—Sí, eso es lo que uno hace con sus errores —contestó ella con cierta dificultad—; dejarlos a un lado y seguir adelante.

—¿De veras? —preguntó Leo con voz inocente—. Normalmente, mis errores son tan agradables que tiendo a repetirlos.

Catherine se sintió tentada de sonreír, y se preguntó qué diablos le ocurría.

—Pues éste no se repetirá.

—Ah, ésa es la voz de una institutriz, severa y estricta. Hace que me sienta como un alumno que ha sido malo —dijo él, levantando la mano para acariciarle el mentón.

El cuerpo de Catherine era un cúmulo de impulsos contradictorios. Su piel deseaba las caricias de Leo, pero su intuición le decía que se apartara de él. El resultado fue que se quedó quieta, paralizada por el asombro, como si los músculos no le respondieran.

—Si no sale de mi habitación inmediatamente —se oyó decir a ella misma—, montaré una escena.

—Nada me gustaría más en este mundo que verte montar una escena, Marks. De hecho, voy a ayudarte. ¿Por dónde empezamos? —Leo parecía disfrutar con la incomodidad de la muchacha, con su rostro, cada vez más enrojecido por la ira.

Su pulgar recorrió la piel fina y suave bajo la barbilla de Catherine con un movimiento sugerente que hizo que ella ladeara la cabeza casi sin darse cuenta.

—Nunca he visto unos ojos semejantes —dijo él, embelesado—. Me recuerdan a la primera vez que vi el mar del Norte —añadió, mientras sus dedos recorrían la mandíbula de Marks—. Cuando el viento agita las olas, el agua adopta el mismo color verde grisáceo que tienen tus ojos ahora... y luego se vuelve azul en el horizonte.

Catherine no pudo dejar de suponer que, otra vez, Leo se estaba burlando de ella, y frunció el ceño.

—¿Qué es lo que quiere de mí?

Leo se tomó su tiempo para responder a la pregunta, dedicándose mientras tanto a pasar los dedos por el lóbulo de la oreja de Marks y masajearlo ligeramente.

—Quiero saber tus secretos, y te los sacaré de un modo u otro.

Aquello le dio a Catherine el ímpetu necesario para apartar la mano de Leo.

—Basta ya. Se está divirtiendo a mi costa, como de costumbre. Es usted un sinvergüenza, un canalla sin principios y un...

—No te olvides de «libertino libidinoso» —dijo él—. Es uno de mis favoritos.

—¡Fuera!

Leo se alejó lentamente del tocador.

—De acuerdo; ya me voy. Es obvio que temes que, si me quedo, no puedas controlar tu deseo de mí.

—Lo único que deseo de usted —replicó ella—, es verlo mutilado y descuartizado.

Leo sonrió con malicia y fue hasta la puerta. Se detuvo en el umbral y miró hacia atrás por encima del hombro.

—Se te han vuelto a empañar los cristales —dijo como si tal cosa, saliendo de la habitación antes de que Catherine pudiera dar con algo que lanzarle.

5

—Leo —dijo Amelia en cuanto su hermano bajó a tomar el desayuno a la mañana siguiente—, necesitas una esposa.

Leo la fulminó con la mirada. Su hermana sabía que él no estaba para muchas conversaciones de buena mañana; prefería empezar el día con calma e ir activándose poco a poco, mientras que a ella le gustaba empezar la jornada a toda marcha. Además, Leo no había dormido bien, porque se había pasado la noche teniendo sueños eróticos con Catherine Marks.

—Ya sabes que nunca me casaré.

Marks habló desde una esquina. Estaba sentada en una pequeña silla, bañada por un rayo de sol que iluminaba su cabello rubio y las motas de polvo que flotaban a su alrededor.

—No me extraña; ninguna mujer en su sano juicio lo aguantaría —dijo.

Leo recogió el guante sin dudarlo.

—Una mujer en su sano juicio... —repitió en voz alta—. No creo que haya conocido a ninguna.

—De todas formas, ¿cómo hubiera podido darse cuenta? No se hubiera interesado por su carácter. Habría estado demasiado ocupado fijándose en sus... sus...

—¿Sus qué? —la exhortó Leo.

—Sus medidas —remató Catherine, cuya mojigatería provocó las carcajadas de Leo.

—¿Tan difícil te resulta mencionar partes del cuerpo, Marks? Pechos, caderas, piernas... ¿Por qué tiene que ser indecente hablar de la anatomía humana sin cortapisas?

Catherine entornó los ojos.

—Porque lleva a pensamientos indecorosos.

Leo hizo una mueca.

—Los míos ya lo son.

—Bueno, pues los míos no —dijo ella—, y prefiero que siga siendo así.

Él enarcó las cejas.

—¿Acaso no tienes pensamientos indecorosos?

—Casi nunca.

—Pero, cuando lo haces, ¿cómo son? —Catherine lo miró indignada—. ¿Alguna vez he aparecido en ellos? —insistió Leo, haciendo que ella se ruborizara en extremo.

—Ya le he dicho que nunca he tenido esa clase de pensamientos —protestó Catherine.

—No, has dicho «casi nunca», lo que significa que hay uno o dos dando vueltas por tu cabeza.

—¡Leo, deja ya de atormentarla! —intervino Amelia.

Él no le prestó atención, y siguió fijando su atención en la institutriz.

—No pensaría mal de ti en absoluto si así fuera —prosiguió—. De hecho, me caerías mucho mejor.

—No me cabe duda —contraatacó Catherine—. Seguro que usted prefiere que las mujeres no tengan virtudes de ninguna clase.

—En una mujer, la virtud es como la pimienta en la sopa. Un poco la enriquece, pero si te pasas, nadie querrá saber nada de ella.

Catherine no contestó y miró a otra parte, dando por zanjada aquella acelerada discusión.

En cuanto se hizo el silencio, Leo se percató de que la familia al completo lo miraba con desconcierto.

—¿Acaso he hecho algo? —preguntó—. ¿Qué pasa? ¿Qué diablos estáis leyendo?

Amelia, Cam y Merripen habían puesto unas hojas de papel sobre la mesa, mientras que Win y Beatrix parecían estar buscando palabras en un enorme libro de leyes.

—Acaba de llegar una carta de nuestro abogado de Londres, el señor Gadwick —dijo Merripen—. Parece ser que hay ciertos asuntos legales que no quedaron claros cuando heredaste la finca.

—No me extraña —contestó Leo, acercándose al aparador donde estaba el desayuno—. Me adjudicaron la propiedad y el título de lord como si nadie más hubiera querido hacerse cargo de ellos, igual que la maldición de los Ramsay.

—No hay maldición alguna —dijo Amelia.

—¿Ah, no? —Leo esbozó una sonrisa misteriosa—. Entonces, ¿cómo es que los últimos seis lord Ramsay murieron uno detrás del otro?

—Mera coincidencia —respondió Amelia—. Es evidente que esa rama de la familia en particular era torpe y endogámica. Algo común en la gente de sangre azul.

—Bueno, pues está claro que nosotros no tenemos ese problema. —Leo se dirigió a Merripen—. Cuéntame esos asuntos legales. Y usa un lenguaje sencillo. No me gusta pensar a estas horas de la mañana; me hace daño.

Merripen se sentó a la mesa; no parecía muy animado.

—Esta casa —dijo—, y la parcela de tierra sobre la que se levanta, unas siete hectáreas en total, no forma parte de la finca Ramsay original, sino que fue agregada después. En términos legales, se trata de una propiedad independiente dentro de la finca principal. Y, a diferencia del resto de la finca, este agregado puede ser hipotecado, vendido o comprado a voluntad del lord.

—Perfecto —dijo Leo—. Puesto que yo soy el lord, y no quiero hipotecar ni vender nada, no hay ningún problema, ¿verdad?

—Sí.

—¿Sí? —Leo frunció el ceño—. De acuerdo con la ley, el lord siempre se queda con su tierra y su casa solariega; no es divisible. Nada puede cambiar eso.

—Tienes razón —dijo Merripen—. Tienes derecho a la antigua casa solariega, la que está en la esquina noroeste de la heredad, donde se cruzan los dos arroyos.

Leo dejó el plato a medio comer y miró a su cuñado, desconcertado.

—Pero si es un montón de escombros cubiertos de maleza; si la construyeron en la época de Eduardo *el Confesor*, por el amor de Dios.

—Exactamente —dijo Merripen con total naturalidad—. Ése es tu verdadero hogar.

—No quiero esa maldita montaña de ruinas, quiero esta casa. —Leo estaba cada vez más irritado—. ¿Cuál es el problema?

—¿Se lo digo? —preguntó Beatrix, ansiosa—. Ya he buscado todos los términos legales, y puedo explicárselo mejor que nadie. —La muchacha se incorporó con *Dodger*, el hurón, alrededor de los hombros—. Resulta, Leo, que la casa solariega original fue abandonada hace siglos, y que uno de los antiguos lord Ramsay adquirió estas siete hectáreas de parcela y erigió una nueva mansión. Desde entonces, Ramsay House ha pasado de vizconde en vizconde, pero el último lord Ramsay, el que había antes de ti, dio con la manera de dejar todas las partes divisibles de la finca, incluyendo esta casa, a su viuda y su hija. Es lo que se denomina una concesión de franquicia, y es de por vida. Así que la casa y las siete hectáreas sobre las que ésta se levanta son propiedad de la condesa Ramsay y de su hija, Vanessa Darvin.

Leo sacudió la cabeza, incrédulo.

—¿Por qué nadie nos dijo nada antes?

Amelia, apesadumbrada, se encargó de contestar.

—Parece ser que la viuda no tenía interés en la casa, porque estaba en un estado lamentable. Pero ahora que ha sido restaurada tan elegantemente, ha informado a nuestro abogado de que tiene la intención de tomar posesión de ella y mudarse aquí.

Leo estaba furioso.

—¡Que alguien se atreva a quitarle la casa a la familia Hathaway! Si es necesario, llevaré este asunto a los tribunales de Westminster.

Merripen se frotó los ojos, cansado.

—No aceptarán el caso.

—¿Cómo lo sabes?

—Nuestro abogado ha hablado con el especialista en sucesiones de su bufete. Por desgracia, nunca se vinculó esta casa al resto de la finca.

—¿Y si le compramos su parte a la viuda?

—Ya ha dejado claro que no vendería ni por todo el oro del mundo.

—Las mujeres suelen cambiar de opinión —dijo Leo—. Le haremos una oferta.

—Como quieras, pero si se niega a negociar, sólo nos queda una salida.

—Estoy ansioso por saber cuál.

—El último lord Ramsay dejó estipulado que su sucesor podría quedarse con la casa y el terreno si éste se casaba y tenía descendencia masculina dentro de los primeros cinco años de haber heredado el título.

—¿Por qué cinco?

—Porque, en las tres últimas décadas —contestó Win amablemente—, ningún lord Ramsay ha conseguido vivir más de cinco años después de haber recibido el título, ni tampoco ha engendrado ningún hijo legítimo.

—La buena noticia, Leo —añadió Beatrix con una sonrisa—, es que ya hace cuatro años que te convertiste en lord Ramsay. Si consigues seguir vivo un año más, la maldición de la familia se habrá acabado.

—Con todo —apuntó Amelia—, tienes que casarte y tener un hijo lo antes posible.

Leo, desconcertado, se quedó mirando a sus hermanas y cuñados, expectantes. Entonces, se le escapó la risa.

—Estáis locos si pensáis que voy a casarme con cualquiera sólo para que la familia pueda seguir viviendo en Ramsay House.

Win se acercó a él, sonriente, y le entregó un pedazo de papel.

—Evidentemente, nunca querríamos que te casaras por conveniencia, querido; sin embargo, hemos elaborado una lista de posibles novias, todas ellas chicas encantadoras. ¿Por qué no le echas un vistazo y ves si hay alguna que te convenza?

Leo decidió seguirle la corriente y miró la lista.

—¿Marietta Newbury?

—Sí —dijo Amelia—. ¿Qué tiene de malo?

—No me gustan sus dientes.

—¿Qué hay de Isabella Charrington?

—No me cae bien su madre.

—¿Y lady Blossom Tremaine?

—No me gusta su nombre.

—Por amor de Dios, Leo, eso no es culpa suya.

—Me da igual. Jamás me casaría con alguien que se llame Blossom. Cada noche me sentiría como si llamara a una vaca —arguyó él, atónito, levantando la vista—. Ya puestos, podría casarme con la primera mujer que pasara por la calle. O mejor aún, con Marks.

Todos callaron.

Catherine, que todavía estaba en el rincón de la sala, levantó la vista poco a poco y se percató de que era el centro de atención de todas las miradas de la familia Hathaway. Entonces, abrió los ojos de par en par y se ruborizó.

—No tiene gracia —soltó.

—Es la solución perfecta —dijo Leo, perversamente satisfecho de molestarla—. Nos pasamos el tiempo discutiendo; no nos soportamos. Es como si ya estuviéramos casados.

Catherine se puso de pie de golpe, furiosa.

—Nunca aceptaría casarme con usted.

—Me alegro, porque no te lo estaba pidiendo. Sólo poniendo un ejemplo.

—¡Pues no me ponga a mí como ejemplo! —exclamó Marks, que salió volando de la habitación mientras Leo la seguía con la mirada.

—¿Sabes? —dijo Win, pensativa—. Creo que deberíamos dar un baile.

—¿Un baile? —preguntó Merripen, desconcertado.

—Sí, e invitar a todas las jóvenes solteras que se nos ocurran.

Tal vez alguna despierte la curiosidad de Leo, y luego él quiera cortejarla.

—No pienso cortejar a nadie —declaró él.

Nadie le prestó atención.

—Qué buena idea —opinó Amelia—. Un baile para cazar novia.

—Sería más adecuado —señaló Cam— un baile para cazar novio, puesto que Leo será la presa.

—Será como Cenicienta —exclamó Beatrix—, aunque sin el príncipe azul.

Cam levantó la mano, en un intento por aplacar aquella repentina excitación.

—Calma, calma. Si acabásemos perdiendo Ramsay House, Dios no lo quiera, podemos construir otra en nuestra parte de la finca.

—Eso nos llevaría una eternidad, y el coste sería enorme —objetó Amelia—. Además, no sería lo mismo. Hemos dedicado mucho tiempo y cariño a reformar este lugar.

—Sobre todo Merripen —añadió Win en voz baja.

Éste sacudió levemente la cabeza.

—Sólo es una casa.

Sin embargo, todos sabían que aquello era más que una mera estructura de ladrillo y mortero; se trataba de su hogar. El hijo de Cam y Amelia había nacido ahí. Win y Merripen se habían casado ahí. Ramsay House, desordenadamente encantadora, era el reflejo perfecto de la familia Hathaway.

Y lo cierto era que nadie entendía eso mejor que Leo. En tanto que arquitecto, sabía perfectamente que algunas edificaciones tenían un carácter intrínseco que era mucho más que la suma de sus partes. Ramsay House había sido destruida y rehabilitada; había pasado de ser un inmueble destartalado a un hogar alegre y feliz, y todo porque una familia se había preocupado de ello. Era un crimen que, gracias a un simple descuido legal, los Hathaway se vieran desplazados por un par de mujeres que no habían invertido un penique en la casa.

Leo soltó un taco por lo bajo y se pasó la mano por el cabello.

—Me gustaría echar un vistazo a los restos de la antigua casa solariega —dijo—. Merripen, ¿cómo se va hasta allí?

—No estoy seguro —reconoció éste—. No suelo ir tan lejos.

—Yo sé cómo llegar —dijo Beatrix—. La señorita Marks y yo fuimos una vez a caballo hasta ahí para ver las ruinas. Son muy pintorescas.

—¿Te importaría cabalgar conmigo hasta ellas? —preguntó Leo.

—Me encantaría —contestó su hermana menor.

Amelia frunció el ceño.

—¿Por qué quieres visitar las ruinas, Leo?

Él sonrió de una forma que sabía que a ella le molestaría.

—Pues para tomar medidas para las cortinas, evidentemente.

6

—Rayos —exclamó Beatrix, entrando en la biblioteca donde Leo la esperaba—. No puedo ir contigo a ver las ruinas. Acabo de estar con *Fortuna*, y está a punto de parir. No puedo dejarla sola en un momento así.

Leo sonrió, extrañado, mientras volvía a dejar un libro en uno de los estantes.

—¿Quién es *Fortuna*?

—Ay, me olvidaba de que todavía no la conoces. Es una gata de tres patas que vivía con el quesero del pueblo. La pobrecita quedó atrapada en una trampa para ratones, y tuvieron que amputarle una pata. Como ya no servía para cazar ratones el hombre me la regaló. Ni siquiera le había puesto un nombre, ¿te lo puedes creer?

—Teniendo en cuenta lo que le pasó, llamarla *Fortuna* no es muy apropiado, ¿no te parece?

—Pensé que así, tal vez, su suerte cambiaría.

—Estoy seguro de ello —dijo Leo con una sonrisa en el rostro. La pasión de su hermana por ayudar a animalillos desvalidos siempre había preocupado y conmovido por igual al resto de los Hathaway. Todos estaban de acuerdo en que ella era la menos convencional de la familia.

Beatrix siempre causaba sensación en los eventos sociales de Londres. Era una chica hermosa, aunque no de una belleza clásica; tenía los ojos azules, el cabello castaño oscuro, y una silueta alta y esbelta. Los caballeros se sentían atraídos por su encanto y frescura, aunque no eran conscientes de que ella mostraba el mismo y paciente interés por los erizos, los ratones de campo o los cockers maleducados. No obstante, cuando llegaba el momento de cortejarla, los hombres, muy a pesar suyo, se alejaban y centraban su atención en señoritas más convencionales. Cada año que pasaba, sus oportunidades de contraer matrimonio disminuían.

Sin embargo, a Beatrix no parecía importarle. Con casi veinte años cumplidos, todavía no se había enamorado. Su familia al completo coincidía en que pocos hombres sabrían comprenderla o tratarla. Era una fuerza de la naturaleza, y con ella no podían aplicarse leyes convencionales.

—Ve a cuidar a *Fortuna* —la instó Leo amablemente—. No creo que me cueste demasiado dar con las ruinas por mi cuenta.

—Oh, es que no vas a ir solo —dijo Beatrix—. Le he pedido a la señorita Marks que te acompañe.

—¿En serio? ¿Y ha aceptado?

Antes de que Beatrix pudiera responder, Catherine entró en la biblioteca vestida de amazona y con el cabello recogido en un moño tirante. Llevaba un cuaderno de dibujo bajo el brazo. Se detuvo en seco en cuanto reparó en Leo, que llevaba puesto un abrigo largo, unos pantalones de montar ceñidos y un par de botas gastadas.

—¿Todavía no te has cambiado, querida? —le preguntó a Beatrix, desconcertada.

—Lo siento, señorita Marks, pero me temo que no voy a poder ir —se disculpó ella—. *Fortuna* me necesita. Pero no pasa nada, usted puede enseñarle el camino a Leo mejor que yo. —La luminosa sonrisa de Beatrix los cautivó a ambos—. Hace un día precioso para cabalgar, ¿verdad? ¡Pásenlo bien! —Y la pequeña de las Hathaway salió de la habitación con su gracia habitual.

Las finas cejas de Catherine se juntaron en cuanto ésta miró a Leo.

—¿Por qué quiere visitar las ruinas?

—Tan sólo quiero echarles un vistazo. De todas formas, no tengo por qué darte explicaciones. Si tienes miedo de ir a algún sitio sola conmigo, no hace falta que vengas.

—¿Miedo de usted? Ni mucho menos.

Acto seguido, Leo hizo un gesto hacia la puerta, en una parodia de modales caballerescos.

—Después de ti, entonces.

A causa de la importancia estratégica de los puertos de Southampton y Portsmouth, Hampshire estaba repleto de antiguos castillos y pintorescos restos de fuertes y poblados sajones. A pesar de que Leo sabía de la existencia de las ruinas de una vieja mansión en la finca Ramsay, todavía no había encontrado el momento de visitarlas. Entre la administración de los campos, la contabilidad de los alquileres, porcentajes y trabajos, la tala de madera y los encargos de arquitectura que le hacían de vez en cuando, no le había quedado mucho tiempo para salir a pasear.

Catherine y él cabalgaron por campos de nabos y trigo, y a través de prados con tréboles donde pastaban gordas ovejas blancas. Cruzaron el bosque hacia el noroeste de la propiedad, donde caudalosos arroyos atravesaban colinas verdes y riscos de piedra caliza. Ahí, el suelo era menos cultivable y más rocoso, pero constituía una posición bien defendida para una antigua casa fortificada.

Mientras ascendían por un monte, Leo iba mirando furtivamente a Catherine. Montaba con elegancia, guiando al caballo con movimientos precisos. Una mujer ciertamente desenvuelta, competente en casi todo lo que hacía. Y, aun así, cuando otras mujeres hubieran pregonado tales cualidades, Catherine trataba por todos los medios de no llamar la atención.

Al fin, llegaron al lugar donde se había erigido la antigua casa solariega. Restos de los muros surgían del suelo como vértebras de algún animal fosilizado. Varias irregularidades en el terreno marcaban el sitio de las edificaciones anexas a la casa, y un círculo poco profundo, de unos diez metros de ancho, revelaba las dimensiones del foso que, una vez, había rodeado una elevación del terreno de treinta metros cuadrados.

Una vez que bajó de su caballo y lo hubo atado, Leo fue a ocuparse de Catherine, que sacó la pierna derecha del estribo y dejó que él la ayudara a descender. Ya en el suelo, cara a cara, ella levantó la cabeza; la visera de la gorra de amazona ensombrecía parcialmente sus ojos azules.

Sus manos estaban sobre los hombros de Leo. Catherine tenía el rostro enrojecido por el ejercicio y la boca entreabierta. De golpe, él supo cómo sería hacerle el amor, tener su cuerpo ligero y ágil debajo del suyo, sentir su aliento en el cuello mientras él se movía entre sus muslos. La llevaría al éxtasis, lenta y despiadadamente, y Catherine le clavaría las uñas en la espalda, gimiendo y suspirando su nombre...

—Aquí lo tiene —dijo ella—. Su antiguo hogar.

Leo apartó la vista de Catherine y contempló aquellas ruinas decrépitas.

—Encantador —comentó—. Después de barrer y fregar un poco, esto quedará como nuevo.

—¿Aceptará el plan de su familia de encontrarle novia?

—¿Crees que debería?

—No, no creo que tenga lo que debe tener un buen marido. No tiene el carácter apropiado.

Justo lo que pensaba él, si bien le dolía escucharlo de los labios de Catherine.

—¿Te crees en condiciones de juzgar mi carácter? —le preguntó.

Ella se encogió de hombros, incómoda.

—Una no puede evitar oír los comentarios acerca de sus proezas cuando todas las viudas y matronas de renombre se reúnen en los bailes.

—Ya veo. ¿Y crees todos los rumores que te llegan?

Catherine se quedó callada. Leo supuso que entablarían una discusión, o que ella lo insultaría. No obstante, para su sorpresa, ella se lo quedó mirando con algo parecido al remordimiento reflejado en el rostro.

—Tiene razón. Y, aunque esos rumores sean falsos o verdaderos, no debería haberme hecho eco de ellos.

Leo esperó que, a continuación, Catherine profiriera alguna clase de insulto, pero lo cierto era que parecía verdaderamente arrepentida, lo cual era toda una sorpresa. Eso le hizo darse cuenta de que había muchas otras cosas que él no sabía de ella, aquella joven seria y solitaria que había estado en su familia durante tanto tiempo.

—¿Qué dicen esos rumores exactamente? —preguntó Leo como quien no quiere la cosa.

Catherine lo miró con recato.

—Su reputación como amante es de sobra conocida —contestó.

—Ah, bueno, esos rumores son definitivamente ciertos —confirmó él. Acto seguido, chasqueó la lengua, como si algo le sorprendiera—. ¿De verdad las viudas y las damas de compañía hablan de tales cosas?

Ella enarcó sus finas cejas.

—¿De qué creía que hablaban?

—De costura, de recetas de postres...

Catherine sacudió la cabeza y reprimió una sonrisa.

—Qué aburrido deben de resultarte esos asuntos —dijo Leo—. Ahí, de pie, a un lado de la sala, escuchando chismes y viendo bailar a los demás.

—No me importa; no me gusta bailar.

—¿Has bailado alguna vez con un hombre?

—No —reconoció ella.

—Entonces, ¿cómo puedes estar tan segura de que no te gusta?

—Puedo tener una opinión sobre algo aunque no lo haya hecho.

—Por supuesto. Es mucho más fácil formarse una opinión sin basarse en hechos o experiencias.

Catherine frunció el ceño, pero no dijo nada.

—Me has dado una idea, Marks —prosiguió él—. Voy a dejar que mis hermanas organicen ese baile, y solamente por una razón: acercarme a ti en mitad del baile y pedirte que me concedas uno. Delante de todo el mundo.

—Me negaré —replicó ella, abrumada.

—De todas formas, pienso pedírtelo.

—Para burlarse de mí —dijo Catherine—. Para dejarnos a los dos como idiotas.

—No. —El tono de voz de Leo se volvió más amable—. Tan sólo para bailar.

Se miraron el uno al otro, fascinados, durante varios segundos.

Entonces, para sorpresa de él, ella esbozó una sonrisa dulce, natural y resplandeciente, la primera que Catherine le había ofrecido nunca. Leo sintió una presión en el pecho y un calor que inundaba todo su cuerpo, como si una droga euforizante hubiera invadido su sistema nervioso.

La sensación era como de... felicidad.

Hacía mucho tiempo que Leo no la experimentaba, y no deseaba hacerlo. A pesar de todo, por alguna razón, aquella calidez mareante se negaba a abandonarlo.

—Gracias —dijo Catherine, sin dejar de sonreír—. Es muy amable de su parte, milord, pero me temo que nunca bailaré con usted.

Lo cual, a partir de entonces, se convertiría en el objetivo principal de Leo.

Catherine se volvió para coger su cuaderno de dibujo y unos cuantos lápices de una de las alforjas.

—No sabía que dibujabas —dijo Leo.

—Tampoco es que se me dé muy bien.

—¿Puedo echarle un vistazo? —preguntó él, señalando el cuaderno.

—¿Y dejar que se burle de mí?

—No pienso hacerlo; tienes mi palabra. Déjame ver. —Poco a poco, Leo extendió la mano, con la palma hacia arriba.

Catherine miró la mano, y luego a él. No estaba muy convencida, pero le dio el cuaderno.

Leo lo abrió y repasó los bocetos. Había una serie de ruinas dibujadas desde diferentes ángulos, tal vez de manera demasiado disciplinada en algunos aspectos, por lo que algo de soltura le hubiera proporcionado a los dibujos más vitalidad. De todas formas, en general, estaban muy bien hechos.

—Encantador —opinó—. Tienes un trazo bonito y un buen sentido de la proporción.

Catherine se ruborizó, aparentemente incómoda con aquel cumplido.

—Tengo entendido por sus hermanas que es usted un artista consumado.

—Competente, a lo sumo. Mis estudios de arquitectura incluían alguna que otra clase de arte —contestó él, esbozando una sonrisa casual—. Se me da especialmente bien dibujar cosas inmóviles: edificios, farolas... —Leo siguió hojeando el cuaderno—. ¿Tienes alguno de los dibujos que hizo Beatrix?

—En la última página —respondió Catherine—. Empezó a bosquejar un saliente del muro, ese de allá, pero se entretuvo con una ardilla que no dejaba de aparecer en primer plano.

Leo dio con el fiel y detallado retrato de la ardilla y sacudió la cabeza.

—Beatrix y sus animales...

Catherine y él intercambiaron una sonrisa.

—Hay mucha gente que habla con sus mascotas —dijo ella.

—Sí, pero muy poca que entienda sus respuestas. —Leo cerró el cuaderno, se lo devolvió y se puso a recorrer el perímetro de la casa.

Catherine fue tras él, andando con mucho cuidado entre las florecillas amarillas y las brillantes vainas negras que salpicaban la hierba.

—¿Cuán profundo cree que era el foso?

—Supongo que no debería de tener más de dos metros en su parte más honda —contestó Leo, cubriéndose los ojos del sol para poder otear los alrededores—. Debieron de haber desviado uno de los arroyos para llenarlo. ¿Ves esos túmulos de allí? Probablemente eran habitáculos de adobe que albergaban animales y servidumbre.

—¿Cómo era la casa solariega original?

—La torre central, casi con toda seguridad, estaba hecha de

piedra, y el resto era una combinación de varios materiales. Y, presumiblemente, todo estaba lleno de ovejas, cabras, perros y siervos.

—¿Conoce la historia del señor original? —preguntó Catherine, sentándose en una de las piedras de lo que quedaba del muro y arreglándose la falda.

—¿Te refieres al primer vizconde Ramsay? —Leo se detuvo junto al borde de aquella depresión circular que, antaño, había sido el foso, y recorrió con la mirada aquel paisaje ruinoso—. Se llamaba Thomas de Blackmere, y era famoso por su crueldad. Por lo visto, solía saquear y quemar aldeas. Era considerado el brazo derecho de Eduardo, el Príncipe Negro. Entre los dos, prácticamente acabaron con la edad de los caballeros andantes.

Leo volvió la cabeza y sonrió ante la visión de la nariz fruncida de Catherine, que estaba sentada, rígida como una estudiante, con el cuaderno en el regazo. Le hubiera gustado ponerla contra el muro y llevar a cabo su particular saqueo. Entonces, alegrándose por que ella no pudiera leerle el pensamiento, continuó su relato.

—Después de luchar en Francia y haber estado prisionero durante cuatro años, Thomas fue liberado y devuelto a Inglaterra. Supongo que, entonces, creyó que ya iba siendo hora de sentar cabeza, por lo que vino hasta aquí, mató al barón que había construido todo esto, se apoderó de sus tierras y violó a su mujer.

—Pobre mujer —comentó Catherine, pasmada.

Leo se encogió de hombros.

—A pesar de todo, ella debió de tener alguna influencia sobre él, porque, poco después, se casaron y tuvieron seis hijos.

—¿Vivieron mucho tiempo?

Leo sacudió la cabeza y se acercó a Catherine.

—Thomas regresó a Francia, y acabaron con él en Castillon. Sin embargo, los franceses, muy civilizados ellos, erigieron un monumento en su honor en el campo de batalla.

—No creo que mereciera semejante deferencia.

—No seas tan dura con el hombre; sólo hacía lo que la época requería.

—Era un bárbaro —replicó ella, indignada—, fueran como fuesen esos tiempos.

El viento desprendió un mechón del ligero cabello rubio de Catherine, haciéndolo caer sobre su mejilla.

Incapaz de resistir la tentación, Leo alargó la mano y le puso el mechón detrás de la oreja. La piel de Catherine era suave y tersa como la de un bebé.

—La mayoría de los hombres lo son —señaló él—. Lo que pasa es que, en la actualidad, se rigen por otras normas. —Leo se quitó el sombrero, lo apoyó encima del muro y miró el semblante altivo de Catherine—. Puedes coger a un hombre, ponerle una corbata, enseñarle modales y llevarlo a una cena de gala, pero lo cierto es que casi ninguno de nosotros es realmente civilizado.

—Por lo que conozco de los hombres, estoy de acuerdo —coincidió ella.

Él le dedicó una mirada burlona.

—¿Qué sabes de los hombres?

Catherine mantenía una actitud seria, y sus ojos de color gris claro habían adoptado un tono verde oceánico.

—Que no se puede confiar en ellos.

—Lo mismo podría decir yo de las mujeres.

Leo se sacó el abrigo, lo dejó sobre el muro y fue caminando hasta la colina que había en el centro de las ruinas. Una vez allí, contempló el paisaje que lo rodeaba y no pudo evitar preguntarse si Thomas de Blackmere había estado de pie en ese mismo lugar alguna vez, observando su propiedad. Ahora, siglos después, Leo podía disponer de aquellas tierras como le viniera en gana. Todos y todo lo que en ellas había eran responsabilidad suya.

—¿Qué tal es la vista desde ahí arriba? —oyó preguntar a Catherine desde abajo.

—Excepcional. Ven a verla, si te apetece.

Catherine dejó el cuaderno sobre la cerca y empezó a ascender la loma, levantándose las faldas para no tropezar.

Leo se volvió para mirarla, y sus ojos se posaron sobre la silueta bella y esbelta de la joven. Catherine tenía suerte de que el medievo quedase ya tan lejano, pensó él, sonriendo para sus adentros; de lo contrario, hubiera sido raptada y mancillada por algún señor despiadado. Sin embargo, aquella pequeña digresión se desvaneció rápidamente en cuanto Leo fantaseó con la primitiva satisfacción de poseerla, de tomarla en brazos y dejarla sobre la hierba.

Durante unos instantes, dio rienda suelta a su imaginación... inclinándose sobre el cuerpo tembloroso de ella, arrancándole el vestido, besándole los pechos...

Leo sacudió la cabeza, incómodo por la dirección que estaban tomando sus pensamientos. Fuera lo que fuese él, nunca se le ocurriría forzar a una mujer. No obstante, la fantasía era demasiado poderosa para hacer caso omiso de ella. Hizo un esfuerzo y subyugó como pudo aquellos instintos bárbaros.

Justo cuando estaba a medio camino, Catherine ahogó un grito y pareció tropezar.

Alarmado, él acudió en su ayuda de inmediato.

—¿Te has tropezado? ¿Estás...? ¡Maldición! —Leo se detuvo en seco al ver que el suelo había cedido parcialmente debajo de ella—. Detente, Cat. No te muevas. Espera.

—¿Qué sucede? —preguntó ella, totalmente lívida—. ¿Es un desagüe?

—Más bien un maldito milagro arquitectónico. Parece que estamos sobre una parte del techo que debería haberse derrumbado hace al menos dos siglos.

Catherine y Leo se encontraban separados por unos cinco o seis metros, él más arriba.

—Cat —dijo Leo con prudencia—, agáchate poco a poco para redistribuir tu peso sobre la superficie. Con cuidado... así. Ahora, arrástrate colina abajo.

—¿Puedes ayudarme? —preguntó ella. Su voz trémula hizo que a él se le encogiera el corazón.

Leo contestó con una voz gruesa que no parecía la suya.

—Cariño, nada me gustaría más, pero sumar mi peso al tuyo podría hundir el techo por completo. Vamos, empieza a moverte. Si hace que te sientas mejor, con todos los escombros que debe de haber ahí abajo, la caída no será demasiado grande.

—La verdad es que eso no hace que me sienta mejor en absoluto —respondió Catherine, pálida, y comenzó a retroceder lentamente a cuatro patas.

Leo se quedó donde estaba, sin apartar la vista de ella. El suelo que tan sólido parecía bajo sus pies, probablemente, no era más que una capa de tierra y madera podrida.

—No pasará nada —dijo él en tono tranquilizador, mientras el corazón le latía con fuerza debido a su preocupación por Catherine—. No pesas más que una mariposa. Debe de haber sido mi peso lo que ha socavado lo que quedaba de techo.

—¿Es por eso por lo que no te mueves?

—Sí, y si provoco un derrumbe al tratar de salir de aquí, preferiría que tú estuvieras fuera de peligro.

De repente, ambos sintieron el suelo moverse debajo de ellos.

—Milord —preguntó Catherine, con los ojos abiertos de par en par—, ¿cree que esto tiene algo que ver con la maldición de los Ramsay?

—Pues la verdad es que aún no había pensado en ello —reconoció Leo—, pero te agradezco la observación.

El techo cedió, y ambos cayeron entre un torrente de tierra, rocas y madera en el oscuro espacio de abajo.

7

Catherine se movió y tosió. Tenía la boca y los ojos llenos de polvo, y estaba tumbada sobre una superficie harto incómoda.

—Marks. —Oyó que Leo apartaba escombros y acudía en su ayuda. A juzgar por el tono de su voz, estaba preocupado y nervioso—. ¿Estás herida? ¿Puedes moverte?

—Sí... estoy entera —contestó ella, incorporándose mientras se sacudía la suciedad de la cara. Hizo una rápida evaluación de los golpes y dolores de su cuerpo y se dio cuenta de que eran insignificantes—. No tengo más que algunas magulladuras. Madre mía, he vuelto a perder los anteojos.

Catherine oyó que Leo soltaba un taco.

—Veré si puedo encontrarlos —dijo él.

Desorientada, ella trató de averiguar dónde se encontraban. La esbelta silueta de Leo no era más que una mancha oscura. El aire estaba lleno de polvo que, poco a poco, iba asentándose en el suelo. Por lo poco que podía ver, estaban en un pozo de algo menos de dos metros de profundidad, y la luz del sol se colaba por el techo roto.

—Tenía razón, milord. No ha sido una caída demasiado grande. ¿Será esto la torre del homenaje?

—No estoy seguro —respondió Leo, con la respiración agitada—. Podría ser una especie de cripta. Por ahí veo los restos de un tabique de piedra, y agujeros en la pared adyacente, donde debían de descansar las vigas que sostenían...

Aterrorizada, Catherine se abalanzó sobre la figura borrosa de Leo, aferrándose desesperadamente a él.

—¿Qué te ocurre? —preguntó Leo, abrazándola.

Jadeando, ella hundió la cara en la sólida superficie de su pecho. Estaban medio sentados entre montones de madera podrida, piedra y tierra.

Leo puso una mano sobre la cabeza de Catherine, en un gesto protector.

—¿Qué pasa?

—Ha dicho cripta —la voz de ella sonó apagada en la camisa de Leo.

Él le acarició el pelo y la apretó contra su cuerpo.

—Sí, ¿qué es lo que te asusta?

La respiración entrecortada de Catherine hacía que casi no pudiera hablar.

—¿No es en estos sitios donde... donde guardan a los muertos? —preguntó con voz temblorosa.

Leo tardó unos instantes en contestar.

—¡Oh, no! No es esa clase de cripta —respondió con un tono de voz un tanto irónico. Catherine notó que la boca de Leo le rozaba el lóbulo de la oreja—. Tú te refieres a esas habitaciones que suele haber debajo de las iglesias, donde descansan los muertos. Esto es distinto; no es más que una especie de sótano.

—Entonces, ¿no hay esqueletos? —preguntó ella, exánime.

—No; ni esqueletos, ni ataúdes —respondió Leo, sin dejar de acariciarle el cabello con ternura—. Pobrecilla mía. Tranquila; aquí abajo no hay nada de lo que tener miedo. Respira hondo; estás a salvo.

Catherine permaneció junto a él, mientras trataba de recobrar el aliento y de digerir que Leo, su enemigo y atormentador, acababa de llamarla «pobrecilla mía», al tiempo que la acariciaba. Él posó sus labios sobre su sien. Catherine, inmóvil, se sumergió en aquella sensación. Nunca se había sentido atraída por hombres de su tamaño, y siempre había preferido a los de una estatura menos intimidatoria. No obstante, se sentía segura entre sus brazos. Leo parecía verdaderamente preocupado por ella, y su voz la envolvía como terciopelo oscuro.

Era desconcertante.

Si alguien le hubiese dicho que un día se encontraría atrapada en un agujero infecto a solas con el mismísimo lord Ramsay, le hubiera parecido su peor pesadilla. Sin embargo, se estaba convirtiendo en una experiencia más bien agradable. No era de extrañar que Ramsay fuese tan solicitado por las damas londinenses; si era así como las seducía, con esas caricias y esa ternura, Catherine entendía perfectamente su éxito con las mujeres.

Para su pesar, Leo la apartó de él con suavidad.

—Marks... Me temo que no voy a poder encontrar tus lentes entre todo este caos.

—Tengo otro par en casa —informó ella.

—Gracias a Dios. —Leo se incorporó y se quejó en voz baja—. Ahora, si subimos por estos escombros, no será difícil alcanzar la superficie. Voy a alzarte y sacarte de aquí, y luego vas a volver a Ramsay House. Cam entrenó el caballo, así que no tendrás que guiarlo. Él sabrá regresar sin problemas.

—¿Qué va a hacer usted? —preguntó Catherine, desconcertada.

Leo parecía un tanto avergonzado.

—Me temo que voy a tener que esperar hasta que me envíes a alguien.

—¿Por qué?

—Tengo una... —Leo hizo una pausa, buscando una palabra—. Astilla.

Catherine estaba indignada.

—¿Va a dejar que vuelva sola y desamparada, casi ciega, para que alguien vuelva a rescatarle, porque se ha clavado una astilla?

—Una de las grandes —puntualizó él.

—¿Dónde la tiene? ¿En el dedo? ¿En la mano? Tal vez pueda ayudarle a... Ay, Dios mío —pronunció ella cuando Leo le cogió la mano y la llevó hasta su hombro. Tenía la camisa empapada de sangre, y un grueso fragmento de madera le atravesaba la carne—. Esto no es una astilla —dijo Catherine, horrorizada—. ¡Ha sido usted empalado! ¿Qué puedo hacer? ¿Se la extraigo?

—No; puede que haya alcanzado alguna arteria, y no me gustaría desangrarme aquí abajo.

Catherine, ansiosa, se arrimó a la cara de Leo para examinarlo. Aún en la penumbra, tenía la tez pálida y grisácea, y, al tocarle la frente, notó que estaba húmeda y fría.

—No te preocupes —murmuró él—. Parece peor de lo que en realidad es.

Ella no estaba de acuerdo. En todo caso, era peor de lo que parecía. Aterrorizada, temió que Leo sufriese un shock, que el corazón no pudiera bombear sangre suficiente para mantener en funcionamiento su cuerpo. Según había leído, se describía como «una pausa momentánea en el acto de la muerte».

Inmediatamente, se quitó el abrigo y cubrió con él el pecho de lord Ramsay.

—¿Qué estás haciendo?

—Trato de abrigarlo.

Leo se quitó la prenda de encima y lanzó una risa burlona.

—No seas ridícula. Primero, la herida no es tan grave; segundo, es imposible que esta cosita me abrigue lo más mínimo. Y sobre mi plan...

—Es obvio que es una herida de cierta importancia —replicó Catherine—, y su plan no me convence. Tengo uno mejor.

—Por supuesto —contestó él con ironía—. Por una vez, ¿quieres hacer el favor de hacer lo que te pido, Marks?

—No, no pienso dejarlo aquí. Voy a amontonar suficientes escombros para que podamos salir los dos.

—Pero si apenas puedes ver, maldita sea. Además, no vas a poder mover todas estas piedras y maderas; eres demasiado pequeña.

—No es necesario hacer comentarios críticos sobre mi estatura —dijo ella, poniéndose de pie y echando un vistazo a su alrededor.

Una vez que identificó la pila de escombros más elevada, se abrió paso hasta ella y empezó a recoger piedras.

—No estoy criticando. —Leo parecía exasperado—. Tu estatura es absolutamente perfecta para practicar mi actividad favorita, pero tú no estás hecha para levantar piedras. Déjalo, Marks; vas a hacerte daño.

—No se mueva —ordenó Catherine, oyendo que él ponía a un lado algún objeto pesado—. Lo único que conseguirá es agravar la herida, y entonces será todavía más difícil sacarlo de aquí. Déjeme a mí.

Catherine dio con un montón de ladrillos, agarró uno y lo colocó en lo alto de la pila, tratando de no tropezar con las faldas de su vestido.

—No tienes suficiente fuerza —alegó Leo, que parecía mosqueado y cansado.

—Lo que no tengo de fuerza física —contestó ella, levantando otro ladrillo—, lo compenso con determinación.

—Qué estimulante. ¿Podríamos dejar las heroicidades por un puñetero momento y usar el sentido común?

—No pienso discutir con usted, milord. Tengo que ahorrar mis fuerzas para... —Catherine hizo una pausa y recogió otro ladrillo más— apilar rocas.

En algún momento, Leo, aletargado, decidió que nunca más volvería a subestimar a Catherine Marks. Ella era, sin duda, la persona más obstinada que había conocido jamás; no dejaba de levantar rocas y escombros a pesar de la penumbra y de sus largas faldas, pasando una y otra vez delante de él como un topo industrioso. Estaba decidida a construir un montículo a través del cual pudieran salir de allí, y nada iba a detenerla.

De vez en cuando, hacía una pausa y ponía la mano en la frente y el cuello de Leo para tomarle la temperatura o el pulso, para, acto seguido, proseguir con la empresa que se había marcado.

A él le enfurecía no poder ayudarla, y le parecía humillante dejar que una mujer hiciera sola ese trabajo. De todas formas, cada vez que trataba de ponerse de pie, se mareaba y perdía la orientación. El hombro le quemaba y le costaba mucho mover el brazo izquierdo, mientras que de su frente manaba un sudor frío que se le metía en los ojos.

Debió de perder el conocimiento durante unos minutos, porque lo próximo que sintió fueron las manos de Catherine, que lo despertaban con insistencia.

—Marks —dijo Leo, atontado—. ¿Qué estás haciendo aquí? —Tenía la confusa impresión de que era por la mañana y ella pretendía despertarlo antes de lo habitual.

—No se duerma —requirió ella, frunciendo el ceño con nerviosismo—. Ya he amontonado suficientes escombros para poder salir de aquí. Venga conmigo.

Leo se sentía tremendamente fatigado, como si le hubieran cubierto el cuerpo de plomo.

—En unos minutos. Déjame descansar un poco más.

—Ahora, milord —insistió Catherine. Era obvio que no dejaría de atosigarlo hasta que él obedeciera—. Vamos, levántese y acompáñeme. Muévase.

Leo acató la orden refunfuñando y dando bandazos hasta que consiguió mantenerse de pie. Sintió un dolor intenso en el hombro y en el brazo, y no pudo evitar soltar unos cuantos tacos antes de controlarse. Curiosamente, Catherine no se lo reprochó.

—Por ahí —le indicó—. Y no tropiece; es usted demasiado pesado para mí.

Profundamente irritado, aunque consciente de que ella sólo intentaba ayudarlo, Leo se concentró en pisar bien y mantener el equilibrio.

—¿Leo es por Leonard? —preguntó Catherine, lo que lo confundió.

—Maldita sea, Marks, ahora no quiero hablar.

—Conteste —insistió ella.

Él se dio cuenta de que Catherine trataba de mantenerlo despierto.

—No —respondió, jadeando—. Es simplemente Leo. Es que mi padre adoraba las constelaciones. Leo es la... constelación del verano. La estrella más brillante, Regulus, corresponde a su corazón. —Leo hizo una pausa para contemplar la pila de escombros medio borrosa que ella había levantado—. Buen trabajo, sin duda. La próxima vez que acepte algún encargo de arquitectura... —Otra pausa para tomar aire— te recomendaré como contratista.

—De haber encontrado los lentes —señaló Catherine—, podría haber hecho una escalera como es debido.

A Leo se le escapó algo parecido a una risa.

—Tú primero; te sigo.

—Cójase de mis faldas.

—Eso es lo más bonito que me has dicho nunca, Marks.

Con mucho esfuerzo, ambos consiguieron llegar al exterior, pero a Leo se le helaba la sangre, la herida le dolía cada vez más y sus pensamientos eran cada vez más confusos. Cuando pudo tumbarse en el suelo, en una extraña postura lateral, estaba furioso con Catherine por haberlo obligado a realizar semejante esfuerzo, cuando lo que él había querido era quedarse en el hoyo y descansar. El sol era cegador, y Leo tenía calor, se sentía extraño y un dolor punzante se había instalado detrás de sus ojos.

—Iré a buscar mi caballo —dijo ella—. Cabalgaremos juntos de vuelta.

La idea de montar y cabalgar de regreso a Ramsay House le resultaba agotadora. No obstante, la incansable insistencia de Catherine no le dejaba otra opción que obedecer. Muy bien, cabalgaría; cabalgaría hasta la muerte, y ella aparecería en la casa con su cadáver detrás.

Leo se quedó allí sentado, furioso, hasta que Catherine trajo el caballo. La rabia le proporcionó la fuerza necesaria para realizar un último y titánico esfuerzo. Montó detrás de ella y pasó el brazo sano alrededor del cuerpo esbelto de la muchacha, aferrándose y temblando a causa de las molestias. Catherine era menuda pero fuerte, y su columna vertebral, un eje sólido que los sostenía a ambos. Ahora, lo único que Leo tenía que hacer era aguantar. Su resentimiento se evaporó, disipado por el agudísimo dolor.

Entonces, oyó la voz de Catherine.

—¿Por qué ha decidido no casarse jamás?

Leo se arrimó a su oído.

—No es justo que me hagas preguntas de índole personal cuando casi estoy delirando; podría contarte la verdad.

—¿Por qué? —insistió Catherine.

¿Acaso no se daba cuenta de que le estaba pidiendo que desvelase una parte de su vida, de su pasado, que nunca mostraba a nadie? De haberse sentido un poco mejor, le hubiera parado los pies al instante.

Sin embargo, sus habituales mecanismos de defensa no eran, en aquel momento, más efectivos que la ruinosa muralla de piedra que rodeaba la vieja casa solariega.

—Es por la chica que murió, ¿verdad? —preguntó Catherine, sorprendiéndolo—. Estaban prometidos, pero ella murió por culpa de la misma escarlatina que padecieron Win y usted. ¿Cómo se llamaba?

—Laura Dillard. —A Leo le parecía imposible que pudiera compartir eso con Catherine Marks, pero ella parecía estar segura de que él lo haría. Y, por alguna extraña razón, él la estaba complaciendo—. Era una chica preciosa. Le encantaba pintar acuarelas. Hay pocos a los que se les dé bien; la gente tiene demasiado miedo de cometer errores. Una vez que se pone un color, es imposible eliminarlo o camuflarlo, y el agua hace que sea impredecible, un elemento activo del proceso, por lo que hay que dejarlo comportarse a su antojo. A veces, el color se difumina de una forma que no te esperas, o una sombra se mezcla con otra. A Laura no le importaba; le gustaba sorprenderse. Éramos amigos de la infancia. Yo me fui dos años fuera a estudiar arquitectura y, cuando volví, nos enamoramos sin más. Nunca discutíamos, porque no había nada sobre lo que discutir, nada que se interpusiera entre nosotros. Mis padres habían fallecido el año anterior. A mi padre le dio un paro cardíaco; una noche se fue a dormir y ya no despertó; y mi madre le siguió a los pocos meses. La muerte de su esposo fue demasiado para ella. Fue entonces cuando tomé conciencia de que algunas personas podían morir de pena.

Leo calló por unos instantes, perdido en sus recuerdos como si fueran hojas y ramas flotando en un río.

—Cuando Laura enfermó, nunca se me ocurrió que no fuera a recuperarse. Pensaba que el poder de nuestro amor era más fuerte que cualquier enfermedad. Pero estuve a su lado durante tres días y sentí que cada hora que pasaba ella estaba más cerca de la muerte; era como agua colándose a través de mis dedos. Sostuve su mano hasta que el corazón dejó de latirle y su piel, finalmente, se enfrió. La fiebre había hecho su trabajo.

—Lo lamento —dijo Catherine en voz baja cuando Leo terminó, tomando su mano—. Lo lamento de veras. Yo... Oh, no sé qué decir.

—No pasa nada —dijo él—. Hay experiencias en la vida que no pueden expresarse con palabras.

—Sí —coincidió ella, sin soltar la mano de Leo—. Después de que Laura falleciera —dijo al cabo de un momento—, cayó usted enfermo de lo mismo.

—Fue un alivio.

—¿Por qué?

—Porque deseaba seguir sus pasos; pero Merripen, con sus puñeteras pociones gitanas, no lo permitió. Me llevó mucho tiempo perdonárselo. Lo odié por mantenerme con vida; a él y al mundo, por arrebatármela. A mí, por no tener las agallas para terminar con todo. Cada noche me dormía suplicando que Laura se me apareciese, y creo que, por algún tiempo, fue así.

—¿Quiere usted decir... en sueños? ¿O literalmente, como un fantasma?

—Ambos, supongo. Hice de mi vida y la de mi familia un infierno, hasta que acabé aceptando que ella ya no existía.

—Y todavía la quiere —señaló Catherine en tono funesto—. Es por eso por lo que jamás se casará con nadie.

—No. Tengo un extraordinario recuerdo del tiempo que pasamos juntos, pero de eso hace ya una eternidad, y no podría volver a pasar por lo mismo; cuando me enamoro, amo como un loco.

—No tiene por qué volver a suceder lo mismo.

—No, aún podría ser peor, porque, entonces, no era más que un muchacho. Y teniendo en cuenta cómo soy ahora y lo que necesito... sería demasiado para cualquiera. —A Leo se le escapó una carcajada sardónica—. Soy demasiado incluso para mí mismo, Marks.

8

Cuando llegaron al bosque, no demasiado lejos de Ramsay House, Catherine estaba al borde de la desesperación. Leo sólo respondía con monosílabos, y a duras penas podía sostenerse. Estaba temblando y sudaba, y el brazo con el que se aferraba a ella no era más que un peso frío sobre su torso. Por si eso fuera poco, tenía el vestido empapado de sangre de Leo a la altura del hombro. Entonces, divisó la imagen borrosa de un grupo de hombres que se preparaba para descargar un carro lleno de troncos. «Que Merripen se encuentre entre ellos, por el amor de Dios», pensó.

—¿Está el señor Merripen con ustedes? —preguntó en voz alta.

Para alivio suyo, la gallarda y oscura figura de Merripen apareció entre los peones.

—¿Sí, señorita Marks?

—Lord Ramsay está herido —dijo Catherine con desesperación—. Sufrimos una caída, y se hirió el hombro.

—Llévelo a la casa. Nos vemos allí.

Antes de que ella pudiera responder, Merripen salió corriendo hacia allá a gran velocidad.

Cuando Catherine y Leo llegaron a la entrada principal, el cuñado de Leo ya estaba allí.

—Hemos sufrido un accidente en las ruinas —explicó ella—.

Hace por lo menos una hora que tiene una estaca alojada en el hombro. Está muy frío y habla de manera confusa.

—Yo siempre hablo así —se defendió Leo, detrás de Catherine—. Estoy perfectamente lúcido. —Trató de bajarse del caballo, pero perdió el equilibrio. Merripen, muy atento, evitó que cayera al suelo, y se pasó el brazo sano de Leo por encima del hombro. El dolor sobresaltó a este último, que no pudo evitar quejarse—. Con cuidado, condenado hijo de perra.

—De acuerdo, estás lúcido —coincidió Merripen secamente, dirigiéndose a Catherine—. ¿Dónde está el caballo de lord Ramsay?

—Sigue en las ruinas.

Merripen le dio un repaso de arriba abajo.

—¿Está usted herida, señorita Marks?

—No, señor.

—Bien. Ahora vaya a buscar a Cam, rápido.

Acostumbrados como estaban los Hathaway a las emergencias, gestionaron la situación de manera rápida y eficiente. Cam y Merripen, uno de cada lado, ayudaron a Leo a entrar en la mansión y a subir a sus aposentos. Aunque en la finca se había construido una casa de solteros para uso de Leo, él había insistido que fueran Merripen y Win quienes viviesen allí, arguyendo que los recién casados precisaban de más intimidad que él. Cuando llegó a Hampshire, se instaló en una de las habitaciones para invitados de la casa principal.

Cam, Merripen y él formaban un trío bastante armonioso. Cada uno tenía su parcela de responsabilidad, y si bien Leo era el propietario de las tierras, no tenía problema alguno en compartir la autoridad. Cuando, tras dos años de ausencia, regresó de Francia, le sorprendió gratamente ver que ellos dos habían restaurado la propiedad. Ambos habían convertido aquella finca venida a menos en una próspera y floreciente empresa, y ninguno de los dos había pedido nada a cambio. Además, Leo había reconocido que tenía mucho que aprender de ellos.

Llevar una propiedad como aquélla requería mucho más que pasar el rato en la biblioteca con un vaso de oporto, como hacían los aristócratas de las novelas. Hacía falta tener un amplio conocimiento de agricultura, comercio, cría de animales, construcción, producción maderera y optimización de la tierra. Todo ello, añadido al trato con políticos y con el Parlamento, era más de lo que un hombre solo podía hacerse cargo. En consecuencia, Merripen y Leo habían acordado compartir lo que concernía a la madera y a la agricultura, mientras que Cam se encargaba de los negocios y las inversiones.

En lo referente a emergencias médicas, a pesar de que Merripen era bastante competente en tales lides, era Cam quien solía hacerse cargo. Había aprendido las artes curativas a través de su abuela rumana, y tenía cierta experiencia en tratar enfermedades y lesiones. Era mejor, más seguro incluso, dejar que él se ocupara de Leo, antes que llamar a un médico.

Lo habitual en la medicina moderna era que, ante cualquier dolencia, los doctores practicaran una sangría a sus pacientes, a pesar de la controversia que existía entre la comunidad médica. Los estadísticos habían empezado a estudiar historiales clínicos para demostrar que las sangrías no eran beneficiosas en ningún caso, pero lo cierto era que seguían llevándose a cabo. A veces, incluso para tratar hemorragias, de acuerdo con la creencia de que era mejor hacer algo que no hacer nada en absoluto.

—Amelia —dijo Cam mientras él y Merripen acostaban a Leo en su cama—, vamos a necesitar cubos de agua caliente y todas las toallas que puedas encontrar. Y Win, tal vez Beatrix y tú podríais acompañar a la señorita Marks a su habitación y ayudarla.

—Oh, no —protestó Catherine—. Gracias, pero no necesito ayuda. Puedo asearme yo misma y...

No obstante, sus objeciones fueron ignoradas. Win y Beatrix no la dejaron sola hasta que supervisaron su baño y la ayudaron a lavarse el cabello y a ponerse un vestido limpio. Encontraron su par de anteojos de repuesto y Catherine pudo volver a ver bien. Win insistió en aplicarle un bálsamo en las manos y en vendarle los dedos.

Al fin, le permitieron ir a la habitación de Leo, mientras Win y Beatrix decidieron esperar en la planta baja. Catherine encontró a Amelia, Cam y Merripen alrededor de la cama. Leo tenía el torso desnudo y cubierto por mantas. A Catherine no debería haberle sorprendido que estuviese discutiendo a la vez con sus tres cuidadores.

—No necesitamos que nos dé permiso —le dijo Merripen a Cam—. Yo mismo le obligaré a tragárselo si es necesario.

—Y un cuerno —protestó Leo—. Te mataré si lo intentas.

—Nadie va a obligarte a nada —intervino Cam, que parecía un poco exasperado—, pero lo que dices no tiene sentido. Tienes que explicarnos tus motivos, *phral*. —Siempre usaba la lengua romaní para llamarle «hermano».

—No tengo por qué daros ninguna explicación. Merripen y tú podéis coger esa porquería y metérosla por el...

—¿Qué sucede? —preguntó Catherine desde la puerta—. ¿Hay algún problema?

Amelia salió al pasillo, tensa por la preocupación y cansada de discutir.

—Sí; el problema es que mi hermano es un auténtico ceporro —dijo, lo bastante alto para que Leo pudiera oírla. Entonces, se volvió hacia Catherine y bajó la voz—. Cam y Merripen dicen que la herida no es grave, pero que puede ponerse muy fea si no se la limpian en profundidad. El trozo de madera ha quedado alojado entre la clavícula y la juntura del hombro, y no hay forma de saber a qué profundidad. Tienen que irrigar la herida para poder extraer astillas o hebras de tela; de lo contrario, se infectará. En otras palabras, va a ser una carnicería, y Leo se niega a tomar el láudano.

Catherine la miró azorada.

—Pero tiene que tomar algo que lo sede.

—Exacto, pero no quiere. No deja de decirle a Cam que se deje de tonterías y vaya directo al grano, como si alguien pudiera efectuar semejante labor con su paciente gritando de dolor.

—Os digo que no voy a gritar —insistió Leo desde el lecho—. Sólo hago eso cuando Marks se pone a recitar poesía.

A pesar de su desasosiego, Catherine estuvo a punto de sonreír.

Echó un vistazo dentro de la habitación y comprobó que Leo tenía un color horrible. En lugar de su habitual tono bronceado, su piel había adoptado una palidez grisácea, y estaba temblando como un perro mojado. Sus miradas se cruzaron. Leo parecía tan orgulloso, exhausto y abatido que Catherine no pudo evitar preguntarle:

—¿Podría tener unas palabras con usted, milord?

—Faltaría más —respondió él con aspereza—. Me encantaría tener alguien más con quien discutir.

Catherine entró en la habitación, y Cam y Merripen se hicieron a un lado.

—¿Les importaría dejarme un momento a solas con lord Ramsay? —preguntó con expresión de disculpa.

Cam la miró desconcertado, preguntándose qué clase de influencia pensaba ella que podría tener sobre Leo.

—A ver si puede convencerlo de que beba la medicina que tiene en la mesita de noche.

—Y si eso no funciona —añadió Merripen—, pruebe a darle en la cabeza con el atizador.

Dicho esto, ambos salieron al pasillo.

Una vez que estuvo a solas con Leo, Catherine se acercó a la cama. Frunció el labio al ver la estaca clavada en el hombro y la carne lacerada y sangrante. Como no había una silla libre, se sentó con cuidado en el borde del colchón.

—¿Por qué no quiere tomar el láudano? —preguntó con tono preocupado, mirando a Leo a los ojos.

—Maldita sea, Marks... —Leo suspiró—. No puedo. Créeme, sé cómo va a doler sin beberme eso, pero no tengo otra opción. Es... —Se detuvo y apartó la mirada de Catherine; la boca le temblaba.

—¿Por qué? —insistió ella. Catherine sentía tantos deseos de comprenderlo que, casi sin darse cuenta, acabó tocándole la mano. Como él no ofreció resistencia, hizo acopio de valor y deslizó sus dedos vendados por la palma fría de Leo—. Cuénteme —le rogó—. Por favor.

Leo volvió la mano y tomó la de ella con una delicadeza que

hizo que Catherine se estremeciera. Era una sensación de alivio, como si todo encajara. Ambos contemplaron sus manos entrelazadas, conscientes del calor que las unía.

—Después de morir Laura —oyó Catherine que Leo contestaba con voz gruesa—, empecé a comportarme de manera nefasta, peor que ahora, si es que puedes imaginártelo. Pero, hiciera lo que hiciese, nada me proporcionaba el olvido que yo ansiaba. Una noche, con algunos de mis amigos más libertinos, fui a un fumadero de opio del East End. —Leo notó que Catherine tensaba la mano e hizo una pausa—. Podía olerse el humo por todo el callejón; el aire era marrón de lo cargado que estaba. Me llevaron a una habitación llena de hombres y mujeres que yacían sin orden ni concierto sobre camastros y almohadones, balbuceando, medio dormidos. La luz de las pipas... Era como montones de pequeños ojos rojos parpadeando en la oscuridad.

—Suena como una visión infernal —susurró Catherine.

—Sí, y en el infierno era exactamente donde yo quería estar. Alguien me trajo una pipa. Con la primera calada, me sentí tanto mejor que estuve a punto de echarme a llorar.

—¿Qué se siente? —preguntó Catherine, cerrando el puño.

—En un instante, todo es maravilloso, y no hay nada, por oscuro o doloroso que sea, que pueda cambiar esa sensación. Imagínate que toda la culpa, el miedo y la ira que hubieras sentido jamás, se fueran volando como una pluma que se lleva el viento.

Quizás, en otro tiempo, Catherine le hubiera echado en cara el que se hubiera permitido semejante complacencia. En aquel momento, sin embargo, no sentía otra cosa que compasión, puesto que entendía el dolor que lo había llevado a esos extremos.

—Pero la sensación no dura demasiado —murmuró.

Leo sacudió la cabeza.

—No, y cuando se va, estás mucho peor que antes. Nada te complace. La gente a la que quieres no te importa, y sólo piensas en el opio y en cuándo volverás a fumarlo.

Catherine contempló el rostro de Leo, parcialmente vuelto de costado. Le costaba creer que ése fuera el mismo hombre que con tanto desdén había tratado durante el último año. Hasta

77

aquel día, nada parecía importarle, y a ella le había parecido alguien sumamente superficial y egoísta. La verdad, sin embargo, era que había demasiadas cosas que le importaban.

—¿Qué lo detuvo? —preguntó Catherine en tono amable.

—Llegué a un punto en el que la idea de seguir viviendo me resultaba condenadamente fatigosa. Cogí una pistola, pensando en acabar con todo, pero Cam me detuvo. Me contó que los gitanos creían que si uno lloraba demasiado tiempo la pérdida de un ser querido, convertían el espíritu de éste en un fantasma. Me dijo que, por el bien de Laura, tenía que abandonar esa obsesión por ella. —Leo miró a Catherine con sus fascinantes ojos azules—. Y eso hice. Al mismo tiempo, decidí dejar el opio, y desde entonces no he vuelto a tocarlo. Dios mío, Cat, no sabes lo difícil que fue. Tuve que darlo todo. Si volviese a probarlo, aunque sólo fuera una vez, caería en un pozo del que nunca podría volver a salir. No puedo correr ese riesgo, y no lo haré.

—Leo... —dijo ella, y vio que él la miraba con estupefacción. Era la primera vez que Catherine lo llamaba por su nombre—. Tome el láudano. No dejaré que recaiga en el vicio.

Leo esbozó una mueca.

—¿Acaso te estás ofreciendo a hacerte responsable de mí?

—Sí.

—Soy demasiado para ti.

—No —dijo ella con decisión—, no lo es.

Él rio con amargura, y luego se quedó mirando a Catherine con curiosidad, como si fuese alguien que debía de conocer pero a quien no podía situar.

Ella a duras penas podía creer que estuviera sentada en el borde de la cama de Leo, sosteniendo la mano de aquel hombre con el que durante tanto tiempo había estado enfrentada. Jamás se hubiese imaginado que él acabaría mostrándose tan vulnerable ante ella.

—Confíe en mí —insistió Catherine.

—Dame una razón por la que debería hacerlo.

—Porque puede.

Leo sacudió la cabeza levemente, sin apartar los ojos de ella.

En un primer momento, Catherine pensó que él se estaba negando, pero resultó ser que solamente estaba extrañado de su propio comportamiento. Leo hizo un gesto en dirección al vasito de líquido que tenía en la mesita de noche.

—Dámelo —masculló—, antes de que lo piense mejor.

Catherine le pasó el vaso y él se lo tragó en unos pocos y eficientes sorbos. Leo se estremeció y le devolvió la copa vacía.

Ambos esperaron juntos a que la medicina hiciera efecto.

—Mírate las manos... —dijo Leo, fijándose en los dedos vendados de Catherine. La punta de su pulgar rozó suavemente la superficie de las uñas de la joven.

—No es nada —respondió ella—. Tan sólo unos rasguños.

La mirada de Leo se desenfocó, y sus ojos azules se cerraron. El rictus dolorido empezó a difuminarse.

—¿Te había dado ya las gracias por sacarme de las ruinas? —preguntó.

—No es necesario que lo haga.

—De todas formas, gracias. —Leo tomó una de las manos de Catherine y apoyó la palma contra su mejilla, sin abrir los ojos—. Eres mi ángel de la guarda —dijo, empezando a balbucear—. No sabía que tenía uno hasta este momento.

—De haberlo tenido —contestó ella—, es probable que fuera demasiado deprisa para que él pudiera seguir su ritmo.

Leo bosquejó una sonrisa y rio quedamente.

La sensación de aquel rostro en su mano provocó en Catherine una ternura tan intensa que tuvo que recordarse a sí misma que el opio ya estaba ejerciendo su influencia en Leo. Aquel sentimiento que estaba naciendo entre los dos era irreal, pero, aun así, parecía que algo nuevo estaba surgiendo de los restos de la hostilidad que había caracterizado su relación hasta el momento. Catherine notó que Leo tragaba saliva y sintió una conexión íntima y estremecedora entre ambos.

Permanecieron así hasta que un ruido proveniente de la puerta la sobresaltó.

Cam entró en la habitación, advirtió que el vaso estaba vacío, miró a Catherine e hizo un gesto de aprobación.

—Bien hecho —dijo—. Esto le pondrá las cosas más fáciles a lord Ramsay; y lo que es más importante, a mí.

—Vete al diablo —replicó Leo como pudo, abriendo ligeramente los ojos mientras Cam y Merripen volvían a su lado, acompañados de Amelia, que cargaba con una pila de paños y toallas limpias. Catherine se apartó con desgana de Leo y retrocedió hasta la puerta.

Cam contempló a su cuñado con una mezcla de afecto y preocupación. La abundante luz que entraba por la ventana hacía relucir su cabello oscuro.

—Puedo ocuparme de esto, *phral*; pero, si lo prefieres, puedo hacer venir a un matasanos.

—No, por Dios. No quiero que me cubran de sanguijuelas.

—Conmigo no tienes que preocuparte por eso —le aseguró Cam mientras le sacaba las almohadas de debajo de la espalda—. Me aterrorizan.

—¿En serio? —preguntó Amelia—. No tenía ni idea.

Cam ayudó a Leo a volver a recostarse.

—Una vez, de niño, cuando todavía vivía con la tribu, fui a un estanque con algunos chiquillos y regresamos con las piernas cubiertas de sanguijuelas. Me gustaría decir que grité como una chica, pero éstas no chillaban tanto.

—Pobre Cam —dijo Amelia, sonriendo.

—¿Pobre Cam? —repitió Leo, indignado—. ¿Y qué pasa conmigo?

—No quiero ser demasiado simpática contigo —contestó ella—. Sospecho que has hecho todo esto para librarte de la siembra de nabos.

Leo respondió con dos palabras concretas que la hicieron reír.

Amelia bajó las sábanas a la altura de la cintura de su hermano y, con mucho cuidado, colocó toallas debajo de su hombro herido. La visión de su torso, esbelto y musculoso, y de esa mínima e intrigante capa de vello que tenía en el pecho, trastornó ligeramente a Catherine, quien se apartó un poco más de la puerta. No deseaba irse, pero era consciente de que no era adecuado que se quedara.

Cam le plantó un beso a su mujer en la frente y la apartó de la cama.

—Espera más allá, necesitamos espacio para poder trabajar, *monisha*. —Así llamaba a su esposa en romaní. Entonces, Cam se volvió hacia la bandeja del instrumental.

En cuanto oyó el sonido de cuchillos y utensilios metálicos, Catherine palideció.

—¿No vas a sacrificar una cabra o llevar a cabo alguna danza ritual? —preguntó Leo, medio atontado—. Supongo que, por lo menos, cantarás algo.

—Ya hemos hecho todo eso abajo —contestó Cam, entregándole un pedazo de cuero—. Muerde esto, y trata de no armar demasiado escándalo mientras trabajamos, que mi hijo está durmiendo la siesta.

—Antes de que me ponga esto en la boca, podrías decirme el último sitio donde ha estado metido. —Leo titubeó—. Pensándolo mejor, prefiero no saberlo. —Se puso la tira de cuero entre los dientes y, al cabo de un instante, volvió a sacársela, para añadir—: Espero que no me amputéis nada.

—Si lo hacemos —dijo Merripen, limpiando cuidadosamente la zona alrededor de la herida—, no será intencionado...

—¿Listo, *phral*? —oyó Catherine que preguntaba Cam—. Agárralo bien, Merripen. De acuerdo; a la de tres.

Amelia se reunió con Catherine en el pasillo; su rostro estaba tenso, y se rodeó con los brazos la cintura.

Oyeron un leve gemido de Leo, seguido de unas palabras en lengua gitana entre Cam y Merripen. Hablaban de manera enérgica, a la vez que tranquilizadora.

Era evidente que, a pesar de los efectos del opio, la operación estaba siendo difícil de soportar. Cada vez que Catherine oía un gruñido de dolor por parte de Leo, su cuerpo se ponía tenso y apretaba los dedos con fuerza.

Al cabo de dos o tres minutos, Amelia se asomó por la puerta.

—¿Se ha astillado? —preguntó.

—Sólo un poquito, *monisha* —contestó Cam—. Podría haber sido mucho peor, pero... —Cam hizo una pausa al oír que

Leo se quejaba en voz baja—. Lo siento, *phral*. Merripen, coge las pinzas y... sí, esa parte de ahí.

Amelia, lívida, se volvió hacia Catherine, y la sorprendió abrazándose a ella de la misma manera en que lo hubiera hecho con Win, Poppy o Beatrix. Catherine se sobresaltó ligeramente, no por aversión, sino por estupefacción.

—Me alegro de que no hayas resultado herida, Catherine —dijo Amelia—. Gracias por ocuparte de lord Ramsay.

Catherine asintió. Amelia retrocedió y esbozó una sonrisa.

—No le pasará nada, ya verás. Tiene más vidas que un gato.

—Eso espero —dijo Catherine, seria—. Espero que todo esto no sea por culpa de la maldición de los Ramsay.

—Yo no creo en maldiciones, hechizos ni nada por el estilo. La única maldición a la que se enfrenta mi hermano se la ha impuesto él mismo.

—Lo dice... ¿Lo dice por lo de Laura Dillard?

Los ojos azules de Amelia se abrieron de par en par.

—¿Es que te ha hablado de ella?

Catherine volvió a asentir.

Parecía que aquella noticia había cogido a Amelia por sorpresa. Tomó a Catherine del brazo y se la llevó pasillo abajo, donde no pudieran ser oídas.

—¿Qué te ha contado?

—Que le gustaba pintar con acuarelas —contestó Catherine, dubitativa—. Que estaban prometidos, pero que ella enfermó de escarlatina y acabó muriendo entre sus brazos. Y que... su fantasma lo estuvo rondando durante algún tiempo. Tal cual. Pero eso es imposible, ¿no?

Amelia se quedó en silencio durante, al menos, medio minuto.

—Tal vez —respondió finalmente con sosiego—. No admitiría esto delante de mucha gente; hace que parezca una demente —dijo, esbozando una sonrisa maliciosa—. Sin embargo, has vivido con esta familia lo bastante como para saber que, ciertamente, somos una pandilla de locos. —Hizo una pausa—. Catherine.

—¿Sí?

—Mi hermano nunca habla de Laura Dillard con nadie. Jamás.

Catherine parpadeó.

—Estaba dolorido y sangrando.

—No creo que ése sea el motivo por el que ha confiado en ti.

—¿Qué otra razón podría haber? —preguntó Catherine, inquieta.

La expresión de su rostro reflejaba lo mucho que temía la respuesta.

Amelia la miró fijamente y, acto seguido, encogió los hombros y esbozó una sonrisa pícara.

—Ya he dicho demasiado; perdóname. Es sólo que me encantaría ver feliz a mi hermano. —Amelia hizo una pausa, y entonces, con suma franqueza, añadió—: Y a ti también.

—Le aseguro, madame, que una cosa no tiene que ver con la otra.

—Por supuesto —murmuró Amelia, regresando a la puerta a esperar.

9

Una vez que le limpiaron y vendaron la herida, Leo quedó pálido y exhausto. Durmió el resto del día, despertándose de vez en cuando para beber caldo o tisana. Toda la familia se dedicó al máximo a su cuidado.

Tal y como había supuesto, el opiáceo le provocó pesadillas, repletas de seres monstruosos que surgían de la tierra y lo asían con sus garras, haciéndolo descender hacia las profundidades, donde, en la oscuridad, lo esperaban multitud de brillantes ojos rojos. Narcotizado como estaba, Leo no podía dejar de soñar, retorciéndose, acalorado y angustiado, mientras una alucinación sucedía a otra. Sólo consiguió calmarse cuando le pusieron un paño frío y húmedo en la frente, y una presencia amable y tranquilizadora se instaló a su lado.

—¿Amelia? ¿Win? —balbuceó, confuso.

—Chist...

—Tengo calor —dijo Leo, con un suspiro de dolor.

—No se mueva.

Apenas si se dio cuenta de las dos o tres veces que le cambiaron el paño. Un frescor benigno sobre su frente... Una mano amable sobre su mejilla...

Cuando se despertó al día siguiente, estaba cansado, con fiebre y profundamente deprimido. Era la resaca habitual del opio, pero saberlo a duras penas aplacaba aquel malestar abrumador.

—Tienes un poco de fiebre —le comunicó Cam por la mañana—. Tendrás que tomar más infusión de milenrama para bajar-
la. Lo bueno es que no hay señales de infección. Hoy dedícate a
descansar; estoy seguro de que mañana te sentirás mucho mejor.

—Esta tisana sabe a rayos —murmuró Leo—. Y no pienso
quedarme en la cama todo el día.

El semblante de Cam adoptó una expresión condescendiente.

—Te entiendo, *phral*. No te encuentras lo bastante mal para
pasarte el día en reposo, pero tampoco lo bastante bien para hacer nada. De todas formas, tienes que hacer lo posible por curar-
te, o...

—Voy a bajar a desayunar como es debido.

—Demasiado tarde; ya han recogido la mesa.

Leo frunció el ceño y se rascó la cara, haciendo un gesto de
dolor al mover el hombro.

—Dile a Merripen que suba; quiero hablar con él.

—Está fuera con los arrendatarios, sembrando semillas de
nabo.

—¿Y Amelia?

—Cuidando del bebé; le están saliendo los dientes.

—¿Qué hay de Win?

—Está con el ama de llaves, haciendo el inventario y encargan-
do víveres. Beatrix se ha ido al pueblo a ayudar a los ancianos; y yo
tengo que visitar a un aparcero que debe dos meses de renta. Me
temo que no hay nadie disponible para entretenerte.

Leo ponderó la situación en silencio. Entonces, se atrevió a
preguntar por la persona a la que realmente deseaba ver; la persona que no se había molestado en ver cómo se encontraba o preguntar por él, incluso después de prometer que lo protegería.

—¿Dónde está Marks?

—La última vez que la vi, estaba ocupada cosiendo. Parece que
había mucho que remendar, y...

—Puede hacerlo aquí.

Cam no supo cómo reaccionar.

—¿Quieres que la señorita Marks cosa en tu habitación?

—Sí, mándamela aquí arriba.

—Iré a preguntarle qué le parece —dijo Cam, que no las tenía todas consigo.

Una vez que se hubo lavado y, con considerable esfuerzo, se hubo puesto una bata, Leo volvió a la cama. Estaba dolorido y le costaba mantenerse en pie, cosa que lo enfurecía. Una criada le trajo una bandeja con una triste tostada y una taza de té, que Leo tomó mientras contemplaba la puerta de la habitación con aire taciturno.

¿Dónde estaba Marks? ¿Se habría molestado Cam siquiera en avisarle de que eran requeridos sus servicios? Porque, de ser así, era evidente que había hecho caso omiso de ello.

Una arpía cruel y desalmada, eso es lo que era; y después de haberle prometido que se haría responsable de él. Lo había convencido de que tomara el láudano, para abandonarlo a continuación.

Bueno, pues Leo ya no deseaba su compañía. Si, al final, ella decidía aparecer, él la echaría. Se reiría con desdén y le diría que prefería estar solo a tenerla a ella en su habitación. Le...

—¿Milord?

A Leo le dio un vuelco el corazón cuando la vio en la puerta, ataviada con un vestido azul oscuro, y su cabello rubio recogido en el habitual moño tirante.

Catherine sostenía un libro en una mano y un vaso lleno de un líquido pálido en la otra.

—¿Cómo se encuentra esta mañana?

—Aburrido a más no poder —contestó él con el ceño fruncido—. ¿Por qué has tardado tanto en subir?

—Pensaba que todavía estaría usted durmiendo. —Catherine entró en la habitación y dejó la puerta abierta del todo. La silueta alargada y peluda de *Dodger*, el hurón, vino detrás de ella. Después de levantarse sobre las patas traseras y mirar a su alrededor, el animal se escabulló bajo el tocador. Catherine lo miró con suspicacia—. Debe de ser uno de sus nuevos escondites —dijo, suspirando. Le dio a Leo el vaso de líquido opaco—. Bébase esto, por favor.

—¿Qué es?

—Adelfilla, para su fiebre. He añadido un poco de limón y azúcar para que sepa mejor.

Leo ingirió aquel brebaje amargo, mientras observaba cómo ella recorría la habitación. Catherine abrió otra ventana para dejar entrar un poco más de aire fresco. Luego sacó la bandeja del desayuno al pasillo y se la entregó a una criada que pasaba por allí. Cuando regresó al lado de Leo, le puso la mano en la frente para tomarle la temperatura.

Él la cogió de la muñeca, para evitar que se moviera. De repente se dio cuenta de algo y la miró fijamente.

—Fuiste tú —dijo—. Fuiste tú quien vino anoche.

—¿Perdón?

—Tú me pusiste el paño húmedo en la frente; varias veces.

Catherine entrelazó sus dedos con los de Leo.

—Como si fuera a entrar en la habitación de un hombre en plena noche —dijo en voz muy baja.

Sin embargo, ambos sabían que era cierto. El aire melancólico de Leo se desvaneció casi por completo, sobre todo cuando vio preocupación en la mirada de Catherine.

—¿Cómo están tus manos? —preguntó, cogiendo sus dedos arañados para inspeccionarlos.

—Mucho mejor, gracias —contestó ella, haciendo una pausa—. Me han dicho que quería compañía.

—En efecto —se apresuró a responder él—. Me apañaré contigo.

Catherine frunció los labios.

—Muy bien.

Leo deseó apretarse contra ella e impregnarse de su aroma. Catherine desprendía un olor limpio y ligero, como a té, talco y lavanda.

—¿Quiere que le lea un poco? —propuso ella—. He traído una novela. ¿Le gusta Balzac?

El día estaba mejorando ostensiblemente.

—¿A quién no?

Catherine se sentó en una silla junto a la cama.

—Para mi gusto, divaga demasiado. Prefiero novelas con más argumento.

—Con Balzac —arguyó él—, tienes que poner todo de tu parte. Hay que deleitarse y meterse de lleno en el lenguaje. —Leo se detuvo para contemplar el rostro menudo y ovalado de Catherine. Estaba pálida y tenía ojeras, debido, sin duda, a las numerosas visitas que le había hecho a lo largo de la noche—. Pareces cansada —dijo sin rodeos—. Por mi culpa. Perdóname.

—Oh, en absoluto; no tiene nada que ver con usted. He tenido pesadillas.

—¿Sobre qué?

El semblante de Catherine se ensombreció. Territorio prohibido. Leo, no obstante, no pudo evitar presionarla un poco.

—¿Acerca de tu pasado? ¿Sobre la situación en la que Rutledge te encontró, cualquiera que sea?

Catherine exhaló y se puso de pie; parecía pasmada y un tanto molesta.

—Quizá debería irme.

—No —repuso Leo rápidamente, indicándole con la mano que se quedara—. No te vayas; necesito compañía. Todavía estoy sufriendo los efectos secundarios del láudano que tú me convenciste para que tomara. —Viendo que Catherine seguía dudando, añadió—: Y, además, tengo fiebre.

—Muy poca.

—Quédate, Marks; eres una dama de compañía, ¿verdad? —dijo Leo, frunciendo el ceño—. Pues haz tu trabajo.

Durante un instante, Catherine pareció indignada, pero entonces, a pesar de su esfuerzo por contenerla, se le escapó una carcajada.

—Yo soy la dama de compañía de Beatrix —replicó—, no la suya.

—Hoy serás la mía. Siéntate y empieza a leer.

Para sorpresa de Leo, su reacción autoritaria dio resultado. Catherine volvió a tomar asiento y abrió el libro por la primera página. A continuación, con la punta del dedo índice, se puso los anteojos en su sitio, un gesto pequeño, pero meticuloso, que él adoraba.

—*Un Homme d'Affaires* —leyó—. «Un Hombre de Negocios. Capítulo uno.»

—Espera.

Catherine, expectante, miró a Leo, quien escogió sus palabras cuidadosamente.

—¿Hay algo de tu pasado de lo que estarías dispuesta a hablar?

—¿Con qué propósito?

—Simple curiosidad.

—No me gusta hablar de mí.

—¿Ves? Ésa es la prueba de lo interesante que resultas. No hay nada más aburrido que gente a la que le gusta hablar de sí misma; yo, sin ir más lejos.

Catherine bajó la vista hacia el libro, como tratando por todos los medios de concentrarse en la página. Al cabo de pocos segundos, sin embargo, volvió a levantarla, esbozando una sonrisa que derritió a Leo.

—Es usted muchas cosas, milord; pero aburrido no es una de ellas.

Mirándola, él volvió a sentir la misma calidez, la misma felicidad inexplicable que había experimentado el día anterior, antes del incidente en las ruinas.

—¿Qué le gustaría saber? —preguntó Catherine.

—¿Cuándo supiste que necesitabas anteojos?

—Debía de tener cinco o seis años. Mis padres y yo vivíamos en Holborn, en una casa vecinal de Portpool Lane. Como, por aquel entonces, las chicas no podían ir a la escuela, una mujer del lugar nos daba clases a algunas niñas. Ella le dijo a mi madre que se me daba muy bien memorizar, pero que era un poco lenta en lo referente a lectura y escritura. Un día, mi madre me mandó a buscar algo a la carnicería. Estaba a sólo dos calles, pero me perdí. Todo estaba borroso. Me encontraron vagando varias calles más allá, llorando, y alguien me llevó a la carnicería. —Catherine sonrió—. Qué hombre tan amable. Cuando le conté que no podría regresar a casa por mi cuenta, me dijo que tenía una idea, y me probó los anteojos de su esposa. No podía creer cómo había cambiado el mundo; era algo mágico. Era capaz de ver el contorno de los ladrillos en las paredes, y los pájaros que volaban, incluso la trama del delantal del carnicero. Aquél era mi problema, me dijo, que no podía ver bien. Desde entonces llevo anteojos.

—Supongo que a tus padres les alegró descubrir que, al fin y al cabo, no eras corta de entendederas.

—Más bien al contrario. Estuvieron días discutiendo de qué lado de la familia había heredado yo mi pobre visión. Mi madre se lo tomó bastante mal, ya que, según ella, los anteojos empeorarían mi aspecto.

—Menuda tontería.

Catherine pareció un tanto compungida.

—Mi madre no poseía lo que se dice una gran personalidad.

—A juzgar por sus actos, abandonar a su marido y a su hijo, y huir a Inglaterra con su amante, es evidente que no tenía demasiados principios.

—Cuando era pequeña, yo creía que estaban casados.

—¿Estaban enamorados?

Catherine pensó en ello, mordiéndose el labio inferior, lo que atrajo la atención de Leo hacia la fascinante delicadeza de su boca.

—Se sentían atraídos físicamente —reconoció—; pero a eso no se le puede llamar amor, ¿verdad?

—Pues no —coincidió él en voz baja—. ¿Qué sucedió con tu padre?

—Preferiría no hablar de ello.

—¿Después de todo lo que te he contado? —Leo la reprendió con la mirada—. Sé justa, Marks. No creo que te cueste más de lo que me costó a mí.

—De acuerdo —accedió Catherine, respirando profundamente—. Cuando mi madre cayó enferma, para mi padre se convirtió en una gran carga. Le pagó a una mujer para que se ocupara de ella hasta el final, y a mí me mandó a vivir con mi tía y mi abuela, y nunca más supe de él. A estas alturas, debe de estar muerto.

—Lo lamento —dijo Leo honestamente. Lo cierto es que hubiera deseado poder volver atrás en el tiempo para consolar a aquella pequeña con anteojos, abandonada por el hombre que debía haberla protegido—. No todos los hombres son iguales —sintió la necesidad de puntualizar.

—Lo sé, y no sería justo por mi parte culpar a todo el género masculino por los pecados de mi padre.

Leo se percató, incómodo, de que su propio comportamiento no había sido mejor que el del padre de Marks, puesto que se había regodeado en su propia desgracia hasta el punto de descuidar a sus hermanas.

—No me extraña que siempre me hayas odiado —dijo—. Debo de recordarte a él. Abandoné a mis hermanas cuando más me necesitaban.

Catherine lo miró fijamente; sin condescendencia, sin censura... como si lo estuviese evaluando.

—No —respondió—. No se parece a él en absoluto. Usted volvió con su familia y se ocupó de ella. Y yo nunca he sentido odio hacia usted.

—¿En serio? —dijo Leo, más que sorprendido por aquella revelación.

—De hecho... —Catherine se detuvo bruscamente.

—¿Sí? —la animó él—. ¿Qué ibas a decir?

—Nada.

—No es verdad. ¿Algo como que, muy a pesar tuyo, te caigo bien?

—En absoluto —contestó ella con afectación, si bien Leo vio que esbozaba una sonrisa.

—¿Que te sientes irresistiblemente atraída por mi deslumbrante aspecto? —sugirió Leo—. ¿Por mi fascinante conversación?

—No y no.

—¿Que te sientes seducida por mis penetrantes miradas? —prosiguió él, enarcando una ceja de manera exagerada y provocando, finalmente, la risa de Catherine.

—Sí, debía de ser algo así.

Leo volvió a recostarse sobre los almohadones, mirándola con satisfacción.

Qué risa tan maravillosa tenía Marks, ligera y ronca, como si hubiera estado bebiendo champán.

Y cuán problemático podía volverse aquel inapropiado deseo hacia ella. Catherine se estaba convirtiendo en una mujer en toda su dimensión, vulnerable como él jamás había imaginado.

En cuanto ella siguió leyendo, el hurón surgió de debajo del tocador y se subió a su regazo, donde acabó durmiéndose acurrucado patas arriba, con la boca abierta. Leo comprendía a *Dodger* perfectamente; la falda de Catherine debía de ser un lugar maravilloso sobre el que reposar la cabeza.

Leo fingió seguir con interés la compleja y detallada narración, mientras ocupaba sus pensamientos en imaginarse cómo se vería Marks desnuda. Le parecía realmente trágico que nunca fuera a contemplarla de esa manera. No obstante, a pesar de su maltrecho código ético, un hombre no se aprovechaba de una virgen a no ser que sus intenciones fueran serias. Ya lo había intentado una vez, enamorándose locamente para, al final, haber estado a punto de perderlo todo.

Y había ciertos riesgos que un hombre no podía asumir dos veces.

10

Era pasada la medianoche cuando a Catherine la despertó el llanto de un bebé. Al pequeño Rye le estaban saliendo los dientes, y el habitualmente dulce querubín estaba más fastidioso que de costumbre.

Catherine abrió los ojos en la oscuridad, apartó las sábanas con los pies y trató de encontrar una postura más cómoda para dormir; de costado, boca abajo... No hubo manera.

Al cabo de unos minutos, el bebé dejó de llorar, sin duda tranquilizado por su solícita madre.

Sin embargo, Catherine seguía sin poder conciliar el sueño. Se sentía sola y ansiosa; la peor manera de permanecer despierta.

Trató de contar ovejas con viejas palabras celtas, todavía usadas por la población rural en lugar de los números modernos: *yan, tan, tethera, pethera...* Una podía oír el eco de los siglos en aquellas antiguas sílabas. *Sethera, methera, hovera, covera...*

Le vino a la mente la imagen de unos solitarios ojos de color azul intenso, como el del cielo o el mar. Leo la había estado mirando mientras ella le leía, y también mientras cosía. Y debajo de sus bromas y su expresión relajada, Catherine había sido consciente de que él la deseaba. *Yan, tan, tethera...*

Tal vez, Leo estuviera despierto en aquel mismo momento. La fiebre se le había ido a última hora de la tarde, pero era posible que le hubiera vuelto. Quizá necesitara agua, o un paño húmedo.

Catherine salió de la cama y agarró su bata sin pensarlo dos veces. Cogió los anteojos, que estaban encima del tocador, y se los puso firmemente sobre la nariz.

Sus pies desnudos atravesaron el suelo de madera del pasillo, en dirección a su misión caritativa.

La puerta de la habitación de Leo estaba entreabierta. Catherine entró sigilosamente, como un ladrón, yendo de puntillas hasta la cama, tal y como había hecho la noche anterior. En la oscuridad de la habitación, unos pocos rayos de luz se colaban por la ventana abierta, como si las sombras fueran su tamiz. Catherine oyó la respiración suave y regular de Leo.

Fue hasta su vera y alargó la mano, titubeante, y el pulso se le aceleró en cuanto posó los dedos en su frente. No tenía fiebre, tan sólo emanaba un calor suave y saludable.

De repente, la respiración de Leo se quebró al despertar.

—¿Cat? —preguntó, con la voz grave por el sueño—. ¿Qué estás haciendo?

Inmediatamente, ella se arrepintió de haber ido. Cualquier excusa que le diera parecería falsa y ridícula, porque la verdad era que no había una explicación racional para haberlo molestado.

—Yo... —balbuceó, confusa—. He venido a ver si...

Catherine hizo ademán de irse, pero Leo la agarró de la muñeca con destreza, si bien era de noche y estaba medio dormido. Ella se quedó quieta, inclinada sobre él.

Leo tiró suavemente de Catherine, obligándola a acercarse más a él, hasta que le hizo perder el equilibrio y ella le cayó encima. Temiendo hacerle daño, Catherine logró apoyar las manos en el colchón, pero Leo trató por todos los medios de que sus cuerpos se juntasen. Ella se sobresaltó al entrar en contacto con su torso, desnudo y musculoso, con el pecho cubierto de un vello suave y crujiente.

—Milord —susurró—. Yo no...

Leo colocó su larga mano en la nuca de Catherine y atrajo su cabeza hasta que sus bocas se tocaron.

No fue un simple beso; fue una posesión en toda regla. Él la tomó por completo, abriéndose paso dentro de ella con su cálida lengua, despojándola de cualquier pensamiento o voluntad. La esencia varonil de su piel invadió a Catherine. Erótica, deliciosa... Demasiadas sensaciones para asimilar de golpe. El tacto sedoso de los labios de Leo, la manera de cogerla, las formas masculinas y rotundas de su cuerpo...

Leo la tomó entre sus brazos, apoyándola de costado en la cama, y fue como si el mundo empezase a girar de manera vertiginosa. Sus besos eran rudos y dulces a la vez, una mezcla de labios, dientes y lengua. Jadeando, Catherine le pasó un brazo por detrás del hombro vendado, y él se puso encima de ella, imponente, besándola como si deseara devorarla.

Los pliegues del salto de cama de Catherine se abrieron, y el dobladillo de su camisón se desplazó a la altura de las rodillas. Leo separó su boca de la de ella, iniciando un lascivo recorrido por su cuello, siguiendo las tersas marcas de los nervios hasta el hombro, mientras, con los dedos, se dedicaba a desabrochar los diminutos botones de la prenda y a apartar la finísima tela.

Entonces, fue bajando la cabeza, al tiempo que sus labios ascendían por la trémula colina del pecho de Catherine hasta llegar a la cumbre. Leo tomó el pezón, frío, y se puso a calentarlo con húmedos golpes de lengua. Ella empezó a jadear, y sus resuellos se mezclaron con la pesada respiración de Leo, que acomodó todo su peso entre aquellos muslos, apretándose contra Catherine, hasta que ella sintió que la dura longitud de su vara se abría paso en su interior. Leo succionó el otro seno, cerrando la boca sobre la punta y chupando, insaciable, hasta provocar en Marks oleadas de irresistible placer.

Con cada movimiento se abrían más sensaciones, pasando de la excitación más incipiente al ardor más exquisito. Leo regresó a su boca con besos arrebatadores y prolongados, mientras, por debajo, iba imprimiendo un ritmo sutil, deslizándose, acariciando el cuerpo de Catherine para estimularla. Ella se retorcía, tratando desesperadamente de seguir aquel desenfreno. Sus cuerpos se apretaban uno contra otro como páginas de un libro cerrado, y la sensación era tan agradable, tan desenfrenadamente placentera, que Catherine tuvo miedo.

—No —masculló, deteniendo a Leo con las manos—. Espere, por favor...

Sin querer, apretó el hombro herido, y él se apartó, maldiciendo.

—¿Milord? —dijo ella, saliendo de la cama, y se quedó de pie, temblando—. Lo siento. ¿Le he hecho daño? ¿Qué puedo...?

—Vete.

—Sí, pero...

—Ahora, Marks —insistió Leo con voz grave y gutural—. O vuelve a mi cama y déjame terminar.

Catherine se esfumó.

11

Tras pasar una noche horrible, Catherine se puso a buscar sus lentes y se percató de que los había perdido en algún momento de su visita a la habitación de Leo. Rezongó, se sentó a la mesa del tocador y se llevó las manos a la cara.

Qué impulso tan estúpido, pensó, abatida. Un verdadero arrebato de locura al que jamás debería haber sucumbido; y la culpa era exclusivamente suya.

Qué armas le había proporcionado a Leo. Con toda seguridad, él iba a disfrutar torturándola con lo sucedido, y conociéndolo como lo conocía, iba a aprovechar cualquier oportunidad para humillarla.

El malhumor de Catherine no mejoró cuando vio aparecer a *Dodger*, que salió de la caja donde guardaba sus zapatillas, junto a la cama. El hurón abrió la tapa con la cabeza, hizo un sonido alegre, y sacó una de las zapatillas de la cesta. Sólo Dios sabía dónde pensaba llevársela.

—Para ya, *Dodger* —dijo Catherine, cansada, reposando la cabeza entre sus brazos mientras observaba al animal.

Todo estaba borroso. Necesitaba sus lentes, y era terriblemente difícil ir a buscar algo cuando no alcanzaba a ver un metro más allá. Por si eso fuera poco, si una de las criadas los encontraba en la habitación de Leo, o, Dios no lo quisiera, en su cama, todo el mundo descubriría lo ocurrido.

Dodger soltó la zapatilla, corrió hacia Catherine y se levantó sobre las patas traseras junto a ella, abrazando con el cuerpecito alargado su rodilla. El animal estaba temblando, cosa que, según le había dicho Beatrix, era normal en esa especie. La temperatura de un hurón bajaba cuando dormía, y temblar era la manera que tenía de calentarse. Catherine se puso a acariciarlo, pero en cuanto *Dodger* trató de trepar a su regazo, se lo quitó de encima.

—No me encuentro bien —le dijo al hurón con amargura, aunque no se trataba de un malestar físico.

A regañadientes, *Dodger* pegó media vuelta y salió de la habitación.

Catherine siguió con la cabeza sobre la mesa, demasiado deprimida y avergonzada para moverse.

Había dormido hasta tarde, y podía oír el sonido de pasos y voces provenientes de los pisos inferiores. ¿Habría bajado Leo a tomar el desayuno?

De ningún modo podía encontrarse con él.

Su mente regresó a aquellos tórridos minutos de la noche anterior, y una renovada oleada de deseo recorrió su ser al pensar en la forma en la que él la había besado, y en la sensación de su boca en las zonas más íntimas de su cuerpo.

Catherine oyó que el hurón volvía a entrar en la habitación, haciendo sonidos con la boca y dando saltitos como hacía siempre que estaba contento por algo.

—Vete, *Dodger* —le dijo ella con desgana.

Sin embargo, él insistió, se acercó a Catherine y se levantó de nuevo, estirando su cuerpo cilíndrico. Ella lo miró y vio que tenía algo entre los dientes. Parpadeó, se agachó y le sacó el objeto de la boca.

Sus anteojos.

Era increíble lo tantísimo mejor que una pequeña deferencia podía hacer sentir a uno.

—Gracias —susurró Catherine, a quien se le llenaron los ojos de lágrimas mientras acariciaba la cabeza del animalillo.

Dodger subió a su regazo, se puso panza arriba y suspiró.

Catherine se vistió con una dedicación exagerada, colocándose hebillas de más en el pelo, ajustándose la faja de su vestido gris un poco más que de costumbre e incluso atando con doble nudo los cordones de sus cómodos botines, como si quisiera contenerse a sí misma de tal manera que nada se le escapara, ni siquiera los pensamientos.

Entró en la sala del desayuno y vio que Amelia estaba sentada a la mesa, dándole de comer una tostada al pequeño Rye, que se dedicaba a chuparla y a babear copiosamente.

—Buenos días —murmuró Catherine, yendo a servirse una taza de té al samovar—. Pobre Rye... Lo he oído llorar por la noche. ¿Todavía no le ha salido el nuevo diente?

—Aún no —respondió Amelia, un tanto atribulada—. Lamento que te haya molestado, Catherine.

—Oh, en absoluto. De hecho, si no he podido dormir no ha sido por su culpa. He pasado una mala noche.

—También debe de haber sido mala para lord Ramsay —señaló Amelia.

Catherine la miró inquietada, pero, por suerte, parecía no haber segundas intenciones en aquel comentario.

—Vaya —dijo, tratando de permanecer impertérrita—. Espero que esta mañana se encuentre mejor.

—Eso parece, pero está más callado que de costumbre, como si algo le preocupase. —Amelia hizo una mueca—. Supongo que no le ha hecho sentirse mejor enterarse de que estamos planeando celebrar el baile dentro de un mes.

—¿Le dirán a la gente que el propósito del mismo es dar con una novia para lord Ramsay? —preguntó Catherine mientras se servía azúcar con sumo cuidado.

—No; no soy tan poco delicada. De todas formas, resultará evidente que un gran número de jóvenes casaderas habrán sido invitadas. Además, se sabe que mi hermano es uno de los solteros más codiciados —dijo Amelia con una sonrisa maliciosa.

—La verdad es que no se me ocurre por qué —murmuró Catherine, fingiendo restarle importancia al asunto, cuando la verdad era que se sentía desesperada.

99

En ese preciso instante se dio cuenta de que si Leo acababa casándose, le iba a resultar imposible quedarse con la familia Hathaway. No iba a soportar verlo en brazos de otra mujer, y menos si ésta lo hacía feliz.

—Bueno, es muy sencillo —contestó Amelia con picardía—. Lord Ramsay es un hombre con una buena cabellera y una buena dentadura, y todavía está en edad de procrear. Si no fuese mi hermano, me imagino que me parecería atractivo.

—Es muy guapo —alegó Catherine sin pensar, ruborizándose en cuanto Amelia la miró con perspicacia.

Tomó su taza de té rápidamente, le dio cuatro bocados a un panecillo y fue a buscar a Beatrix, para dar sus clases matutinas.

Catherine y ella seguían siempre la misma pauta. Primero, dedicaban unos minutos a etiqueta y protocolo, y luego consagraban el resto de la mañana a materias como historia, filosofía e incluso ciencia.

Hacía ya tiempo que Beatrix dominaba las disciplinas «de moda» que se enseñaban a las jovencitas con el solo propósito de convertirlas en buenas esposas y madres. A aquellas alturas, Catherine consideraba a Beatrix una compañera más que una alumna.

Aunque ella no había tenido el privilegio de conocer a los padres de Leo, Catherine pensaba que ambos se hubieran sentido orgullosos de los logros de sus vástagos, sobre todo el señor Hathaway.

Se trataba de una familia intelectual, y cualquiera de sus miembros era capaz de polemizar fácilmente sobre cualquier tema a un nivel abstracto. Y otra cosa que compartían era la capacidad de dar rienda suelta a la imaginación y conectar temas de la manera más disparatada.

Una noche, por ejemplo, la charla durante la cena se había centrado en la noticia de un vehículo aéreo a vapor diseñado por un fabricante de bobinas de Somerset llamado John Stringfellow. Por descontado, el invento no había funcionado, pero la idea resultaba fascinante. Durante la discusión sobre si, algún día, el hombre podría volar en un ingenio mecánico, los Hathaway habían sacado a colación la mitología griega, las leyes de la física, las cometas chinas, el reino animal, la filosofía francesa y los inventos de Leonardo da Vinci. Había llegado un momento en que seguir el hilo de la discusión se había vuelto harto complicado.

En privado, a Catherine le había preocupado que semejante pirotecnia verbal espantase a los pretendientes potenciales de Poppy y Beatrix. En el caso de la primera, de hecho, había resultado ser algo problemático, por lo menos hasta que había conocido a Harry.

No obstante, cuando poco después de entrar a trabajar para la familia, Catherine había sacado el tema a colación delante de Cam Rohan, con mucha delicadeza, él había sido muy claro en su respuesta.

—No, señorita Marks; no intente cambiar a Poppy y a Beatrix —dijo Cam—. No funcionaría, y sólo las haría desgraciadas. Usted limítese a enseñarles a comportarse en sociedad y hablar de nada, como hacen los *gadjos* —añadió, refiriéndose a los hombres corrientes en romaní.

—En otras palabras —había replicado ella con astucia—, quiere que parezcan muy distinguidas, pero que en realidad no lo sean.

A Cam le había maravillado la perspicacia de Catherine.

—Exactamente.

Ahora, ella se daba cuenta de la razón que había tenido Cam. Ningún miembro de la familia Hathaway sería jamás como los integrantes de la alta sociedad londinense, y Catherine tampoco deseaba que lo fuesen.

Fue hasta la biblioteca a buscar algunos libros para las clases de Beatrix. Sin embargo, en cuanto entró en la habitación, ahogó un grito y se detuvo en seco al ver a Leo inclinado sobre la mesa alargada que había en medio de la sala escribiendo algo en una serie de dibujos.

Él volvió la cabeza y la atravesó con la mirada. Catherine sintió un escalofrío, y la cabeza le latió con fuerza en las zonas donde tenía el cabello demasiado ajustado.

—Buenos días —dijo ella, casi sin aliento, dando un paso hacia atrás—. No era mi intención molestarle.

—No me molestas.

—He venido a buscar algunos libros; puedo... ¿puedo pasar?

Leo asintió y volvió a centrarse en los dibujos.

Catherine, sumamente cohibida, fue hasta las estanterías y buscó rápidamente los títulos que necesitaba. El silencio era tal que pensó que podía oírse el latido de su corazón, y sintió la necesidad imperiosa de hacer algo al respecto.

—¿Está diseñando algo para la finca? ¿Una casa para arrendar, tal vez?

—Una ampliación de las caballerizas.

—Ah.

Catherine se quedó con la vista clavada en las filas de libros, pensativa. ¿Acaso iban a fingir que lo sucedido la noche anterior no había tenido lugar? Qué más quisiera ella...

—Si lo que pretendes es una disculpa —dijo Leo entonces—, no pienso complacerte.

Catherine se volvió hacia él.

—¿Perdón?

—Cuando visites a un hombre en su cama, de noche —expuso Leo sin apartar la vista de los diseños—, no esperes que éste te ofrezca una taza de té y se ponga a charlar contigo.

—No pensaba meterme en su cama —se defendió ella—. Es decir, estaba usted en ella, pero yo no deseaba hallarlo ahí. —Catherine reprimió las ganas de darse un sopapo en la cabeza, consciente de que lo que estaba diciendo no tenía sentido alguno.

—A las dos de la madrugada —le informó Leo— casi siempre me encuentro sobre un colchón, desarrollando una de dos actividades. La primera es dormir, y no creo que sea necesario que aclare la segunda.

—Solamente quería ver si tenía fiebre —alegó Catherine, poniéndose roja como un tomate—; si necesitaba algo.

—Pues parece ser que sí necesitaba algo.

Catherine jamás se había sentido tan incómoda, y deseó que se la tragara la tierra.

—¿Se lo piensa contar a alguien? —consiguió preguntar.

Leo enarcó una ceja de forma burlona.

—¿Tienes miedo de que divulgue nuestro encuentro de anoche? No te preocupes, Marks; no sacaría ningún rédito de ello. Además, para desgracia mía, no hicimos casi nada que merezca que se hable de ello.

Catherine, ruborizada, se acercó a un montón de bocetos y borradores que había en una esquina de la mesa y los puso en orden.

—¿Le hice daño? —logró preguntar, recordando cómo se había apoyado sin querer en el maltrecho hombro de Leo—. ¿Todavía le duele?

Él titubeó antes de responder.

—No, dejó de hacerlo un rato después de que te marcharas. Pero el diablo sabe que no haría falta mucho para que comience de nuevo.

A Catherine la carcomían los remordimientos.

—No sabe cuánto lo lamento. ¿Quiere que le ponga un poco de ungüento?

—¿Ungüento? —repitió Leo, desconcertado—. ¿En mi...? Un momento, ¿te refieres al hombro?

Catherine parpadeó, confusa.

—Pues claro que me refiero al hombro. ¿A qué otra cosa podría referirme?

—Cat... —Leo apartó la vista de ella. Para sorpresa de Catherine, su voz tenía un deje de risa—. Cuando se excita a un hombre y se lo deja insatisfecho, lo normal es que esté un rato dolorido.

—¿Dónde?

Él la miró con malicia.

—Se refiere a... —Catherine comprendió al fin, y se sonrojó de manera exagerada—. ¡Me da igual que le doliera ahí! ¡A mí sólo me preocupaba su herida!

—Pues ya está mucho mejor —le aseguró Leo, quien, a juzgar por el brillo de sus ojos, se lo estaba pasando en grande—. En cuanto al otro dolor...

—Yo no tengo nada que ver con eso —se apresuró a decir ella.

—Siento discrepar.

Catherine sintió que su dignidad había quedado hecha añicos. Estaba claro que no le quedaba otra opción que marcharse.

—Bueno, tengo que irme.

—¿Y los libros que venías a buscar? —preguntó Leo.

—Ya los cogeré luego.

En cuanto dio media vuelta, sin embargo, el borde acampanado de su manga enganchó la pila de bocetos que acababa de ordenar, y éstos fueron a parar al suelo.

—Será posible —dijo Catherine que, automáticamente, se puso de rodillas a recoger los papeles.

—Déjalos —oyó que le decía Leo—. Ya lo haré yo.

—No, ha sido culpa...

Catherine no pudo terminar la frase. Acababa de ver algo entre los dibujos de estructuras y paisajes y las páginas de anotaciones. Se trataba del boceto a lápiz de una mujer... una mujer desnuda reclinada de lado, con el cabello suelto cayéndole sobre los hombros. Un muslo esbelto descansaba tímidamente sobre el otro, escondiendo parcialmente la delicada sombra del triángulo femenino.

Y la mujer en cuestión tenía un par de anteojos, demasiado familiares, apoyados en la nariz.

Catherine cogió el dibujo con su mano temblorosa, mientras el corazón le latía con tanta fuerza que podía sentirlo contra las costillas.

Le llevó varios intentos articular palabra.

—Soy yo —dijo con voz aguda y casi sin aire.

Para entonces, Leo se había agachado a su lado. Asintió, avergonzado.

Se había puesto tan colorado que el azul de sus ojos contrastaba sobremanera con el rubor de su piel.

—¿Por qué? —susurró Catherine.

—No pretendía humillarte —alegó él—. Era sólo para mis ojos y los de nadie más.

Catherine hizo un esfuerzo y volvió a mirar el retrato, sintiéndose terriblemente expuesta. De hecho, no se habría sentido más avergonzada si Leo la hubiera visto realmente desnuda. Y, a pesar de todo, el dibujo estaba lejos de ser denigrante o chabacano. Leo la había dibujado con líneas largas y elegantes, en una pose artística, sensual.

—Usted... Usted nunca me ha visto así —consiguió decir ella, antes de añadir con voz trémula—: ¿Verdad?

Él bosquejó una sonrisa lastimera.

—Pues no, nunca he sido un mirón —contestó, haciendo una pausa—. ¿Me ha salido bien? No es fácil adivinar cómo eres debajo de toda esa ropa.

A pesar de lo abochornada que estaba, Catherine logró soltar una risita nerviosa.

—De haberlo hecho, tenga por seguro que no lo reconocería —dijo, devolviendo el retrato a la pila de bocetos, boca abajo. Le temblaba la mano—. ¿Suele dibujar a otras mujeres de la misma manera? —preguntó tímidamente.

Leo sacudió la cabeza.

—Eres la primera y, por ahora, la única.

Catherine se puso más roja todavía.

—¿Ha hecho más dibujos como éste? ¿De mí, desnuda?

—Uno o dos —respondió él, tratando de parecer arrepentido.

—Destrúyalos, por favor; se lo ruego.

—Como quieras, pero, para serte sincero, lo más probable es que haga más. Dibujarte desnuda se ha convertido en mi pasatiempo favorito.

Catherine gimió y se llevó las manos al rostro.

—Ojalá se dedicara a coleccionar cosas, como hacen los demás —dijo entre los dedos.

Entonces, oyó la risa ronca de Leo.

—Cat, cariño, ¿podrías mirarme a los ojos? —Ella bajó las manos y permaneció inmóvil, incluso cuando notó que él la tomaba entre sus brazos—. Sólo estaba bromeando. No volveré a dibujarte así —le prometió Leo, guiando su rostro hacia su hombro sano—. ¿Estás enfadada?

Ella sacudió la cabeza.

—¿Acaso tienes miedo?

—No —contestó Catherine, suspirando—. Es que me sorprende que me vea de esa manera.

—¿Por qué?

—Porque no soy yo.

Leo entendió a qué se refería.

—Nadie se ve a sí mismo con absoluta objetividad.

—¡Pues tenga por seguro que jamás me paseo por ahí completamente desnuda!

—Eso —señaló él—, es una verdadera lástima. Debes saber que siempre te he deseado, Cat. He tenido fantasías tan retorcidas que, si te las contara, nos mandarían a los dos directamente al infierno. Y el que yo te desee no tiene nada que ver con el color de tu pelo ni con la ropa atroz que te pones. —Leo le acarició la cabeza—. Catherine Marks, o comoquiera que te llames... No te imaginas las ganas que tengo de estar en la cama contigo durante días, qué digo, ¡semanas!, cometiendo cada uno de los pecados mortales conocidos por el hombre. Me gustaría hacer mucho más que retratarte desnuda. Me gustaría dibujar encima de ti con pluma y tinta... Pintarte flores alrededor de los pechos y estrellas en tus muslos. —Leo dejó que sus labios, tibios, rozaran el lóbulo de la oreja de Catherine—. Me gustaría cartografiar tu cuerpo; el norte, el sur, el este y el oeste. Me gustaría...

—No —dijo ella, que a duras penas era capaz de respirar.

Leo no pudo evitar soltar una carcajada.

—Ya te lo he dicho: directos al infierno.

—Todo esto es culpa mía. —Catherine hundió la cara, ardiente, en el hombro de Leo—. No debería haberlo visitado anoche. No sé por qué lo hice.

—Pues yo creo que sí —respondió él, dándole un beso en la coronilla—. No regreses a mi habitación de noche, Marks. Porque si vuelves a hacerlo, no responderé de mis actos.

Leo la soltó y la ayudó a ponerse de pie. Entonces, recogió los papeles del suelo y se quedó con el retrato, que rompió en varios pedazos, y éstos, a su vez, en otros, para finalmente entregárselos a Catherine.

—Haré lo mismo con los demás —le aseguró, saliendo de la habitación.

Ella se quedó allí, viéndolo marchar, e hizo una pelota con los trozos del dibujo.

12

Durante el mes siguiente, Leo se mantuvo ocupado delibera-damente para evitar ver demasiado a Catherine. Había dos nue-vas parcelas arrendadas que requerían un sistema de irrigación, materia sobre la cual Leo había desarrollado cierto grado de experiencia mientras Cam trabajaba con los caballos y Merripen supervisaba la tala de madera. Leo había diseñado unas vegas que serían irrigadas mediante acequias y zanjas procedentes de los ríos colindantes. En un punto determinado, la profundidad del canal disminuía lo bastante para que el agua pudiera seguir avan-zando de manera natural, y ahí instalarían un molino que, pro-visto de cubos, recogería la cantidad de agua precisa y la enviaría a lo largo de otro canal artificial.

Sin camisa y sudorosos bajo el no demasiado refulgente sol de Hampshire, Leo y los arrendatarios cavaron zanjas y canales de drenaje, movieron rocas y transportaron tierra. Al cabo del día, le dolían todos los músculos y a duras penas si conseguía man-tenerse despierto durante la cena. Su cuerpo se fortaleció y se volvió tan esbelto que no tuvo más remedio que pedirle a Cam que le prestara unos pantalones, mientras el sastre del pueblo corregía su ropa.

—Al menos, el trabajo te mantiene alejado de los vicios —se-ñaló Win una tarde, reuniéndose con él en el salón, antes de ce-nar, mientras le revolvía el cabello afectuosamente.

—Resulta que me gustan mis vicios —contestó Leo—. Es por eso que me tomé la molestia de adquirirlos.

—Lo que tú necesitas adquirir —replicó ella con complicidad—, es una esposa. Y que conste que no lo digo por conveniencia, Leo.

Él sonrió. Al fin y al cabo, se trataba de la más amable de sus hermanas, que tantas batallas personales había librado en pos del amor.

—Tú serías incapaz de hacer nada por conveniencia, Win. Aunque te diré que, a pesar de que sueles darme buenos consejos, éste no voy a seguirlo.

—Pues deberías. No te vendría mal formar tu propia familia.

—Ya tengo más que suficiente familia de la que ocuparme, y hay otras cosas que preferiría hacer mucho antes que casarme.

—¿Por ejemplo?

—Bueno, cortarme la lengua y hacerme monje trapense... Rodar desnudo en melaza y quedarme dormido encima de un hormiguero... ¿Quieres que siga?

—No es necesario —respondió Win, sonriendo—. De todas formas, algún día te acabarás casando, Leo. Tanto Cam como Merripen dicen que tienes una línea del matrimonio muy marcada en la mano.

Leo se miró la palma con expresión burlona.

—Eso es una arruga producida por la manera en que sostengo la pluma cuando escribo.

—Es una línea de matrimonio, y es tan larga que prácticamente te da la vuelta a la mano, lo cual quiere decir que estás predestinado a casarte. —Win levantó las cejas, rubias, como diciendo, «¿Qué tienes que decir de esto?».

—Los gitanos no creen realmente en la quiromancia —le informó Leo—. No son más que tonterías. Solamente la practican para sacarles dinero a los idiotas y a los borrachos.

Antes de que Win pudiera contestar, Merripen irrumpió en el salón.

—Definitivamente, los *gadjos* saben cómo complicar las cosas —dijo, entregándole una carta a Leo y tomando asiento a su lado.

—¿Qué es esto? —preguntó él, mirando la firma que había al pie de la página—. ¿Otra carta del abogado? Yo pensaba que quería hacernos las cosas más fáciles.

—Cuantas más cosas nos explica —dijo Merripen—, más confuso se vuelve todo. Como gitano, todavía me cuesta comprender el concepto de propiedad, pero es que Ramsay House... —Merripen sacudió la cabeza, disgustado—. Es un enjambre de contratos, concesiones, aranceles, excepciones, adiciones y usufructos.

—Eso se debe a la antigüedad de la finca —señaló Win muy acertadamente—. Cuanto más vieja es la casa, más complicaciones acumula. Por cierto, Leo, acabo de enterarme de que a la condesa Ramsay y a su hija, la señorita Darvin, les gustaría venir de visita. Esta mañana hemos recibido una carta de ellas.

—¡Querrás decir del diablo! —exclamó Leo, furioso—. ¿Con qué propósito? ¿Para regodearse? ¿Para hacer inventario? Todavía falta un año para que puedan reclamar la casa.

—Tal vez quieran hacer las paces y dar con una solución que deje contentas a ambas partes —sugirió Win, que siempre tendía a pensar bien de los demás y a creer en la bondad innata del ser humano. Leo, sin embargo, no era de la misma opinión.

—Y un cuerno, hacer las paces —murmuró—. Por Dios, estoy tentado de casarme sólo para evitar a ese par de brujas.

—¿Tienes alguna candidata en mente? —preguntó Win.

—Ni una; pero si alguna vez acabo casándome, me aseguraré de que sea con una mujer a la que no vaya a amar jamás.

De repente, un movimiento en la puerta llamó la atención de Leo, que vio de reojo que Catherine entraba en el salón. Ella saludó con una sonrisa neutra, evitando cruzar la mirada con Leo, y se sentó en una silla que había en un rincón. Él, molesto, advirtió que Marks había adelgazado. Tenía el busto más pequeño y la cintura bastante más estrecha, y estaba pálida. ¿Estaría comiendo menos a propósito? ¿Qué habría causado su falta de apetito? De seguir así, iba a terminar enfermando.

—Por el amor de Dios, Marks —dijo entonces, irritado—, te estás poniendo flaca como un junco.

—¡Leo! —exclamó Win, reprendiéndolo.

Catherine lo fulminó con la mirada.

—No soy yo a la que le están tomando los pantalones.

—Pareces un cadáver andante —prosiguió él, frunciendo el ceño—. ¿Qué te pasa? ¿Por qué no comes?

—Ramsay —murmuró Merripen, dándose cuenta de que su cuñado se estaba pasando de la raya.

Catherine se levantó de la silla y miró a Leo fijamente.

—Es usted un fanfarrón y un hipócrita, y no tiene derecho a criticar mi aspecto, conque... conque... —Catherine buscaba desesperadamente las palabras adecuadas—. ¡Váyase al carajo! —espetó, tras lo cual salió disparada del salón, con sus faldas crujiendo.

Merripen y Win contemplaban la escena boquiabiertos.

—¿Dónde has aprendido esa palabra? —preguntó Leo, yendo tras ella.

—Me la ha enseñado usted —contestó ella con vehemencia, por encima del hombro.

—¿Sabes al menos lo que significa?

—No, y me da lo mismo. ¡Apártese de mí!

Mientras Catherine atravesaba la casa como una exhalación y él la seguía, a Leo se le ocurrió que había estado deseando tener una discusión con ella, o cualquier otra clase de relación.

Catherine salió al exterior y rodeó la mansión, y pronto ambos se encontraron en el huerto. El aire estaba cargado con el aroma que emanaban las plantas bajo el sol.

—Marks —dijo Leo, exasperado—. Pienso perseguirte a través del perejil, si eso es lo que quieres, pero podríamos parar de una vez y discutir esto aquí mismo.

Ella se volvió hacia él, roja de ira.

—No hay nada que discutir. Apenas si me ha dirigido la palabra en días, y de buenas a primeras se pone a insultarme.

—No pretendía insultarte; yo solamente he dicho...

—¡Yo no estoy flaca, bruto insensible! ¿Acaso soy menos persona que usted, que se atreve a tratarme con semejante desprecio? Es usted el más...

—Lo siento.

Catherine se calló; estaba jadeando.

—No debería haberte hablado de esa manera —reconoció Leo bruscamente—. Y no eres menos persona que yo, sino alguien por cuyo bienestar me preocupo. Estaría igual de enfadado con cualquiera que no te tratara bien, y en este caso, eres tú. No estás cuidando de ti misma.

—Ni usted tampoco.

Leo abrió la boca para contestar, pero no se le ocurrió nada con suficiente peso, así que volvió a juntar los labios.

—Trabaja cada día hasta la extenuación —prosiguió Catherine—. Y ha perdido tres kilos, como mínimo.

—Las nuevas granjas necesitan sistemas de riego, y yo soy el más indicado para diseñarlos y llevarlos a cabo.

—Pero no tiene por qué cavar zanjas y cargar piedras.

—Sí, tengo que hacerlo.

—¿Por qué?

Leo se la quedó mirando, mientras consideraba si decirle o no la verdad. Decidió ser honesto.

—Porque trabajar hasta la extenuación es lo único que impide que vaya a tu dormitorio de noche y trate de seducirte.

Ella estaba atónita. Abrió y cerró la boca igual que había hecho Leo tan sólo unos instantes antes.

Él la miró con una mezcla de jovialidad contenida y creciente exaltación. Ya no podía seguir negando que nada en el mundo le gustaba más que hablar con ella. O, sencillamente, estar a su lado. Era cascarrabias y testaruda, pero una mujer fascinante, totalmente distinta de sus antiguas amantes. Para colmo, en ocasiones como aquélla, tenía el adorable atractivo de un erizo salvaje.

Sin embargo, ella se enfrentaba a él sin complejos, como ninguna otra mujer lo había hecho antes, y Leo la deseaba de una manera irracional.

—Usted no podría seducirme —alegó Catherine, obstinada.

Se miraban fijamente, inmóviles.

—¿Niegas la atracción que existe entre nosotros? —preguntó él, con una voz más grave que de costumbre. Leo percibió que a ella le sobrevenía un escalofrío, justo antes de que Catherine levantara la cabeza con determinación.

—Lo que niego es que la voluntad de uno pueda ser socavada por una sensación puramente física —respondió ella—. El cerebro siempre tiene el control.

Leo no pudo evitar esbozar una sonrisa burlona.

—Por el amor de Dios, Marks. Es evidente que nunca has hecho el amor, o, de lo contrario, sabrías perfectamente que el mayor órgano que está a su cargo no es el cerebro. De hecho, es como si éste dejara de funcionar.

—Es fácil de creer en un hombre.

—El cerebro de una mujer no es menos primitivo que el de un hombre, especialmente cuando se trata de atracción física.

—Eso es lo que a usted le gusta pensar.

—¿Quieres que te lo demuestre?

La delicada boca de Catherine hizo una mueca de escepticismo. Acto seguido, no obstante, como si no pudiera resistirse, preguntó:

—¿Cómo?

Leo la tomó del brazo y se la llevó a una zona más escondida del huerto, detrás de un par de pérgolas cubiertas con habichuelas rojas. Estaban junto a un pequeño invernadero, que era utilizado para forzar la floración de las plantas antes de lo normal; de esa manera, podían cultivarse plantas y flores independientemente de la época del año.

Leo echó un vistazo a los alrededores para cerciorarse de que no estaban siendo observados.

—Te propongo un reto para ese cerebro tan privilegiado que tienes. Primero te besaré, y, a continuación, te formularé una pregunta sencilla. Si contestas correctamente, te daré la razón.

Catherine frunció el ceño y apartó la vista.

—Esto es ridículo —dijo.

—Tienes todo el derecho a negarte, claro —le comunicó Leo—. Por supuesto, consideraría eso una derrota por tu parte.

Ella se cruzó de brazos y lo miró con los ojos entrecerrados.

—¿Un beso?

Sin quitarle los ojos de encima, Leo levantó las manos como demostrando que no tenía nada que ocultar.

—Un beso, una pregunta.

Poco a poco, Catherine fue bajando los brazos, aunque no las tenía todas consigo.

Lo cierto era que Leo no se esperaba que ella aceptara el desafío. Notó que el corazón empezaba a latirle con fuerza, y, en cuanto se acercó a Catherine, los nervios se le anudaron en el estómago.

—¿Puedo? —preguntó, tomando sus anteojos, y se los quitó de la cara.

Ella parpadeó, pero no opuso resistencia.

Leo plegó los anteojos y se los guardó en el bolsillo de la levita. Entonces, con mucha delicadeza, inclinó la cabeza de Catherine hacia atrás con ambas manos. La había puesto nerviosa; «bien», pensó maquiavélicamente.

—¿Estás lista? —preguntó.

Catherine asintió con labios temblorosos y el rostro sujeto por las suaves manos de Leo.

Él acercó su boca a la de ella y le dio un beso, ejerciendo una delicada y complaciente presión sobre sus labios, húmedos y fríos, para, a continuación, separarlos y besarlos con más fuerza. Deslizó los brazos por el cuerpo de Catherine, atrayéndola hacia él. A pesar de su delgadez, sus músculos eran compactos, y toda ella era flexible como un felino. Leo notó que Catherine empezaba a amoldarse a él, a relajarse lenta e inexorablemente. Se concentró en su boca, explorándola con tierna pasión, buscando con la lengua hasta que percibió la vibración de un sutil gemido entre sus labios.

Leo alzó la cabeza y contempló el semblante ruborizado de Catherine. Estaba tan embelesado por el soñoliento color verde grisáceo de sus ojos, que le costó trabajo recordar lo que le iba a preguntar.

—La pregunta —se dijo a sí mismo en voz alta, sacudiendo la cabeza para despejarse—. Hela aquí: un granjero tiene doce ovejas; mueren todas menos siete. ¿Cuántas le quedan?

—Cinco —contestó ella sin pensárselo.

—Siete. —Leo sonrió de oreja a oreja mientras Catherine pensaba en la respuesta.

—Esa pregunta tenía truco —protestó Catherine, frunciendo el ceño—. Hágame otra.

A Leo se le escapó una sonrisa ronca.

—Mira que eres tozuda. De acuerdo —dijo, volviendo a tomar su rostro con las manos e inclinando la cabeza para besarla. Catherine se puso tensa.

—¿Qué hace?

—Un beso, una pregunta —le recordó Leo.

Catherine parecía martirizada, pero cedió y echó la cabeza hacia atrás, al tiempo que Leo la atraía hacia él una vez más. Esta vez, sin embargo, no fue tan precavido, y la besó de manera recia y urgente, hundiendo la lengua en el interior dulce y cálido de la boca de Marks, que le pasó los brazos por detrás del cuello y lo asió del cabello con cuidado.

Leo estaba aturdido por el placer y el deseo. No tenía suficiente con estar arrimado a ella; ansiaba partes de Catherine a las que no podía llegar. Las manos le temblaron al intentar alcanzar la piel pálida y dulce que había bajo la gruesa tela del corpiño. Quiso empaparse de ella y la besó con más fuerza. Catherine respondió incitándolo, sorbiendo la lengua de Leo con un sonido leve y placentero. A él se le erizó el vello de la nuca, a la vez que un escalofrío le recorría la columna vertebral hasta la base del cráneo.

Entonces, ya sin aliento, se separó de ella.

—Pregúnteme algo —lo exhortó Catherine con voz gruesa.

Leo a duras penas podía recordar su propio nombre. Lo único en lo que quería concentrarse era en el contacto de sus cuerpos; pero, de alguna manera, Catherine lo obligó.

—Unos meses tienen treinta y un días, y otros treinta. ¿Cuántos tienen veintiocho?

Ella frunció el entrecejo, perpleja.

—Uno.

—Todos —la corrigió él amablemente, tratando de parecer condescendiente cuando vio la expresión de rabia e incredulidad de Catherine.

—Hágame otra —exigió ella con decisión, furiosa.

Leo sacudió la cabeza, riéndose a carcajadas.

—No se me ocurren más. Mi cerebro se ha quedado sin sangre. Reconócelo, Marks, has perdido el...

Catherine lo asió por las solapas del abrigo y lo atrajo de vuelta hacia ella, y sus bocas se juntaron antes de que Leo supiera lo que estaba haciendo. De repente, el cariz jovial de la situación se desvaneció. Leo se abalanzó hacia delante con Catherine entre los brazos y alargó una mano para apoyarse contra el invernadero. Entonces, procedió a poseer sus labios con un ardor desmesurado, deleitándose con la sensación del cuerpo de ella arqueándose contra el suyo. La lujuria lo estaba matando, y su carne, hinchada, le dolía por la necesidad de tomarla. Leo la besó sin contemplaciones, chupando, casi devorándola, acariciando el interior de su boca de formas tan deliciosas que casi resultaban insoportables.

Cuando ya estaba a punto de perder el control por completo, se apartó de Catherine y la sostuvo con fuerza contra el pecho.

«Otra pregunta», pensó, ofuscado, obligando a su debilitada mente a que se le ocurriera algo.

—¿Cuántos animales de cada especie metió Moisés en el arca? —preguntó al fin con la voz ronca, como si hubiera tratado de respirar fuego.

La respuesta de Catherine quedó apagada por el abrigo de Leo.

—Dos.

—Ninguno —consiguió decir él—. Fue Noé, no Moisés.

No obstante, a Leo dejó de parecerle divertido aquel juego, y a ella ya no parecía importarle ganar. Se quedaron allí, de pie, apretados el uno contra el otro, formando con sus cuerpos una única sombra que se alargaba por el sendero del jardín.

—Lo dejaremos en un empate —murmuró él.

Catherine sacudió la cabeza.

—No; tenía razón —pronunció con voz tenue—. Estoy completamente bloqueada.

Leo y ella permanecieron juntos unos instantes más, mientras Catherine apoyaba su cabeza sobre el acelerado corazón de él. Ambos estaban absortos, ensimismados con una pregunta que no podía ser formulada, y una respuesta que no podía ser dada.

Leo suspiró de manera entrecortada y la apartó de él, haciendo una mueca al rozar la tela de sus pantalones su carne erecta. Gracias a Dios, el corte de su abrigo era lo bastante largo para camuflar el problema. Se sacó los anteojos del bolsillo y, con cuidado, volvió a colocarlos sobre la nariz de Catherine.

Entonces, Leo le ofreció el brazo, como proponiéndole una tregua, y ella aceptó.

—¿Qué significa carajo? —preguntó Catherine, confusa, mientras él la escoltaba fuera del jardín.

—Si te lo dijera —contestó Leo—, empezarías a tener pensamientos impuros; y sé cuánto los detestas.

Leo se pasó la mayor parte del día siguiente en un arroyo que había en la parte oeste de la finca, ocupado en elegir el mejor emplazamiento para un molino de agua y delimitar el área. El molino en cuestión tendría, aproximadamente, unos cuatro metros de diámetro, y estaría equipado con varios cubos que se vaciarían en una alberca, desde la cual el agua correría a través de una serie de cañerías de madera. Leo estimaba que el sistema irrigaría alrededor de cincuenta hectáreas, o diez granjas de una extensión considerable.

A última hora de la tarde, tras haber delimitado las parcelas con los arrendatarios y los trabajadores, clavado estacas de madera en el suelo y vadeado aquel río frío y fangoso, Leo regresó a Ramsay House. Un sol amarillo intenso brillaba sobre los prados en calma. Él estaba cansado, empapado de sudor y harto de espantar tábanos. Se le ocurrió que los poetas románticos que declamaban rapsodias sobre los encantos de estar al aire libre, en plena naturaleza, jamás habían tenido que construir un sistema de riego.

Tenía las botas tan llenas de barro que fue hasta la entrada de la cocina, las dejó junto a la puerta y entró en calcetines. La cocinera y una doncella estaban ocupadas amasando y cortando manzanas, mientras Win y Beatrix, sentadas a la mesa, daban lustre a la plata.

—Hola, Leo —lo saludó Beatrix, muy animada.

—¡Cielo santo, qué pinta! —exclamó Win.

Leo sonrió y frunció la nariz al detectar un aroma amargo en el aire.

—Pensaba que no habría olor capaz de eclipsar el que traigo yo ahora mismo. ¿Qué es? ¿Limpiametales?

—No, en realidad es... —Win no sabía si continuar—. Bueno, una especie de tinte.

—¿Para la ropa?

—Para el cabello —dijo Beatrix—. Es que la señorita Marks quiere oscurecerse el pelo antes del baile, pero tenía miedo de usar el tinte de la farmacia, porque la última vez le vendieron uno terrible. Así que la cocinera ha sugerido una receta que usaba su madre. Hay que hervir cáscaras de nuez y corteza de casia en vinagre, y luego...

—¿Por qué quiere teñirse el pelo? —preguntó Leo, tratando de mostrar cierta indiferencia, a pesar de que la idea de ver aquella preciosa cabellera dorada como el ámbar teñida de un aburrido tono castaño lo ponía enfermo.

Win respondió con cautela.

—Me parece que pretende ser menos... menos visible, con tantos invitados como asistirán al baile. Tampoco he querido presionarla; creo que tiene derecho a que respetemos su intimidad. Así que Leo, por favor, no se lo menciones.

—¿Es que a nadie le parece extraño que tengamos una sirvienta que insista en disfrazarse? —preguntó él—. ¿Acaso en esta familia somos tan puñeteramente excéntricos que aceptamos cualquier clase de majadería sin hacer preguntas?

—No me parece una majadería en absoluto —señaló Beatrix—. Muchos animales cambian de color. Las sepias, por ejemplo, o ciertas especies de ranas, y los camaleones, por supuesto.

—Con permiso —se disculpó Leo entre dientes, saliendo inmediatamente de la cocina con pasos decididos, bajo la mirada de sus hermanas.

—Iba a exponer algunos datos muy interesantes sobre los camaleones —protestó Beatrix.

—Bea, cariño —murmuró Win—. Tal vez sea mejor que vayas al establo a buscar a Cam.

Catherine estaba sentada frente al tocador, contemplando su rostro, tenso, reflejado en el espejo. Tenía varios objetos dispuestos delante de ella: una toalla doblada, un peine, una jarra, un barreño y un cuenco lleno de un potingue oscuro que parecía betún. Se había pintado un mechón con el mejunje y estaba esperando a que hiciera efecto, para ver de qué color había quedado. Después de la última y desastrosa experiencia con tinte, cuando el cabello se le había puesto verde, no pensaba correr ningún riesgo.

No faltaban más que dos días para el baile, y a Catherine no le quedaba otra opción que camuflar su aspecto tanto como fuera posible. Iban a venir invitados de los condados colindantes y familias londinenses; y, como siempre, tenía miedo de que la reconocieran. De todas formas, mientras se oscureciera el pelo y se mantuviera en un rincón, nadie iba a reparar en ella. Las damas de compañía solían ser, casi siempre, solteronas o viudas, mujeres poco atractivas a las que se les había asignado la tarea de vigilar a jovencitas cuyos mejores años estaban todavía por venir. Catherine apenas era un poco mayor que esas chicas, pero se sentía como si las separaran décadas enteras.

Era consciente de que, tarde o temprano, su pasado acabaría pasándole factura. Y, llegado ese momento, su tiempo junto a la familia Hathaway habría concluido. Aquél había sido el único período de verdadera felicidad en su vida, e iba a lamentar perder a aquellas personas.

A todas ellas.

La puerta se abrió de golpe, quebrantando la tranquila meditación de Catherine, que se volvió en su silla y vio entrar a Leo, visiblemente enfadado. Estaba sudado, despeinado y sucio, e iba descalzo.

Ella se levantó para enfrentarlo, recordando, demasiado tarde, que no llevaba puesta más que una camisola arrugada.

Leo la miró de arriba abajo sin perder un solo detalle, y ella se puso roja de ira.

—¿Qué está haciendo? —exclamó—. ¿Es que se ha vuelto loco? ¡Salga de mi dormitorio inmediatamente!

13

Leo cerró la puerta y, tras alcanzar a Catherine en dos zancadas, la arrastró con fuerza hasta la jarra y el barreño.

—¡Basta! —chilló ella, resistiéndose, mientras él le ponía la cabeza sobre el barreño y le echaba agua sobre el mechón de pelo recubierto de tinte.

»¿Qué cree que está haciendo? —preguntó Catherine, resoplando.

—Quitarte esta porquería del pelo —contestó Leo, tirándole el resto del agua en la cabeza.

Catherine gritó y se revolvió, mojándolo también a él, hasta que se formaron charcos en el suelo y la alfombra quedó empapada. Siguieron forcejeando hasta que ella quedó tendida en la lana mojada que cubría el suelo. Sus anteojos habían salido volando, por lo que todo estaba borroso. Sin embargo, el semblante de Leo estaba a unos pocos centímetros de Catherine, con sus enardecidos ojos azules mirándola fijamente. Él la sometió sin esfuerzo, cogiéndola por las muñecas y el torso, como si no fuera más que una prenda de ropa tendida meciéndose al viento, apoyando todo el peso de sus músculos y su virilidad sobre los muslos.

Catherine se retorció, indefensa. Quería que él la soltara, pero, al mismo tiempo, que permaneciera encima de ella para siempre, apretándose contra sus muslos con más fuerza, hasta tener a Leo dentro. Se le humedecieron los ojos.

—Por favor —suplicó, ahogándose—. Por favor, no me coja de las muñecas.

En cuanto Leo percibió el miedo en la voz de Catherine, la expresión de su rostro cambió por completo y la soltó de inmediato. La levantó contra él y colocó la cabeza mojada de Marks sobre su hombro.

—No —murmuró—. No me tengas miedo. Yo jamás...

Catherine sintió que Leo la besaba en la sien, en la mandíbula, en el cuello... Oleadas de calor recorrieron su cuerpo, despertando sensaciones en las zonas donde ambos cuerpos convergían. Relajó los brazos y los estiró sobre el suelo, pero con sus rodillas apretaba el cuerpo de Leo, sosteniéndolo encima de ella.

—¿Por qué le importa tanto? —preguntó sobre la camisa empapada de Leo—. ¿Qué más le da el color de mi cabello?

Catherine notaba la dura superficie del pecho de Leo a través de su camisa, y sintió deseos de quitarle la ropa y frotar su boca y sus mejillas contra aquel vellón oscuro.

—Porque no eres tú —contestó él con voz suave, pero decidida—. No está bien. ¿De qué pretendes esconderte?

Ella sacudió la cabeza levemente; tenía la mirada perdida.

—No puedo contárselo. Hay demasiadas cosas que... No puedo. Si lo supiera, yo tendría que irme de esta casa. Y quiero quedarme aquí; con usted... —A Catherine se le escapó un sollozo—. Con ustedes, quiero decir. Un tiempo más.

—Y puedes quedarte. Cuéntamelo; puedo protegerte.

Catherine contuvo otro sollozo. De repente, percibió el cosquilleo tibio de una lágrima en la mejilla. Hizo ademán de secarse, pero Leo se le adelantó para besarla en ese preciso lugar, y bebió con sus labios el líquido salado. Catherine le acarició la cabeza con mano temblorosa. No pretendía darle pie a nada, pero él lo interpretó así, y devoró su boca con ansia. Ella no pudo hacer otra cosa que gemir, perdida en un torrente de sensaciones acuciantes.

Leo le pasó un brazo por detrás del cuello, sosteniéndola mientras la besaba. Catherine notó lo excitado que estaba; podía oírlo en su respiración ronca, mientras él buscaba, estimulaba y lamía. Entonces, Leo puso su cálida mano sobre la tela empapada que cubría el vientre de Catherine. Teniendo en cuenta lo poco que la cubría la camisola, era como si ya estuviera desnuda, y los pezones se marcaban, endurecidos, contra la tela fría y transparente. Él se inclinó para besarla sobre la muselina mojada, sorbiendo el montículo rosado. En un arrebato, tiró del lazo de la camisola, abrió la prenda y aparecieron los pechos de Catherine, menudos, redondos y turgentes.

—Cat... —El aliento de Leo contra la piel mojada de Catherine hizo que a ella le sobreviniera un escalofrío—. El deseo que siento por ti me está matando; eres tan adorable, tan dulce... Dios.

—Leo se llevó uno de aquellos capullos rosados a la boca, repasando su circunferencia con la lengua y sorbiéndolo levemente. Al mismo tiempo llevó los dedos a la zona íntima de Marks, acariciando la delicada grieta hasta que ésta se abrió y quedó humedecida. Ella sintió el suave roce del pulgar de Leo sobre un punto de sensibilidad extrema, y un ardor desmedido se elevó hasta la base de su garganta. Catherine alzó las caderas y él se puso a estimularla con ternura, hasta que un placer arrollador recorrió todo su cuerpo y una extraordinaria e inabarcable sensación de alivio se cernió sobre ella.

Leo la acarició más profundamente, hurgando con un dedo en la entrada de su cuerpo. Aquella adorable invasión hizo que, por la sorpresa, Catherine se echara hacia atrás. Pero se encontraba estirada sobre el suelo, de espaldas, y no había lugar adonde ir, así que se limitó a buscar la mano de Leo, quien se puso a restregar la nariz y la boca contra su cuello.

—Cosita hermosa; relájate y déjame tocarte, déjame...

Catherine sintió los huesos y los tendones de la mano de Leo, mientras éste deslizaba un dedo dentro de su flor. Contuvo el aliento, poniendo todo el cuerpo en tensión ante aquella exquisita invasión.

Las gruesas pestañas de Leo descendieron sobre sus ojos, ardientes, como el pálido corazón azul de una llama. Sus mejillas y su nariz se habían enrojecido.

—Quiero estar dentro de ti —dijo con voz gruesa, acariciándola—. Aquí... y más adentro.

Un sonido incomprensible emergió de la garganta de Catherine, a la vez que aquellos roces internos hacían que levantara las rodillas y encogiera los dedos de los pies. Se sentía sofocada por un ardor desmedido, que la hacía desear cosas que no podía expresar con palabras. Leo unió su rostro al de ella, quien se puso a besarlo frenéticamente, ansiando la presión voluptuosa de aquella boca masculina y el ataque de su lengua.

De repente, una seguidilla de golpes decididos sobre la puerta interrumpió la tórrida nebulosa de sensaciones que los envolvía. Leo soltó un taco y sacó la mano de los muslos de Catherine, protegiendo el cuerpo de ésta con el suyo. Ella gimoteó. El corazón le latía con una fuerza desmedida.

—¿Quién es? —preguntó Leo en voz alta, bruscamente.

—Rohan.

—Si abres la puerta, te mato. —La afirmación fue hecha con la sinceridad aplastante de un hombre que había sido llevado al límite. Por lo visto, fue suficiente para detener al mismísimo Cam Rohan.

—Tengo que hablar un momento contigo —dijo él al cabo de unos segundos.

—¿Ahora?

—Ahora mismo —contestó Cam.

Leo cerró los ojos, tomó aire y lo expelió poco a poco.

—Nos vemos en la biblioteca —dijo.

—¿En cinco minutos? —insistió Rohan.

Leo se quedó mirando la puerta, cerrada, con una expresión de ira incrédula.

—Vete, Rohan.

En cuanto oyeron a Cam alejarse, Leo miró a Catherine, que parecía no poder dejar de temblar y contorsionarse, hecha un manojo de nervios. Él la abrazó y se puso a acariciar su espalda y sus caderas.

—Tranquila, mi amor —murmuró—. Deja que te abrace.

Lentamente, aquel deseo frenético se fue desvaneciendo, y

ella permaneció quieta entre sus brazos, mejilla contra mejilla.

Leo se puso de pie, la levantó y la llevó a la cama, hasta depositar el cuerpo semidesnudo de Catherine sobre el colchón. Mientras ella se asomaba al borde del lecho y tanteaba el suelo para coger el cubrecama y cubrirse con él, Leo se dedicó a buscar los anteojos, que halló en un rincón de la habitación, y fue a devolvérselos.

Sus lentes estaban empezando a tener muy mal aspecto, pensó Catherine vagamente, enderezando el maltrecho armazón y puliendo los cristales con una esquina del cubrecama.

—¿Qué va a decirle al señor Rohan? —le preguntó a Leo, dubitativa, volviendo a ponerse los anteojos.

—Todavía no lo sé; pero durante los próximos dos días, hasta que haya pasado ese maldito baile, voy a poner algo de distancia entre nosotros, porque parece que nuestra relación se está volviendo demasiado ardiente para poder controlarla. Después, sin embargo, tú y yo vamos a tener una conversación; sin evasivas y sin mentiras.

—¿Por qué? —quiso saber Catherine.

—Porque tenemos que tomar algunas decisiones.

¿Qué clase de decisiones? ¿Estaría planeando despedirla? ¿O acaso hacerle alguna proposición indecente?

—Quizá debería marcharme de Hampshire —dijo ella con dificultad.

A Leo le brillaron los ojos de un modo inquietante. Tomó el semblante de Catherine entre sus manos y le susurró al oído algo que bien podría haber sido una promesa o una amenaza.

—Adonde quiera que vayas, te encontraré. —Leo fue hasta la puerta y, antes de salir, se dio la vuelta—. Por cierto —dijo—, cuando dibujé esos bocetos de ti, no te hice justicia en absoluto.

Una vez que se hubo aseado y se hubo puesto un atuendo apropiado, Leo fue a la biblioteca. Cam lo esperaba allí, y no parecía mucho más contento que su cuñado. Con todo, irradiaba una calma y una tolerancia que ayudó a relajar el malhumor de Leo; no había hombre en quien confiara más en el mundo que Rohan.

Cuando se conocieron, a Leo no le había parecido que Cam Rohan fuese el marido adecuado para Amelia. En absoluto. Cam era gitano, y nadie podía pensar que pertenecer a esa etnia fuera una ventaja en la alta sociedad británica. Sin embargo, su temperamento, su paciencia, su humor y su decencia eran indiscutibles.

En un tiempo relativamente corto, Cam se convirtió en algo parecido a un hermano. Él había visto a Leo tocar fondo, y le había ofrecido su apoyo incondicional mientras aquél luchaba por reconciliarse con la vida, privado de todo candor y sin esperanza. Y en los últimos años, de alguna manera, Leo había conseguido recuperar un poco de ambas cosas.

Cam estaba de pie junto a la ventana, y lo miró con perspicacia.

Sin pronunciar palabra, Leo fue hasta la mesa, se sirvió un brandy y dejó que la copa se calentara entre sus dedos. Con sorpresa, advirtió que la mano le temblaba un poco.

—Han ido a buscarme a los establos —empezó Cam—, y me he encontrado a tus hermanas preocupadas y a las doncellas histéricas porque habías decidido encerrarte en el dormitorio de la señorita Marks. No puedes aprovecharte de una mujer sólo porque trabaja para ti; ya lo sabes.

—Antes de que me des lecciones de moral —dijo Leo—, no olvidemos que tú sedujiste a Amelia antes de casaros. ¿Acaso pervertir a una chica inocente es aceptable siempre que no sea tu empleada?

Hubo un atisbo de molestia en los ojos castaños de Cam.

—Yo sabía que iba a casarme con ella cuando lo hice. ¿Puedes decir tú lo mismo?

—Yo no me he acostado con la señorita Marks. Todavía. —Leo frunció el ceño—. Pero, a este paso, lo habré hecho antes de terminar la semana. No consigo contenerme —reconoció, levantando la vista al techo—. Castígame, oh, Dios mío —proclamó. Cuando resultó evidente que no iba a haber respuesta del

Todopoderoso, Leo bebió un trago de brandy, que descendió por su garganta como un torrente de fuego balsámico.

—Crees que acostarte con ella sería un error —señaló Cam.

—Sí, es lo que pienso —confirmó Leo, tomando otro sorbo de licor.

—A veces, hay que cometer un error para evitar incurrir en otro mayor. —Cam esbozó una sonrisa al contemplar la expresión funesta de su cuñado—. ¿Crees que podrás evitar esta situación eternamente, *phral*?

—Ése era el plan; y había conseguido ceñirme a él hasta hace poco.

—Eres un hombre en la flor de la vida; es normal que quieras tener tu propia mujer. Es más, tienes un título que pasar. Y, por lo que sé de títulos nobiliarios, tu mayor responsabilidad es engendrar vástagos.

—Dios mío, ¿vamos a tener esa conversación de nuevo? —protestó Leo con el ceño fruncido. Terminó el brandy y dejó el vaso sobre la mesa—. Lo último que deseo es tener críos.

Cam enarcó una ceja; era evidente que aquello le hacía gracia.

—¿Qué tienen de malo los niños?

—Son un incordio; interrumpen y lloran cuando no consiguen lo que quieren. Para esa clase de compañía, ya tengo a mis amigos.

Cam tomó asiento, estiró sus largas piernas y miró a Leo con fingida indiferencia.

—Vas a tener que hacer algo con respecto a la señorita Marks, porque esto no puede seguir así. Incluso tratándose de la familia Hathaway, es... —Rohan titubeó, buscando la palabra adecuada.

—Indecente —dijo Leo, terminando la frase por él. Se puso a dar vueltas por la habitación, se detuvo frente a la chimenea, fría y oscura, se apoyó sobre la repisa y agachó la cabeza—. Rohan —dijo con voz grave—, ya viste lo que me pasó después de lo de Laura.

—Sí —contestó él—. Los gitanos diríamos que eras un hombre que lloró demasiado la muerte de su amada, y que no dejaste que su alma se fuera al cielo.

—O eso, o me volví loco.

—¿Acaso el amor no es una forma de locura? —preguntó Cam prosaicamente.

Leo soltó una risa forzada.

—En mi caso, sin duda.

Ambos se quedaron unos instantes en silencio, hasta que Cam murmuró:

—¿Sigues obsesionado con Laura, *phral*?

—No —aseguró Leo, contemplando la chimenea vacía—. Ya he aceptado que se ha ido para siempre; ya no sueño con ella. Pero sí que recuerdo cómo era tratar de seguir viviendo mientras, por dentro, yo estaba muerto. Si volviera a sucederme eso, sería mucho peor. No puedo arriesgarme.

—Quizá pienses que tienes elección —señaló Cam—, pero ahora sucede al revés; es el amor el que te elige a ti. La sombra se mueve según dicta el sol.

—Cómo me gustan esos dichos gitanos —comentó Leo—. Y sabes tantos...

Cam se levantó de la silla, fue hasta la mesa y se sirvió un brandy.

—Espero que no se te haya ocurrido convertirla en tu amante —dijo con total naturalidad—. Por más que seas su cuñado, Rutledge te despellejaría vivo.

—No, no se me ha ocurrido. Ser amantes crearía más problemas de los que podría solucionar.

—Si no eres capaz de dejarla en paz, si no piensas tenerla como amante y si no vas a casarte con ella, la única opción es despedirla.

—Sería lo más sensato —coincidió Leo, apesadumbrado—, pero también lo que menos me gustaría.

—¿Te ha dicho la señorita Marks lo que quiere ella?

Leo sacudió la cabeza.

—La aterroriza enfrentarse a eso, porque, que Dios la ayude, es posible que me desee.

14

Durante los dos días siguientes, la casa fue un hervidero de actividad. Llegaron grandes cantidades de comida y flores, se guardaron muebles temporalmente, se sacaron puertas de sus bisagras, se enrollaron alfombras y los suelos se enceraron y se pulieron.

Al baile iban a asistir invitados de Hampshire y de los condados colindantes, así como familias distinguidas de Londres. Para fastidio de Leo, las invitaciones al evento habían sido aceptadas de buena gana por una multitud de lores con hijas casaderas. Como señor de aquella casa, él tenía el deber de ejercer de anfitrión y bailar con tantas mujeres como le fuera posible.

—Esto es lo peor que me habéis hecho nunca —le dijo a Amelia.

—No lo creo; estoy segura de que te hemos hecho cosas peores.

Leo pensó en ello, repasando mentalmente una larga lista de ofensas que guardaba en la memoria.

—Tienes razón —admitió—. Pero que quede claro: sólo tolero esto para contentaros.

—Sí, ya lo sé. Y espero que nos sigas contentando y que encuentres a alguien con quien casarte, para que puedas tener descendencia antes de que Vanessa Darvin y su madre se adueñen de nuestro hogar.

Leo miró a su hermana con enfado.

—Cualquiera diría que te importa más la casa que mi futura felicidad.

—En absoluto. Tu felicidad futura me importa al menos tanto como la casa.

—Gracias —respondió él lacónicamente.

—Si bien da la casualidad de que creo que serás mucho más feliz cuando te enamores y te cases.

—Si alguna vez me enamoro de alguien —replicó Leo—, ten por seguro que no lo arruinaría casándome.

Los invitados empezaron a llegar a última hora de la tarde. Las mujeres llevaban vestidos de seda o tafetán, broches con gemas centelleantes en escotes bajos y redondos, y las manos enfundadas en guantes blancos cortos. Muchos brazos estaban adornados con pulseras a juego, tal como dictaba la moda.

Los caballeros, por el contrario, iban vestidos con sobrias levitas negras, pantalones sin raya a juego y corbatas blancas o negras. Su ropa tenía un toque de agradecida soltura, que permitía movimientos mucho más naturales en comparación con el estilo apretado de temporadas anteriores.

La música resonaba en las salas, abundantemente adornadas con flores. Las mesas, cubiertas de satén dorado, casi crujían bajo las pirámides de frutas, platos de queso, verduras asadas, mollejas, pasteles, piezas de carne, pescado ahumado y pollo rustido. Los lacayos recorrían el circuito de habitaciones, llevando cigarros y licor a los hombres que estaban en la biblioteca, o vino y champán a los que jugaban a las cartas.

El salón estaba a rebosar, con grupos de gente en los laterales y parejas que bailaban en el centro. Leo tuvo que reconocer que había una cantidad inusual de jóvenes atractivas. Todas parecían agradables y lozanas; todas parecían iguales. A pesar de todo, él sacó a bailar a cuantas le fue posible, incluso a las que nadie sacaba nunca y a alguna que otra viuda distinguida.

Y todo ello mientras trataba de captar alguna imagen de Catherine Marks.

Ella llevaba un vestido de color lavanda, el mismo que había lucido en la boda de Poppy. Tenía el cabello recogido en un moño tirante a la altura de la nuca, y vigilaba a Beatrix mientras permanecía discretamente en un segundo plano.

Leo la había visto hacer lo mismo infinidad de veces; se escondía entre las viudas y las damas de compañía mientras muchachas tan sólo un poco más jóvenes que ella coqueteaban, reían y bailaban. Sencillamente, era absurdo que nadie reparara en ella, porque era tan atractiva como cualquiera de aquellas mujeres.

Sea como fuere, Catherine debió de percibir que él la buscaba con la mirada, porque se volvió y no pudo apartar la vista de Leo.

En un momento dado, una de las viudas se dirigió a ella para preguntarle algo, y a Catherine no le quedó más remedio que atender a aquella maldita dama.

Al mismo tiempo, Amelia se acercó a Leo y le tiró de la manga.

—Milord —dijo, nerviosa—. Me temo que tenemos un problema.

Inmediatamente, él miró a su hermana con preocupación, y vio que ella esbozaba una sonrisa fingida para despistar a cualquiera que pudiera estar mirando.

—Había perdido toda esperanza de que nada interesante tuviese lugar esta noche —admitió Leo—. ¿De qué se trata?

—La señorita Darvin y la condesa Ramsay están aquí.

Leo se quedó lívido.

—¿Aquí? ¿Ahora?

—Cam, Win y Merripen están hablando con ellas en el recibidor.

—¿Quién diablos las ha invitado?

—Nadie. Han hecho que unos conocidos comunes, los Ulster, las traigan a modo de invitadas; y no podemos negarles la entrada.

—¿Por qué no? No son bienvenidas.

—Pese a lo groseras que han sido presentándose sin invitación, más grosero sería que las echáramos. Sería considerado una falta de respeto por nuestra parte. Como mínimo, demostraríamos no tener buenos modales.

—Demasiado a menudo —reflexionó Leo en voz alta—, los buenos modales interfieren directamente con mis intenciones.

—Conozco bien esa sensación.

Los hermanos compartieron una sonrisa de complicidad.

—¿Qué crees que pueden querer? —preguntó ella.

—Averigüémoslo —contestó Leo escuetamente, ofreciéndole el brazo a Amelia. Juntos fueron hasta el recibidor.

Más de una mirada curiosa se posó sobre ellos en cuanto se reunieron con el resto de la familia, que estaba hablando con dos mujeres ataviadas con suntuosos vestidos de baile.

La mayor, presumiblemente la condesa Ramsay, era una señora de aspecto corriente, un poco regordeta, ni guapa ni fea. La más joven, la señorita Vanessa Darvin, era de una belleza arrebatadora, alta, con espléndidas curvas y pecho generoso, y lucía un vestido de color turquesa adornado con plumas de pavo real. Su cabellera azabache estaba recogida en un elegantísimo tocado de rizos. Tenía la boca pequeña y carnosa, del color de una ciruela madura, y sus ojos castaños eran sensuales, con largas pestañas.

Todo en ella indicaba que era plenamente consciente de su atractivo sexual, cosa que Leo jamás había reprochado a ninguna mujer, aunque el caso de Vanessa Darvin quizás era exagerado, probablemente porque lo miró como esperando que él cayese rendido a sus pies y empezara a babear como un perro con problemas respiratorios.

Sin separarse de Amelia, Leo se acercó a las dos mujeres. Se efectuaron las debidas presentaciones y él se inclinó ante ellas con exquisita cortesía.

—Sean bienvenidas a Ramsay House, milady. Y señorita Darvin. Qué sorpresa tan agradable.

A la condesa se le iluminó el semblante.

—Espero que nuestra inesperada presencia no suponga un inconveniente, milord. Sin embargo, cuando lord y lady Ulster nos hicieron saber que daba usted un baile, el primero en Ramsay House desde su restauración, estuvimos seguras de que a usted no le importaría contar con la compañía de sus parientes más cercanos.

—¿Parientes, dice usted? —preguntó Amelia, atónita. El parentesco entre los Hathaway y los Darvin era tan lejano que no merecía la palabra.

La condesa Ramsay no perdió la sonrisa.

—Somos primos, ¿no es cierto? La verdad es que cuando mi pobre marido, Dios lo tenga en su gloria, pasó a mejor vida, nos consoló saber que la finca iba a ser administrada por alguien tan competente como usted. Aunque... —La condesa desvió su mirada hacia Cam y Merripen—. No esperábamos que tuviese usted una familia política tan pintoresca como la que parece haber acumulado.

Comprendiendo perfectamente la poco sutil referencia al hecho de que tanto Cam como Merripen eran gitanos, Amelia frunció el ceño de mala manera.

—¿Por qué no se...?

—Cuánto me alegro —la interrumpió Leo, tratando de evitar un enfrentamiento— de que por fin podamos comunicarnos sin abogados de por medio.

—Estoy de acuerdo, milord —respondió la condesa Ramsay—. Los abogados han convertido todo este asunto de Ramsay House en algo bastante complicado, ¿no le parece? Nosotras no somos más que mujeres, y, por consiguiente, la mayor parte de lo que nos dicen se nos escapa. ¿No es cierto, Vanessa?

—Sí, mamá —contestó la joven con recato.

Las abultadas mejillas de la condesa Ramsay se expandieron en otra sonrisa, mientras recorría el grupo con la mirada.

—Lo que realmente tiene importancia son los lazos familiares y afectivos que nos unen —afirmó.

—¿Quiere decir con eso que ha decidido no quitarnos la casa? —preguntó Amelia sin cortapisas.

Cam puso una mano en la cintura de su esposa y le dio un pellizco de advertencia.

La condesa Ramsay abrió los ojos de par en par y miró a Amelia con aparente desconcierto.

—Cielo santo. La verdad es que soy incapaz de discutir asuntos legales; mi pobre cerebro se colapsa cada vez que lo intento.

—No obstante —recalcó Vanessa Darvin con voz angelical—, tenemos entendido que hay una posibilidad de que no acabemos heredando la casa si lord Ramsay se casa y tiene descendencia antes de un año. —La joven miró a Leo de arriba abajo—. Y parece que está bien dotado para ello.

Leo enarcó una ceja, deleitado con el delicado énfasis que puso Vanessa en las palabras «bien dotado».

Cam intervino antes de que Amelia pudiera contestar algo inadecuado.

—¿Necesitan alojamiento durante su estancia en Hampshire, milady? —preguntó.

—Gracias por su amable interés —contestó Vanessa Darvin—, pero nos hospedamos en la residencia de lord y lady Ulster.

—Sin embargo, les agradeceríamos unos refrescos —sugirió la condesa Ramsay—. Estoy segura de que una copa de champán me animaría.

—Por supuesto —dijo Leo—. ¿Quiere que la acompañe hasta la mesa de bebidas?

—Qué encantador —respondió la condesa, radiante—. Gracias, milord. —La mujer se acercó a Leo y se aferró a su brazo, mientras que su hija hacía lo propio del otro lado. Él puso una sonrisa seductora y se fue con la pareja.

—Qué gente tan horrible —señaló Amelia con amargura—. Seguro que han venido a inspeccionar la casa. Y van a monopolizar a Leo toda la velada, cuando él debería estar hablando y bailando con jóvenes solteras.

—La señorita Darvin es una joven soltera —apuntó Win, que parecía inquieta.

—Por el amor de Dios, Win. ¿Crees que han venido para que la señorita Darvin conozca a Leo? ¿Supones que intentará seducirlo?

—Ambas partes se verían beneficiadas si contrajeran matrimonio —contestó Win—. La señorita Darvin se convertiría en lady Ramsay y se haría con toda la finca en lugar de sólo con la casa. Y nosotros podríamos seguir viviendo aquí aunque Leo no fuera padre.

—La idea de tener una cuñada como la señorita Darvin se me hace insoportable.

—Tampoco podemos quedarnos con la primera impresión —alegó Win—. A lo mejor, en el fondo, es una bellísima persona.

—Lo dudo. Las mujeres con su aspecto nunca son buenas personas —dijo Amelia, y de inmediato advirtió que Cam y Merripen estaban conversando en romaní—. ¿De qué estáis hablando? —le preguntó a su marido.

—Tiene plumas de pavo real en el vestido —recalcó Cam, utilizando el mismo tono de voz que si hubiese dicho que tenía el vestido cubierto de arañas venenosas.

—Es un adorno espléndido —arguyó Amelia, mirándolo como si no entendiera el comentario—. ¿Es que no te gustan las plumas de pavo real?

—Para los gitanos —le informó Merripen, muy serio—, una sola pluma de pavo real ya es un mal augurio.

—Y ella las lleva a montones —añadió Cam.

Dicho esto, miraron a Leo marcharse con Vanessa Darvin como si se encaminase a un pozo lleno de víboras.

Leo acompañó a Vanessa Darvin al salón, mientras la condesa Ramsay se quedaba junto a la mesa de bebidas con lord y lady Ulster. Tras unos minutos de conversación, quedó patente que se trataba de una joven inteligente y a la que le gustaba coquetear. Leo había conocido y se había acostado con mujeres como Vanessa antes, y la verdad era que ésta no le despertaba demasiado interés. Sin embargo, a la familia Hathaway tal vez le convendría empezar a relacionarse con Vanessa y su madre, aunque solamente fuera para conocer sus planes.

Conversando un poco acerca de todo, ella le contó lo aburrido que había sido pasar un año de luto tras la muerte de su padre, y con qué ganas había pasado una temporada en Londres al año siguiente.

—Pero déjeme que le diga lo encantadora que es la casa —exclamó—. Recuerdo haberla visitado una vez con mi padre, cuando él tenía el título. Entonces no era más que un montón de basura, y los jardines estaban completamente yermos. Ahora es una maravilla.

—Y todo gracias a los señores Rohan y Merripen —dijo Leo—. Toda esta transformación se debe por completo al esfuerzo de ambos.

Vanessa parecía desconcertada.

—Vaya, nunca lo habría imaginado. Esa gente no suele ser demasiado trabajadora.

—De hecho, sí que lo es. Lo que pasa es que suelen ser nómadas, cosa que limita su interés por el campo.

—Pero sus cuñados no parece que sean muy nómadas que digamos.

—Cada uno ha encontrado una buena razón para quedarse en Hampshire.

Vanessa se encogió de hombros.

—Bueno, lo cierto es que tienen aspecto de ser unos caballeros, lo cual supongo que ya es demasiado pedir.

A Leo lo irritó aquel tono de desprecio.

—En realidad, sólo son medio gitanos, y tienen vínculos con la nobleza. Algún día, Merripen heredará un condado irlandés.

—Ya había oído algo al respecto. Pero... la nobleza irlandesa... —dijo Vanessa con desdén.

—¿Cree que los irlandeses son inferiores? —preguntó Leo como si no le diera demasiada importancia.

—¿Acaso usted no?

—Sí, siempre me ha parecido de muy mal gusto que la gente se niegue a ser inglesa.

O Vanessa decidió hacer caso omiso de aquella respuesta o, sencillamente, no captó la ironía. En cuanto se acercaron al salón, hizo una exclamación de asombro al ver las filas de ventanas, el interior pintado de color crema y las molduras del techo.

—Qué hermosura. Creo que me encantará vivir aquí.

—Como bien ha recalcado antes —señaló Leo—, es posible

que no tenga la oportunidad. Todavía me queda un año para casarme y tener descendencia.

—Tiene usted reputación de ser un soltero muy esquivo, cosa que me hace dudar de que consiga lo primero —comentó Vanessa, cuyos ojos oscuros brillaron de manera provocadora—. En cuanto a lo segundo, seguro que se le da muy bien.

—Bueno, yo no diría tanto —respondió él con desinterés.

—Ni falta que hace, milord. Ya se encargan los demás de afirmarlo. ¿O va a negármelo?

Aquélla era una pregunta que nadie hubiera esperado de una señorita de buena familia a la que uno acababa de conocer, por lo que Leo supuso que ella pretendía impresionarlo con su audacia. No obstante, tras haber participado en innumerables conversaciones similares en los salones londinenses, tales comentarios ya no lo asombraban.

En Londres, un poco de sinceridad era mucho más escandaloso que la audacia.

—Yo no diría que soy un amante excelente —dijo Leo—; tan sólo competente. Y las mujeres no suelen reconocer la diferencia.

A Vanessa se le escapó una risita.

—¿Qué lo convierte a uno en un amante excelente, milord?

Leo la miró, impertérrito.

—El amor, por supuesto. Sin ello, todo el asunto se convierte en un mero asunto de habilidades técnicas.

La joven pareció un tanto confundida, pero no tardó en volver a coquetear.

—Bueno, pero el amor es algo pasajero. Soy joven, pero para nada ingenua.

—Ya me he dado cuenta —dijo Leo—. ¿Le gustaría bailar, señorita Darvin?

—Eso depende, milord.

—¿De qué?

—De si es usted un bailarín excelente o tan sólo competente.

—*Touché* —contestó él, sonriendo muy a su pesar.

15

Cuando Amelia le informó de la inesperada llegada de la condesa Ramsay y Vanessa Darvin, Catherine sintió curiosidad, seguida poco después de melancolía. De pie a un lado del salón, ella y Beatrix miraban cómo Leo bailaba el vals con la joven.

Entre la oscura gallardía de Leo y la vibrante belleza de la señorita Darvin, ambos formaban una pareja impactante. Él era un excelente bailarín, quizás un poco más atlético que elegante, y las faldas del vestido turquesa de ella se agitaban de manera ciertamente favorecedora, envolviendo ocasionalmente las piernas de Leo según el movimiento del vals.

La señorita Darvin era muy guapa, de brillantes ojos castaños y reluciente cabellera negra. En un momento dado, murmuró algo que arrancó una sonrisa de Leo, quien parecía embelesado, completamente deslumbrado por ella.

Mientras los observaba, Catherine notó una sensación peculiar en el estómago, como si se hubiera tragado un puñado de clavos. Beatrix, que estaba a su lado, le tocó la espalda un instante, como si quisiera reconfortarla. Catherine sintió que se estaban intercambiando los papeles; que, en lugar de comportarse como la dama de compañía mayor y sabia, era ella la que necesitaba que la alentaran y orientaran.

—Qué atractiva es la señorita Darvin —señaló, tratando de permanecer impasible.

—Supongo que sí —dijo Beatrix, un tanto evasiva.

—En realidad —añadió Catherine, apesadumbrada—, es preciosa.

Beatrix observó a Leo y a la mujer con mirada pensativa, mientras éstos efectuaban un giro perfecto.

—No sé si es para tanto.

—Pues yo no le veo un solo defecto.

—Yo sí. Tiene los codos huesudos.

Catherine se fijó bien a través de los lentes y llegó a la conclusión de que, a lo mejor, Beatrix tenía razón. Sí que eran un poco huesudos.

—Es verdad —dijo, sintiéndose un poquito mejor—. Y, ¿no te parece que tiene el cuello demasiado largo?

—Es una jirafa —coincidió Beatrix, asintiendo.

Catherine trató de fijarse bien en la expresión de Leo, preguntándose si él se habría dado cuenta de la longitud anormal del cuello de la señorita Darvin; no parecía ser el caso.

—Tu hermano parece encandilado —murmuró.

—Seguro que sólo está siendo amable.

—Él nunca es amable.

—Lo es cuando quiere conseguir algo —dijo Beatrix.

Sin embargo, esa respuesta sólo hizo que la pesadumbre de Catherine se acrecentara, ya que la pregunta de qué pretendería Leo de aquella belleza de cabello oscuro no parecía tener una respuesta agradable.

Un joven caballero se acercó a ellas y preguntó si Beatrix podía concederle un baile, a lo que Catherine accedió. Suspirando, se apoyó contra la pared y se puso a pensar.

El baile estaba resultando un éxito absoluto. Todo el mundo se divertía, la música era fantástica, la comida deliciosa y la noche, ni fría ni calurosa.

Y ella estaba hundida en la miseria.

Sin embargo, no pensaba desmoronarse como el techo de la vieja casa solariega. Obligándose a alegrar la cara, se volvió para conversar con un par de ancianas que tenía a su lado. Estaban inmersas en un animado debate acerca de las ventajas del punto de cadeneta o del punto de cruz en un bordado. Cruzó los dedos, enguantados, y trató de prestar atención.

—¿Señorita Marks? —Era una voz masculina que le resultó familiar.

Catherine se dio la vuelta y se topó con Leo. Vestido con el clásico atuendo blanco y negro, estaba arrebatador y sus ojos azules brillaban con malicia.

—¿Me concedería el honor? —preguntó, haciendo un gesto hacia las parejas que danzaban al son del vals. Le estaba pidiendo que bailara con él, tal y como le había prometido una vez.

Catherine palideció al darse cuenta de las miradas que se posaban sobre ellos. Una cosa era que el anfitrión hablara un momento con la dama de compañía de su hermana, y otra muy distinta que quisiera bailar con ella. Leo lo sabía y no le importaba un rábano.

—Váyase —le espetó ella en un susurro cortante; el corazón le latía a toda velocidad.

Él esbozó una sonrisa.

—No puedo; nos está mirando todo el mundo. ¿Vas a rechazarme delante de toda esta gente?

Catherine no podía permitirse avergonzarlo de esa manera; rechazar la invitación de un hombre para bailar, dando pie a que se interpretara que no quería hacerlo con él, iba contra el protocolo. A pesar de todo, ser el foco de las miradas y que los invitados hablaran de ellos era lo opuesto a la discreción que Catherine deseaba mantener.

—¿Por qué me hace esto? —murmuró, furiosa y desesperada. Aun así, a pesar del conflicto que tenía en su interior, Catherine se estremeció de la emoción que suponía bailar con Leo.

—Porque es lo que quiero —respondió él, sonriendo de oreja a oreja—. Y tú también.

Leo estaba siendo terriblemente arrogante. Pero tenía razón.

Cosa que la convertía a ella en una idiota. Si aceptaba, iba a ser merecedora de todo lo que sucediera después.

—Adelante —dijo, mordiéndose el labio. Lo tomó del brazo y dejó que la condujera hasta el centro del salón.

—Podrías tratar de sonreír —sugirió Leo—. Pareces un condenado camino de la horca.

—Más bien de la guillotina.

—No es más que un baile, Marks.

—Debería volver a bailar con la señorita Darvin —dijo Catherine, avergonzándose inmediatamente al advertir la hosquedad de su tono de voz.

Leo se rio en voz baja.

—Con una vez ha sido suficiente. No deseo repetir la experiencia.

Catherine trató, en vano, de reprimir la satisfacción que le dio oír aquello.

—¿No se han entendido?

—Al contrario, nos hemos entendido de maravilla, siempre y cuando no nos desviáramos del tema de mayor interés.

—¿La casa?

—No, ella misma.

—Estoy convencida de que, a medida que vaya madurando, la señorita Darvin se volverá menos egocéntrica.

—Es posible, pero la verdad es que me da lo mismo.

Leo la tomó entre sus brazos con firmeza, y, desde ese mismo momento, todo fue distinto. Una velada que hacía tan sólo unos instantes había sido sumamente aburrida se convirtió en algo tan maravilloso que Catherine se sintió un tanto aturdida.

Leo la sostuvo colocando la mano derecha en su omóplato y la izquierda en la cintura. A pesar de los guantes, Catherine pudo deleitarse con la sensación del contacto entre ambos.

Y el baile comenzó.

En el vals, era el hombre quien controlaba el ritmo y la secuencia de pasos, y Leo no le dio a Catherine ni una sola oportunidad de vacilar. Era muy sencillo seguirlo, puesto que él ejecutaba cada movimiento con absoluta decisión. Había momentos, incluso, en los que parecía que estuvieran flotando, antes de embarcarse en otra serie de giros. La música no hacía más que alimentar las ansias de seguir bailando. Catherine permanecía en silencio, temerosa de romper el hechizo, centrándose exclusivamente en el par de ojos azules que la miraban. Por primera vez en su vida, era completamente feliz.

El baile duró tres minutos, quizá cuatro, durante los cuales ella trató de conservar cada segundo en la memoria, así en el futuro podría cerrar los ojos y recuperarlo todo. Cuando, con una nota alta y dulce, el vals concluyó, Catherine contuvo el aliento, preguntándose por qué no podía durar un poco más.

Leo hizo una reverencia y le ofreció el brazo.

—Gracias, milord. Ha sido maravilloso.

—¿Te gustaría bailar de nuevo?

—Me temo que no; sería un escándalo. Al fin y al cabo, no soy una invitada.

—Eres parte de la familia —arguyó él.

—Es usted muy amable, milord, pero sabe muy bien que eso no es cierto. Soy una dama de compañía a sueldo, lo cual significa que...

Catherine se detuvo en seco al advertir que alguien, un hombre, la estaba mirando. Miró en su dirección y distinguió un rostro que se le había aparecido en sus peores pesadillas.

La visión de aquella persona, una parte del pasado que había conseguido evitar durante tanto tiempo, disipó hasta el último ápice de sosiego del que ella había hecho acopio. Sintió un pánico abrumador. Tan sólo el hecho de estar sujeta al brazo de Leo impidió que se desplomase como si le hubieran dado un puntapié en el estómago. Trató de tomar aire, pero sólo consiguió resollar.

—¿Marks? —Leo se detuvo y se puso frente a ella, para contemplar su rostro, lívido, con preocupación—. ¿Qué te ocurre?

—Estoy un poco sofocada —consiguió responder—. Debe de ser por el esfuerzo del baile.

—Deja que te acompañe a una silla.

—No.

Aquel hombre no le quitaba el ojo de encima; era obvio que la había reconocido. Catherine tenía que salir de allí antes de que se le acercara. Tragó saliva e hizo un esfuerzo titánico por contener las lágrimas.

La que debía haber sido la noche más feliz de su vida, se había convertido súbitamente en la peor.

«Se acabó», pensó con amargura. La vida junto a la familia Hathaway había llegado a su fin. Quería morirse.

—¿Qué puedo hacer? —le preguntó Leo en voz baja.

—Por favor, si ve a Beatrix... dígale que...

No pudo terminar. Sacudió la cabeza, desesperada, y salió del salón lo más deprisa que pudo.

«El esfuerzo del baile, y un cuerno», pensó Leo, perturbado. Aquella mujer había sido capaz de mover una pila de piedras para que él pudiera salir de un pozo. Fuera lo que fuese lo que la inquietaba, no tenía nada que ver con que estuviera cansada. Leo echó un vistazo alrededor del salón y reparó en alguien que estaba quieto y callado entre la multitud que conversaba.

Guy, lord Latimer, observaba a Catherine Marks con la misma atención que Leo. En cuanto ella salió del salón, Latimer se dirigió a la puerta.

Leo frunció el ceño, irritado. La próxima vez que su familia organizara un baile o alguna otra velada, él mismo inspeccionaría personalmente la lista de invitados. De haber sabido que Latimer iba a ser invitado, hubiese tachado el nombre con la tinta más oscura.

Latimer, que rondaba los cuarenta años, había alcanzado esa etapa de la vida en la que un hombre ya no podía ser catalogado de calavera, lo cual suponía cierto grado de inmadurez juvenil, sino más bien de libertino, categoría que sugería cierta edad y falta de decoro.

En tanto que futuro heredero de un condado, Latimer no tenía mucho en lo que ocupar su tiempo, salvo esperar a que su padre muriera. Mientras tanto, se dedicaba en cuerpo y alma al vicio y la perversión. Esperaba que otros repararan sus entuertos, y sólo se preocupaba por su propia comodidad. El lugar de su pecho donde debía de haber tenido un corazón estaba hueco como el centro de una calabaza. Era astuto, inteligente y calculador, cualidades todas al servicio de satisfacer sus propios caprichos.

Y Leo, en el punto más bajo de su depresión por la muerte de Laura Dillard, había hecho lo posible por emularlo.

Recordando las juergas que se había corrido con Latimer y su grupo de aristócratas disolutos, sintió remordimientos. Desde que había vuelto de Francia, lo había evitado a toda costa. Pero la familia de Latimer era del vecino condado de Wiltshire, y hubiera sido imposible mantenerse lejos de él para siempre.

Viendo que Beatrix se acercaba a uno de los laterales del salón, Leo fue rápidamente hasta ella y la cogió del brazo.

—Se han acabado los bailes por ahora, Bea —le susurró al oído—. Marks no puede vigilarte.

—¿Por qué no?

—Es lo que voy a tratar de averiguar. Mientras tanto, no te metas en líos.

—¿Qué quieres que haga?

—No lo sé. Acércate a la mesa de bebidas y come algo.

—No tengo hambre —adujo Beatrix, suspirando—. Pero supongo que no hace falta estar hambriento para comer.

—Buena chica —murmuró Leo y salió del salón como una exhalación.

16

—¡Detente! ¡Detente, te digo!

Catherine hizo caso omiso de la orden, y siguió con la cabeza gacha atravesando el pasillo a toda velocidad, en dirección a la zona de la servidumbre. Estaba muerta de miedo y de vergüenza, pero, a la vez, enfurecida, pensando en lo terriblemente injusto que era que aquel hombre siguiera tratando, una y otra vez, de arruinarle la vida. Ella sabía que aquello iba a suceder tarde o temprano; que, a pesar de que los Hathaway y Latimer se movieran en círculos distintos, acabarían encontrándose. Sin embargo, había valido la pena correr el riesgo con tal de trabajar en casa de los Hathaway, con tal de sentirse, aunque fuera por poco tiempo, parte de la familia.

Latimer la asió del brazo con fuerza, y ella, temblando, se volvió para encararlo.

A Catherine le sorprendió comprobar lo envejecido que estaba, marcado por la mala vida. Estaba más gordo, sobre todo a la altura del vientre, y su cabello de color jengibre era cada vez más escaso. Su rostro estaba marchito a causa de los excesos.

—Me temo que no le conozco, señor —dijo ella con frialdad—. Me está molestando.

Latimer se resistió a soltarla. Su mirada libidinosa hizo que Catherine se sintiera sucia y asqueada.

—Nunca te he olvidado; te he estado buscando durante años.

Te fuiste con otro protector, ¿verdad? —Latimer sacó la lengua y se humedeció los labios, moviendo la mandíbula como si fuera a desencajarla y a tragarse a Catherine de un solo bocado—. Quería ser el primero con el que lo hicieras; pagué una fortuna por ello.

Catherine tomó aire y se estremeció.

—Suélteme ahora mismo, o...

—¿Qué estás haciendo aquí, vestida como una solterona?

Ella apartó la vista de Latimer, conteniendo las lágrimas.

—Trabajo para la familia Hathaway; para lord Ramsay.

—Eso sí que me lo creo. ¿Qué servicios le prestas?

—Suélteme —insistió Catherine en voz baja, paralizada por el miedo.

—Ni lo sueñes —contestó Latimer, atrayéndola hacia él y echándole su aliento a vino en la cara—. La venganza —añadió con voz ronca— suele tener siempre un carácter infame y mezquino; seguro que por eso la disfruto tanto.

—¿De qué quiere vengarse? —preguntó Catherine con un desprecio insondable—. Yo no le hice perder nada; salvo, tal vez, una mínima parte de su orgullo, y no creo que eso le importara demasiado.

Latimer sonrió.

—Ahí es donde te equivocas. El orgullo es lo único que tengo. De hecho, soy muy sensible al respecto, y no estaré satisfecho hasta que me haya sido devuelto con creces. Ocho años de orgullo acumulado dan una buena suma, ¿no te parece?

Catherine lo miró con frialdad. La última vez que lo había visto, ella no era más que una chiquilla de quince años sin recursos y sin nadie que la protegiera. No obstante, Latimer no tenía ni idea de que Harry Rutledge era su hermano, ni parecía habérsele ocurrido que podría haber otros hombres que estuvieran dispuestos a interponerse entre él y sus deseos.

—Usted es un pervertido repugnante —le dijo—. Supongo que la única manera que tiene de estar con una mujer es pagando por ello; pero yo no estoy en venta.

—Pero lo estuviste una vez, ¿no es cierto? —señaló Latimer—. No eras precisamente barata, y me aseguré de que valieras la pena. Estando como estás al servicio de Ramsay, es evidente que no eres virgen, aunque todavía me gustaría disfrutar al menos una parte de lo que pagué.

—¡Yo no le debo nada! Déjeme en paz.

Latimer la sorprendió al esbozar una sonrisa, suavizando el gesto.

—Vamos; no me haces justicia. No soy tan malo; puedo ser muy generoso. ¿Cuánto te paga Ramsay? Te daré el triple. Compartir mi cama no será ninguna tortura. Sé dos o tres cosas en lo que se refiere a complacer a una dama.

—Seguro que sabe mucho mejor cómo complacerse a sí mismo —replicó Catherine, revolviéndose—. Suélteme, le digo.

—No te resistas; me obligarás a hacerte daño.

Ambos estaban tan enfrascados en la pugna que no repararon en la repentina presencia de una tercera persona.

—Latimer —dijo Leo, cuya voz rompió el aire como una espada—. Si alguien importunara a mis empleados, ése tendría que ser yo. Y ten por seguro que no necesitaría tu ayuda.

Para alivio de Catherine, Latimer la soltó, y ella retrocedió con tanto ímpetu que casi cayó al suelo. Por suerte, Leo la alcanzó a tiempo y la cogió del hombro, impidiéndolo, con la delicadeza propia de alguien que sabía lo frágil que era ella, todo lo contrario de la brutalidad de Latimer.

Nunca había visto una expresión igual en el semblante de Leo, al que le brillaban los ojos con una cólera inaudita. No era en absoluto el mismo hombre que había bailado con ella hacía tan sólo unos minutos.

—¿Estás bien? —le preguntó.

Catherine asintió, levantando la vista hacia él, abatida y aturdida. ¿Qué clase de relación tendrían Latimer y Leo? Por Dios, ¿acaso eran amigos? Y, de ser así, ¿habría hecho Leo con ella lo mismo que Latimer había pretendido años atrás?

—Déjanos solos —murmuró Leo, quitando la mano del hombro de Catherine, quien miró de reojo a Latimer, se estremeció y se alejó a toda prisa, mientras su vida se hacía añicos a su alrededor.

Leo siguió a Catherine con la mirada, resistiendo las ganas de seguirla. Ya se reuniría con ella más tarde, e intentaría consolarla o reparar cualquier perjuicio que hubiera padecido. A juzgar por lo que había visto en sus ojos, el daño que había sufrido había sido considerable.

En cuanto se volvió hacia Latimer, sintió la poderosa tentación de darle una paliza allí mismo, pero se limitó a mirarlo de forma implacable.

—No tenía ni idea de que habías sido invitado —dijo—. De haberlo sabido, hubiera avisado a las doncellas que fueran a esconderse. En serio, Latimer, ¿realmente necesitas acosar a mujeres que no te desean con todas las que tienes a tu disposición?

—¿Cuánto hace que la tienes aquí?

—Si te refieres al tiempo que hace que la señorita Marks trabaja para esta familia, no hace ni tres años.

—No es necesario que sigas fingiendo que es una mera sirvienta —dijo Latimer—. Has sido un tipo listo metiendo a tu amante en casa para tu propio disfrute. Quiero pasar una noche con ella; sólo una.

A Leo cada vez le costaba más controlarse.

—¿Cómo se te ocurre pensar que es mi amante?

—Ella es la muchacha, Ramsay; ¡aquella de la que te hablé! ¿Es que no te acuerdas?

—No —contestó Leo con franqueza.

—Estábamos borrachos cuando te lo conté —reconoció Latimer—, pero pensaba que me prestabas atención.

—Incluso cuando estás completamente sobrio, Latimer, resultas aburrido y cargante. ¿Por qué iba a prestar atención si estabas bebido? ¿Y a qué demonios te refieres con eso de que «ella es la muchacha»?

—La compré a mi vieja madame. La gané en una subasta privada. Era la cosita más encantadora que he visto nunca. No tenía más de quince años; esos rizos dorados, esos ojos preciosos... La madame me aseguró que era totalmente virgen, pero que le habían enseñado todas las maneras de complacer a un hombre.

Pagué una fortuna para tenerla a mi servicio durante un año, con opción a prolongar el contrato si lo deseaba.

—Muy conveniente —dijo Leo, mirándolo con hastío—. Supongo que nunca te molestaste en preguntarle a la chica si estaba de acuerdo.

—¿Para qué? El acuerdo también la beneficiaba a ella. Había tenido la buena fortuna de ser una belleza, y aprendería a sacarle partido. Además, en el fondo, son todas unas rameras, ¿no te parece? Solamente es cuestión de poner un precio. —Latimer hizo una pausa y sonrió con malicia—. ¿Es que ella no te había contado nada de todo esto?

Leo ignoró la pregunta.

—¿Qué sucedió?

—El día que me trajeron a Catherine, antes de poder probar la mercancía, un hombre irrumpió en mi casa y me la arrebató. Literalmente, la secuestró. Uno de mis lacayos trató de detenerlo y se acabó llevando un tiro en la pierna. Cuando me di cuenta de lo que estaba sucediendo, aquel hombre ya había cogido a Catherine y había cruzado la puerta. Supuse que había perdido la subasta y que había decidido llevársela a la fuerza. No volví a verla nunca más. De eso hace ya ocho años. —Latimer rio en voz baja—. Y resulta que ha acabado en tu poder. Francamente, no puedo decir que me sorprenda. Siempre has sido un bastardo sin escrúpulos. ¿Cómo conseguiste hacerte con ella?

Leo permaneció en silencio unos instantes. Sentía una opresión en el pecho causada por la angustia ante lo que Latimer le acababa de contar. Catherine, con apenas quince años, había sido traicionada por aquellos que debieron haberla protegido y vendida a un hombre sin moral ni compasión. Sólo pensar en lo que Latimer le hubiera hecho lo puso enfermo. No se hubiera limitado a violarla, sino que además hubiera destruido su alma. No era extraño que a Catherine le fuera imposible confiar en nadie. Después de lo que había pasado, era lo más normal.

Leo miró a Latimer con frialdad, pensando que, de haber sido sólo un poco menos civilizado, habría acabado con la vida de aquel bastardo sin vacilar. Sin embargo, tenía que hacer todo lo posible por evitar que se acercara a Catherine y por mantenerla a ella a salvo.

—Catherine no es propiedad de nadie —dijo Leo con mesura.

—Perfecto; entonces...

—No obstante, está bajo mi protección.

Latimer enarcó una ceja de manera socarrona.

—¿Qué quieres decirme con eso?

—Que no vas a acercarte a ella y que no va a volver a oír el sonido de tu voz ni a sentir el insulto de tu presencia nunca más.

—Me temo que no voy a poder complacerte.

—Pues yo me temo que sí.

Latimer se rio con sorna.

—No me estarás amenazando...

Leo bosquejó una sonrisa gélida.

—Por más que siempre he tratado de hacer caso omiso de tus desvaríos alcohólicos, Latimer, hay algunas cosas que todavía guardo en la memoria. Algunas de las fechorías que sé de ti enojarían a más de uno; podría hacer que te encerraran en la prisión de Marshalsea sin esforzarme demasiado. Por si eso te parece poco, déjame decirte que me encantaría aplastarte la cabeza con un ladrillo. —Advirtiendo el asombro en los ojos del otro hombre, Leo esbozó una sonrisa forzada—. Veo que has entendido que hablo en serio. Eso es bueno; puede ahorrarnos a ambos algunas molestias. —Hizo una pequeña pausa para darle más énfasis a lo que iba a decir a continuación—. Y ahora, voy a ordenarles a mis sirvientes que te acompañen a la salida. No eres bienvenido aquí.

Latimer estaba lívido.

—Te arrepentirás de esto, Ramsay.

—No tanto como me arrepiento de haber sido amigo tuyo.

—¿Qué le ha pasado a Catherine? —le preguntó Amelia a su hermano cuando éste regresó al salón—. ¿Por qué se ha ido de repente?

—Lord Latimer la estaba acosando —contestó Leo sin más.

Amelia sacudió la cabeza, indignada.

—Ese bruto repugnante... ¿Cómo se ha atrevido?

—Porque es lo que hace siempre. Es un insulto a la moral y a los buenos modales. Sería mejor preguntarnos por qué lo hemos invitado.

—No lo hemos invitado a él, sino a sus padres; pero es evidente que ha acudido en su lugar —dijo Amelia, mirando a Leo de manera acusadora—. Y no hace falta que te recuerde que sois viejos conocidos.

—A partir de ahora, admitamos que todos mis viejos conocidos son unos pervertidos o unos criminales, y que hay que mantenerlos lejos de la finca y de la familia.

—¿Lord Latimer le ha hecho daño a Catherine? —quiso saber Amelia, ansiosa.

—No físicamente, pero quiero que la vea un médico. Debe de estar en su habitación. ¿Podrías ir a ver cómo se encuentra o enviar a Win?

—Faltaría más.

—No hagas preguntas; tan sólo asegúrate de que se encuentra bien.

Media hora más tarde, Win le comunicó a Leo que Catherine sólo había dicho que quería quedarse en su dormitorio y que nadie la molestara.

Leo pensó que, probablemente, fuera lo mejor. Aunque deseaba subir a sus aposentos y confortarla, la dejaría descansar.

Ya hablarían de lo ocurrido al día siguiente.

Leo se despertó a las nueve y fue hasta la habitación de Catherine. La puerta seguía cerrada y no se oía nada dentro. Tuvo que hacer acopio de toda su fuerza de voluntad para no entrar a la fuerza y despertarla. Sabía que necesitaba reposar, sobre todo teniendo en cuenta lo que él pretendía discutir con ella más tarde.

Cuando bajó las escaleras, tuvo la sensación de que todos los habitantes de la casa, incluidos los sirvientes, estaban más dormidos que despiertos. El baile no había finalizado hasta las cuatro de la madrugada e, incluso entonces, algunos de los invitados no habían querido marcharse. Sentado a la mesa de la sala del desayuno, Leo tomaba una taza de té bien cargado mientras iba viendo entrar a Amelia, Win y Merripen. Cam, al que le gustaba dormir hasta tarde, no hizo acto de presencia.

—¿Qué pasó con Catherine anoche? —preguntó Amelia en voz baja—. Y, ¿por qué lord Latimer se marchó de manera tan precipitada? Hubo varios comentarios al respecto.

Leo había estado pensando si contarle al resto de la familia lo que había averiguado de Catherine. Tenía que decirles algo. Si bien no pensaba entrar en detalles, le parecía que sería más fácil para Catherine que otra persona hablara por ella.

—El asunto —dijo con cuidado— es que, cuando Cat tenía quince años, su supuesta familia llegó a un acuerdo con Latimer.

—¿Qué clase de acuerdo? —preguntó Amelia, que abrió los ojos de par en par ante la mirada elocuente de su hermano—. Dios santo.

—Afortunadamente, Rutledge intervino antes de que fuera obligada a... —Leo no pudo terminar la frase, y se sorprendió al percibir el tono de furia de su propia voz, que trató de moderar antes de proseguir—. Supongo que no hace falta que entre en detalles. Evidentemente, no es una parte del pasado de Cat de la que ella se sienta orgullosa. De hecho, ha estado huyendo de eso durante los últimos ocho años. Anoche, Latimer la reconoció y la acosó de mala manera. Seguro que esta mañana Catherine se ha despertado con la idea de irse de Hampshire.

El rostro de Merripen adoptó una expresión adusta, pero su mirada estaba llena de compasión.

—No tiene por qué ir a ninguna parte. Con nosotros está a salvo.

Leo asintió, recorriendo el borde de su taza de té con el pulgar.

—Se lo pienso dejar bien claro cuando hable con ella.

—Leo, ¿estás seguro de que eres la persona más indicada para hacerte cargo de la situación? —preguntó Amelia con cautela—. Teniendo en cuenta lo propensos que sois a discutir...

—Estoy seguro —afirmó él, mirándola de manera penetrante.

—¿Amelia? —preguntó una voz titubeante desde la puerta.

Se trataba de Beatrix, con un camisón azul arrugado, los rizos castaños cayendo a ambos lados de la cara y una expresión que denotaba preocupación.

—Buenos días, querida —la saludó Amelia cariñosamente—. Puedes volver a la cama si todavía tienes sueño.

Beatrix respondió de manera atolondrada.

—Quería ver si el búho herido que tengo en el granero ha mejorado. Y también estaba buscando a *Dodger*, porque no lo veo desde ayer por la tarde. Así que abrí ligeramente la puerta del dormitorio de la señorita Marks para ver si él estaba allí; ya sabes que le gusta dormir en la caja de sus zapatillas.

—¿Y no estaba ahí? —preguntó Amelia.

Beatrix sacudió la cabeza.

—Y la señorita Marks, tampoco. La cama está hecha y su bolso de viaje ha desaparecido; y he encontrado esto en el tocador.

La muchacha le entregó a su hermana un papel doblado por la mitad. Amelia lo abrió y leyó el contenido.

—¿Qué dice? —preguntó Leo, que ya se había puesto de pie.

Amelia le pasó la nota sin pronunciar palabra.

Por favor, perdónenme por marcharme sin despedirme, pero no me queda otra opción. Jamás podré agradecerles lo suficiente su generosidad y amabilidad. Espero que no encuentren presuntuoso por mi parte que les diga que, a pesar de que no son mi familia legítima, sí que lo son en mi corazón.

Los echaré de menos a todos.

Con cariño,

CATHERINE MARKS

—Cielo santo —soltó Leo, tirando el papel sobre la mesa—. El drama de este hogar es más de lo que un hombre puede soportar. Supuse que podríamos hablar de esto en la comodidad de esta casa, pero, en lugar de ello, Catherine se esfuma en mitad de la noche y nos deja una carta llena de sentimentalismo.

—No es sentimentalismo —protestó Amelia.

Los ojos de Win se colmaron de lágrimas compasivas mientras leía la carta.

—Tenemos que encontrarla, Kev.

Merripen la cogió de la mano.

—Se ha ido a Londres —murmuró Leo. Que él supiera, Harry Rutledge era la única persona a la que Cat podía acudir. Aunque Harry y Poppy habían sido invitados al baile, el trabajo en el hotel los había obligado a quedarse en la ciudad.

De repente, Leo se sintió desbordado por la rabia y la angustia. Trató de que no se notara, pero descubrir que Cat se había ido, que lo había abandonado, lo llenó de una furia posesiva que nunca antes había experimentado.

—El coche del correo suele salir de Stony Cross a las cinco y media —señaló Merripen—. Eso quiere decir que tienes posibilidades de alcanzarla antes de que llegue a Guildford. Si quieres, te acompaño.

—Y yo —dijo Win.

—Deberíamos ir todos —declaró Amelia.

—No —sentenció Leo con gravedad—. Voy a ir solo. Cuando atrape a Marks, desearéis no estar ahí.

—Leo —le preguntó Amelia, suspicaz—, ¿qué es lo que piensas hacer con ella?

—¿Por qué siempre insistes en preguntarme ciertas cosas cuando sabes que no te va a gustar la respuesta?

—Porque, siendo optimista como soy —replicó ella con aspereza—, siempre tengo la esperanza de equivocarme.

17

Ahora que el correo, en su mayor parte, solía transportarse en tren, los horarios del coche eran limitados, pero Catherine había tenido la suerte de conseguir un asiento en el que iba a Londres.

Sin embargo, no se sentía afortunada en absoluto.

Al contrario, estaba triste y tenía frío, incluso en el interior acolchado del carruaje. El vehículo estaba lleno de pasajeros tanto dentro como fuera, y el techo iba repleto de paquetes y bultos atados de forma precaria. De hecho, mientras avanzaba por la maltrecha carretera, el coche parecía tan pesado en su parte superior, que no inspiraba la menor seguridad. Según uno de los pasajeros, asombrado por la fuerza y la resistencia de los caballos, debían de ir a unas diez millas por hora.

Catherine miraba por la ventana con aire taciturno; las praderas de Hampshire iban dando paso a los tupidos bosques y los bulliciosos pueblos del condado de Surrey.

Sólo había otra mujer dentro de la cabina, una señora regordeta y bien vestida que viajaba con su marido y que dormitaba en la esquina opuesta a Catherine, emitiendo leves ronquidos. Cada vez que el coche pegaba una sacudida, los adornos que tenía en el sombrero se agitaban. Y menudo sombrero: estaba decorado con puñados de cerezas artificiales, una pluma y un pequeño pájaro de peluche.

A mediodía, el coche se detuvo en una posada, donde se relevaron los caballos para el próximo trayecto. Aliviados por la idea de tomarse un descanso, los pasajeros salieron del vehículo y se metieron en la taberna.

Catherine se llevó consigo su bolso de viaje, temerosa de dejarlo en el carruaje. Pesaba considerablemente; contenía un camisón, medias, ropa interior, un surtido de peines y horquillas, un cepillo, un chal y una voluminosa novela con una nota de Beatrix: «Garantizo que esta historia entretendrá a la señorita Marks sin que tenga que devanarse los sesos. Cariñosamente, la incorregible B.H.»

La posada no tenía mal aspecto, pero tampoco es que fuera lujosa; era el típico local frecuentado por mozos de cuadra y trabajadores. Catherine miró desconsoladamente la pared de madera de la cochera, cubierta de carteles con los diferentes servicios de transporte, y se volvió para observar cómo un par de palafreneros cambiaban los caballos.

Casi soltó el bolso de viaje al notar que algo se movía dentro. Algo que parecía tener vida propia.

De repente, el corazón empezó a latirle de forma veloz y desquiciada, como pequeñas patatas en agua hirviendo.

—Ay, no —susurró Catherine, que se volvió hacia la pared, en un intento desesperado de mantener el bolso fuera de la vista de los demás. Agachándose, desabrochó el cierre y abrió el bolso unos pocos centímetros.

Una cabecita de pelo corto y brillante se asomó por el hueco, y Catherine contempló, horrorizada, un conocido par de ojos brillantes y unos bigotes temblorosos.

—*Dodger* —murmuró. El hurón empezó a emitir el habitual sonido que hacía cuando estaba contento, curvando las comisuras de su boca en una sonrisa sempiterna. Debía de haberse colado mientras Catherine hacía el equipaje—. ¡Pequeño diablillo! ¿Qué voy a hacer contigo? —preguntó ella, desesperada, empujando al animal dentro del bolso y acariciándolo para que se callara.

No le quedaba otra opción que llevarse a la dichosa bestezuela a Londres y entregarla a Poppy, para que ésta se hiciera cargo hasta que pudiera devolvérsela a Beatrix.

En cuanto uno de los mozos de cuadra anunció que ya estaban listos, Catherine regresó al coche y dejó el bolso a sus pies. Lo abrió una vez más y espió a *Dodger*, que estaba acurrucado entre los dobleces de su camisón.

—No armes escándalo —le ordenó con tono severo—. Y mantén la boca cerrada.

—¿Disculpe? —dijo la señora, que en ese preciso instante se montaba en el carruaje, y a la que el sombrero le tembló, fruto de la indignación.

—Perdóneme, no hablaba con usted —se excusó Catherine rápidamente—. Estaba... regañándome a mí misma.

—No me diga —replicó la mujer, entornando los ojos y dejándose caer en el asiento de enfrente.

Catherine se quedó sentada, tiesa como una estaca, esperando a que el bolso empezara a agitarse o que se produjera algún ruido que la delatara. Sin embargo, *Dodger* permaneció en silencio.

La señora cerró los ojos y apoyó la barbilla sobre el elevado montículo de su busto. En un par de minutos, volvió a quedarse dormida.

A lo mejor, aquello no iba a ser tan difícil como Catherine había supuesto. Si la dama dormía y los caballeros seguían leyendo sus periódicos, quizá conseguiría llegar a Londres sin que nadie reparara en *Dodger*.

Sin embargo, cuando comenzaba a relajarse, la situación se revirtió por completo.

De buenas a primeras, *Dodger* asomó la cabeza, inspeccionó el nuevo e interesante entorno y se deslizó fuera del bolso. Catherine ahogó un grito y quedó paralizada con las manos en el aire. El hurón subió por el asiento tapizado hasta el sombrero de la señora, y después de uno o dos mordiscos, sus afilados dientes habían arrancado varias cerezas artificiales del tocado. Con aire triunfal, volvió a bajar y saltó al regazo de Catherine con el botín en la boca, efectuando una especie de danza de la victoria con una serie de brincos y contorsiones.

—No —susurró Catherine, arrebatándole las cerezas y tratando de volver a meter al animal en el bolso.

Dodger protestó y se puso a chillar.

La mujer farfulló algo y abrió los ojos, irritada por el ruido.

—¿Qué...? ¿Qué sucede?

Cat se quedó inmóvil, oyendo cómo el pulso le retumbaba en los oídos.

Dodger se enroscó alrededor del cuello de Catherine, haciéndose el muerto.

Como si de un pañuelo se tratase, pensó ella, sintiendo cosquillas y tratando de contener la risa.

La señora reparó en el montón de falsas cerezas que Catherine tenía encima de las piernas.

—Pero... ¡Pero si son los adornos de mi sombrero! ¿Pretendía robármelos mientras dormía?

Catherine se repuso de inmediato.

—Oh, no; ha sido un accidente. No sabe cuánto lo...

—Lo ha estropeado del todo, y era mi mejor sombrero; ¡me había costado dos libras y seis peniques! Devuélvame eso ahora mis... —La mujer no pudo terminar la frase, contemplando, boquiabierta, cómo *Dodger* saltaba de nuevo al regazo de Catherine, cogía las cerezas y se refugiaba con ellas en la seguridad del bolso.

La señora pegó un alarido ensordecedor y salió a toda velocidad del coche, agitando las faldas de mala manera.

Cinco minutos más tarde, Catherine y su bolso habían sido expulsados del vehículo sin contemplaciones, y ella volvía a estar en la cochera, invadida por una mezcla de olor a estiércol y a caballo, combinado con el aroma a carne asada y pan caliente que venía del interior de la taberna.

El cochero volvió a tomar las riendas del carruaje, haciendo caso omiso de las airadas protestas de Catherine.

—¡Yo he pagado para ir a Londres! —exclamó ella.

—Sí, pero por un pasajero. Dos sólo tienen derecho a la mitad del viaje.

Catherine, incrédula, trasladó la mirada del cochero al bolso de viaje.

—¡Pero si esto no es un pasajero!

—Vamos con un cuarto de hora de retraso por culpa de usted y de su rata —alegó el hombre, poniéndose derecho y haciendo restallar el látigo.

—Esto no es una rata; es un... ¡Espere! ¿Cómo pretende que llegue a Londres?

—El siguiente coche de correos viene mañana por la màñana, señorita. Puede que la dejen a usted y a su animal viajar en el techo —respondió sin misericordia uno de los palafreneros.

Catherine lo miró enfurecida.

—Yo no quiero viajar en el techo. He pagado para ir a Londres dentro. ¡Esto es un atropello! ¿Qué voy a hacer hasta mañana?

El mozo de cuadra, un joven bigotudo, se encogió de hombros.

—Puede preguntar si queda alguna habitación —sugirió—. Aunque es probable que no acepten a huéspedes con ratas. —El muchacho se fijó en otro vehículo que entraba en la cochera—. Apártese si no quiere ser arrollada por el carruaje, señorita.

Catherine se dirigió a la entrada de la posada, furiosa, y miró dentro del bolso, donde *Dodger* estaba jugando con las cerezas. ¿Acaso no era bastante, pensó, frustrada, haber tenido que abandonar la vida que amaba, haberse pasado casi toda la noche llorando y estar ahora exhausta? ¿Por qué el destino cruel había creído oportuno hacerla cargar también con *Dodger*?

—Tú —le dijo en voz alta, furibunda—, eres la gota que ha colmado el vaso. Te has pasado años atormentándome, robándome las ligas, y ahora...

—Perdón —dijo en ese momento una voz amable.

Catherine levantó la vista con el ceño fruncido y, acto seguido, tuvo que hacer un esfuerzo para no perder el equilibrio.

Pasmada, se encontró con Leo, lord Ramsay, quien parecía divertirse con la escena. Con las manos metidas en los bolsillos, él se acercó distraídamente.

—Sé que no debería preguntar, pero, ¿por qué le gritas a tu equipaje?

A pesar de su aparente indolencia, Leo le dio un repaso con la mirada, escrutándola a conciencia.

La visión de él había dejado a Catherine sin aliento. Era tan apuesto, tan adorable y familiar, que casi sucumbió al impulso de echarse en sus brazos. Sin embargo, no podía entender por qué había acudido en su busca. Y deseaba que no lo hubiese hecho.

Catherine trató torpemente de cerrar el bolso; era mejor no desvelar la presencia de *Dodger* antes de haber conseguido una habitación.

—¿Qué hace aquí, milord? —balbuceó.

Leo se encogió de hombros.

—Cuando me he despertado esta mañana, después de haber dormido apenas cuatro horas y media, se me ha ocurrido que no estaría mal montar en el coche y darme una vuelta por Haslemere para visitar la... —Se detuvo un instante para fijarse en el cartel que había encima de la puerta—. La Posada del Buen Reposo. Qué nombre tan auspicioso. —Leo frunció los labios al advertir la expresión contrita de Catherine, a la que miró con calidez. Entonces, alargó la mano hasta su rostro y, muy a pesar de ella, le levantó la barbilla—. Tienes los ojos hinchados.

—Es por el polvo que levantan los caballos —contestó Catherine con dificultad, tragando saliva ante la dulzura de la caricia de Leo. Sintió ganas de apretar el mentón contra su mano, como una gata ansiosa por que la acariciaran. Los ojos le escocieron, anticipando el llanto.

Aquello no podía ser; su reacción ante la aparición de Leo era realmente vergonzosa. Y si se quedaban en la cochera un instante más, iba a perder la compostura por completo.

—¿Has tenido problemas con el coche? —preguntó él.

—Sí, y no hay otro hasta mañana. Tendré que pedir una habitación.

—Podrías volver a Hampshire conmigo —sugirió Leo, sin apartar la vista de ella.

La proposición resultó ser más abrumadora de lo que él habría supuesto.

—No, no puedo. Me voy a Londres, a ver a mi hermano.

—¿Y luego?

160

—Luego, es probable que viaje.

—¿Viajar?

—Sí. Daré... daré una vuelta por el continente, y me instalaré en Francia o en Italia.

—¿Por ti misma? —preguntó Leo, sin disimular su escepticismo.

—Contrataré a una dama de compañía.

—No puedes contratar a una dama de compañía; tú eres una dama de compañía.

—Acabo de dejar mi puesto —replicó Catherine.

Por un instante, la mirada de Leo se tornó peligrosamente intensa, codiciosa, peligrosa.

—Tengo un nuevo puesto para ti —dijo entonces, haciendo que a ella le sobreviniera un escalofrío.

—No, gracias.

—Pero si no has oído mi oferta.

—No hace falta —sentenció ella, dando media vuelta para entrar en el edificio.

Catherine se acercó al mostrador y esperó pacientemente hasta que un hombre bajito y achaparrado vino a recibirla. Aunque era calvo y le brillaba la cabeza, el posadero tenía una espesa barba gris y prominentes patillas.

—¿Puedo ayudarlos en algo? —preguntó, mirándola a ella primero y luego al hombre que tenía detrás.

Leo habló antes de que Catherine pudiera abrir la boca.

—Mi esposa y yo querríamos una habitación.

¿Su esposa? Catherine se volvió hacia él y lo miró ofendida.

—Yo quiero una habitación para mí sola. Y no soy...

—En realidad, no la quiere —dijo Leo, esbozando la sonrisa atribulada de un marido sufrido a otro—. Lo que pasa es que está enfadada porque no dejo que su madre nos visite.

—Ah —contestó el posadero con resignación, inclinándose para escribir en el libro de registros—. No claudique, señor. Nunca se marchan cuando dicen. Cuando mi suegra nos visita, los ratones se abalanzan sobre el gato, suplicando ser devorados. ¿Su nombre, por favor?

—Señor y señora Hathaway.

—Pero... —dijo Catherine, irritada, cortando la frase al notar que el bolso volvía a agitarse. *Dodger* quería salir, pero ella tenía que mantenerlo oculto hasta que estuvieran seguros en una habitación—. De acuerdo, pero démonos prisa.

Leo sonrió.

—¿Estás ansiosa por hacer las paces, cariño?

Catherine lo fulminó con la mirada.

Por si ella ya no estuviera lo bastante impaciente, tardaron diez minutos más en acabar de disponerlo todo, incluyendo el alojamiento para el cochero y el lacayo de Leo. Además, había que entrar el equipaje de este último, dos voluminosas maletas.

—Pensaba que no te alcanzaría hasta llegar a Londres —arguyó él, que, al menos, tuvo la cortesía de mostrarse un tanto avergonzado.

—¿Por qué tenemos que compartir habitación? —murmuró ella en tono punzante.

—Porque sola no estás segura; necesitas mi protección.

Catherine miró a Leo sin poder dar crédito.

—¡Es de usted de quien debo protegerme!

Los condujeron a una habitación ordenada pero casi sin muebles, con una cama de bronce a la que no le hubiera venido mal un poco de lustre, cubierta por una colcha gastada y descolorida. Había dos sillas junto a una diminuta chimenea, una tapizada y otra pequeña, de esparto, un maltrecho lavamanos en un rincón y una mesita en otro. El suelo se veía limpio, y las paredes, pintadas de blanco, estaban desnudas, salvo por un marco que contenía una leyenda bordada en un papel lleno de agujeros. «El tiempo y la marea no esperan a nadie», rezaba la inscripción.

Por suerte, en la habitación no había ningún olor fuerte, y sólo se intuía un ligero aroma a carne asada proveniente de la taberna, y a las cenizas frías de la chimenea.

Una vez que Leo hubo cerrado la puerta, Catherine dejó el bolso de viaje en el suelo y lo abrió.

Dodger sacó la cabeza y miró a su alrededor, escudriñando el ambiente. Luego salió del bolso y se metió debajo de la cama.

—¿Has traído a *Dodger* contigo? —preguntó Leo, pasmado.

—No de manera voluntaria.

—Entiendo. ¿Es por eso que te han sacado del coche?

Catherine miró a Leo de reojo, notando algo en su interior, una sensación de alivio al observar cómo él se quitaba el abrigo y la corbata. Aquella situación no era decorosa en absoluto y, sin embargo, eso ya no parecía importar lo más mínimo.

Entonces le contó lo sucedido, que el bolso había empezado a moverse solo y que el hurón había robado las cerezas del sombrero de la señora, y para cuando llegó a la parte en la que *Dodger* se había colgado de su cuello a modo de bufanda, Leo se estaba partiendo de risa, tan sinceramente y con tan poca maldad que a Catherine no le importó que fuera a costa de ella. En verdad, tampoco ella pudo reprimir las risas.

Pero muy pronto, aquellas risas se convirtieron en sollozos, y los ojos se le llenaron de lágrimas, por lo que tuvo que llevarse las manos a la cara, en un intento por contener las emociones. Fue en vano. Sabía que iba a parecer una loca, que llorar y reír a la vez no era normal. Aquella falta de control emocional era como una pesadilla.

—Lo siento —masculló, sacudiendo la cabeza, y se cubrió los ojos con la manga—. Váyase, por favor; se lo ruego.

Sin embargo, Leo la abrazó, apretando el trémulo cuerpecillo de Catherine contra su pecho y la sostuvo con firmeza. Ella notó que él le besaba el tibio y curvo lóbulo de la oreja, y aspiró el aroma de su jabón de afeitar; una fragancia masculina que resultaba reconfortante y familiar. No se percató de que había seguido balbuceando «lo siento», hasta que Leo habló, con voz grave e infinitamente tierna.

—Sí, deberías sentirlo; pero no por llorar, sino por haberme dejado sin decir nada.

—De... dejé una carta —se defendió Catherine.

—¿Te refieres a esa nota sensiblera? Supongo que no pensarías que sería suficiente para evitar que fuera en tu busca. Vamos, deja de llorar. Ya estoy aquí, y tú estás a salvo. No pienso dejarte.

Catherine se dio cuenta de que estaba tratando de apretarse más contra él, de refugiarse por completo en su abrazo.

Cuando el llanto devino en hipo, notó que Leo le quitaba la chaqueta de los hombros. Exhausta como estaba, Catherine se descubrió obedeciendo como una criatura y sacando los brazos de las mangas. Ni siquiera protestó cuando él le sacó las horquillas del pelo. En cuanto se le deshizo el peinado, sintió agudos pinchazos en el cuero cabelludo. Leo le quitó los lentes, los dejó a un lado, y fue a buscar un pañuelo en su abrigo.

—Gracias —dijo Catherine, enjugándose los ojos y sonándose la nariz. Se quedó allí, de pie, indecisa como una chiquilla, con el pañuelo estrujado entre los dedos.

—Ven aquí. —Leo se sentó en la butaca y la atrajo hacia sí.

—Oh, yo no... —Ella trató de resistirse, pero él la hizo callar y la sentó en su regazo. La falda de su vestido cubrió las piernas de ambos. Catherine apoyó la cabeza en el hombro de Leo y, poco a poco, su respiración acelerada fue emparejándose con la de él, más reposada. No hacía demasiado, hubiera huido del contacto con un hombre, por inofensivo que fuera; pero estando en aquella habitación, apartados del resto del mundo, ninguno de los dos parecía ser la misma persona.

—No debería haberme seguido —dijo ella al fin.

—Pues pretendía venir a buscarte la familia al completo —contestó Leo—. Parece que los Hathaway no podemos arreglárnoslas sin tu influencia civilizadora. Así que me he comprometido a llevarte de vuelta.

Aquello casi hizo que Catherine empezara a llorar de nuevo.

—No puedo regresar.

—¿Por qué?

—Ya lo sabe. Lord Latimer debe de haberle hablado de mí.

—Un poco —admitió Leo, acariciándole el cuello con el reverso de la mano—. Tu abuela era la madame, ¿verdad? —dijo en voz baja como si tal cosa, como si tener una abuela propietaria de un burdel fuera lo más normal del mundo.

Catherine asintió con tristeza, tragando saliva.

—Fui a vivir con mi abuela y mi tía Althea cuando mi madre

enfermó. Al principio no comprendí cuál era el negocio de la familia, pero al cabo de un tiempo me di cuenta de lo que significaba trabajar para mi abuela. Llegó un momento en que Althea ya no era popular entre los clientes. Fue entonces cuando cumplí quince años y me tocó a mí. Althea me dijo que no sabía lo afortunada que era, puesto que ella había tenido que empezar a trabajar a los doce. Yo le dije que prefería ser profesora o costurera, pero ella y mi abuela alegaron que nunca ganaría bastante dinero para devolver lo que se habían gastado conmigo. Trabajar para ellas era la única solución. Traté de pensar en algún sitio adonde ir, en alguna manera de subsistir por mi cuenta, pero sin una carta de recomendación era imposible conseguir un empleo, a no ser en una fábrica, lo cual hubiera sido peligroso, y con un sueldo tan bajo no hubiera podido alquilar una habitación en ninguna parte. Le supliqué a mi abuela que me dejara volver con mi padre, porque yo sabía que, de haber conocido él sus intenciones, nunca me hubiera dejado ahí. Pero ella me dijo que... —Catherine se detuvo, cerrando los puños sobre la camisa de Leo.

Él le abrió las manos y unió sus dedos con los de ella, reconfortándola.

—¿Qué fue lo que dijo, amor mío?

—Que él ya estaba al corriente, que lo aprobaba, y que recibiría un porcentaje del dinero que yo ganase. No podía creerlo. —Catherine soltó un hondo suspiro—. Pero era evidente que debía de estar al tanto, ¿verdad?

Leo permaneció en silencio, acariciando con el pulgar la palma de la mano de Catherine. No era necesario responder a la pregunta.

Ella contuvo el llanto y prosiguió.

—Althea trajo a varios caballeros para presentármelos uno por uno, y me pidió que fuera amable. Me dijo que, de todos ellos, lord Latimer era el que había hecho la oferta más elevada. —Catherine hizo una mueca—. Era el que menos me gustaba de todos. No había dejado de guiñarme el ojo y de decirme que tenía guardadas muchas sorpresas de lo más picantes.

Leo masculló algo entre dientes y, viendo que Catherine, insegura, hacía una pausa, le pasó la mano por la espalda.

—Sigue.

—Althea me explicó de qué se trataba, porque pensó que me iría mejor si lo sabía de antemano. Y los actos que me describió, las cosas que se suponía que yo iba a tener que hacer...

—¿Te viste obligada a poner algo de todo eso en práctica? —quiso saber Leo, dejando la mano quieta en la espalda de Catherine.

Ella sacudió la cabeza.

—No, pero la sola idea me parecía terrorífica.

—Por supuesto —dijo Leo en tono afectuoso—. Pero si apenas tenías quince años...

Catherine levantó la cabeza y lo miró a los ojos. Leo era demasiado apuesto, y no podía hacer nada por evitarlo.

Aunque ella no tenía puestos los anteojos, podía ver cada detalle de aquel rostro arrebatador; la sombra de sus bigotes afeitados, las líneas de expresión a ambos lados de los ojos... Pero, sobre todo, el azul intenso de estos últimos, claro y oscuro al mismo tiempo.

Leo esperó pacientemente, mientras sostenía a Catherine entre sus brazos como si no hubiera otra cosa en el mundo que prefiriese hacer.

—¿Cómo conseguiste escabullirte?

—Una mañana, mientras los demás dormían, fui hasta el escritorio de mi abuela, con la esperanza de hallar algo de dinero. Había planeado escaparme y encontrar alojamiento y empleo en algún sitio; pero no encontré ni un chelín. En un rincón del escritorio, sin embargo, di con una carta dirigida a mí que nunca me habían mostrado.

—De Rutledge —dijo Leo, más como una afirmación que como una pregunta.

Catherine asintió.

—Un hermano cuya existencia yo desconocía. Harry me decía que, si alguna vez necesitaba algo, le escribiera a su dirección, así que le respondí rápidamente, contándole mi problema, y le di la carta a William para que se la hiciera llegar.

—¿Quién es William?

—Un chiquillo que trabajaba allí; llevaba cosas escaleras arriba y abajo, limpiaba zapatos, hacía recados, lo que se le pidiera. Creo que era el hijo de una de las prostitutas. Un niño muy dulce. Espero que Althea nunca descubriese que fue él quien le entregó la nota a Harry. De lo contrario, no sé qué le hubiera pasado. —Catherine sacudió la cabeza, consternada, y suspiró—. Al día siguiente, me enviaron a casa de lord Latimer, pero Harry llegó justo a tiempo. —Hizo una pausa, pensativa—. Me pareció sólo un poco menos terrorífico que Latimer; estaba furioso. En aquel momento pensé que era por mi culpa, pero ahora creo que se trataba de la situación.

—A menudo, la culpa se transforma en ira.

—Sí, pero nunca he culpado a Harry de lo que me ocurrió. No era responsabilidad suya.

Leo endureció el gesto.

—Por lo visto, tú no eras responsabilidad de nadie.

Catherine se encogió de hombros, incómoda.

—Harry no sabía qué hacer conmigo. Me preguntó dónde quería vivir, y le pedí que me enviara lejos de Londres, así que me llevó a una escuela de Aberdeen, Las Doncellas Azules.

Leo asintió.

—Algunos aristócratas enviaban allí a sus hijas más rebeldes —dijo.

—¿Cómo lo sabe?

—Porque conozco a una mujer que estuvo allí. Un lugar muy estricto, según ella. Comida sencilla y disciplina férrea.

—Pues a mí me encantaba.

Leo frunció los labios.

—No me extraña.

—Viví allí seis años, y los dos últimos impartí clase.

—¿Rutledge fue a visitarte?

—Sólo una vez; pero nos carteábamos cada tanto. Nunca volví a casa por vacaciones, puesto que el hotel no era realmente mi hogar, y Harry tampoco quería verme. —Catherine esbozó una mueca amarga—. Sólo empezó a ser más amable cuando conoció a Poppy.

—No estoy seguro de que ahora lo sea —apuntó Leo—; pero

mientras trate bien a mi hermana, no tengo por qué llevarme mal con él.

—Pero es que Harry la ama profundamente —alegó ella con convicción—. De veras.

Leo suavizó un poco su expresión.

—¿Qué te hace estar tan segura?

—Me doy cuenta. La manera en que se comporta con ella, cómo la mira... ¿Por qué sonríe así?

—Mujeres... Interpretáis cualquier gesto como si se tratase de amor. Veis a un hombre con cara de bobo y dais por sentado que ha recibido una flecha de Cupido, cuando en realidad está digiriendo un nabo en mal estado.

Catherine lo miró indignada.

—¿Se está usted burlando de mí?

Leo rio y la abrazó con más fuerza, mientras ella trataba de resistirse.

—Tan sólo estoy haciendo una observación sobre el género femenino.

—Supongo que es usted de esos que creen que los hombres son superiores.

—En absoluto. Es más sencillo que eso. Una mujer es un compendio de diferentes necesidades, mientras que el hombre solamente tiene una. No, no te levantes. Cuéntame por qué te fuiste de Las Doncellas Azules.

—Porque la directora me lo pidió.

—¿En serio? ¿Por qué? Espero que fuera porque hiciste algo escandaloso y censurable.

—Pues no; me comportaba muy bien.

—Lamento oír eso.

—Pero, una tarde, la directora Marks me mandó llamar, y...

—¿Marks? —repitió Leo, estupefacto—. ¿Te apropiaste de su nombre?

—Sí. Lo cierto es que la admiraba mucho, y ansiaba ser como ella. Era estricta, pero amable, y parecía no haber nada que le hiciera perder la compostura. Fui a su despacho, me sirvió una taza de té y estuvimos hablando un buen rato. Me dijo que yo había hecho un trabajo excelente, y que más adelante, si así lo deseaba, podía regresar al colegio y seguir enseñando, pero que primero quería que me marchara de Aberdeen y que viera un poco de mundo. Yo le dije que dejar Las Doncellas Azules era lo último que deseaba hacer, y ella contestó que justamente por eso tenía que hacerlo. Se había enterado por una amiga que trabajaba en una agencia de empleo de Londres que había una familia en... «circunstancias poco comunes», palabras textuales, que estaba buscando una mujer que hiciera tanto de institutriz como de dama de compañía de dos hermanas, una de las cuales había sido expulsada hacía poco del colegio.

—Beatrix, claro.

Catherine asintió.

—A la directora le pareció que yo podría encajar en la familia Hathaway. Lo que yo jamás hubiera supuesto era cuánto. Hice una entrevista y me dio la impresión de que todos estaban un poco locos, pero en el mejor de los sentidos. Y ahora que llevaba casi tres años con ustedes, y que era tan feliz... —A Catherine se le quebró la voz.

—No, no —se apresuró a decir él, sujetando su rostro con ambas manos—. No empieces de nuevo.

A Catherine le impresionó tanto sentir los labios de Leo sobre sus mejillas y sus ojos cerrados, que las lágrimas se evaporaron de inmediato. Cuando, finalmente, fue capaz de mirarlo a la cara, vio que él sonreía levemente. Leo le acariciaba el cabello y contemplaba su semblante compungido con un desasosiego que ella jamás había percibido en él.

La asustó percatarse de lo mucho que acababa de revelar. Ahora él conocía todo lo que ella había tratado de mantener en secreto durante tanto tiempo. Sus manos se movían sobre el pecho de Leo como las alas de un pájaro enjaulado.

—Milord —dijo con dificultad—, ¿por qué ha venido a buscarme? ¿Qué es lo que quiere de mí?

—Me sorprende que tengas que preguntármelo —contestó él en un susurro, sin dejar de acariciarle el cabello—. Tengo que hacerte una oferta, Cat.

«Por supuesto», pensó ella con amargura.

—Quiere que sea su amante.

—Pues no —dijo él con calma, casi se diría que con sarcasmo—, eso nunca funcionaría. Primero, porque tu hermano haría que me liquidaran, o al menos que me mutilaran. Segundo, porque tienes demasiado carácter para ser amante de nadie. Serías mucho mejor como esposa.

—¿De quién? —preguntó Catherine, frunciendo el ceño.

Leo la miró fijamente a los ojos.

—De mí, evidentemente.

18

Ofendida y colérica, Catherine forcejeó tan violentamente que Leo no tuvo más remedio que soltarla.

—Ya me he cansado de usted y de su humor cruel y de mal gusto —exclamó, poniéndose de pie—. Es un sinvergüenza, un...

—¡No estoy bromeando, maldita sea! —se defendió él, levantándose y asiéndola por el brazo. Catherine retrocedió, pero Leo la atrapó, y ella volvió a resistirse. Forcejearon hasta que Catherine se encontró tendida de espaldas sobre la cama.

Leo le cayó encima; mejor dicho, se abalanzó sobre ella. Catherine notó cómo él se sumergía en la abundante tela de su vestido y le separaba las piernas, mientras su torso robusto la estrujaba contra el colchón. Trató de oponer resistencia, pero la excitación también se había apoderado de ella. Cuanto más se retorcía, mayor era el sofoco. Lentamente, fue perdiendo la batalla, mientras abría y cerraba las manos en el vacío.

Leo la miró fijamente, con los ojos llenos de picardía. Sin embargo, había algo más en su expresión, una determinación que inquietó a Catherine profundamente.

—Piénsalo, Marks. Casarte conmigo resolvería todos nuestros problemas. Tendrías la protección de mi nombre, y no tendrías que dejar la familia. Y mis hermanas dejarían de darme la lata.

—Yo soy hija ilegítima —dijo ella muy lentamente, como si

Leo fuese un extranjero que tratara de aprender inglés—. Usted es vizconde; no puede casarse con una bastarda.

—¿Qué me dices del duque de Clarence? Tuvo diez hijos bastardos con esa actriz... ¿Cómo se llamaba?

—Se refiere usted a la señora Jordan.

—Sí, esa misma. Todos sus hijos fueron ilegítimos, pero algunos de ellos acabaron casándose con nobles.

—Usted no es el duque de Clarence.

—Tienes toda la razón; no tengo más sangre azul de la que pueda correr por tus venas. Heredé el título por pura casualidad.

—Eso es irrelevante. Casarse conmigo sería escandaloso e inadecuado, y se le cerrarían muchas puertas.

—Por Dios, mujer, pero si he dejado que dos de mis hermanas se casaran con gitanos. Esas puertas de las que hablas ya están cerradas a cal y canto.

Catherine no podía pensar con claridad, y el clamor de su pulso apenas si le dejaba oír a Leo. A pesar del deseo que sentía, apartó la boca en cuanto Leo hizo ademán de besarla en los labios.

—El único modo de conservar Ramsay House sería contrayendo matrimonio con la señorita Darvin.

Leo resopló.

—También sería el único modo de que acabara cometiendo fratricidio.

—¿El qué? —preguntó ella, azorada.

—Fratricidio, matar a mi mujer.

—No, usted quiere decir uxoricidio.

—¿Estás segura?

—Sí, *uxor* significa «esposa» en latín.

—Entonces, ¿qué quiere decir fratricidio?

—Matar al hermano o hermana de uno.

—Bueno, si me casara con la señorita Darvin, probablemente también acabaría haciendo eso —dijo Leo, sonriendo con malicia—. A lo que voy es a que jamás podría tener esta clase de conversación con ella.

172

Probablemente, él estaba en lo cierto. Catherine había vivido con la familia Hathaway el tiempo suficiente para acostumbrarse a sus bromas y a sus derroteros verbales, que podían hacer que una conversación sobre la creciente contaminación del Támesis acabara derivando en un debate sobre si el conde de Sandwich había inventado realmente los sándwiches. Catherine reprimió una risa triste al darse cuenta de que, aunque pudiera haber tenido una influencia civilizadora sobre los Hathaway, la influencia que ellos habían ejercido había sido mucho mayor.

Leo inclinó la cabeza y la besó en el cuello con una lentitud y una devoción que hizo que a Catherine le sobreviniera un escalofrío. Era obvio que el tema de la señorita Darvin no le interesaba lo más mínimo.

—Ríndete, Catherine. Dime que te casarás conmigo.

—¿Y si no soy capaz de darle un hijo?

—Nunca hay garantías de eso —arguyó él, alzando la cabeza y esbozando una sonrisa—. Pero piensa en cuánto nos divertiremos intentándolo.

—No quiero que la familia Hathaway pierda su casa por culpa mía.

De repente, la expresión de Leo se tornó seria.

—Nadie te haría responsable de ello. Además, solamente es una casa; ni más ni menos. No hay estructura en el mundo que dure eternamente. Una familia, sin embargo, perdura.

La parte delantera del corpiño de Catherine se había soltado. Ella se dio cuenta de que él había estado desabrochándole los botones mientras hablaban. Quiso detenerlo, pero Leo ya había conseguido abrir el corpiño, dejando al descubierto el vestido y el corsé.

—Por consiguiente, lo único de lo que tendrías que hacerte responsable —dijo él con la voz ronca—, sería de acostarte conmigo siempre que yo lo quisiera, y de compartir mi esfuerzo por tener descendencia. —Catherine apartó la cara, jadeando, pero Leo le susurró al oído—: Voy a hacerte gozar; a colmarte de placer; a seducirte de la cabeza a los pies. Y te va a encantar.

—Es usted el ser más engreído y absurdo... No, por favor, no haga eso. —Leo se había puesto a hurgarle la oreja con la punta de la lengua, provocando en ella un cosquilleo húmedo. Sin atender a sus quejas, siguió besuqueando y lamiendo el tenso arco del cuello de Catherine—. No, basta —gimoteó ella, a lo que él respondió con un beso en la boca, mientras su lengua también jugueteaba ahí dentro. La sensación de sus labios, su gusto y su olor hicieron que Catherine se embriagara y, sin poder resistir más, le pasara los brazos por detrás del cuello sometiéndose a él con un exiguo gemido.

Una vez que Leo se hubo deleitado a conciencia con su boca, levantó la cabeza y miró directamente a los ojos aturdidos de ella.

—¿Quieres escuchar la mejor parte de mi plan? —le preguntó con voz gruesa—. Para poder hacer de ti una mujer honrada, primero tendré que pervertirte.

Catherine se sorprendió a sí misma riendo como una adolescente.

—No me cabe duda de que eso se le da muy bien.

—Maravillosamente bien —le aseguró Leo—. El truco está en averiguar qué es lo que más te gusta y darte solamente una pizca de ello. Te atormentaré hasta que no puedas soportarlo más.

—Eso no suena agradable en absoluto.

—¿Eso crees? Pues te llevarás una buena sorpresa cuando me supliques que vuelva a hacerlo.

A ella le resultó imposible reprimir otra risita.

Entonces, ambos se quedaron inmóviles, sonrojados y mirándose fijamente a los ojos.

—Tengo miedo —susurró Catherine.

—Lo sé, cariño —respondió Leo con ternura—; pero tendrás que confiar en mí.

—¿Por qué?

—Porque puedes.

Catherine estaba paralizada. Lo que Leo le pedía era imposible. Entregarse por completo a un hombre, a cualquiera, iba contra su propio carácter. Por lo tanto, tendría que haber sido fácil decirle que no.

No obstante, cuando trató de pronunciar la palabra, fue incapaz de emitir sonido alguno.

Leo empezó a desnudarla, quitándole el vestido entre un montón de crujidos. Y Catherine lo dejó. De hecho, lo ayudó; se puso a desatar lazos con manos trémulas, levantó las caderas y dejó los brazos libres. A continuación, él le desabrochó el corsé con destreza, revelando una gran familiaridad con las prendas íntimas femeninas. Sin embargo, Leo no tenía ninguna prisa, y se tomó su tiempo para despojarla de las diferentes capas de ropa.

Al fin, Catherine no quedó cubierta más que por el rubor circunstancial de su pálida piel, marcada temporalmente por los bordes del corsé y las costuras de las demás prendas. Leo colocó la mano sobre su abdomen, moviendo las yemas de los dedos con suma delicadeza por el mismo, como si de un viajero cartografiando un territorio inexplorado se tratase. Absorto, se dedicó a recorrer el vientre de Catherine con ternura, yendo cada vez más abajo, hasta acariciar suavemente la espesura esponjosa de su vello púbico.

—Rubia en todas partes —murmuró.

—¿Acaso es...? ¿Le gusta? —preguntó ella con timidez, suspirando en cuanto la mano de Leo se trasladó a su pecho.

—Cat —contestó él con un tono de voz que indicaba que estaba sonriendo—, todo en ti es tan fascinante que me estoy quedando sin aliento —aseguró, acariciando la superficie fría de los senos y jugando con las cúspides hasta que éstas estuvieron tiesas e inflamadas. Entonces, se las llevó a la boca.

Catherine se sobresaltó levemente al oír un ruido escaleras abajo, un sonido estridente, como de platos rompiéndose, seguido de un chillido. Era impensable que otra gente siguiera con su actividad cotidiana mientras ella estaba desnuda en la cama con Leo.

Él deslizó una mano bajo sus caderas, colocándola justo frente a la dura protuberancia que tenía debajo del pantalón. Catherine gimoteó contra sus labios, estremecida por un intenso placer y anhelando permanecer así para siempre. Leo la besó apasionadamente, mientras con la mano iba acercándola a él, despertando en ella nuevas dimensiones de placer. Cada vez más cerca, incitándola a seguir... Y entonces, la apartó. Catherine jadeó, ansiando recuperar la sensación.

Leo se incorporó y se quitó la ropa rudamente, dejando al descubierto un cuerpo cincelado, magro y musculoso. Tenía una enigmática espumilla de pelo oscuro en el pecho y en el bajo vientre. Catherine se dio cuenta de que estaba listo para acoplarse a ella, y su estómago se tensó a causa de los nervios. Por fin, él se acercó y la atrajo de nuevo hacia sí.

Catherine, titubeante, se puso a explorar su cuerpo, desplazando los dedos desde el pecho hasta la suave piel de los costados. Cuando se topó con la pequeña cicatriz del hombro, posó los labios sobre ella, oyendo un estertor en la respiración de Leo. Entusiasmada, fue descendiendo por encima de él, restregando la nariz y la boca contra el suave felpudo de su pecho. En los lugares donde sus cuerpos se tocaban, Catherine sintió que los músculos de Leo respondían tensándose.

Haciendo un esfuerzo por recordar las lejanas instrucciones de Althea, empuñó la forma erguida de su erección. Aquella piel era distinta a cualquier otra que ella hubiera palpado antes; era fina y sedosa, y se deslizaba con facilidad sobre la asombrosa rigidez del órgano enhiesto. Tímidamente, Catherine se inclinó para besar el costado del mismo, percibiendo con los labios el intenso pulso que recorría su longitud. Entonces, levantó la vista para observar la reacción de Leo.

Él respiraba con dificultad, y un temblor agitó su mano al pasarla por el cabello de Catherine.

—Eres la mujer más dulce y más adorable que... —Leo ahogó un gruñido al sentir que ella lo besaba de nuevo, y rio de manera nerviosa—. No, amor mío; deja eso por ahora —le indicó, cogiéndola por las axilas y colocándola a su lado.

Leo empezó a actuar con más insistencia, con más autoridad, de forma que Catherine pudiera relajarse por completo. Qué extraño parecía que ella pudiera entregarse a él de aquella manera, cuando habían estado tan enfrentados. Leo le separó los muslos con la mano, y Catherine notó que se humedecía incluso antes de que él la tocara ahí. Leo se abrió paso a través de los rizos y desplegó su flor. Ella cerró los ojos y respiró profundamente mientras él deslizaba un dedo en su interior.

Leo parecía estar deleitándose con la reacción de Catherine. Bajó la cabeza hasta el pecho de ésta, empleando los dientes con suma delicadeza, lamiendo y mordisqueando con la misma lentitud con la que iba introduciendo y sacando el dedo. Fue como si ella sincronizara todo su cuerpo con aquel ritmo persuasivo, armonizando cada vibración, cada latido, cada músculo, cada pensamiento, hasta alcanzar un torrente de placer exquisito. Catherine sollozó, moviéndose al compás de Leo, dejando que la poseyera, que aquel calor bombeara y se abriera paso a través de ella, hasta que, finalmente, sucumbió a su propio goce y se estremeció, extenuada.

Leo se irguió imponente sobre Catherine, jadeando y contemplando la expresión apabullada de su rostro. Ella alzó los brazos y lo atrajo hacia sí, acomodándolo encima. En cuanto él oprimió la entrada de su cuerpo, Catherine sintió un dolor agudo que la quemaba por dentro. Leo se introdujo todavía más en su interior, lenta, intensa e implacablemente; y cuando hubo llegado hasta donde la carne de Catherine le dejó, se mantuvo allí y trató de aplacar el tormento de aquélla deslizando la boca por sus mejillas y su cuello.

Lo íntimo del momento, la sensación de tenerlo dentro, hizo que ella se sintiera abrumada. Casi sin darse cuenta, Catherine también trató de sosegarlo y acarició su maciza espalda. Entonces, murmuró su nombre, deslizó las manos hasta los flancos de Leo y lo urgió a continuar. Él empezó a empujar con cuidado. Dolía, pero, a pesar de todo, aquella presión en lo más profundo de su cuerpo hacía que Catherine se sintiera aliviada; así que abrió las piernas todo lo que pudo y lo abrazó con fuerza.

Le encantaba oír los sonidos que hacía él, aquellos tenues gruñidos, esas palabras sueltas, su respiración ronca... Cada vez resultó más fácil recibir sus acometidas, y sus caderas se alzaron de manera instintiva con cada una de ellas, mientras la carne resbaladiza de Leo se sumergía en su caverna. Catherine flexionó las rodillas para facilitar las embestidas, y él se estremeció, expeliendo un sonido gutural que parecía ser fruto del dolor.

—Cat... Cat... —Leo se retiró abruptamente de Catherine y se derrumbó sobre su vientre. Ella sintió gotas tibias sobre la piel, y él la estrechó con fuerza, gruñendo contra la base de su cuello.

Yacieron juntos, tratando de recobrar el aliento. Catherine estaba extenuada, lánguida y le pesaban las extremidades. Se sentía plenamente satisfecha y apaciguada, como el remanso de un río tras la cascada. Al menos por el momento, resultaba imposible preocuparse por nada.

—Es cierto —dijo con voz soñolienta—. Se le da maravillosamente bien.

Leo se acostó a su lado con pesadez, como si el movimiento le hubiera costado un gran esfuerzo. Entonces, posó los labios sobre el hombro de Catherine, que advirtió la forma de una sonrisa sobre la piel.

—Eres deliciosa —susurró él—. Ha sido como hacer el amor con un ángel.

—Sí, pero sin corona —murmuró ella, y fue recompensada con una leve risa por parte de Leo. Catherine palpó la capa húmeda que tenía sobre el abdomen—. ¿Por qué ha hecho esto?

—¿Retirarme, dices? No quiero hacerte un niño si todavía no estás preparada.

—¿Le gustaría tener hijos? Es decir, no para conservar la casa, sino por el hecho de tenerlos.

Leo pensó en ello.

—No es algo que me haga especial ilusión. Contigo, sin embargo... No me importaría.

—¿Por qué conmigo?

Leo tomó varios mechones del cabello de Catherine y dejó que los rizos dorados se colasen entre sus dedos.

—No estoy seguro; tal vez porque puedo imaginarte siendo madre.

—¿En serio? —Ella nunca se había visto de aquella manera.

—Por supuesto; esa clase de madre práctica que te obliga

a comerte los nabos y que te regaña por correr con las tijeras.

—¿Así es como era su madre?

Leo se desperezó, estirando las piernas muy por debajo de los pies de Catherine.

—Sí, y doy gracias al cielo por ello. Mi padre, que Dios lo bendiga, era un hombre muy versado, pero a un paso de la locura; uno de los dos tenía que ser sensato. —Leo se apoyó sobre un codo y contempló a Catherine, acariciando una de sus cejas con el pulgar—. No te muevas, amor mío; voy a buscar algo para limpiarte.

Ella aguardó con las rodillas levantadas, mientras él se ponía de pie y se acercaba a la jofaina. Leo tomó un paño, lo mojó con agua y se limpió a conciencia. Luego humedeció otro paño y se lo llevó a Catherine, quien intuyó que él pretendía encargarse también de asearla a ella.

—Ya lo hago yo —dijo con timidez, cogiendo el paño.

Leo recogió su ropa del suelo. Se puso los calzoncillos y el pantalón, y regresó junto a Catherine con el pecho desnudo.

—Tus lentes —murmuró, poniéndoselos con cuidado sobre la nariz. En cuanto sus manos, firmes y cálidas, tocaron la piel húmeda y fría de las mejillas de Catherine, Leo vio que a ella le sobrevenía un escalofrío. Entonces, subió la colcha a la altura de sus hombros y se sentó en el borde del colchón.

—Marks —dijo con seriedad—. En cuanto a lo que acaba de tener lugar... ¿Debo interpretarlo como una respuesta afirmativa a mi propuesta?

Ella titubeó y sacudió la cabeza. Entonces miró a Leo de forma cauta, pero decidida, como dando a entender que no había nada que él pudiera hacer o decir que fuera a hacerla cambiar de opinión.

Leo puso la mano sobre la cadera de Catherine, pellizcándosela por encima de la colcha.

—Te prometo que la próxima vez disfrutarás más, una vez que te recuperes y hayas tenido tiempo de...

—No, no se trata de eso. He disfrutado —admitió ella, sonrojándose—. Mucho. Pero solamente congeniamos en la cama. El resto del tiempo nos lo pasamos discutiendo.

—A partir de ahora será diferente. Seré amable y te dejaré ganar todas las discusiones, incluso cuando sea yo el que tenga razón. —Leo frunció los labios con picardía—. Veo que no estás muy convencida. ¿De qué tienes miedo de que discutamos?

Catherine bajó la vista a la colcha y se puso a alisar uno de los bordes arrugados.

—Es muy común entre la aristocracia que tanto el marido como la mujer tengan amantes. Yo jamás podría aceptar eso. —Leo se dispuso a responder, pero ella no se lo permitió—. Y usted nunca ha ocultado su aversión al matrimonio. Me resulta imposible creer que haya cambiado de parecer tan rápidamente.

—Comprendo —dijo Leo, poniendo su mano sobre la de Catherine con afecto—. Tienes razón. He estado en contra de casarme desde que perdí a Laura; y me he inventado toda clase de excusas para evitar arriesgarme a pasar de nuevo por lo mismo. Sin embargo, créeme cuando te digo que, por ti, merece la pena intentarlo. No te lo propondría a menos que estuviese seguro de que tú puedes satisfacer todas mis necesidades, y yo las tuyas. —Leo pasó los dedos por debajo del mentón de Catherine y la obligó a mirarlo a los ojos—. En cuanto a serte fiel, no me costará en absoluto —manifestó, sonriendo con astucia—. Mi conciencia ya tiene que cargar con tantos pecados del pasado, que dudo que pudiera tolerar uno más.

—Acabaría usted aburriéndose de mí —alegó ella, ansiosa.

Aquella observación provocó una sonrisa en Leo.

—Es obvio que no tienes idea de la prodigiosa variedad de maneras en las que un hombre y una mujer pueden complacerse el uno al otro. Te aseguro que jamás llegaría a aburrirme de ti, ni tú de mí —dijo, acariciando la mejilla rosada de Catherine, sin apartar la vista de ella—. Si me acostara con otra mujer, nos estaría traicionando a los dos; sería incapaz de hacerlo. —Leo hizo una pausa—. ¿Me crees?

—Sí —reconoció Catherine—. Siempre he sabido que es usted de fiar; antipático, pero de fiar.

A Leo le hizo gracia el comentario.

—Entonces, dame una respuesta.

—Antes de decidir nada, me gustaría hablar con Harry.

—Faltaría más —aceptó Leo, sonriente—. Él se casó con mi hermana, y ahora yo quiero casarme con la suya. Si tiene alguna objeción, le diré que es justo.

Mientras él se inclinaba sobre ella, con el cabello cayéndole sobre la frente, a Cat le costó trabajo creer que Leo Hathaway estuviera tratando de convencerla de que se casara con él. A pesar de que estaba segura de que lo decía absolutamente en serio, no era menos cierto que las personas podían incumplir sus promesas por más que quisieran mantenerlas.

Leyendo la expresión de su rostro, Leo la tomó entre sus brazos y la apretó contra su pecho, cálido y fuerte.

—Te diría que no tuvieras miedo —murmuró—, pero eso no siempre es posible. Por otra parte, ya que has empezado a confiar en mí, no tendría sentido que dejaras de hacerlo, Marks.

19

Después de averiguar que los comedores privados de la taberna iban a estar ocupados durante un buen rato, Leo pidió que les trajeran algo de comer a la habitación, además de un baño caliente.

Mientras esperaban, Catherine se quedó dormida bajo la colcha, y no se despertó hasta que oyó que se abría la puerta, que movían las sillas, el sonido de platos y cubiertos, y el ruido de una tina de latón contra el suelo.

También advirtió un cuerpo caliente y peludo a su lado. Se trataba de *Dodger*, que se había metido bajo la colcha y yacía junto a su hombro. Catherine volvió la cabeza para mirarlo, y vio el brillo de los ojos del hurón, que bostezó con delicadeza y siguió durmiendo.

Recordando que no llevaba puesta otra cosa que la camisa de Leo, se escondió bajo la colcha y espió por el borde mientras un par de doncellas preparaban el baño. ¿Sospecharían acaso lo que había ocurrido entre Leo y ella no hacía demasiado? Catherine esperó alguna mirada censuradora o perspicaz, tal vez una risita contenida, pero, por lo visto, las asistentas estaban demasiado ocupadas para preocuparse de ella. Ignorándola, vaciaron dos baldes de agua caliente en la bañera para volver al cabo de unos momentos con dos más. Después, una de las muchachas colocó un taburete de tres patas con toallas dobladas encima.

Cuando las doncellas estaban a punto de marcharse, *Dodger*, atraído por el olor de la comida, salió de debajo de la colcha, se levantó sobre las patas traseras encima de la cama y contempló la bandeja que había en la mesa, mientras movía los bigotes.

«¡Genial! ¡Ya empezaba a tener hambre!», parecía decir su expresión.

Una de las asistentas reparó en *Dodger* y se le contrajo el semblante, horrorizada.

—¡Eh! —chilló, señalando al hurón con el dedo índice, rollizo y tembloroso—. ¿Eso es una rata, un ratón, o...?

—No, es un hurón —le explicó Leo con tono tranquilizador y educado—. Un animalillo inofensivo y altamente civilizado; el preferido por la realeza, por cierto. La reina Isabel tenía uno como animal de compañía, y... En serio, no hace falta usar la violencia.

La doncella había agarrado un atizador de la chimenea y lo blandía como si fuera a atacar.

—*Dodger* —dijo Catherine escuetamente—. Ven aquí.

El animal regresó a su lado y, antes de que ella pudiera quitárselo de encima, le dio uno de sus besitos de hurón en la mejilla.

Una de las doncellas parecía horrorizada, y la otra, especialmente asqueada.

Tratando de mostrarse impasible, Leo les dio media corona a cada una y les dijo que ya podían marcharse. Cuando hubo cerrado la puerta con llave, Catherine levantó al cariñoso hurón de su pecho y lo miró con el ceño fruncido.

—Eres la mascota más problemática del mundo, y no eres civilizado en absoluto —dijo, reprendiéndolo.

—Ven aquí, *Dodger* —lo llamó Leo, dejando en el suelo un plato con carne y chirivías. El hurón se abalanzó sobre él.

Mientras *Dodger* estaba ocupado devorando la comida, Leo se acercó a Catherine, tomó su cara con manos tiernas y se inclinó para darle un beso breve y cálido.

—¿Qué será primero? ¿El baño o la cena?

Catherine oyó, avergonzada, que su estómago rugía de mala manera.

Leo sonrió.

—Parece que la cena —dijo.

La comida consistía en medallones de carne de ternera con puré de chirivía, y una botella de vino tinto fuerte. Catherine comió con tantas ganas que, incluso, limpió el plato con un trozo de pan.

Leo resultó ser una compañía muy entretenida; le contó historias divertidas, aireó confidencias sin maldad, y le fue llenando la copa de vino. A la luz de la única vela que había sobre la mesa, su rostro era realmente bello, con gruesas pestañas ensombreciendo esos intensos ojos azules.

A ella se le ocurrió que aquélla era la primera comida que había compartido a solas con él. No hacía demasiado, la sola idea le hubiera parecido terrorífica, consciente de que no podría haber bajado la guardia ni un instante. Sin embargo, conversaron toda la cena con la mayor cordialidad, lo cual parecía algo notable.

Catherine casi deseó haber tenido cerca a alguna de las hermanas Hathaway para poder compartir aquel acontecimiento con ella... «¡Tu hermano y yo hemos estado toda la cena sin discutir!», le habría dicho.

Fuera, se había puesto a llover, y el cielo se iba oscureciendo paulatinamente. La llovizna inicial se había convertido en un diluvio constante que tapaba el ruido de la gente y los caballos, y la actividad de la cochera. A pesar de que estaba vestida con un grueso albornoz que Leo le había dado, Catherine se puso a temblar y notó que se le ponía la piel de gallina.

—Hora del baño —anunció Leo, que rodeó la mesa y retiró la silla de Catherine, para que pudiera ponerse de pie.

Ella se preguntó si él tendría intención de quedarse en la habitación.

—Tal vez podría usted concederme algo de intimidad —se permitió sugerir.

—Ni lo sueñes —respondió Leo—. Quizá necesites ayuda.

—Puedo bañarme yo solita. Y preferiría que nadie me mirara.

—Mi interés es puramente estético. Te imaginaré como si fueras la mujer de ese cuadro de Rembrandt, *Hendrickje bañándose en un río*, sumergida en las aguas de la inocencia.

—¿Puramente? —preguntó ella, dudándolo.

—Bueno, es que mi alma es muy pura. Son mis partes íntimas las que suelen meterme en problemas.

Catherine no pudo evitar reírse.

—Puede quedarse en la habitación, siempre que se dé la vuelta.

—De acuerdo —dijo Leo, yendo hasta la ventana.

Ella contempló la tina con impaciencia, y se le ocurrió que nunca había esperado un baño con tantas ganas. Después de sujetarse el cabello por encima de la cabeza, se despojó del albornoz, de la camisa y de los anteojos, dejándolo todo sobre la cama. Entonces, miró con cautela a Leo, que parecía muy interesado en lo que sucedía en la cochera. Había abierto la ventana unos pocos centímetros, dejando que el aire con olor a lluvia entrara en la habitación.

—No mire —insistió Catherine, nerviosa.

—No lo haré. Aunque creo que deberías dejar a un lado tus inhibiciones —dijo él—. Podrían impedir que cedieras a la tentación.

Catherine se introdujo poco a poco en la abollada y cálida bañera.

—Yo diría que hoy me he dejado vencer por ella a fondo —alegó, suspirando aliviada mientras el agua calmaba todos los dolores y pinchazos íntimos.

—Y me ha encantado ayudarte.

—No me ha ayudado —dijo ella—. Usted era la tentación.

—Oyó que Leo reía en voz baja.

Leo se mantuvo a distancia mientras Catherine se bañaba, y se dedicó a mirar cómo llovía. Después de haberse lavado y enjuagado, ella estaba tan cansada que tuvo dudas de poder salir de la tina por su propio pie. Se incorporó con piernas temblorosas y buscó a tientas la toalla que había sobre el taburete, junto a la bañera.

En cuanto Catherine salió del agua, Leo se acercó a ella rápidamente, sostuvo la toalla y la ayudó a envolverse con ella, abrazándola unos instantes.

—Déjame dormir contigo esta noche —le pidió él sobre su cabello.

Catherine lo miró con desconcierto.

—¿Qué haría si me negara? ¿Coger otra habitación?

Leo sacudió la cabeza.

—Tu seguridad me preocuparía si durmiera en otra habitación. Ya dormiré en el suelo.

—No, compartiremos la cama —aceptó ella, apoyando la mejilla contra el pecho de Leo y relajándose. Qué sensación tan agradable, pensó, maravillada. Qué tranquila y segura se sentía junto a él—. ¿Por qué las cosas no han sido así desde el principio? —preguntó en tono soñador—. Si siempre se hubiera comportado de esta manera, nunca habríamos discutido por nada.

—Traté de ser amable una o dos veces, pero no dio resultado.

—¿De veras? Pues no me di cuenta. —La piel de Catherine, rosada por el baño, adquirió un tono aún más intenso—. Supongo que desconfiaba. Y usted... era todo lo que yo temía.

Leo la abrazó con más fuerza al oír aquello, y la miró con expresión meditabunda, como si estuviera resolviendo algo en la mente, llegando a una nueva conclusión. Sus ojos azules parecían más cálidos de lo que Catherine había percibido jamás.

—Hagamos un trato, Marks. A partir de ahora, en lugar de pensar lo peor el uno del otro, tratemos de suponer lo mejor. ¿De acuerdo?

Catherine asintió, asombrada ante la amabilidad de Leo. De algún modo, aquellas sencillas palabras parecían haber provocado un cambio mayor en su relación, en comparación con todo lo que había sucedido hasta entonces.

Leo la soltó con cuidado y ella se metió en la cama, mientras él se aseaba cómicamente en una bañera que de ninguna manera podía albergar a un hombre de su envergadura. Catherine se dedicó a observarlo, soñolienta, mientras el cuerpo se le iba calentando bajo las sábanas limpias. A pesar de todos los problemas que le esperaban, no tardó en quedarse profundamente dormida.

En sus sueños, retrocedió hasta el día de su decimoquinto cumpleaños. Por entonces, llevaba cinco años sin ver a sus padres, durante los cuales había estado viviendo con su abuela y la tía Althea; en ese período, su madre había fallecido. Nunca supo exactamente cuándo había tenido lugar el fatídico acontecimiento, y no había tenido conocimiento de la tragedia hasta mucho después, cuando, un día, le preguntó a su tía si podía visitar a su madre, enferma, y aquélla le contestó que ya había muerto.

A pesar de saber que su madre estaba aquejada de una enfermedad degenerativa fatal, y que no había esperanza alguna, la noticia resultó devastadora. Catherine había comenzado a sollozar, pero Althea se puso nerviosa y le espetó: «No sirve de nada que te lamentes. Eso pasó hace ya mucho tiempo; tu madre lleva bajo tierra desde el verano pasado.»

Eso la había dejado absolutamente descolocada, como un espectador de una obra de teatro que hubiera aplaudido en el momento equivocado. Lo peor era que no había podido llorar la pérdida de su madre como era debido, porque ya había pasado la oportunidad de hacerlo.

Habían vivido en una pequeña casa de Marylebone, una vivienda humilde pero digna, encajada entre la consulta de un dentista, con la réplica de una dentadura colgada del rótulo y una biblioteca privada, propiedad de su abuela y regentada por ella misma, que iba a trabajar ahí todos los días.

Aquel lugar tan frecuentado, con su vasta y oculta colección de libros, era para Catherine el lugar más fascinante del mundo. Ella solía contemplar el edificio desde la ventana de su habitación, y fantaseaba con lo genial que sería recorrer esas salas llenas de viejos volúmenes. Ahí dentro, sin duda, el aire olía a moho, cuero y polvo, un perfume literario que debía de inundar aquellas habitaciones silenciosas. Catherine le había dicho a Althea que, algún día, a ella también le gustaría trabajar allí. Su tía sonrió de manera extraña y le prometió que, efectivamente, así sería.

No obstante, a pesar del letrero que proclamaba claramente que aquel lugar era una biblioteca para caballeros distinguidos, Catherine fue dándose cuenta paulatinamente de que algo no encajaba, puesto que nadie salía nunca con un libro bajo el brazo.

Cuando ella mencionó aquella incongruencia, Althea y su abuela se enfadaron, como se habían enfadado cuando Catherine había preguntado si su padre volvería algún día a buscarla.

En su decimoquinto aniversario, le regalaron dos vestidos nuevos, uno azul y otro blanco, con faldas que llegaban hasta el suelo y cinturas que se ajustaban a sus medidas naturales, al revés que los infantiles atuendos que había llevado hasta entonces, que no marcaban su figura en absoluto. A partir de entonces, le había dicho Althea, se recogería el cabello y se comportaría como una mujer; había dejado de ser una niña. Catherine reaccionó con orgullo y nerviosismo, preguntándose qué se esperaba de ella ahora que se había convertido en toda una mujer.

Con expresión más adusta de lo habitual, y sin mirarla directamente a los ojos, Althea se lo había explicado. El establecimiento contiguo, como Catherine había sospechado, no era realmente una biblioteca, sino un burdel, en el que Althea había trabajado desde los doce años. Ella le aseguró a Catherine que se trataba de un oficio bastante simple; había que dejar que el hombre hiciera lo que le viniera en gana, pensar en otra cosa y coger el dinero. No importaba cuáles fueran los designios del cliente, ni cómo utilizara el cuerpo de una; siempre que una no se resistiera, el trámite solía ser relativamente llevadero.

—No quiero hacer eso —había alegado Catherine, poniéndose lívida al percatarse de por qué su tía le daba el consejo.

Althea arqueó sus cejas, depiladas.

—¿Para qué otra cosa crees que sirves?

—Para cualquier cosa menos para ésa.

—¿Tienes idea de cuánto nos hemos gastado en tu manutención, cabeza de chorlito? ¿Del sacrificio que hemos hecho? Parece ser que no. ¿Acaso pensabas que era nuestra obligación? Ahora ha llegado el momento de que nos lo pagues. No te estoy pidiendo nada que yo no haya hecho antes. ¿Qué pasa, que te crees mejor que yo?

—No —había contestado Catherine, llorando avergonzada—; pero no soy una prostituta.

—Todo el mundo nace con un destino, querida —le dijo Althea con calma, incluso con ternura—. Hay quien nace privilegiado; hay quien nace con algún talento artístico o con una inteligencia notable. Tú, por desgracia, eres vulgar en todos los aspectos. Tienes una inteligencia vulgar, una gracia vulgar, y ningún talento particular. Sin embargo, has heredado la belleza y la condición de una ramera. Por lo tanto, ya sabemos cuál es tu destino, ¿no te parece?

Catherine se estremeció. Trató de no perder la compostura, pero la voz le tembló.

—Que sea vulgar en muchos aspectos no quiere decir que haya nacido para ser prostituta.

—Te estás engañando a ti misma, mocosa. Eres producto de dos familias de mujeres de vida alegre. Tu madre era incapaz de estar mucho tiempo con nadie; los hombres la encontraban irresistible, y ella nunca podía decir que no. Por lo que respecta a la rama de tu padre, tu bisabuela era alcahueta, y educó a su hija en el oficio. Luego me tocó a mí, y ahora ha llegado tu turno. De todas las chicas que trabajan para nosotras, tú serás la más afortunada. No te cederemos a cualquiera; serás la estrella de nuestro pequeño negocio. Un hombre a la vez, y por un período de tiempo negociable. De esta manera durarás mucho más.

Por más que Catherine se opuso, no tardó en ser adjudicada a Guy, lord Latimer. Él, de aliento amargo, tez áspera y manos largas, era tan extraño para ella como cualquier otro hombre. Trató de besarla, metió las manos en las aberturas de la ropa de

Catherine, y tiró de ella como un guardabosque desplumando un urogallo muerto. A Latimer le divertía que ella opusiera resistencia, y le gruñía al oído lo que pensaba hacerle. Ella acabó odiándolo a él y a todos los hombres.

—No te haré daño; sólo si te resistes —le dijo él, cogiéndole las manos y llevándoselas a la entrepierna—. Te gustará, ya lo verás. Sé cómo hacerte...

—¡No me toque! No...

Catherine se despertó sollozando contra un pecho firme.

—Tranquila, Cat; soy yo. —Una mano tibia le tocó la espalda.

Ella se quedó inmóvil, con la mejilla apoyada sobre una suave mata de vello. El sonido de aquella voz era profundo y conocido.

—¿Milord?

—Sí. Has tenido una pesadilla. Ya pasó; deja que te abrace.

A Catherine le dolía la cabeza. Se sentía turbada y abatida, muerta de vergüenza. Leo la acurrucó contra su pecho y, al notar cómo temblaba, le acarició el pelo repetidamente.

—¿Qué estabas soñando? —Ella sacudió la cabeza y pronunció algo incomprensible—. Tenía que ver con Latimer, ¿verdad?

Tras vacilar unos instantes, Catherine carraspeó y respondió.

—En parte.

Leo le acarició la espalda en círculos, aliviándola, y posó los labios sobre sus mejillas húmedas.

—¿Temes que vaya a por ti?

Ella sacudió la cabeza.

—Algo peor.

—¿Quieres contármelo? —le preguntó con suma ternura.

Catherine se separó de él y se puso en posición fetal, dándole la espalda.

—No es nada; siento haberlo despertado.

Leo se acomodó contra ella en forma de cuchara, y Catherine se estremeció ante la sensación de calor que notó a lo largo de la espalda, ante las piernas largas y velludas encajadas bajo las suyas y el brazo fornido que la abrazaba. Todas las texturas, esencias y pulsos de Leo la envolvieron, mientras el aliento de éste le pegaba en la nuca. Qué animal tan extraordinario era el hombre.

Sin embargo, no estaba bien deleitarse de semejante manera con ello. Probablemente, todo lo que Althea había dicho de ella era cierto. Tenía la condición de una ramera, un hambre de atención masculina... A fin de cuentas, era hija de su madre. Catherine había reprimido e ignorado aquel aspecto de su personalidad durante años, pero ahora lo veía de manera tan evidente como si le hubieran puesto un espejo delante.

—No quiero ser como ella —murmuró sin darse cuenta.

—¿Como quién?

—Como mi madre.

Leo colocó la mano sobre la cadera de Catherine.

—Tu hermano me dejó bien claro que no te pareces a ella en absoluto —dijo—. ¿En qué temes parecerte? —añadió, tras una breve pausa.

Catherine no contestó, pero empezó a respirar de manera entrecortada para no ahogarse con un nuevo torrente de lágrimas. Él la estaba desarmando completamente con aquella recién descubierta ternura; en ese momento, ella hubiera preferido al Leo socarrón de antes. Catherine parecía no tener mecanismos de defensa contra el nuevo.

Él le dio un beso detrás de la oreja.

—Querida mía —susurró—, no me digas que te sientes culpable por haber disfrutado al tener relaciones sexuales.

A ella la irritó todavía más que él hubiera llegado tan rápido a una conclusión certera.

—Puede que un poquito —contestó con voz trémula.

—Dios mío, me he acostado con una puritana —dijo Leo, desplegando el cuerpo contraído de Catherine y estirándola bajo él, a pesar de las quejas de ella—. ¿Qué hay de malo en que una mujer disfrute del sexo?

—No creo que sea malo en otras mujeres.

—¿Sólo contigo? —preguntó Leo en tono burlón pero benévolo—. ¿Por qué?

—Porque soy la cuarta generación de una familia de prostitutas; y mi tía me dijo que era naturalmente proclive a ello.

—Todo el mundo lo es, amor mío. Por algo el mundo está poblado.

—No, no digo a eso. A prostituirme.

Leo resopló con sorna.

—No existe tal cosa como una proclividad innata a vender el cuerpo de uno mismo. Que haya mujeres que se prostituyan es culpa de una sociedad que no les deja otra opción para subsistir. Y, por lo que a ti respecta... Jamás he conocido a otra mujer menos dotada para ello —dijo Leo, jugueteando con los rizos enredados del cabello de Catherine—. Me temo que no comparto tu manera de pensar. No es ningún pecado disfrutar de las caricias de un hombre, ni tampoco quiere decir que seas propensa a prostituirte. Tu tía solamente te dijo eso para aprovecharse de ti, por motivos obvios. —Leo posó los labios sobre el cuello tenso de Catherine, y se puso a besarlo—. No voy a permitir que te sientas culpable —manifestó—; sobre todo cuando tus motivos son tan erróneos.

Ella gimoteó.

—La moral no es algo errónco —arguyó.

—¡Ah! He ahí el problema. Estás mezclando moral, culpa y placer. —Leo puso la mano sobre uno de los pechos de Catherine y lo sostuvo con ternura, provocando en ella una sensación que se alojó directamente en su estómago—. No hay nada decoroso en querer negar el placer, y no tiene nada de malo desearlo —declaró Leo. Catherine notó que sonreía—. Lo que tú necesitas es pasar unas cuantas noches de lujuria en mi compañía; ya verás como eso te saca toda la culpa de encima. Y, en el caso de que eso no funcionara, al menos yo estaría contento. —Leo fue deslizando la mano hacia abajo, hasta que el pulgar rozó el borde del vello íntimo de Catherine. Ella tensó el vientre, y él siguió avanzando.

—¿Qué está haciendo? —preguntó Catherine.

—Ayudarte a resolver tu problema. Tranquila, no tienes por qué agradecérmelo; no es ninguna molestia. —La sonrisa de Leo rozó la boca de Catherine, y él se colocó encima de ella en la oscuridad—. ¿Cómo le llamas a esto, amor mío?

—¿A qué?

—A este lugar tan exquisito de aquí.

Catherine arqueó el cuerpo ante la caricia de Leo. Apenas si pudo responder.

—No lo llamo de ninguna manera.

—¿Y si quieres referirte a ello?

—¡No lo hago!

Él rio en voz baja.

—Pues yo conozco varias denominaciones. Aunque los franceses acuñaron la más bonita, lo cual tampoco es de extrañar. Ellos lo llaman *le chat*.

—¿El gato? —preguntó Catherine, confusa.

—Sí; usan el mismo término para referirse a un felino y a la zona más sensible de la mujer. Por aquí le diríamos conejo, seguramente por ser tan suave. No, no seas tímida. Pídeme que te acaricie.

Semejante exigencia hizo que a ella se le cortara la respiración.

—Milord —balbuceó.

—Pídemelo y te complaceré —insistió él, desplazando los dedos hasta el hueco sensible tras la rodilla de Catherine, que contuvo un gemido—. Pídemelo —persistió Leo con un susurro.

—Por favor.

Leo la besó en el muslo. Su boca era suave y tibia, y el roce de su barba sin afeitar la excitó.

—Por favor, ¿qué?

Qué hombre tan cruel. Ella se contorsionó y se tapó el rostro con ambas manos, a pesar de que la oscuridad de la habitación era total.

—Por favor, acaríceme ahí —dijo al fin, con la voz apagada por sus propios dedos.

Leo la tocó con tanta suavidad que, al principio, Catherine apenas si pudo notarlo.

—¿Así? —le preguntó él entonces, moviendo los dedos con más brío.

—Oh, sí, sí... —Catherine levantó las caderas, incitando a Leo a continuar. Él tocó los pliegues de su sexo, masajeándolo con delicadeza y recorriendo el suave interior. Aquellas diestras caricias hicieron que ella se estremeciera.

—¿Qué más quieres que haga? —murmuró Leo, descendiendo sobre ella. Catherine sintió su aliento sobre la piel, su calor contra la humedad de su bajo vientre. Acto seguido, arqueó las caderas y no pudo evitar estirarse.

—Hágame el amor.

—No, estás demasiado seca —respondió él, que parecía lamentarlo sinceramente.

—Leo... —masculló ella.

—¿Te gustaría que te besara aquí? —sugirió él, moviendo el dedo.

Catherine abrió los ojos de par en par, sorprendida y excitada por la propuesta, y se humedeció los labios.

—No. No lo sé —contestó, estremeciéndose al sentir el aliento de Leo contra ella, y los dedos de él abriéndola delicadamente—. Sí.

—Pídemelo bien.

—Que le pida que... Oh, no puedo.

—¿Prefieres que nos durmamos, entonces? —inquirió él, dejando de tocarla.

—No —contestó ella con rotundidad, tomando el rostro de Leo con las manos.

—Pues ya sabes lo que tienes que hacer —dijo él, inexorable.

Catherine fue incapaz. Aquellas palabras obscenas se le quedaron trabadas en la garganta, y sólo pudo gemir, frustrada.

Y Leo, el muy truhán, soltó una risita sobre su muslo.

—Me alegra que esto le parezca divertido —replicó ella, furiosa.

—Muy divertido —aseguró él a carcajada limpia—. Ay, Marks, cuánto camino nos queda por delante.

—No se moleste —espetó Catherine, tratando de apartarse. No obstante, Leo le inmovilizó las piernas sin el menor esfuerzo.

—No seas tozuda —insistió Leo—. Vamos, dilo. Hazlo por mí.

Tras un prolongado silencio, Catherine tragó saliva e hizo acopio de valor.

—Béseme —dijo al fin.

—¿Dónde?

—Ahí abajo —consiguió precisar con voz temblorosa—. En mi conejo. Por favor.

Leo ronroneó, satisfecho.

—Eres una chica muy mala —dijo, hundiendo la cara en la entrepierna de Catherine, suave y empapada.

Ella sintió que la boca de Leo sorbía el punto más sensible de su sexo con un beso grande y mojado, y el mundo a su alrededor se encendió por completo.

—¿Es esto lo que querías? —oyó que él le preguntaba.

—Más, más —reclamó ella, boqueando como un pez fuera del agua.

Leo recorrió su interior con acometidas resbaladizas, embebiéndose del sabor. Catherine tensó el cuerpo, a la vez que aquel placer inmenso se dispersaba por todo su ser, y se encontró envuelta en una sensación húmeda y abrumadora que crecía con cada ataque de la lengua de Leo, que metió las manos por debajo de sus caderas, levantándolas para facilitar el acceso de su boca. Ella se estremeció de forma violenta, gritando, invadida por un calor exquisito. Él no dejaba de lamer, y, en un momento determinado, Catherine sintió que su lengua la penetraba, arrancándole unas últimas convulsiones.

Al cabo de unos instantes, el aire con olor a lluvia que entraba por la ventana entreabierta le acarició la piel, aliviándola. Catherine esperó que Leo satisficiera sus propias necesidades, y se acercó a él, aturdida y exhausta. Sin embargo, él le apoyó la cabeza en el hueco del codo y los tapó a ambos con la colcha. Ella se sentía saciada y languidescente, incapaz de mantenerse despierta por más tiempo.

—Duérmete —le susurró Leo al oído—. Y si tienes más pesadillas, mis besos harán que desaparezcan.

20

La noche lluviosa dejó paso a una mañana verde y húmeda. Leo se despertó con los ruidos de cascos y ruedas provenientes de la cochera. Al mismo tiempo, oyó el sonido apagado de los pasos de la gente que salía de sus habitaciones y bajaba a la taberna a desayunar.

Lo que más le gustaba de una cita romántica siempre habían sido los momentos previos a hacer el amor; lo que menos, la mañana siguiente, cuando su primer pensamiento consistía en cómo marcharse rápidamente sin ofender a su amante.

Esa mañana, sin embargo, era diferente a cualquier otra. Abrió los ojos y se dio cuenta de que estaba con Catherine Marks, y que no había otro lugar en el mundo donde hubiera preferido estar. Ella seguía profundamente dormida, de costado, con las palmas de las manos hacia arriba y los dedos curvados como los bordes de una orquídea. Estaba preciosa aquella mañana, relajada, con el cabello alborotado y la tez rosada por el calor de las sábanas.

Leo la recorrió con la mirada, fascinado. Nunca se había sincerado tanto con una mujer, pero sabía que sus secretos estaban a salvo con ella; y los de ella con él. Estaban hechos el uno para el otro. No importaba lo que sucediera a partir de entonces; sus días de confrontación habían terminado. Sabían demasiado el uno del otro.

A pesar de todo, el tema de sus esponsales seguía en el aire. Leo sabía que Cat no estaba tan convencida como él de la conveniencia de contraer matrimonio. Además, Harry Rutledge iba a tener su propia opinión al respecto, y a Leo rara vez le gustaban sus opiniones. Incluso cabía la posibilidad de que Harry animara a Cat a que recorriera Europa, tal y como ella había pensado en un principio.

Leo frunció el ceño al pensar que Catherine había pasado toda la vida virtualmente desprotegida hasta aquel momento. ¿Cómo era posible que una mujer que merecía tanto afecto hubiera recibido tan poco? Deseó recompensarla por todo lo que se había perdido; darle todo lo que le había faltado. Lo complicado iba a ser convencerla de que lo dejara.

La expresión de Catherine era serena, y sus labios estaban ligeramente entreabiertos. Acurrucada entre las sábanas blancas, con parte de su hombro rosado al descubierto, y su cabellera rubia desparramada por todas partes, parecía un dulce metido entre capas de nata montada.

De repente, *Dodger* se encaramó a la cama por una esquina y se acercó a Catherine. Después de bostezar y desperezarse, ella alargó la mano para acariciarlo. El hurón se acurrucó junto a su cadera y cerró los ojos.

Catherine se fue despertando poco a poco, estirándose temblorosa. Despegó los párpados y reparó en Leo con asombro, preguntándose sin duda qué hacía él allí. Su mirada era del todo inocente y sus adorables ojos, grises como un mar revuelto, contemplaban a Leo mientras su mente se iba acomodando. Ella titubeó y alargó una mano fría hasta su mejilla, palpando la barba que le había crecido durante la noche.

—Pincha tanto como el puercoespín de Beatrix —comentó con voz grave.

Leo le besó la mano, y Catherine se pegó a él con cautela.

—¿Vamos a ir a Londres hoy? —preguntó ella, cuyo aliento hizo que a Leo se le erizara el vello del pecho.

—Sí.

Catherine permaneció en silencio durante unos instantes.

—¿Todavía quiere casarse conmigo? —preguntó entonces, sin más.

—Voy a seguir insistiendo —respondió él, cogiéndola de la mano.

—Pero... No soy como Laura —arguyó ella, ocultando el rostro.

Leo se quedó un tanto sorprendido por aquel comentario.

—No —reconoció. Laura había sido el producto de una familia que la quería, de una vida idílica en un pueblo pequeño. Jamás había tenido que sufrir el miedo y el dolor que habían marcado la infancia de Catherine—. No te pareces menos a Laura de lo que yo me parezco al muchacho que era entonces —puntualizó—. ¿Acaso tiene alguna importancia?

—Tal vez estaría usted mejor con alguien como ella. Con una mujer a la que... —Catherine no pudo terminar.

Leo se dio la vuelta y la agarró del codo, mirándola a sus ojos grisáceos y miopes.

—¿A la que amase? —concluyó, viendo que ella fruncía el ceño y se mordía el labio inferior, insegura. Él tuvo ganas de mordisquear y chupar aquella boquita perfecta, como si de una ciruela se tratase. Sin embargo, se limitó a acariciar el contorno del labio inferior con ternura—. Ya te lo dije; cuando me enamoro, lo hago hasta las últimas consecuencias. Me vuelvo irreflexivo, celoso, posesivo... Me convierto en una persona absolutamente insoportable.

Leo pasó el reverso de sus dedos por la barbilla y la garganta de Catherine. Notó su pulso acelerado, y que ella tragaba saliva. Como esas señales de la excitación femenina no le eran ajenas en absoluto, deslizó la mano por su pecho, rozando un pezón endurecido y la curva del seno.

—Si te amara, Cat, te tomaría para desayunar, para almorzar y para cenar. No te dejaría en paz.

—Pues yo le pondría ciertos límites, y le obligaría a respetarlos —replicó ella, respirando bruscamente en cuanto él la destapó—. Lo que usted necesita es un poco de mano dura, nada más.

Molesto por tanto movimiento, *Dodger* bajó de la cama, indignado, y se subió al bolso de viaje de Catherine.

Mientras tanto, Leo le acarició la cálida piel de los pechos con la nariz y lamió sus cimas.

—Puede que tengas razón —dijo, tomando la mano de Catherine y llevándola hasta la carne erecta de su propia entrepierna.

—No... No me refería a...

—Sí, ya lo sé; sucede que, a menudo, me tomo las cosas al pie de la letra. —Leo le enseñó a empuñar y acariciar su sexo, mostrándole cómo le gustaba que lo tocaran. Yacieron juntos en la cama tibia, respirando de manera acelerada, mientras ella se dedicaba a explorarlo con sus dedos pálidos y delicados. Cuántas veces había fantaseado él con aquel momento, con tener a la recatada y pudorosa Marks desnuda a su lado; era algo glorioso.

Ella apretó la sólida longitud de Leo con más fuerza, y esa deliciosa presión estuvo a punto de llevarlo al límite.

—Dios... no, no, espera... —suplicó él, apartando la mano de Catherine con una risa ahogada.

—¿He hecho algo mal? —preguntó ella con ansiedad.

—Para nada, amor mío. Lo que pasa es que me gustaría durar un poco más de cinco minutos, sobre todo teniendo en cuenta que todavía no estás satisfecha —explicó Leo, poniendo las manos sobre los senos de Catherine y masajeándolos ligeramente—. Qué hermosa eres. Levántate un poco y deja que te bese los pechos.

Ella vaciló, y él apretó suavemente uno de los pezones con el índice y el pulgar. Catherine se estremeció, sorprendida.

—¿Demasiado fuerte? —preguntó Leo, inquieto, con la mirada clavada en el rostro de Marks—. Pídemelo y lo haré con más suavidad —dijo, sin pasar por alto el rápido abrir y cerrar de ojos de Catherine, ni el ritmo alterado de su respiración. Entonces, desplazó las manos lentamente hacia las esbeltas curvas de su cuerpo, estudiándolas a conciencia.

—Es verdad que se vuelve insoportable —masculló ella. No obstante, sucumbió a la presión de las manos de Leo y, poco a poco, se montó encima de él. Catherine era ágil y ligera; tenía la piel suave como la seda, y su mata de rizos rubios cosquilleó en el vientre de Leo.

El ápice de su pecho ya se había endurecido cuando él lo tomó con la boca. Leo se puso a jugar con el pezón, a lamerlo con insistencia, deleitándose con los gemidos irrefrenables que surgían de la garganta de Catherine.

—Bésame —dijo él, poniendo la mano en la nuca de Marks y haciendo que sus bocas se unieran—, y apoya tus caderas en las mías.

—Deje de darme órdenes —protestó ella, sin aliento.

Leo decidió provocarla un poco, y sonrió con arrogancia.

—Aquí, en la cama, yo soy el que manda; yo doy las órdenes, y tú las acatas sin rechistar —dijo, haciendo una pausa intencionadamente y enarcando una ceja—. ¿Entendido?

Catherine se puso rígida. Leo jamás había disfrutado tanto como viéndola debatirse entre la indignación y la excitación. Sintió el creciente calor de su cuerpo y el repiqueteo de su pulso. La respiración de Marks se tornó irregular, y se le puso la piel de gallina. Entonces, fue como si sus miembros se relajaran de golpe, perdiendo toda la tensión.

—Sí —susurró al fin, incapaz de mirar a Leo a los ojos.

—Buena chica —dijo él en voz baja, a la vez que se le aceleraba el pulso—. Ahora, separa los muslos para que pueda sentirte sobre mí.

Ella obedeció y fue separando el ángulo de sus piernas gradualmente.

Parecía aturdida y un tanto desorientada, como si tratara de prestar atención a sus propias reacciones ante las indicaciones de Leo. Involuntariamente, brotó de su interior una mezcla de placer y confusión, y los ojos le brillaron de tal forma que él notó una oleada de lujuria bañando todo su cuerpo. Leo deseó colmarla del goce más inimaginable, y descubrir y satisfacer todas y cada una de sus necesidades.

—Levántate el pecho con la mano —dijo—, y pónmelo en la boca.

Catherine se inclinó sobre él para obedecer, temblando. Entonces, fue Leo quien perdió el mundo de vista, absorto en la exquisita suavidad de Marks. Dejó de ser consciente de todo, salvo del instinto, del primitivo impulso de reclamar, conquistar y poseer.

Hizo que ella se arrodillara sobre él, y empezó a lamer la salada y embriagadora humedad de la entrepierna de Catherine, alcanzando la entrada de su cuerpo, tierna y sabrosa. Entonces, hundió la lengua y se puso a lamer hasta que notó que los músculos alargados y delgados de las caderas de Marks se tensaban y comenzaban a moverse rítmicamente.

Leo murmuró algo con voz ronca, la apartó y la ayudó a sentarse a horcajadas sobre sus caderas, acoplándose con la suave hendidura de Catherine y sujetándola a ella por la cintura. Marks comprendió lo que él pretendía y se estremeció.

—Despacio —dijo Leo, mientras ella se acomodaba sobre él—. Hasta el fondo. —Apenas consiguió emitir un gruñido agónico al sentir que Catherine comprimía su vara con su carne, hinchada, y trataba de introducirla por completo dentro de ella. Leo jamás se había sentido tan bien—. Oh, Dios mío... Métetela toda.

—No puedo —contestó Cat, contorsionándose y quedándose quieta, aparentemente contrariada.

Parecía inconcebible que él pudiera encontrar algo gracioso en aquella situación, atormentado como estaba por un placer sublime. Sin embargo, Catherine tenía un aspecto tan adorable que Leo tuvo que contener la risa.

—Sí que puedes —la animó, acariciándola con manos trémulas—. Pon las manos sobre mis hombros e inclina tu precioso cuerpecito hacia delante.

—Es demasiado.

—No lo es.

—Sí.

—Yo soy el experto y tú la novata, ¿recuerdas?

—Eso no quita que sea usted demasiado... Ah.

En mitad de aquel diálogo, él dio una última y decisiva estocada y, por fin, sus cuerpos se acoplaron completamente.

—Ah —repitió ella, entrecerrando los ojos y poniéndose colorada del todo.

Leo sintió que le sobrevenía un clímax explosivo, y que la más mínima estimulación le haría alcanzar el éxtasis más absoluto. Catherine aumentó la presión contra su sexo, adoptando un ritmo contenido y voluptuoso que amenazó con volverlo loco.

—Espera, Cat —susurró él con los labios secos.

—No puedo, no puedo —respondió ella, incapaz de detenerse. Leo arqueó la espalda como si estuviera sujeto a un potro de tortura.

—Quédate quieta.

—Eso intento.

No obstante, Catherine empezó a mecerse sobre él de manera instintiva. Leo gruñó y sostuvo el ritmo, observando sus labios, que se separaban con delicados suspiros. Entonces, en cuanto notó que a ella le sobrevenían los espasmos finales, las sensaciones fueron demasiado intensas como para contenerlas.

Leo se apartó con un esfuerzo hercúleo y derramó su semilla sobre las sábanas, mientras dejaba escapar el aire entre los dientes, apretados con fuerza. Desprovisto de golpe de la agradable calidez de la carne de Catherine, sus músculos parecieron protestar a gritos. Resollando y con la mirada perdida, sintió que Catherine se acurrucaba contra él.

Ella le puso una mano sobre el corazón, palpitante, y le dio un beso en el hombro.

—No quería que parase —susurró.

—Ni yo tampoco —dijo Leo, abrazándola y sonriendo, compungido, sobre su cabello—; pero ése es el problema con el coitus interruptus. Uno siempre tiene que bajarse del tren antes de llegar al destino final.

21

De camino a Londres, Leo le propuso matrimonio a Catherine dos veces más, pero ella rechazó ambas ofertas, decidida a actuar con sensatez y discutir antes la situación con su hermano. Cuando Leo señaló que huir precipitadamente de Ramsay House en mitad de la noche no podía considerarse en absoluto una sensatez, ella admitió que, tal vez, no hubiera debido actuar de manera tan impetuosa.

—Por mucho que me cueste reconocerlo —le dijo a Leo mientras el carruaje avanzaba por la carretera—, no he vuelto a ser la misma desde el baile. Fue horrible encontrarme con lord Latimer de forma tan inesperada. Cuando me puso las manos encima, volví a sentirme como una niña pequeña y desvalida, y lo único que se me ocurrió fue escapar. —Catherine hizo una pausa, pensativa—. Sin embargo, me consolé pensando que podía acudir a Harry.

—También me tenías a mí —apuntó Leo en voz baja.

Ella se lo quedó mirando, sorprendida.

—No lo sabía.

—Pues ya lo sabes —confirmó él, sin apartar la vista.

«Déjame ser tu hermano mayor», le había dicho Harry la última vez que se habían visto en Hampshire, dejando claro que deseaba tener la relación familiar que nunca habían sido capaces de establecer. No con poca inquietud, ella se dio cuenta de que iba a darle a su hermano la oportunidad que él le había pedido, mucho antes de lo que ambos hubiesen supuesto. Y la verdad era que seguían siendo prácticamente unos extraños.

Con todo, Harry había cambiado mucho durante el poco tiempo que llevaba casado con Poppy. Se había vuelto mucho más cariñoso y amable, y no cabía duda de que estaba dispuesto a ver a Catherine como algo más que una hermana pequeña inoportuna que no pertenecía a ningún sitio.

En cuanto llegaron al Hotel Rutledge, Leo y Catherine fueron conducidos de inmediato a las suntuosas estancias privadas que compartían Harry y Poppy.

De todos los miembros de la familia Hathaway, era con Poppy con quien Catherine siempre se había sentido más cómoda. Era una joven agradable y conversadora, amante del orden y la rutina. Además, tenía un carácter optimista y comprensivo, lo cual proporcionaba el equilibrio necesario a la fuerte personalidad de Harry.

—Catherine —exclamó la muchacha, estrechándola entre sus brazos para, acto seguido, retroceder y escrutarla con preocupación—. ¿Qué haces aquí? ¿Ha ocurrido algo? ¿Le ha pasado algo a alguien?

—Tu familia está bien —contestó Cat a toda prisa—. Pero sí, ha ocurrido algo y he tenido que marcharme —añadió con reticencia.

Poppy miró a Leo con el ceño fruncido.

—¿Tienes tú algo que ver?

—¿Por qué lo preguntas?

—Porque cuando hay algún problema, sueles estar involucrado.

—Es cierto, pero esta vez yo no soy el problema, sino la solución.

Harry se acercó a ellos, con sus ojos verdes entornados.

—Si tú eres la solución, Ramsay, no quiero ni pensar cuál puede ser el problema —dijo. Entonces, inquieto, miró a su hermana, y la sorprendió abrazándola como si quisiera protegerla—.

¿De qué se trata, Cat? —le preguntó al oído—. ¿Qué ha pasado?

—Oh, Harry —dijo ella en tono lastimero—. Lord Latimer asistió al baile en Ramsay House.

Rutledge comprendió la situación de inmediato.

—Me ocuparé de ello —aseguró sin vacilar—. Yo cuidaré de ti.

Catherine cerró los ojos y suspiró ligeramente.

—No sé qué hacer, Harry.

—Has hecho bien acudiendo a mí. No te preocupes; resolveremos esto entre los dos. —Harry levantó la vista y miró a Leo—. Supongo que Cat ya te ha hablado de Latimer.

Leo parecía consternado.

—De haber estado al corriente de la situación, no hubiera dejado que se acercara a ella, créeme.

—Para empezar, ¿por qué ese bastardo fue invitado al baile? —preguntó Rutledge, volviéndose hacia Leo, sin soltar a Cat.

—Sus padres fueron invitados como deferencia por la posición que ostentan en Hampshire, pero él acudió en su lugar. Cuando trató de propasarse con Marks, lo eché de la finca sin contemplaciones. No volverá por casa.

—Moveré los hilos adecuados —anunció Harry con un brillo peligroso en los ojos—. Mañana por la tarde, Latimer deseará estar muerto.

A Catherine se le hizo un nudo en el estómago. Harry era un hombre con un campo de influencia muy amplio. Además de sus negocios hoteleros, tenía acceso a gran cantidad de información altamente valiosa y confidencial. Lo que él guardaba en la cabeza, probablemente podría haber servido para iniciar guerras, derrocar reyes, destruir familias y desmantelar por completo el sistema financiero británico.

—No, Harry —se opuso Poppy—. Si planeas hacer que lord Latimer sea descuartizado o mutilado, vas a tener que pensar en otra cosa.

—Pues a mí me gusta su plan —opinó Leo.

—Este punto no admite discusión —le informó su hermana—. Vamos, sentémonos y pensemos en alternativas razonables

—propuso, mirando luego a Catherine—. Debes de estar hambrienta después de un viaje tan largo. Pediré que nos traigan té y bocadillos.

—Te lo agradezco, pero por mí no te molestes —contestó Cat—. No tengo...

—Sí, que traigan bocadillos —la interrumpió Leo—. Sólo ha desayunado té y pan.

—No tengo hambre —alegó ella, molesta, fulminándolo con la mirada. Él le respondió con una mirada implacable.

Que alguien se preocupara por los detalles más fútiles de su bienestar, que Leo hubiera reparado en lo que ella había desayunado, era una experiencia completamente nueva para Catherine, que analizó bien la sensación y la encontró insólitamente grata, aun cuando no le gustaba que le dijeran lo que debía hacer. Aquel pequeño diálogo era similar a los miles que había presenciado entre Cam y Amelia, o entre Merripen y Win; a la forma en que, ocasionalmente, cada uno se preocupaba por el otro.

Después de pedir que les trajeran té, Poppy regresó a la habitación y se sentó junto a Catherine en un sofá tapizado de terciopelo.

—Cuéntanos lo que sucedió, querida —le rogó—. ¿Lord Latimer se dirigió a ti al principio de la velada?

Catherine narró el incidente ciñéndose a los hechos, con las manos entrelazadas sobre el regazo.

—El problema —dijo— es que, por mucho que intentemos que lord Latimer calle, acabará haciéndolo público. Hay un escándalo en ciernes y nada podrá evitarlo. Lo mejor será que yo desaparezca de nuevo.

—¿Y volver a adoptar una nueva identidad? —preguntó Harry, sacudiendo la cabeza—. No puedes estar huyendo constantemente, Cat. Esta vez nos mantendremos firmes y nos enfrentaremos al problema como debimos habernos enfrentado hace años; y lo haremos juntos. —Rutledge se pellizcó la nariz, sopesando varias opciones—. Empezaremos reconociendo públicamente que eres mi hermana.

Catherine notó que se ponía lívida. La gente sentiría mucha

curiosidad cuando supiera que el misterioso Harry Rutledge había descubierto que tenía una hermana. Ella estaba casi segura de que no sería capaz de soportar ser el centro de todas las miradas.

—La gente me reconocerá como la institutriz de la familia Hathaway —arguyó con voz trémula—. Se preguntará cómo es posible que la hermana de un rico hotelero haya aceptado ese empleo.

—Que digan lo que quieran —dijo Harry.

—Eso no te daría buena imagen.

—Teniendo en cuenta la clase de gente con la que se relaciona tu hermano, Marks —apuntó Leo secamente—, ya debe de estar acostumbrado a los rumores malintencionados.

El modo familiar con que él se dirigió a Catherine extrañó a Harry, que frunció el ceño.

—Me parece curioso —le dijo a su hermana—, que hayas venido a Londres acompañada de Ramsay. ¿Cuándo se decidió que viajarais juntos? Y, ¿a qué hora salisteis anoche para haber llegado a la ciudad a mediodía?

Todo el color que Catherine había perdido hacía tan sólo unos instantes volvió a su rostro con creces.

—Yo... Él... —Marks miró a Leo, que adoptó una expresión de inocente interés, como si él también quisiera oír la explicación—. Salí por mi cuenta ayer por la mañana —dijo, volviendo a dirigir la mirada a Rutledge.

Harry se inclinó hacia delante con el ceño fruncido.

—¿Ayer por la mañana? ¿Dónde has pasado la noche?

Catherine levantó la barbilla.

—En una posada en la carretera —contestó como si tal cosa.

—¿Tienes idea de lo peligrosos que son esos lugares para mujeres solas? ¿Es que has perdido el juicio? Cuando pienso en lo que podría haberte ocurrido...

—No estaba sola —puntualizó Leo.

Harry lo miró fijamente, incrédulo.

El silencio que se hizo a continuación fue más elocuente que cualquier cosa que pudiera haberse dicho. Casi fue posible ver el cerebro de Harry trabajando como uno de aquellos complejos mecanismos que le gustaba diseñar en su tiempo libre, hasta que llegó a una conclusión precisa y altamente engorrosa.

Harry se dirigió a Leo en un tono que dejó helada a Catherine.

—Ni tú serías capaz de aprovecharte de una mujer asustada y vulnerable que acababa de sufrir un agravio.

—Jamás te has preocupado por ella —replicó Leo—. ¿Por qué ibas a hacerlo ahora?

Harry se puso de pie con los puños cerrados.

—Madre mía —murmuró Poppy—. Harry...

—¿Compartiste habitación con ella? —le preguntó Rutledge a Leo—. ¿Cama?

—Eso no es de tu incumbencia.

—¡Lo es cuando se trata de mi hermana y cuando, en lugar de protegerla, te has dedicado a acosarla!

—Harry —intervino Catherine—, él no me...

—Me niego a recibir lecciones de moral de alguien que sabe menos de ella que yo —dijo Leo.

—Poppy —dijo Harry, clavando la mirada en Leo, como si pensara acabar con él—, llévate a Cat fuera de aquí.

—¿Por qué tengo que irme cuando yo soy el tema de discusión? —preguntó Catherine—. No soy una niña.

—Ven, Catherine —dijo Poppy en voz baja, yendo hacia la puerta—. Dejemos que discutan como trogloditas, que tú y yo nos vamos a otra parte a hablar de tu futuro como personas civilizadas que somos.

A Catherine le pareció una idea excelente, y siguió a Poppy fuera de la sala, mientras Harry y Leo seguían mirándose con inquina.

—Voy a casarme con ella —declaró Leo.

Harry se puso pálido.

—Pero si os odiáis.

—Hemos llegado a un acuerdo.

—¿Te ha aceptado?

—Todavía no; primero quiere discutir el asunto contigo.

—Gracias a Dios, porque pienso decirle que es la peor idea que he oído jamás.

Leo enarcó una ceja.

—¿Acaso dudas de que pueda protegerla?

—¡Dudo de que podáis evitar mataros el uno al otro! Y dudo de que ella pueda ser feliz en circunstancias tan especiales. Dudo... Da igual, no voy a enumerar ahora todas mis preocupaciones; tardaría demasiado. —La mirada de Harry era fría como el hielo—. La respuesta es no, Ramsay. Haré lo que sea necesario para proteger a Cat. Puedes regresar a Hampshire.

—Me temo que no te librarás de mí tan fácilmente —dijo Leo—. Puede que hayas pasado por alto que no te he pedido permiso. No hay nada que puedas hacer. Han ocurrido ciertas cosas que no pueden ser ignoradas. ¿Entiendes?

Leo se dio cuenta por la expresión de Harry de que éste se estaba conteniendo para no matarlo ahí mismo.

—La has seducido a propósito —consiguió decir Rutledge.

—¿Te sentirías mejor si te dijera que fue un accidente?

—Lo único que me haría sentir mejor sería atarte una piedra a los tobillos y tirarte al Támesis.

—Te entiendo; incluso te compadezco. No puedo imaginarme cómo debe de ser estar cara a cara con el hombre que se ha comprometido con tu hermana, lo difícil que debe de ser resistir la tentación de matarlo. Eh, un momento... —Leo se dio unos golpecitos en la barbilla, pensativo—. Sí que puedo imaginármelo, porque yo mismo pasé por eso hace dos puñeteros meses.

Harry frunció el entrecejo.

—No es lo mismo; tu hermana todavía era virgen cuando me casé con ella.

Leo lo miró de manera impenitente.

—Cuando me comprometo con una mujer, lo hago como es debido.

—Ya he tenido suficiente —murmuró Harry, lanzándose al cuello de Leo.

Ambos fueron a dar al suelo, y allí empezaron a rodar y a forcejear. Aunque Harry consiguió aplastar la cabeza de Leo contra el suelo, la gruesa alfombra absorbió el impacto. Rutledge trató de estrangularlo, pero Leo agachó el mentón y se zafó. Dieron un par de vueltas más por tierra, intercambiando golpes dirigidos al cuello, a los riñones y al plexo solar, envueltos en la clase de trifulca que, normalmente, podía verse en los callejones infectos del East End.

—No ganarás esta pelea, Rutledge —dijo Leo, jadeante, en cuanto se separaron y se pusieron de pie—. Yo no soy uno de esos colegas refinados con los que sueles practicar esgrima. —Esquivó un fuerte derechazo y propinó un golpe—. He entrado y salido a puñetazos de todas las tabernas y salas de juego de Londres. —Leo hizo ademán de lanzar un izquierdazo y sorprendió a Harry con un satisfactorio gancho de derecha que fue a dar en su mandíbula—. Por si eso fuera poco, vivo con Merripen, que tiene un golpe de izquierda como la coz de una mula.

—¿Por qué no cierras el pico de una vez? —espetó Harry, devolviéndole el guantazo y retrocediendo antes de que Leo pudiera contraatacar.

—A esto se le llama comunicarse. Deberías probarlo alguna vez —contestó Leo, exasperado, bajando la guardia y quedándose inmóvil—. Sobre todo con tu hermana. ¿Alguna vez te has molestado en escucharla? Diantre, hombre, viene a Londres esperando recibir alguna clase de consejo o consuelo fraternal, y lo primero que haces es mandarle salir de la habitación.

Harry bajó los puños y fulminó a Leo con la mirada. Cuando contestó, sin embargo, lo hizo con una voz cargada de remordimiento.

—Le he fallado durante años. ¿Crees que no soy consciente de todo lo que podría haber hecho por ella y no hice? Daría lo que fuese para remediarlo. Maldito seas, Ramsay, lo último que Cat necesitaba en estas circunstancias era que le arrebataran la inocencia cuando no podía defenderse.

—Pues yo creo que es exactamente lo que necesitaba.

Rutledge sacudió la cabeza, incrédulo.

—Maldito seas —repitió, pasándose la mano por su cabellera

oscura y soltando una risa extraña y contenida—. Odio discutir con un Hathaway. Decís cualquier disparate como si tuviera toda la lógica del mundo. ¿Te parece muy temprano para un brandy?

—En absoluto. Me siento demasiado sobrio para mantener esta conversación.

Harry fue hasta un aparador y cogió dos vasos.

—Mientras sirvo los tragos —dijo—, puedes explicarme por qué haber sido desvirgada por ti ha sido tan puñeteramente beneficioso para mi hermana.

Leo se sacó el abrigo, lo colgó del respaldo de su silla, y se sentó.

—Marks ha estado sola y aislada durante demasiado tiempo.

—No ha estado sola; ha estado viviendo con vosotros.

—A pesar de eso, siempre se ha mantenido al margen de la familia, con la nariz contra la ventana, como uno de los huérfanos de Dickens. Un nombre falso, ropa monótona, pelo teñido... Ha camuflado su identidad tanto tiempo que apenas si recuerda quién es en realidad. Sin embargo, su verdadero yo sale a la luz cuando está conmigo. Cada uno ha conseguido romper la armadura del otro. Hablamos la misma lengua, ya me entiendes. —Leo hizo una pausa y se quedó contemplando el remolino brillante que formaba el licor al agitarlo—. Marks es una mujer contradictoria, y cuanto más la conozco, más sentido adquieren esas contradicciones. Se ha pasado demasiado tiempo en las sombras. Por mucho que quiera convencerse de lo contrario, ansía pertenecer a algún sitio y estar con alguien. Y sí, quiere tener a un hombre en su cama; en concreto, yo. —Leo se llevó la copa de brandy a la boca y bebió un sorbo—. Se lo pasará estupendamente conmigo. No porque yo sea un maravilloso ejemplo de virilidad, cosa que por otra parte nunca he pretendido ser; sino porque soy el hombre adecuado para ella. No me siento intimidado por su lengua afilada, y ella es consciente de que no puede dominarme.

Harry tomó asiento cerca de él y bebió su brandy, pensativo, mientras observaba a Leo tratando de evaluar su sinceridad.

—¿Qué sacarías tú de esta alianza? —le preguntó con calma—. Según tengo entendido, necesitas casarte y tener descendencia lo antes posible. Si Cat no consiguiera darte un hijo, la familia Hathaway perdería Ramsay House.

—Hemos superado cosas mucho peores que perder una puñetera casa. Me casaré con Marks y correré el riesgo.

—Puede que estés tanteando el terreno —sugirió Harry, impertérrito—. Quizá quieras comprobar si es fértil antes de casarte con ella.

Leo se sintió ofendido, pero hizo un esfuerzo por recordar que estaba ante la preocupación legítima de un hermano por su hermana.

—Me importa un bledo si es fértil o no —dijo, impasible—. Si te tranquiliza, esperaremos lo que sea necesario, hasta que la cláusula por la que podemos perder la casa haya vencido. Seguiré queriendo a tu hermana pase lo que pase.

—Y, ¿qué hay de lo que quiere Cat?

—Eso depende de ella. Por lo que respecta a Latimer, ya le he hecho saber que tengo pruebas que pueden perjudicarlo, y que haré uso de ellas si nos causa algún problema. No obstante, la mejor protección que puedo ofrecerle a Catherine es mi apellido. —Leo se terminó el brandy y dejó la copa a un lado—. ¿Qué sabes tú de su abuela y su tía?

—La vieja bruja murió no hace demasiado tiempo. La tía, Althea Hutchins, es quien lleva el negocio ahora. Envié allí a Valentine, mi ayudante, para que echara un vistazo, y regresó un tanto indispuesto. Por lo visto, en un intento por aumentar las ganancias, la señora Hutchins lo convirtió en un burdel de lo más sórdido, donde se lleva a cabo cualquier clase de perversión. Las desafortunadas mujeres que trabajan ahí suelen estar demasiado estropeadas como para hacerlo en otros prostíbulos. —Rutledge se acabó su brandy—. Al parecer, la tía está muy enferma, probablemente a causa de alguna enfermedad venérea no tratada.

—¿Se lo has contado a Marks? —preguntó Leo, muy serio.

—No, jamás ha preguntado, y tampoco creo que quiera saber nada de ellas.

—Tiene miedo —dijo Leo en voz baja.

—¿De qué?

—De lo que pudo llegar a ser ella; de cosas que le dijo Althea.

—¿Como cuáles?

Leo sacudió la cabeza.

—Eso es confidencial —contestó, esbozando una sonrisa ante la evidente molestia de Harry—. Hace años que la conoces, Rutledge. ¿De qué diablos hablabais cuando estabais juntos? ¿De impuestos? ¿Del tiempo? —Leo se puso de pie y cogió su abrigo—. Ahora, con tu permiso, voy a pedir una habitación.

Harry frunció el ceño.

—¿Aquí?

—Sí, ¿dónde si no?

—¿Qué me dices de la estancia que sueles alquilar cuando vienes por la ciudad?

—Está cerrada en verano. Pero, aunque estuviera abierta, preferiría quedarme aquí —admitió Leo, sonriendo levemente—. Considéralo una oportunidad más de disfrutar de la compañía de la familia.

—Suelo disfrutar mucho más cuando la familia se queda en Hampshire —replicó Harry mientras Leo salía de los aposentos.

22

—Harry tiene razón en algo —le dijo Poppy a Catherine mientras paseaban por el jardín que había en la parte trasera del hotel.

En contraposición a la preferencia moderna por jardines de aspecto romántico, desordenados, con lechos de flores que parecían haber crecido de manera espontánea y senderos sinuosos, el jardín de los Rutledge era solemne y ordenado, con setos pulcrísimos que guiaban al paseante a través de una cuidada disposición de fuentes, estatuas, parterres y elaborados arriates de flores.

—Ya va siendo hora —prosiguió Poppy— de que Harry te presente a la gente como su hermana y de que se te conozca por tu verdadero nombre. Por cierto, ¿cuál es?

—Catherine Wigens.

Poppy pensó en ello.

—Seguro que es porque siempre te he conocido como tal, pero Marks me gusta más.

—A mí también. Catherine Wigens era una muchacha atemorizada que vivía en circunstancias difíciles. He sido mucho más feliz como Catherine Marks.

—¿Más feliz? —preguntó Poppy con delicadeza—. ¿O menos temerosa?

Catherine sonrió.

—He aprendido bastante acerca de la felicidad en los últimos años. Encontré la paz en la escuela, aunque era demasiado tímida y reservada como para poder hacer alguna amistad. No fue hasta que empecé a trabajar con tu familia cuando pude ver el comportamiento diario de gente que se quería. Pero ha sido en el último año que, por fin, he experimentado momentos de verdadera felicidad; esa sensación de que, al menos por unos instantes, todo es como tiene que ser, y que no hay nada más que una pueda pedir.

Poppy la miró, sonriente.

—¿Por ejemplo?

Las dos mujeres entraron en la zona de las rosas, repleta de flores; el aire estaba cargado con su fragancia.

—Las veladas en el salón, cuando la familia estaba reunida y Win leía; los paseos con Beatrix; aquel día lluvioso en Hampshire, cuando tomamos un picnic en el porche; o... —Catherine se detuvo, alarmada por lo que había estado a punto de decir.

—¿O? —la apuró Poppy, quien se paró a examinar una rosa enorme, espectacular, y a aspirar su aroma. Entonces, volvió la cabeza y miró a Cat con picardía.

Resultaba difícil expresar sus sentimientos más personales, pero Catherine hizo un esfuerzo y reconoció la incómoda verdad.

—Después de que lord Ramsay se hiriera el hombro en las ruinas de la vieja casa solariega... estuvo todo el día siguiente en cama, con fiebre... y yo me pasé horas sentada a su lado. Estuvimos conversando mientras yo cosía, y luego le leí algo de Balzac.

Poppy sonrió.

—Seguro que le encantó; adora la literatura francesa.

—Me habló del tiempo que pasó en Francia. Me dijo que los franceses se lo toman todo con mucha más calma.

—Sí; la verdad es que pasar una temporada allí le sentó fenomenal. Cuando Win y él llegaron a Francia, Leo estaba hundido; no lo hubieras reconocido. No sabíamos por cuál de los dos padecer más; si por Win y sus frágiles pulmones, o por Leo, que se encontraba sumido en una espiral autodestructiva.

—Y, sin embargo, regresaron mejor —dijo Catherine.

—Pues sí, ambos consiguieron recuperarse; pero volvieron cambiados.

—¿Por Francia?

—Por eso, y por las dificultades por las que tuvieron que pasar. Win me explicó que lo importante no es estar en la cumbre de la montaña, sino escalar esa montaña.

Catherine sonrió al pensar en Win, cuya paciencia y fortaleza la habían hecho superar años de enfermedad.

—Sólo alguien perspicaz y fuerte como ella podría haber dicho eso.

—Leo también es así —dijo Poppy—. Lo que pasa es que él es más irreverente.

—Y cínico —añadió Cat.

—Sí, cínico... pero de buen corazón. Puede que sea una extraña combinación de cualidades, pero así es mi hermano.

Catherine no podía dejar de sonreír. Había tantas imágenes de Leo dándole vueltas por la cabeza... Rescatando con paciencia a un erizo que había caído en un agujero del vallado... Trabajando en los planos de una nueva casa para arrendatarios, absorto... Yaciendo convaleciente en su cama, dolorido, mientras murmuraba «Soy demasiado para ti»... «No», había replicado ella, «no lo es».

—Catherine —dijo Poppy, titubeante—, el hecho de que Leo haya venido a Londres contigo... Me pregunto si... Es decir, me gustaría creer que... ¿os habéis comprometido?

—Me ha propuesto matrimonio —reconoció Cat—, pero yo...

—¿De veras? —Poppy la sorprendió abrazándola, entusiasmada—. ¡Ah, es demasiado bueno para ser verdad! Dime que aceptarás, por favor.

—Me temo que la situación no es tan sencilla —alegó Catherine, apesadumbrada, retrocediendo—. Hay mucho que considerar, Poppy.

El regocijo de Poppy se esfumó rápidamente y una expresión de inquietud apareció entre sus cejas.

—¿Es que no lo amas? Estoy segura de que, con el tiempo, acabarás por hacerlo. Hay tantas cosas en él que merecen la pena...

—No es una cuestión de amor —aclaró Catherine con una mueca.

—¿El matrimonio no es una cuestión de amor?

—Sí, por supuesto que lo es; me refiero a que el amor no basta para superar ciertas dificultades.

—¿Quiere eso decir que lo amas? —preguntó Poppy, esperanzada.

Catherine se puso roja como un tomate.

—Hay muchas cualidades que aprecio en lord Ramsay.

—Y antes has dicho que te hace feliz.

—Bueno, reconozco que, ese día en particular...

—«Un momento de verdadera felicidad», palabras textuales tuyas.

—Cielo santo, Poppy, me siento como si me estuvieran interrogando.

Poppy sonrió con astucia.

—Lo siento, pero es que me encantaría veros convertidos en marido y mujer. Por el bien de Leo, por el tuyo y por el de la familia.

De repente, se oyó detrás de ellas la voz seca de Harry.

—Me parece que tenemos un problema. —Las mujeres vieron que él se acercaba. Harry miró a su esposa con ternura, pero no pudo evitar parecer preocupado—. El té y los bocadillos ya están servidos —anunció—. Y la pelea ya ha terminado. ¿Por qué no regresamos a las habitaciones?

—¿Quién ha ganado? —preguntó Poppy con tono burlón, haciendo que su marido esbozara una de sus inusuales sonrisas.

—En mitad de la pelea ha surgido una conversación; y ha sido de lo más apropiado, puesto que ninguno de los dos sabe pelear como un caballero.

—Tú haces esgrima —señaló Poppy—. Ésa es una manera de luchar muy caballeresca.

—Practicar esgrima no es realmente pelear. Se parece más al

ajedrez, aunque uno corra el riesgo de recibir algunos pinchazos.

—Bueno, me alegro de que no os hayáis hecho daño —dijo Poppy, contenta—, puesto que es muy probable que pronto seáis cuñados.

—Ya somos cuñados.

—Pues cuñados al cuadrado, entonces. —Poppy tomó a su esposo del brazo.

En cuanto echaron a andar, Harry miró a Catherine.

—Todavía no te has decidido, ¿verdad? A casarte con Ramsay, quiero decir.

—Pues no —contestó ella en voz baja, caminando junto a la pareja—. Estoy hecha un lío. Necesito tiempo para pensar.

—Harry —dijo Poppy—, cuando has dicho que tenemos un problema, espero que no te estuvieras refiriendo a que estás en contra de que Leo y Catherine contraigan matrimonio.

—Por el momento —contestó Rutledge, que pareció escoger sus palabras con mucho cuidado—, creo que es mejor ser prudentes.

—¿Es que no te gustaría que Catherine formara parte de mi familia? —preguntó Poppy, perpleja—. Contaría con la protección de nuestro apellido, y estaría más cerca de tu ámbito de influencia.

—Pues sí, me encantaría, pero para eso, Cat tendría que casarse con Ramsay, y no estoy nada convencido de que eso sea lo mejor para ella.

—Pensaba que Leo te caía bien —protestó Poppy.

—Y así es. No conozco a ningún hombre en Londres más encantador e ingenioso que él.

—Entonces, ¿por qué tienes objeciones al respecto?

—Porque, a juzgar por su pasado, no creo que sea un marido fiable, y Cat ya ha sido traicionada bastantes veces en su vida —arguyó Harry, muy serio. Entonces, se volvió hacia su hermana—. Y yo he sido una de las personas que te han fallado. No quiero que vuelvas a sufrir.

—Harry —dijo Catherine con absoluta sinceridad—, estás siendo muy severo contigo mismo.

—Ahora no es el momento de dulcificar la realidad —replicó él—. Si pudiera cambiar el pasado, retrocedería en el tiempo sin dudarlo. Sin embargo, lo único que puedo hacer es tratar de enmendar mi error y hacerlo mejor a partir de ahora. Y lo mismo diría de Ramsay.

—Todo el mundo merece una segunda oportunidad —señaló Catherine.

—Estoy de acuerdo. Y me gustaría pensar que se ha reformado, pero eso está por verse.

—Tienes miedo de que vuelva a caer en sus malas costumbres —dijo Catherine.

—No sería el primero ni el último en hacerlo. No obstante, Ramsay se está acercando a una edad en la que el carácter de un hombre ya está más o menos forjado. Si sigue evitando sus antiguas costumbres libertinas, creo que podría ser un buen marido. Sin embargo, hasta que no logre demostrarlo, no estoy dispuesto a que arriesgues tu futuro como esposa de un hombre que podría ser incapaz de mantener sus votos.

—Sí que los mantendría —protestó Poppy.

—¿Cómo puedes estar tan segura?

—Porque es un Hathaway.

Harry sonrió.

—Leo tiene mucha suerte de que lo defiendas, cariño; y ojalá estés en lo cierto —dijo, desviando la mirada al rostro atribulado de Catherine—. ¿Me equivoco al sospechar que tú tienes las mismas dudas, Cat?

—Me resulta muy difícil confiar en ningún hombre —reconoció.

Los tres siguieron caminando, en silencio, por un sendero flanqueado por césped perfectamente segado.

—Catherine —dijo Poppy—, ¿puedo preguntarte algo muy personal?

Cat la miró con guasa y sonrió.

—No sé qué puede ser más personal que lo que hemos estado hablando, pero sí, por supuesto.

—¿Te ha dicho mi hermano que te ama?

Catherine vaciló unos instantes.

—No —contestó al fin, con la mirada fija en el camino—. De hecho, hace poco oí que le decía a Win que solamente se casaría con una mujer a la que estuviera seguro de no amar. —Cat miró de reojo a Harry, que, por suerte, decidió pasar por alto el comentario.

Poppy frunció el ceño.

—Puede que no lo dijera en serio. Leo suele bromear con según qué cosas, y dice lo contrario de lo que realmente piensa. Con él, nunca se sabe.

—A eso me refiero precisamente —dijo Harry con tono neutral—. Con Ramsay, nunca se sabe.

Una vez que Catherine hubo terminado un plato de bocadillos con un ímpetu inducido por un renovado apetito, se fue a la *suite* privada que Harry le había proporcionado.

—Más tarde, cuando hayas descansado —le dijo Poppy—, mandaré a una doncella que te lleve alguna ropa mía. Te estará un poco grande, pero no te costará demasiado ajustarla a tu talla.

—Oh, no es necesario —protestó Catherine—. Haré que me traigan las cosas que dejé en Hampshire.

—Pero, mientras tanto, vas a tener que ponerte algo, y tengo montones de vestidos sin estrenar. Harry es ridículamente excesivo cuando se trata de comprarme cosas. Además, ya no tienes por qué ponerte todos esos aburridos vestidos de solterona. Siempre he deseado verte ataviada con colores bonitos... rosa, verde jade... —Poppy sonrió al contemplar la expresión de Catherine—. Serás como una mariposa que acaba de salir de su crisálida.

Catherine trató de contestar con humor, aunque tenía los nervios a flor de piel.

—La verdad es que estaba bastante cómoda siendo una oruga.

Poppy fue a ver a Harry a su habitación de objetos curiosos, donde solía encerrarse a rumiar un problema o a trabajar en algo, con la seguridad de que nadie iba a interrumpirlo. Sólo su esposa tenía permitido entrar y salir de ella a su antojo.

La sala estaba cubierta de estantes llenos de artículos exóticos e interesantes, obsequios de visitantes extranjeros, relojes, estatuillas, y cosas extrañas que Rutledge había ido recopilando en sus viajes.

Harry estaba sentado tras su escritorio en mangas de camisa, manipulando engranajes, muelles y trozos de cable, como hacía siempre que se encontraba sumergido en sus pensamientos. Poppy se acercó a él, estremeciéndose ligeramente al observar los movimientos de aquellas manos y pensar en cómo jugaban sobre su cuerpo cuando ellos estaban juntos.

Harry levantó la vista en cuanto ella cerró la puerta, y la miró con ojos atentos y pensativos. Dejó el puñado de objetos metálicos sobre la mesa, se volvió sobre la silla, tomó a su esposa por la cintura y la atrapó entre sus piernas.

Poppy pasó las manos por su brillante cabellera castaña, dejando que aquellos mechones sedosos se colaran entre sus dedos.

—¿Te distraigo? —preguntó, al tiempo que se inclinaba para besarlo.

—Sí —contestó él contra su boca—. No dejes de hacerlo.

La risa de ella se diluyó entre los labios de ambos, como azúcar en una taza de té caliente. Poppy trató de recordar por qué había ido a ver a su marido.

—Mmm... Basta —dijo, en cuanto Harry se abalanzó sobre su cuello—. No puedo pensar cuando haces eso. Quería preguntarte algo...

—La respuesta es sí.

Poppy retrocedió, sonrió y lo miró, abrazándolo todavía por el cuello.

—¿Qué opinión te merece realmente toda esta situación entre Catherine y Leo?

—No estoy seguro —contestó Rutledge, mientras jugaba

con el corpiño de Poppy y pasaba los dedos por la hilera de botones.

—No tires de ellos, Harry —le advirtió ella—. Son sólo de adorno.

—¿De qué sirven los botones si no abrochan nada? —preguntó él, desconcertado.

—Es la moda.

—¿Cómo puedo quitarte el vestido? —Intrigado, Harry se puso a buscar cierres ocultos.

Poppy le tocó la nariz con la suya.

—Es un secreto —susurró—. Te dejaré averiguarlo cuando me digas qué piensas hacer con Catherine.

—Un escándalo se acaba olvidando mucho antes cuando se hace caso omiso de él. Cualquier intento por suavizarlo no hace más que agrandarlo. Voy a presentar a Cat como mi hermana, explicaré que estudió en las Doncellas Azules y que, después, aceptó un puesto en la familia Hathaway como deferencia hacia ti y tu hermana.

—Y, ¿qué hay de todas las preguntas incómodas que nos harán al respecto? —preguntó Poppy—. ¿Cómo las contestaremos?

—Como los políticos; con evasivas y tergiversando las respuestas.

Poppy frunció los labios y reflexionó sobre ello.

—Supongo que no tenemos otra opción —dijo—. ¿Qué me dices de la proposición de Leo?

—¿Crees que Cat debería aceptarla?

Poppy asintió sin dudarlo.

—No veo qué ganaría esperando. Una nunca sabe qué clase de marido será un hombre hasta que se casa con él. Y, entonces, ya es demasiado tarde.

—Pobre esposa mía —murmuró Harry, dándole unas palmaditas en el trasero sobre los pliegues de la falda—. Ya es demasiado tarde para ti, ¿verdad?

—Bueno, sí; me he resignado a tener que aguantar tu apasionada manera de hacerme el amor y tu conversación ingeniosa de por vida. —Poppy suspiró—. Pero, vaya, mejor eso que ser una solterona.

Harry se puso de pie y la atrajo hacia él, besándola hasta que ella estuvo aturdida y sonrojada.

—Harry —insistió Poppy, mientras él la acariciaba con la nariz detrás de la oreja—, ¿cuándo darás tu bendición a la unión entre Catherine y mi hermano?

—Cuando ella me diga que, piense lo que piense yo, se casará con él sea como sea. —Rutledge levantó la cabeza y miró fijamente a los ojos de su esposa—. Vayamos a nuestros aposentos a echarnos una siestecita.

—No tengo sueño —susurró Poppy. Harry sonrió con picardía.

—Ni yo tampoco —admitió, cogiéndola de la mano y sacándola de la habitación—. En cuanto a esos botones...

23

A la mañana siguiente, Catherine fue despertada por una camarera que encendió fuego en el hogar y le trajo el desayuno. Uno de los placeres de alojarse en el hotel Rutledge era disfrutar la deliciosa comida que preparaba Broussard, el talentoso chef de la casa. Catherine suspiró al ver el contenido de la bandeja: té, huevos cocidos con crema, tostadas, panecillos ovalados, y un plato de frambuesas maduras.

—Alguien le ha dejado una nota por debajo de la puerta, señorita —le informó la muchacha—. La he puesto a un lado de la bandeja.

—Gracias. —Catherine cogió la cartita, sellada, y se estremeció al ver su nombre escrito con la pulcra e inimitable cursiva de Leo.

—Toque el timbre cuando quiera que le retire la bandeja, señorita. Y, si necesita ayuda para vestirse o peinarse, puede contar conmigo.

Catherine esperó a que la camarera se hubiera ido antes de abrir la nota, que decía así:

> Salida misteriosa planeada para esta mañana. Estate lista a las diez en punto. Ponte calzado cómodo.
>
> R.

A Catherine se le iluminó el rostro.

—Salida misteriosa —dijo, viendo que *Dodger* subía a la cama, fruncía la naricilla, y se dirigía directamente a la comida—. ¿Qué puede haber tramado? No, *Dodger*, ni se te ocurra interrumpir mi desayuno. Tendrás que aguardar a que termine. Lo único que me falta es compartir el plato contigo.

El hurón pareció advertir el tono severo de Catherine; se estiró y, lentamente, dio tres vueltas completas por el colchón.

—Y no esperes que esta situación vaya a ser permanente —añadió ella, poniendo azúcar en el té—. Sólo me ocuparé de ti hasta que vuelva a ver a Beatrix.

Catherine estaba tan hambrienta que se comió hasta la última migaja del plato, salvo una pequeña porción que reservó para *Dodger*. Los huevos estaban perfectos, con las yemas en el punto justo para poder mojar en ellas las crujientes tostadas. Cuando terminó, puso un huevo y unas cuantas frambuesas en un platillo y lo dejó en el suelo, para que el hurón diera cuenta de ello. *Dodger*, muy contento, dio una vuelta alrededor, se detuvo para que Catherine lo acariciara, y se dispuso a devorar la comida.

Justo cuando Catherine acabó de lavarse y cepillarse el cabello, llamaron a la puerta. Era Poppy, que venía acompañada de la camarera que había traído el desayuno. Traía al menos tres vestidos en los brazos, mientras que la doncella cargaba con un gran cesto lleno de lo que parecía ser ropa interior, medias, guantes y otras fruslerías.

—Buenos días —dijo Poppy, muy alegre, entrando en la habitación y dejando las prendas sobre la cama. Entonces, reparó en el hurón, que estaba comiendo en un rincón—. Hola, *Dodger* —dijo, sacudiendo la cabeza y sonriendo.

—¿Todo esto es para mí? —preguntó Catherine—. No necesito tanto, de veras...

—Te lo exijo —subrayó Poppy—, así que no te atrevas a devolvérmelos. He incluido algunas prendas íntimas sin estrenar, y uno de esos novedosos corsés que vimos expuestos en el *stand* de ropa femenina en la Gran Exposición; ¿te acuerdas?

—Por supuesto —contestó Catherine, sonriente—. ¿Cómo

olvidar una colección de ropa interior de mujer colgada a la vista de todos?

—Bueno, pues no me extraña que Madame Caplin ganara la medalla de oro de la exposición. Sus corsés son mucho más ligeros y se ajustan al cuerpo en lugar de moldearte de un modo incómodo. Harry le dijo a la gobernanta del hotel, la señora Pennywhistle, que si alguna de las camareras deseaba uno, podía cargarlo a la cuenta del hotel.

—¿En serio? —preguntó Catherine, enarcando las cejas.

—Sí, porque les proporciona una libertad de movimientos mucho mayor, y les permite respirar con normalidad —explicó Poppy, cogiendo un vestido color verde mar de la cama y mostrándoselo a Cat—. Hoy deberías ponerte éste. Estoy segura de que te sentará como un guante. Tú y yo medimos lo mismo, aunque tú eres algo más delgada, y yo tengo que meter barriga para entrar en él.

—Eres demasiado generosa, Poppy.

—Tonterías, si somos como hermanas —dijo Poppy, mirando a Catherine afectuosamente—. Te acabes casando o no con Leo, siempre lo seremos. Por cierto, me ha contado lo de vuestra salida a las diez. ¿Te ha dicho adónde vais?

—No, ¿y a ti?

—Sí —Poppy sonrió con picardía.

—¿Adónde?

—Prefiero que sea una sorpresa. Sin embargo, te diré que la excursión tiene mi visto bueno, y el de Harry.

Con la ayuda de Poppy y de la camarera, Catherine se puso el vestido en cuestión, de un pálido tono entre azul y verde. El corpiño era ceñido y tenía unos acabados muy elegantes, sin corte en la cintura. La falda era lisa hasta la rodilla, a partir de la cual bajaba en volantes. La chaqueta, a juego, llegaba hasta la cintura, y estaba adornada con cintas de seda intercaladas, de color azul, verde y gris plateado. Para terminar, encima del tocado, consistente en un moño en cascada, recogido por detrás, le colocaron un pequeño sombrero coqueto.

Para Catherine, que se había pasado toda la vida sin ponerse nada bonito o a la moda, lo que vio reflejado en el espejo resultó desconcertante. Veía una mujer elegante, bonita, actual y decididamente femenina.

—Permítame decirle, señorita, que está usted tan guapa como las chicas que salen dibujadas en las latas de dulces —exclamó la camarera.

—Tiene razón, Catherine —coincidió Poppy, radiante—. ¡Espera a que mi hermano te vea! Lamentará cada palabra desagradable que te haya dicho nunca.

—Yo también le he dicho cosas feas —contestó Catherine, circunspecta.

—Todos sabíamos que tenía que haber una razón detrás de la animadversión que había entre vosotros —dijo Poppy—, pero nunca pudimos ponernos de acuerdo en cuál. Por supuesto, Beatrix estaba en lo cierto.

—¿Con respecto a qué?

—A que Leo y tú os comportabais como un par de hurones cortejándose bruscamente.

Catherine sonrió, avergonzada.

—Beatrix es muy intuitiva.

Poppy miró con malicia a *Dodger*, que estaba lamiendo concienzudamente los restos de huevo que quedaban en su platillo.

—Yo pensaba que mi hermana acabaría superando su obsesión con los animales, pero ahora me doy cuenta de que, sencillamente, es la manera como funciona su cerebro. Casi no ve diferencias entre el mundo animal y el humano. Tan sólo espero que acabe encontrando a un hombre que tolere esa particularidad.

—Qué manera tan diplomática de expresarlo —señaló Catherine, riendo—. ¿Quieres decir un hombre al que no le moleste encontrar conejos en los zapatos o un lagarto en la caja de los cigarros?

—Exactamente.

—Lo encontrará —le aseguró Catherine—. Beatrix es demasiado afectuosa, y merecedora de afecto, como para acabar soltera.

—Igual que tú —señaló Poppy de todo corazón, yendo a recoger al hurón del suelo al advertir que éste se disponía a investigar el contenido del cesto—. Ya me ocupo yo de *Dodger*. Voy a pasarme toda la mañana escribiendo cartas, y puede dormir en mi escritorio mientras trabajo.

El hurón no opuso resistencia, y le dedicó una sonrisa a Catherine mientras Poppy se lo llevaba.

Leo no había querido dejar a Catherine sola la noche anterior. Hubiera deseado quedarse a su lado, cuidando de ella, como un cancerbero que custodiara un tesoro precioso. Aunque él nunca había sido celoso, parecía que estaba recuperando rápidamente el tiempo perdido. Le resultaba muy molesto que Catherine confiara tanto en Harry. Pero era normal que ella dependiera de su hermano, puesto que, tiempo atrás, él la había rescatado de una situación desdichada y durante los años siguientes había sido su único apoyo. A pesar de que Rutledge apenas si le había demostrado amor o interés hasta hacía bien poco, él era todo lo que tenía en la vida.

El problema era que Leo sentía el deseo apremiante de serlo todo para Catherine. Quería ser su único confidente, su amante y su mejor amigo, y satisfacer sus necesidades más íntimas. Ansiaba calentarla con su cuerpo cuando ella tuviera frío, acercarle un vaso a la boca cuando estuviera sedienta y masajearle los pies cuando estuviera cansada; hacer de sus vidas una sola, hasta en lo más insignificante y superfluo.

Sin embargo, no iba a ganársela con un gesto, una conversación o una noche de pasión. Iba a tener que ir conquistándola poco a poco, desmontando prejuicios aquí y allí, hasta que ella cayera rendida a sus pies, cosa que iba a requerir paciencia, atención y tiempo. Que así fuera. Catherine merecía todo ese esfuerzo y más.

Cuando estuvo frente a la puerta de su *suite*, Leo llamó discretamente y aguardó. Catherine no tardó en abrir la puerta, sonriente.

—Buenos días —dijo, con expresión expectante.

Cualquier palabra que él hubiera pensado decirle a modo de saludo, se desvaneció al instante. Leo la observó lentamente. Catherine parecía una de esas exquisitas figuras femeninas que salían en las cajas de sombreros o que había expuestas en las imprentas. La prístina imagen de su persona hizo que Leo sintiera deseos de desenvolverla, cual bombón cubierto de un atractivo envoltorio.

Leo se quedó callado tanto tiempo que a Catherine no le quedó más remedio que seguir hablando.

—Ya estoy lista. ¿Adónde vamos?

—Ya no me acuerdo —contestó él, embelesado, dando un paso al frente, como si quisiera entrar con ella en la habitación.

Catherine se mantuvo firme y puso su mano, enguantada, sobre el pecho de Leo.

—Me temo que no puedo dejarle entrar, milord. No sería apropiado. Y espero que, para esta salida, haya usted reservado un carruaje abierto en lugar de uno cerrado.

—Podemos ir en carruaje si así lo prefieres, pero nuestro destino no está lejos, y es un paseo de lo más agradable, a través del parque de Saint James. ¿No quieres que vayamos caminando?

Catherine asintió sin vacilar.

En cuanto salieron del hotel, Leo se puso del lado de la calzada, y ella lo asió del brazo. Catherine le contó lo que Beatrix y ella habían leído acerca del parque. Por lo visto, el rey Jaime había guardado allí su colección de animales, entre los que había camellos, cocodrilos y un elefante, así como un conjunto de aves que, más tarde, se había convertido en Birdcage Walk. Leo le habló del arquitecto John Nash, que había diseñado el paseo central del parque. La avenida había acabado convirtiéndose en el camino ceremonial hacia el palacio de Buckingham.

—Nash era lo que entonces se decía un petimetre —explicó Leo—. Era arrogante y vanidoso, requerimientos indispensables para un arquitecto de ese calibre.

—¿Sí? —preguntó Catherine, curiosa—. ¿Por qué, milord?

—La abrumadora cantidad de dinero que suele gastarse en

una obra de esa índole, y el hecho de que sea pública... Es una verdadera desfachatez pensar que el diseño que uno tiene en mente tiene el mérito suficiente para ser construido a gran escala. Un cuadro expuesto en un museo, por ejemplo, puede verse o no verse, según el deseo de la gente, pero no sucede lo mismo con una construcción, y cuando ésta, encima, es un adefesio...

Catherine, intrigada, miró a Leo atentamente.

—¿Ha soñado alguna vez con diseñar un gran palacio o un monumento, igual que el señor Nash?

—Pues no, no tengo ambición de ser un gran arquitecto, tan sólo uno que sea útil. Prefiero diseñar cosas más pequeñas, como las casas para los arrendatarios de nuestra propiedad. En mi opinión, esas viviendas no son menos importantes que cualquier palacio —dijo Leo, que aminoró la marcha para no forzar a Catherine a seguir su ritmo y la ayudó a sortear un bache de la acera—. Cuando regresé a Francia por segunda vez, me encontré por casualidad con uno de mis profesores de la Académie des Beaux-Arts, mientras estaba de visita por la Provenza. Un anciano encantador.

—Qué afortunada coincidencia.

—Cosa del destino.

—¿Cree usted en tal cosa?

Leo esbozó una sonrisa.

—Viviendo con Rohan y Merripen, es imposible no hacerlo, ¿no te parece?

Catherine le devolvió la sonrisa y sacudió la cabeza.

—Yo soy una escéptica. Creo que el destino es quiénes somos y lo que hacemos con las oportunidades que nos brinda la vida. Pero siga, cuénteme más acerca del profesor.

—Después de ese encuentro fortuito, visité al profesor Joseph a menudo y me dediqué a estudiar y dibujar en su *atelier*. —Leo pronunció la palabra a la manera francesa, poniendo énfasis en la segunda sílaba. Entonces, hizo una pausa y sonrió, rememorando los momentos vividos—. Solíamos conversar mientras bebíamos *chartreuse*. Yo no podía soportar ese brebaje.

—¿De qué hablaban? —preguntó ella con voz suave.

—Normalmente, de arquitectura. El profesor Joseph tenía una visión muy pura de la disciplina. A su modo de ver, una casita pequeña pero bien diseñada tenía tanto valor como un gran edificio público. Además, me hablaba de cosas que nunca mencionaba en la Académie, como de la conexión que, según él, había entre lo físico y lo espiritual. Decía que una obra de arte, como un cuadro, una escultura o un edificio, podía proporcionarle a uno una experiencia trascendental, clarividente; una llave para poder presenciar un atisbo del paraíso. —Leo se detuvo al advertir la expresión confusa de Catherine—. Perdóname. Te estoy aburriendo.

—No, en absoluto; no se trata de eso. —Ambos siguieron caminando en silencio durante casi medio minuto, hasta que Catherine disparó—: Creo que nunca lo he conocido de verdad. Está derribando todas las creencias que tenía acerca de usted; es sumamente desconcertante.

—¿Significa eso que estás considerando la idea de casarte conmigo?

—Para nada —respondió ella, sonriendo.

—Lo harás —dijo él—. No podrás resistirte a mis encantos para siempre. —Leo la guio afuera del parque, hasta una calle muy elegante, llena de tiendas y negocios.

—¿Acaso vamos a una mercería? —preguntó Catherine, viendo los escaparates y los letreros—. ¿A una floristería, tal vez? ¿Una librería?

—Aquí —contestó Leo, al fin, deteniéndose frente a una vidriera—. ¿Qué te parece?

Catherine entrecerró los ojos y se fijó en el rótulo que colgaba tras los cristales.

—¿Telescopios? —preguntó, atónita—. ¿Quiere iniciarme en la astronomía?

—Sigue leyendo —la animó él.

—«Proveedores de binoculares y catalejos de toda clase» —leyó ella en voz alta—, «con la autorización de Su Majestad. Exámenes oculares iluminados realizados por el doctor Henry Schaeffer, con aparatos modernos destinados a la corrección científica de la agudeza visual».

—El doctor Schaeffer es el mejor oculista de Londres —le explicó Leo—. Algunos dicen que del mundo. Era profesor de astronomía en la universidad de Trinity, pero su trabajo con lentes lo hizo interesarse por el ojo humano. Posteriormente, fue investido oftalmólogo, y, desde entonces, ha hecho importantes avances en ese campo. He concertado una cita con él para que te vea.

—Pero yo no necesito al mejor oculista de Londres —alegó Catherine, sorprendida de que Leo se hubiera tomado semejante molestia.

—Ven, Marks —dijo él, acompañándola a la puerta—. Ya es hora de que tengas unos lentes como es debido.

El interior de la tienda era fascinante. Había estantes llenos de telescopios, lupas, binoculares, instrumentos estereoscópicos y toda clase de lentes para los ojos. Un dependiente joven y agradable los recibió y, acto seguido, fue a buscar al doctor Schaeffer, que no tardó en aparecer, haciendo gala de un temperamento extrovertido y jovial. Sus rosadas mejillas estaban flanqueadas por patillas blancas, y un grueso mostacho del mismo color se movía hacia arriba cada vez que el hombre sonreía.

Schaeffer les enseñó la tienda, haciendo una pausa para mostrarles un estereoscopio y explicarles cómo se creaba la ilusión de profundidad.

—Este instrumento tiene dos funciones —dijo el doctor, a quien le centelleaban los ojos tras sus propios lentes—. La primera es tratar los problemas que tienen algunos pacientes para enfocar bien, y la segunda, entretener a los niños.

Catherine y Leo siguieron al doctor Schaeffer a las salas que había al fondo de la tienda. Ella no quería hacerse demasiadas ilusiones, pero no podía evitar impacientarse. En las otras ocasiones que había comprado anteojos, el óptico se había limitado a traerle una bandeja llena de lentes, decirle que se pusiera varias delante de los ojos y, cuando ella había creído que veía lo suficientemente bien, el hombre había procedido a hacerle los anteojos.

Schaeffer, sin embargo, insistió en examinar sus ojos con una lente que él llamaba «lupa de córneas». Lo hizo tras ponerle unas gotas en los ojos para dilatar las pupilas. El doctor aseguró que no había señales de enfermedad o degradación, y le pidió a Catherine que leyera las letras y los números que figuraban en tres tablas de la pared. Ella tuvo que colocarse sucesivamente varias clases de lentes ante los ojos, hasta que, finalmente, consiguió ver con una nitidez casi milagrosa.

Cuando llegó el momento de hablar de la montura para los lentes, Leo sorprendió a Catherine y al doctor tomando partido.

—Los lentes que usa la señorita Marks ahora mismo —dijo— le dejan una marca en el puente de la nariz.

—Entonces, tendremos que ajustar el contorno del arco de apoyo —contestó el doctor Schaeffer.

—Sin duda. —Leo sacó una hoja de papel del bolsillo de su abrigo y la puso sobre la mesa—. No obstante, tengo algunas ideas más. ¿Qué le parecería que el puente sujetara los lentes un poco más lejos de la cara?

—¿Está pensando en algo parecido al enganche de unos quevedos? —preguntó Schaeffer, pensativo.

—Sí; creo que serían más cómodos y que se moverían menos.

El doctor estudió atentamente el boceto que Leo le había dado.

—Veo que ha dibujado las patillas curvas. Un detalle muy poco habitual.

—La intención es que los anteojos queden bien sujetos a la cara.

—¿Acaso es la sujeción de los mismos un problema?

—Efectivamente —respondió Leo—. La señorita Marks es una mujer muy activa. Perseguir animales, atravesar techos, apilar piedras... Para ella, es el pan de cada día.

—Milord... —dijo Catherine, reprendiéndolo.

Schaeffer sonrió al comprobar lo torcidos que estaban sus anteojos.

—A juzgar por el estado en el que se haya esta montura, señorita Marks, cualquiera diría que lord Ramsay dice la verdad. —El bigote del doctor se curvó hacia arriba—. Con su permiso, señor, le encargaré al joyero con el que trabajo que confeccione la montura que usted ha diseñado.

—Que sea de plata —indicó Leo, haciendo una pausa y mirando a Catherine con una leve sonrisa dibujada en el rostro—. Y haga también que ponga alguna filigrana en las patillas. Nada vulgar; que sea algo delicado.

Catherine sacudió la cabeza.

—Me parece un adorno caro e innecesario —alegó.

—Que lo haga, de todas formas —insistió Leo, sin despegar los ojos de Catherine—. Tu rostro lo merece. No me atrevería a estropear una obra de arte con un marco ordinario.

Catherine fulminó a Leo con la mirada. No le gustaba que él la lisonjeara de aquella manera, ni pensaba sucumbir a sus encantos. Sin embargo, Leo sonrió de manera impertinente, escrutándola con sus maliciosos ojos azules, y ella no pudo evitar sentir una contracción dolorosamente dulce en el corazón, seguida de un leve mareo. Sabía que estaba jugando con fuego, pero, por alguna razón, no podía alejarse del peligro.

No pudo hacer otra cosa que quedarse allí sentada, manteniendo un precario equilibrio, a medio camino entre el deseo y el riesgo, incapaz de ponerse a salvo.

24

El señor Harry Rutledge, conocido hotelero londinense, ha confirmado que una mujer que responde a las señas de señorita Catherine Marks, es en realidad una hermana suya que, hasta el momento, ha vivido relativamente oculta, ejerciendo de dama de compañía en el seno de la familia del vizconde Ramsay de Hampshire. A la pregunta de por qué la joven no ha sido presentada antes en sociedad, el señor Rutledge ha alegado que, debido a las circunstancias de su nacimiento, hija natural de la madre del señor Rutledge y de un caballero desconocido, lo más apropiado era ser discreto. El señor Rutledge ha hecho hincapié en el carácter decoroso y refinado de su hermana y ha asegurado que se siente muy orgulloso de poder reconocer los lazos de sangre que le unen a una mujer que él describe como «respetable en todos los sentidos».

—Muy halagador —dijo Catherine, dejando el ejemplar del *Times* sobre la mesa del desayuno y mirando a su hermano con preocupación—. Ahora es cuando la gente empezará a hacer preguntas.

—Ya me ocuparé yo de contestarlas —respondió Harry—. Lo único que tienes que hacer tú es comportarte con el mencionado decoro y refinamiento cuando Poppy y yo te llevemos al teatro.

—¿Cuándo vamos a ir al teatro? —preguntó Poppy, llevándose a la boca lo que quedaba de una tostada con miel.

—Mañana por la noche, si os parece bien.

Catherine asintió, tratando de que no se notara que la idea no le hacía ninguna gracia. Sin duda, la gente se dedicaría a mirarla y a hacer comentarios, y ella no quería exponerse de aquella manera. Si bien, tratándose de una obra de teatro, era de suponer que la atención del público se centraría básicamente en lo que tuviera lugar sobre el escenario.

—Podríamos invitar a Leo —propuso Poppy. Sus ojos y los de Harry se posaron sobre Catherine, que se encogió de hombros como si le diera lo mismo, aunque sospechaba que no podía engañarlos a ninguno de los dos.

—¿Tendrías algún inconveniente? —le preguntó Harry.

—Claro que no. Es el hermano de Poppy y mi antiguo patrón.

—Y puede que tu prometido —murmuró Rutledge.

Catherine se volvió hacia él de inmediato.

—Todavía no he aceptado su oferta.

—Pero la estás considerando, ¿verdad?

A Catherine se le aceleró el pulso.

—No estoy segura del todo.

—No pretendo atosigarte, pero, ¿cuándo piensas darle una respuesta a Ramsay?

—Dentro de poco —contestó ella, mirando su taza de té con el ceño fruncido—. Es evidente que si lord Ramsay quiere tener alguna posibilidad de conservar la casa, tiene que casarse lo antes posible.

En ese preciso instante alguien llamó a la puerta. Se trataba de Jack Valentine, la mano derecha de Harry, que le traía a su jefe una pila de informes y un puñado de cartas. Una de ellas estaba dirigida a Poppy, que la recibió con una amplia sonrisa.

—Gracias, señor Valentine.

—Señora Rutledge —dijo él, inclinándose ante Poppy antes de marcharse. El hombre parecía estar encandilado por ella, cosa que Catherine no podía reprocharle en absoluto.

Poppy rompió el lacre y leyó la carta, enarcando sus finas cejas a medida que fue avanzando.

—Cielo santo, qué extraño.

Harry y Catherine la miraron intrigados.

—Es de lady Fitzwalter, a quien conozco por una obra de caridad con la que ambas colaboramos. Me pregunta, muy amablemente, si podría pedirle a mi hermano que fuera a ver a la señorita Darvin y a la condesa Ramsay, que se encuentran en la ciudad. Y me da la dirección de la casa donde se hospedan.

—No es tan extraño —opinó Catherine como si tal cosa, a pesar de que la noticia la inquietaba—. Al fin y al cabo, una dama nunca debe visitar a un hombre bajo ningún concepto, así que no me parece raro que recurra a una amistad en común para concertar una cita.

—Sí, pero, ¿por qué querrá la señorita Darvin hablar con Leo?

—Puede que desee discutir la cuestión de la cláusula —sugirió Harry, que parecía interesado por la noticia—. Quizá quiera hacer alguna concesión al respecto.

—Estoy segura de que pretende ofrecerle algo —dijo Catherine con resentimiento, sin poder evitar recordar lo guapa que era la morena señorita Darvin, y la espectacular pareja que Leo y ella habían formado la noche del baile—. Sin embargo, dudo que pretenda discutir cuestiones legales. Creo que, más bien, se trata de algo de índole personal. De lo contrario, dejaría que fueran sus abogados quienes se ocuparan de ello.

—Cam y Merripen se quedaron horrorizados con ella —le contó Poppy a Harry con una sonrisa—. Amelia me explicó por carta que su traje de noche estaba adornado con plumas de pavo real, que los gitanos consideran una señal de peligro.

—En algunas sectas hindúes —dijo Rutledge—, las plumas de pavo real se asocian a la temporada de lluvia y, por ende, a la fertilidad.

—¿Peligro o fertilidad? —preguntó Poppy escuetamente—. Será interesante ver cuál de las dos cosas revelará la señorita Darvin.

—No me apetece —dijo Leo tan pronto como fue informado de que debía ponerse en contacto con la señorita Darvin.

—No importa, no tienes elección —replicó Poppy, cogiendo el abrigo de su hermano en cuanto éste entró en el apartamento.

Leo vio que Catherine estaba sentada en el salón, con *Dodger* en el regazo, y se acercó a ella.

—Buenas tardes —la saludó, tomando su mano y besando delicadamente sus dedos. Catherine contuvo un suspiro al notar sus labios, tan tibios y suaves.

—¿Puedo? —preguntó él, fijándose en que había una plaza libre en el canapé donde ella estaba sentada.

—Sí, por supuesto.

Una vez que Poppy hubo tomado asiento junto a la chimenea, Leo se sentó junto a Catherine.

Ella acarició repetidamente el pelaje de *Dodger*, pero el animal permaneció inmóvil. Un hurón dormido era tan inerte y difícil de despertar que podía pensarse que estaba muerto. Uno podía levantarlo, incluso sacudirlo, y él seguiría durmiendo, imperturbable.

Leo alargó la mano para juguetear con las diminutas extremidades del hurón, levantándolas con cuidado y dejándolas caer sobre el regazo de Catherine, pero *Dodger* no se inmutó, y ambos se echaron a reír.

De repente, Catherine frunció la nariz, al detectar una fragancia inusual en Leo, un olor a forraje y paja, mezclado con un fuerte tufo a animal.

—Huele a caballo —dijo—. ¿Ha montado usted esta mañana?

—Es *eau de zoo* —contestó Leo, al que le brillaron los ojos—. Tenía una cita con el secretario de la sociedad zoológica de Londres, y hemos dado una vuelta por el nuevo pabellón.

—¿Con qué propósito? —preguntó Catherine.

—Resulta que un viejo conocido mío, con el que fuimos aprendices de Rowland Temple, ha recibido el encargo, a instancias de la reina, de diseñar un recinto para los gorilas en el zoológico. Ahora los tienen en unas jaulas minúsculas, lo cual es una verdadera crueldad. Hablando con él, mi amigo se quejó de la dificultad de diseñar un recinto lo bastante espacioso y seguro sin que costara una fortuna, y le sugerí que cavara un foso.

—¿Un foso? —repitió Catherine.

Leo sonrió.

—Los gorilas no atraviesan el agua profunda.

—¿Cómo es que sabe usted eso, milord? —preguntó Catherine con curiosidad—. ¿Acaso se lo ha dicho Beatrix?

—Efectivamente —contestó Leo, que parecía un tanto fastidiado—. Y ahora, supongo que debido a mi sugerencia, parece que he sido contratado como asesor.

—Por lo menos, si sus nuevos clientes tienen alguna queja —señaló Catherine—, usted no entenderá de qué están hablando.

Leo contuvo la risa.

—Es obvio que nunca has visto a un gorila enfadado —dijo, haciendo una mueca—. De todas formas, prefiero pasar el tiempo con primates que hacer una visita a la señorita Darvin y a su madre.

La obra de aquella noche era sensiblera y, a pesar de todo, muy entretenida. Trataba de un apuesto campesino ruso que ansiaba cultivarse, pero que, el día que tenía que casarse con el amor de su vida, la pobre chica fue asaltada por el príncipe de la región. Mientras la joven forcejeaba con él, tuvo la mala fortuna de ser mordida por un áspid. Antes de que le sobreviniera la muerte, sin embargo, ella consiguió llegar a su casa y contarle a su novio lo que había sucedido, tras lo cual el apuesto campesino juró vengarse del príncipe. Su determinación lo llevó a hacerse pasar por un noble de la corte real, donde dio la casualidad de que conoció a una dama que tenía exactamente el mismo aspecto que su difunta prometida. Resultó que aquella mujer era la hermana gemela de la campesina muerta y que, para complicarlo todo aún más, estaba enamorada del honorable hijo del malvado príncipe.

Entonces llegó el intermedio.

Por desgracia, Catherine y Poppy tuvieron que soportar los

constantes comentarios en voz baja de Harry y de Leo, que insistían en señalar que, en los estertores de su muerte, la mujer picada por el áspid se agarraba el lado equivocado del cuerpo, y que, además, era muy poco probable que una persona envenenada atravesara un campo, y menos declamando poéticas declaraciones de amor.

—No tienes corazón —le reprochó Poppy a Harry durante la pausa.

—Puede que no —replicó él con gravedad—. Pero tengo otras cosas que te vuelven loca.

Poppy se echó a reír, alargando la mano para alisar una arruga imaginaria en la impecable corbata blanca de su marido.

—¿Podrías pedir que nos trajeran una botella de champán al palco, querido? Catherine y yo tenemos sed.

—Ya me encargo yo —dijo Leo, poniéndose de pie y abrochándose la levita—. Después de pasarme hora y media sentado en esta silla ridícula, tengo que estirar las piernas. ¿Te apetece dar una vuelta? —añadió, mirando a Catherine.

Ella sacudió la cabeza; se sentía mucho más segura en los límites del palco que mezclándose con la multitud.

—Gracias, pero prefiero quedarme aquí.

Tan pronto como Leo apartó las cortinas que separaban el palco del pasillo, vio que éste estaba repleto de gente. De repente, dos caballeros y una dama entraron y saludaron a los Rutledge cariñosamente. Catherine se puso nerviosa en cuanto su hermano le presentó a lord y lady Despencer y a la hermana de ésta, la señorita Lisle. Esperaba que la recibieran con frialdad, o incluso que hicieran algún comentario despectivo, pero lo cierto es que fueron muy amables y educados con ella. Tal vez, pensó Catherine, ya iba siendo hora de dejar de esperar siempre lo peor de la gente.

Poppy le preguntó a lady Despencer sobre uno de sus hijos, que había estado enfermo hacía poco, y la mujer le nombró todas y cada una de las medicinas y precauciones que habían sido necesarias para la recuperación del pequeño. Al cabo de unos instantes, otro grupo de gente entró en el palco y esperó su turno para saludar a Harry. Catherine se quedó en el fondo, junto a las cortinas, esperando, impaciente, mientras oía las continuas conversaciones que tenían lugar en el pasillo y en el palco, y el rumor incesante proveniente del público que ocupaba el patio de butacas. Tanto ruido y movimiento la irritaba. Hacía calor, y el aire del teatro estaba cargado con los efluvios de la multitud. Ojalá la obra se reanudara pronto.

Mientras esperaba de pie, con las manos en la espalda, sintió que una mano ajena traspasaba las cortinas y la cogía por la muñeca. Entonces, un cuerpo masculino se apretó contra ella. Catherine sonrió, preguntándose a qué estaría jugando Leo.

No obstante, la voz que susurró a su oído no era la de Ramsay, sino la voz de sus pesadillas.

—Qué hermosa te ves con tan elegante plumaje, palomita mía.

25

Catherine se quedó de piedra. Cerró el puño, pero no pudo zafar su brazo de las garras de lord Latimer. Éste le retorció la muñeca enguantada, se la levantó unos centímetros y siguió hablando en voz baja.

Al principio, paralizada y asustada como estaba, Catherine no pudo oír otra cosa que los latidos de su corazón. El tiempo pareció detenerse, y, cuando se reanudó, lo hizo muy poco a poco.

—La gente se pregunta muchas cosas —dijo Latimer, con la voz teñida de desprecio—. Todo el mundo quiere saber más cosas acerca de la enigmática hermana de Rutledge. ¿Es guapa o poco agraciada? ¿Refinada o vulgar? ¿Pudiente o pobre? Quizá yo deba dar las respuestas. «Es una belleza», les diré a mis amigos, «instruida por una alcahueta infame. Es un fraude; pero, sobre todo, una auténtica ramera».

Catherine no sabía qué decir. No podía montar una escena en la primera salida pública como hermana de Harry. Cualquier conflicto con lord Latimer pondría en evidencia la conexión que habían tenido en el pasado, y provocaría su ruina social mucho más rápido.

—Luego también podría explicar —susurró Catherine—, que es usted un pervertido repugnante que trató de violar a una chiquilla de quince años.

—Chist... Pensaba que eras un poco más lista, Catherine. A un hombre nunca se le reprochan sus pasiones, por muy perversas que sean. Siempre se culpa a la mujer por despertarlas. Si pretendes que la gente sea condescendiente contigo, no llegarás muy lejos. Las mujeres que se hacen las víctimas suelen ser despreciadas, especialmente las atractivas.

—Lord Ramsay...

—Ramsay te usará y luego se deshará de ti, igual que hace con todas las mujeres. Seguro que no eres tan ingenua o estúpida como para pensar que eres distinta de las demás.

—¿Qué pretende usted de mí? —preguntó Catherine, apretando los dientes.

—Obtener aquello por lo que pagué hace años —susurró Latimer—. Y te aseguro que lo conseguiré. Es tu destino, querida; tú no naciste para tener una vida respetable. Cuando se extienda el rumor sobre tu pasado, no querrán recibirte en ninguna parte.

Al fin, su acosador la soltó y desapareció.

Catherine, turbada, regresó a trompicones a su butaca, se dejó caer sobre ella y trató de recobrar la compostura. Con la mirada perdida y el clamor del teatro oprimiéndola por todos los flancos, intentó analizar su temor de manera objetiva y poner una barrera alrededor de él. En realidad, no era que tuviese miedo de Latimer. Lo odiaba, pero él ya no representaba la misma amenaza que antaño. Catherine ya poseía suficientes recursos para vivir como le apeteciera. Tenía a Harry, a Poppy y al resto de la familia Hathaway.

Sin embargo, Latimer había identificado sus verdaderas preocupaciones con una exactitud atroz. Una podía luchar contra un hombre, pero no contra los rumores. Una podía mentir sobre su pasado, pero, tarde o temprano, la verdad acabaría saliendo a la superficie. Una podía prometer fidelidad y entrega, pero a menudo tales promesas acababan rompiéndose.

Catherine se sintió abrumada por la tristeza. Se sintió... estigmatizada.

De repente, Poppy tomó asiento a su lado, sonriente.

—Ya va a empezar el segundo acto —anunció—. ¿Crees que el campesino consumará su venganza contra el príncipe?

—Oh, sin duda —contestó Catherine, que no pudo evitar que su voz sonara forzada.

A Poppy se le borró la sonrisa y miró a Catherine fijamente.

—¿Te encuentras bien, querida? Estás lívida. ¿Ha ocurrido algo?

Antes de que ella pudiera responder, Leo se abrió paso dentro del palco, acompañado por un camarero que traía una bandeja con champán. Entonces, se oyó la campana que indicaba que el intermedio estaba a punto de concluir. Para alivio de Catherine, los visitantes empezaron a salir y el ruido del pasillo fue menguando.

—Ya estamos aquí —dijo Leo, pasándoles sendas copas a Poppy y a Catherine—. Será mejor que te lo bebas rápido.

—¿Por qué? —preguntó Catherine, forzando una sonrisa.

—Porque en estas copas al champán se le va el gas enseguida.

Catherine acabó su copa con una premura inusitada para una dama, cerrando los ojos y bebiendo a pesar del picor que sentía en la garganta.

—No quería decir así de rápido —señaló Leo, pasmado.

En ese momento, las luces empezaron a hacerse más tenues, y el público calló.

Catherine miró el cubo de plata dentro del cual estaba la botella de champán fría, con una servilleta blanca atada pulcramente en el cuello.

—¿Podría servirme otra? —preguntó con un susurro.

—No, se te subiría a la cabeza. Más tarde —contestó Leo, quitándole la copa vacía de las manos, dejándola a un lado y tomando la mano de Catherine—. Cuéntame, ¿en qué estás pensando? —le preguntó amablemente.

—Ahora no es el momento —murmuró ella, zafándose de él—. Por favor. —No quería arruinarles la velada, ni arriesgarse a que Leo se pusiera a buscar a Latimer por el teatro, que lo encontrara y que se enfrentara con él. Catherine no iba a ganar nada explicando lo sucedido en aquel momento.

El teatro volvió a oscurecerse y la obra prosiguió, aunque los encantos melodramáticos del argumento no lograron abstraer a Catherine de su sufrimiento. Se limitó a clavar la vista en el escenario y a oír el diálogo de los actores como si éstos hablaran en una lengua extranjera, mientras su mente trataba una y otra vez de dar con una solución al dilema que la mortificaba.

Lo cierto era que no parecía importar que ella ya supiera las respuestas. La situación en la que, tiempo atrás, se había visto envuelta, nunca había sido culpa suya, sino de Latimer, de Althea y de su abuela. A pesar de todo, Catherine podía estar repitiéndose eso toda la vida, pero la culpa, el dolor y la confusión seguirían allí. ¿Cómo podía librarse de aquellos sentimientos? ¿Acaso había alguna manera?

Durante los diez minutos siguientes, Leo se fijó en ella reiteradamente, hasta percibir que algo iba muy mal. Catherine trataba con todas sus fuerzas de concentrarse en la obra, pero era evidente que estaba consumida por un problema abrumador. Estaba distante, inalcanzable, como si se encontrara a kilómetros de allí. En un intento por reconfortarla, Leo la cogió de la mano una vez más, acariciándola con el pulgar más allá del borde del guante. La frialdad de la piel de Catherine era sorprendente.

Leo frunció el ceño y se inclinó hacia Poppy.

—¿Qué diablos le ocurre a Marks? —preguntó en voz baja.

—No lo sé —respondió ella, inquieta—. Harry y yo nos hemos puesto a hablar con lord y lady Despencer, y Catherine se ha hecho a un lado. Entonces hemos vuelto a sentarnos y me he percatado de que parecía indispuesta.

—Voy a llevarla de vuelta al hotel —dijo Leo.

—Iremos contigo —murmuró Harry, que había oído la última parte de la conversación.

—No tenemos por qué marcharnos —protestó Catherine.

Leo hizo caso omiso de ella y miró a Rutledge.

—Será mejor que os quedéis a ver el final de la obra, y si alguien pregunta por Marks, decid que le ha sobrevenido un sofoco.

—Ni se os ocurra —murmuró ella entre dientes.

—Pues decid que me ha sobrevenido a mí —le dijo Leo a Harry.

Aquello pareció exasperar a Catherine. Leo se sintió aliviado al advertir un destello de su carácter habitual.

—Los hombres no tienen sofocos —alegó ella—. Es una condición femenina.

—Pues yo sí —replicó Leo—. Es probable que hasta me desmaye —añadió, ayudándola a levantarse de la silla.

Harry también se puso de pie, y miró a su hermana con preocupación.

—¿Es esto lo que quieres, Cat? —preguntó.

—Sí —contestó ella, visiblemente molesta—. De lo contrario, lord Ramsay es capaz de ir a por sales aromáticas para vivificarme.

Leo acompañó a Catherine afuera del teatro y llamó un coche. Era un vehículo de dos ruedas, parcialmente abierto, con el asiento del cochero en la parte de atrás, elevado, y una trampilla en el techo para poder comunicarse con el hombre.

Cuando Catherine se acercó al vehículo con Leo, tuvo la inquietante sensación de que la observaban. Temiendo que Latimer pudiera haberla seguido, miró a su izquierda y vio a un hombre de pie junto a una de las enormes columnas que flanqueaban la entrada del teatro. Por suerte, no se trataba de Latimer, sino de alguien mucho más joven. Era alto, huesudo, iba vestido con ropa oscura y gastada, y llevaba un sombrero andrajoso. Parecía un espantapájaros. Tenía la típica palidez londinense de aquellos que se pasaban la mayor parte del tiempo bajo techo, y cuya piel sólo recibía los rayos del sol a través del filtro del aire contaminado de la ciudad. Sus cejas eran dos bandas negras y pobladas en un rostro adusto, y su piel estaba marcada por arrugas prematuras.

El hombre la miraba fijamente.

Catherine se detuvo con aire vacilante, asaltada por la vaga sensación de que conocía a aquella persona. Sin embargo, no se le ocurría dónde podría haberla visto.

—Vamos —la urgió Leo y quiso ayudarla a subir al carruaje.

Pero Catherine se resistió, paralizada por la subyugante mirada de los oscuros ojos de aquel extraño.

—¿Quién es ése? —preguntó Leo, reparando en él.

El joven se acercó a ellos y se quitó el sombrero, dejando al descubierto una mata de cabello castaño sucio y descuidado.

—¿Señorita Catherine? —dijo, algo confuso.

—William —murmuró ella, sorprendida.

—Sí, señorita —confirmó él, bosquejando una sonrisa. Entonces, dio un paso al frente, inseguro, y se inclinó ante Catherine con torpeza.

Leo se interpuso entre ambos, como queriendo protegerla.

—¿Quién es éste? —preguntó.

—Creo que es el chico del que le hablé, el que trabajaba en casa de mi abuela.

—¿El mandadero?

Catherine asintió.

—Él fue quien me puso en contacto con Harry, el que le entregó mi carta. Déjeme hablar con él, milord.

El rostro de Leo adoptó una expresión severa.

—Tú serías la primera en decirme que una dama nunca debe pararse a conversar con un hombre en la calle.

—¿Ahora es usted quien se preocupa de seguir el protocolo? —preguntó Catherine, molesta—. Voy a hablar con él. —Dándose cuenta de que a Leo no le hacía ninguna gracia la idea, suavizó el tono de voz y le tocó la mano a escondidas—. Por favor.

—Dos minutos —murmuró Leo, resignándose, aunque con cara de muy pocos amigos. Se quedó pegado a ella, con sus ojos azules clavados en William.

Catherine le hizo señas al joven de que se acercara, y éste obedeció, intimidado por la gélida mirada de Leo.

—Se ha convertido usted en una dama, señorita Catherine —dijo William con un intenso acento del sur de Londres—; pero la he reconocido de inmediato. El mismo rostro, los mismos lentes pequeños... Siempre tuve la esperanza de que se encontrara bien.

—Pues tú has cambiado más que yo, William —dijo ella, tratando de sonreír—. Qué alto estás. ¿Todavía... sigues trabajando para mi abuela?

Él sacudió la cabeza y esbozó una sonrisa compungida.

—Falleció hace dos años, señorita. El doctor dijo que su corazón no aguantó más, aunque las chicas de la casa dijeron que no era posible, porque no tenía.

—Vaya —susurró Catherine, palideciendo. Tampoco era que le sorprendiera ya que su abuela había sufrido del corazón durante años. Pensó que lo más lógico hubiera sido alegrarse por la noticia, pero no pudo evitar sentir pena—. ¿Y mi tía? ¿Althea sigue allí?

William miró a su alrededor, como para asegurarse de que nadie podía oírlos.

—Ahora es la madame —dijo en voz baja—. Trabajo para ella. Sigo haciendo encargos extraños, igual que cuando su abuela vivía; pero ahora es un lugar distinto, señorita. Un sitio mucho peor.

Catherine sintió compasión por él. Qué injusto era que el pobre muchacho se hubiera visto atrapado en semejante vida, sin educación ni preparación de ninguna clase para poder aspirar a algo mejor. Cat decidió preguntarle a Harry si podría haber alguna clase de empleo para él en el hotel, algo que le permitiera tener un futuro decente.

—¿Cómo está mi tía? —preguntó.

—Enferma, señorita —respondió William, cariacontecido—. El doctor dice que hace años que debió de coger alguna de esas enfermedades propias de las casas de citas. Primero le afectó las articulaciones y luego se le subió a los sesos. La verdad es que su tía no anda fina de la cabeza, y tampoco ve demasiado bien.

—Lo lamento —murmuró Catherine, tratando de sentirse afligida. Sin embargo, lo que le sobrevino fue una repentina sensación de miedo. Trató de contenerla y formular alguna pregunta más, pero Leo se lo impidió.

—Ya es suficiente —dijo—. El coche está esperando.

Catherine miró a su amigo de la infancia con preocupación.

—¿Hay algo que pueda hacer por ti, William? ¿Necesitas dinero?

Inmediatamente, se arrepintió de haberle preguntado eso, al advertir la vergüenza y el orgullo herido en el rostro del joven. En otras circunstancias, de haber dispuesto de más tiempo, hubiera encontrado otra manera de formular la pregunta.

William sacudió la cabeza levemente.

—No necesito nada, señorita.

—Me alojo en el Hotel Rutledge. Si deseas verme, o si hay algo que pueda hacer por ti...

—No me atrevería a molestarla, señorita Cathy. Usted siempre fue buena conmigo. Una vez que estaba enfermo me trajo un medicamento, ¿se acuerda? Entró en la cocina, se acercó al camastro donde yo dormía y me tapó con una de sus mantas. Luego, se sentó en el suelo y cuidó de mí.

—Tenemos que irnos —dijo Leo, lanzando una moneda al aire.

William la cazó al vuelo, bajó el puño y miró a Leo con una mezcla de codicia y resentimiento.

—Gracias, jefe —dijo, exagerando el acento.

Leo se llevó a Catherine asiéndola firmemente del codo, y la ayudó a subir al carruaje. Ella se acomodó en el estrecho asiento del coche y miró por la ventanilla, pero William había desaparecido.

El asiento para los pasajeros era tan angosto que las faldas del vestido de Catherine, todas esas capas de seda dispuestas como pétalos de rosa, quedaron desparramadas sobre una pierna de Leo.

Fijándose en ella, él se dio cuenta de que su semblante había adoptado la misma expresión adusta de antaño.

—No tendría que haberme arrastrado al coche de esa manera —protestó Catherine—. Ha sido muy grosero con William.

Leo la miró sin el menor remordimiento.

—Seguro que más tarde, después de reflexionar al respecto, me sentiré fatal por ello.

—Me hubiera gustado preguntarle más cosas.

—Sí, hubiera sido muy interesante saber más cosas de esas enfermedades de las casas de citas. Perdóname por haberte privado de una conversación tan reveladora. Debería haberos dejado rememorar los buenos viejos tiempos en el burdel en plena calle.

—William era un chico encantador —dijo Catherine en voz baja—. Merecería haber tenido mucha mejor suerte en la vida. Tuvo que empezar a trabajar siendo un crío, limpiando zapatos y cargando pesados baldes de agua escaleras arriba y abajo. No tuvo familia, ni educación. ¿Es que no siente lástima por todos esos chicos que crecen en unas circunstancias tan desdichadas?

—Las calles están repletas de ellos. Yo hago lo que puedo por ellos en el Parlamento, y hago donaciones caritativas. Sí, siento lástima por ellos, pero, por el momento, me preocupan más tus circunstancias desdichadas que las de nadie más. Además, tengo que hacerte algunas preguntas, empezando por ésta: ¿Qué ha sucedido en el intermedio?

Al ver que ella no contestaba, Leo la tomó de la barbilla con ternura y la obligó a mirarlo a los ojos.

—Responde.

—Se me acercó lord Latimer —dijo Catherine, tensa.

Él entrecerró los ojos y soltó su mentón.

—¿Mientras estabas en el palco?

—Sí; Harry y Poppy no se dieron cuenta. Latimer me habló a través de la cortina que había detrás de los asientos.

Leo se sintió invadido por una ira desmesurada. Por unos instantes, no se vio capaz de decir nada. Tuvo ganas de volver a buscar a aquel bastardo y acabar con él.

—¿Qué te dijo? —preguntó finalmente, con la voz ronca.

—Que yo no era más que una prostituta y un fraude.

Leo no se dio cuenta de que le estaba haciendo daño hasta

que Catherine hizo una mueca de dolor. Entonces, la soltó de inmediato.

—Lamento que hayas tenido que pasar por eso —consiguió decir—. No debería haberte dejado sola. Después de la advertencia que le di, pensaba que Latimer no se atrevería a acercarse a ti.

—Creo que pretendía dejar claro que no se siente intimidado por usted —señaló ella, suspirando—. Y creo también que no soporta la idea de no haber obtenido aquello por lo que pagó hace tanto tiempo. Tal vez podría darle parte del dinero que Harry me concedió; quizá sea suficiente para que me deje en paz y que no diga nada sobre mí.

—No, eso sólo propiciaría que empezara a chantajearnos; y Latimer nunca callaría. Escúchame, Cat... Harry y yo hemos hablado de cómo manejar el problema. Basta con decir que, dentro de unos días, Latimer se encontrará en una situación tal que, para no acabar en la cárcel, deberá abandonar Inglaterra.

—¿Por qué crimen? —preguntó ella, abriendo los ojos de par en par.

—Hay una larga lista donde escoger —contestó Leo—. Lo cierto es que ha cometido casi todas las fechorías imaginables, pero prefiero no darte más detalles, puesto que no sería apropiado para los oídos de una dama.

—¿De veras puede hacer que se vaya de Inglaterra?

—De veras.

Leo notó que Catherine se relajaba un poco, y que aflojaba los hombros.

—Eso sería un alivio —dijo ella—. Sin embargo...

—¿Sí?

Catherine apartó la vista de Leo.

—No importa; porque lo que Latimer dijo no era otra cosa que la verdad. Soy un fraude.

—¿Cómo puedes castigarte de esa manera? Puede que fueras un fraude como aspirante a prostituta; no obstante, como dama educada y respetable que resulta irresistible para los hurones eres absolutamente auténtica.

—No para todos los hurones; solamente para *Dodger*.

—Prueba de que tiene un gusto exquisito.

—No intente ser encantador —murmuró Catherine—. No hay nada más engorroso que alguien que trate de hacer que te sientas mejor, cuando lo que una en realidad desea es regodearse en su sufrimiento.

Leo contuvo una sonrisa.

—Lo siento —dijo, falsamente consternado—. Vamos, regodéate. Lo estabas haciendo muy bien hasta que te interrumpí.

—Gracias. —Catherine suspiró y aguardó unos instantes—. Maldita sea —dijo entonces—. Ahora no puedo hacerlo. —Trabó sus dedos con los de Leo, que se puso a acariciarle el reverso de los nudillos con el pulgar—. Quiero corregir algo —anunció ella—. Nunca fui una aspirante a prostituta.

—¿A qué aspirabas?

—A vivir en paz y a salvo.

—¿Eso es todo?

—Pues sí, y resulta que todavía no lo he logrado. Aunque los últimos años han sido lo más cerca que he estado de ello.

—Cásate conmigo —dijo Leo—, y conseguirás ambas cosas. Estarás a salvo y vivirás en Hampshire. Y me tendrás a mí, cosa que, por descontado, sería la guinda del pastel.

Muy a su pesar, a Catherine se le escapó una carcajada.

—Me parece que habría más guindas de las que el pastel necesita.

—Nunca hay suficientes guindas, Marks.

—Déjeme decirle, milord, que, más que casarse conmigo, me parece que lo que usted quiere es salirse con la suya.

—Precisamente, quiero casarme contigo para no salirme siempre con la mía —dijo él, cosa que era verdad—. No me conviene que me complazcan continuamente, y tú muy a menudo me dices no.

Catherine resopló, recreándose con la actitud de Leo.

—Lo cierto es que, últimamente, apenas le he dicho que no.

—Entonces, practiquemos en tu *suite*. Yo trataré de salirme con la mía, y tú tratarás de rechazarme.

—No.

—¿Lo ves? Ya vas mejorando.

Leo le indicó al cochero que los dejara en el callejón que había detrás del hotel. Era mucho más discreto entrar por ahí que hacerlo por la entrada principal. Catherine y él subieron por las escaleras traseras y recorrieron el pasillo que llevaba a la habitación de ella. A aquellas horas de la noche, el hotel estaba en completo silencio. La gente había salido a divertirse o bien dormía profundamente.

Cuando estuvieron frente a la puerta de la *suite*, Leo esperó a que Catherine buscara la llave en la pequeña cartera de seda que llevaba sujeta a la muñeca.

—Permíteme —dijo Leo cuando ella hubo dado con la llave. Entonces, se la quitó y abrió la puerta.

—Gracias —respondió Catherine, cogiendo la llave de nuevo y volviéndose en el umbral.

Leo se quedó contemplando su delicado semblante, leyendo las emociones que mostraban sus ojos: desesperación, rechazo, anhelo...

—Déjame pasar —susurró.

Ella sacudió la cabeza.

—Tiene que marcharse. No es apropiado que se quede aquí.

—La noche es joven. ¿Qué vas a hacer ahí dentro, sola?

—Dormir.

—No, no lo harás. Te quedarás despierta todo lo que puedas, mortificándote. —Dándose cuenta de que había dado en el clavo, Leo insistió—. Déjame pasar.

26

Leo se quedó en la puerta, quitándose los guantes tranquilamente, como si dispusiera de todo el tiempo del mundo. Catherine lo miró y se le secó la boca. Lo necesitaba. Necesitaba que la abrazaran y la reconfortaran, y él lo sabía. Si ella lo dejaba entrar en la habitación, era evidente lo que sucedería a continuación.

De repente, se oyeron voces al otro lado del pasillo. Inmediatamente, Catherine asió a Leo de las solapas, lo metió en la *suite* y cerró la puerta.

—Silencio —susurró.

Él la tomó por la cintura y la acorraló contra la puerta.

—Ya sabes cómo hacerme callar.

Las voces se hicieron más perceptibles a medida que la gente avanzaba por el pasillo.

Viendo la tensión en el rostro de Catherine, Leo empezó a hablar en voz alta y clara.

—Marks, me preguntaba si...

Ella tomó aire, suspirando, y pegó su boca a la de él. Cualquier cosa con tal de que callara. Leo enmudeció al instante, devolviéndole el beso con audacia y voracidad. Incluso a través de las elegantes capas de tela que lo cubrían, Catherine podía sentir el ardor y la inflamación de él. Sin más dilación, ella empezó a meter las manos por debajo de su ropa, dirigiéndose al lugar de donde provenía todo aquel calor corporal.

Catherine no pudo reprimir un gemido. Leo introdujo la lengua profundamente en su boca, y ella sintió varias punzadas de placer en el bajo vientre, a la vez que se le aflojaban las piernas y luchaba por mantener el equilibrio. Entonces, se le salieron los anteojos, que quedaron sujetos entre los dos. Leo los agarró con cuidado y se los guardó en el bolsillo. A continuación, con lentitud intencionada, metió la llave en la cerradura y cerró la puerta. Catherine se quedó en silencio, debatiéndose entre el deseo y la cautela.

Sin decir palabra, él fue a encender una lámpara. Rascó una cerilla, prendió una mecha y se hizo la luz. Catherine parpadeó, tratando de orientarse en la penumbra, y reparó en la silueta oscura y voluminosa de Leo. Deseaba desesperadamente estar con él, y su cuerpo se tensó a causa del vacío íntimo que sentía. Se estremeció al pensar en la manera en que Leo la llenaba, y en su miembro, suave y voluminoso, dentro de ella.

Casi a ciegas, Catherine le dio la espalda, dejándolo frente a la hilera de ganchos que le abrochaban la parte trasera del vestido. Leo agarró la prenda por detrás, haciendo que la tela se tensara sobre sus pechos. Tras una serie de hábiles tirones, el traje se aflojó y fue deslizándose hacia abajo. Ella notó el roce de la boca de Leo en la nuca y sintió un escalofrío. Él le bajó el vestido hasta la cintura, y luego siguió caderas abajo. Catherine se movió para ayudarlo, saliendo al fin del montón de seda rosa para acabar descalzándose. Entonces, se volvió nuevamente hacia Leo, que le desabrochó el corsé, haciendo una pausa para besarle los hombros.

—Suéltate el pelo —ordenó él. Marks tiritó al notar el contacto de su aliento sobre la piel.

Catherine obedeció sin vacilar, se quitó los alfileres del moño y los dejó sobre la mesa del tocador. Entonces, fue a tumbarse en la cama y esperó con ansiedad que Leo se desnudara. Deseó haber tenido los anteojos a mano para poder contemplar con claridad su silueta, turbia y misteriosa, y el juego de luces y sombras sobre su piel.

—No te esfuerces tanto, amor mío; se te cansarán los ojos.

—Es que no puedo verlo.

Leo se acercó a ella. Cada trazo de su cuerpo revelaba una elegancia eminentemente masculina.

—¿Me ves ahora?

Catherine lo escrutó a conciencia.

—Ciertas partes.

Él rio en voz baja, se subió a la cama y se puso encima de ella, sujetándola por los brazos. Las puntas de los senos de Cat se endurecieron bajo la ligera tela de su camisola, y los vientres de ambos se juntaron, a la vez que la erección de Leo rozaba de manera exquisita la entrada del cuerpo de Marks.

—¿Y ahora? —murmuró Leo—. ¿Estoy lo bastante cerca?

—Casi —consiguió decir ella, mirándolo y deleitándose con cada detalle de su rostro arrebatador—. Pero no del todo —añadió, respirando de manera agitada.

Leo se inclinó sobre Catherine, posando sus labios sobre los de ella, con lo que despertó un extraordinario cúmulo de sensaciones, hasta perderse en aquel beso, generoso, aunque en absoluto desinteresado. Él se dedicó a explorar su boca, topándose con los tímidos avances de la lengua de Marks, que por primera vez saboreó el interior de la boca de Leo y sintió el sobresalto que provocaba en él.

Leo gruñó y, cogiendo la camisola por el borde, ayudó a Catherine a quitársela. Entonces, con una lentitud exasperante, se puso a desatarle las calzas, recorriendo la cintura de las mismas con los dedos y deslizando la fina muselina caderas abajo. Las medias y los ligueros no tardaron en seguir el mismo camino, dejándola completamente expuesta.

Murmurando su nombre, Catherine abrazó a Leo por el cuello y trató de atraerlo de nuevo hacia ella, pegándose a él y suspirando de placer al sentir las diferentes texturas de su cuerpo, la suavidad de su piel y la férrea solidez de sus músculos.

Leo llevó su boca hasta la oreja de Marks y se puso a juguetear con el lóbulo.

—Cat —susurró—. Ahora voy a besarte de arriba abajo, y quiero que te quedes muy quieta y que me dejes hacer a mi antojo. Podrás hacerlo, ¿verdad?

—No —contestó ella con absoluta franqueza—. Me temo que no seré capaz.

Leo apartó la vista de Catherine por un instante y, cuando volvió a mirarla, lo hizo con un destello de picardía en los ojos.

—En realidad, se trataba de una pregunta retórica.

—Una pregunta retórica tiene una respuesta obvia —arguyó ella—, y lo que me pide no es...

Catherine se detuvo en seco, incapaz de seguir hablando o pensando, al sentir la nariz y la lengua de Leo en el cuello. Su boca era tibia y sedosa, y su lengua parecía de terciopelo. Él siguió por el brazo, deteniéndose en el reverso del codo y en la muñeca, acariciando el pulso, que bombeaba visiblemente a través de aquella piel fina y delicada. Cada centímetro de su cuerpo estaba pendiente de las acciones de Leo.

Él desplazó la boca desde el brazo hasta el pecho de Catherine, dejando un rastro de humedad sobre su piel. Entonces, se puso a darle besos alrededor del pezón, sin tocarlo, hasta que ella notó que un gemido le subía a la garganta.

—Milord, por favor —balbuceó, llevando las manos al cabello de Leo y tratando de guiarlo.

Él se resistió, asiéndola por las muñecas y poniéndole los brazos de nuevo a los lados.

—No te muevas —le recordó con voz amable—. ¿O acaso quieres que empiece de nuevo?

Catherine cerró los ojos y, muy a su pesar, obedeció, mientras el pecho le palpitaba con fuerza. Leo tuvo la osadía de reírse ligeramente, y volvió a besar la curva inferior de sus senos. A ella se le escapó un sollozo al sentir que los labios de Leo le rozaban el pezón, erecto. Poco a poco, él fue abriendo y cerrando la boca, y comenzó a chupar. Ella notó que un calor intenso se arremolinaba en su vientre y alzó las caderas. Él le puso una mano en el abdomen y la movió en círculos, aliviándola.

Resultaba imposible quedarse quieta mientras Leo la atormentaba. La estimulaba con habilidad, pero no le proporcionaba alivio alguno, y eso era insoportable. Sin embargo, él la obligaba a resistir. Leo siguió bajando hasta su estómago, lamiendo y soplando levemente sobre el ombligo. Catherine se sentía débil y transpiraba; tenía el cuero cabelludo húmedo y el placer que sentía era tan intenso que rozaba el dolor.

Leo le pasó la boca por la sensible piel de la ingle, moviéndose a continuación hacia el interior de los muslos, para recorrerlos con la lengua, pero evitando a toda costa la entrepierna de Catherine, mojada y palpitante.

—Leo —masculló ella, jadeante—. Esto... no es muy amable por su parte.

—Lo sé —contestó él—. Separa las piernas.

Catherine obedeció con un estremecimiento, dejando que Leo la ayudara a abrir su cuerpo de una forma nueva y reveladora. Él usó la boca de maneras que la excitaron y la crisparon a partes iguales, bajando por los muslos, investigando los sensibles huecos detrás de las rodillas, besándole los tobillos, chupándole lentamente los dedos de los pies... Ella contuvo una súplica, y otra, mientras su impaciencia crecía y crecía.

Finalmente, después de lo que pareció una eternidad, Leo regresó a su cuello. Ella volvió a separar los muslos, muriéndose por que él la tomara. En lugar de eso, Leo la puso boca abajo, y Catherine gimoteó, frustrada.

—Muchacha impaciente —dijo él, deslizando la mano por sus nalgas e introduciéndola entre los muslos—. ¿Crees que esto podrá satisfacerte por ahora? —le preguntó. Catherine notó que Leo separaba su carne hinchada, y su cuerpo se tensó de manera celestial en cuanto él introdujo los dedos en ella, haciéndolos resbalar hacia el interior de su sexo empapado. Leo los mantuvo allí, bien adentro, ligeramente doblados, mientras se dedicaba a besar la espalda de Marks. Sin darse cuenta, ella empezó a mover la pelvis contra la mano de Leo, jadeando de placer. Cada vez estaba más cerca... y, sin embargo, el clímax no acababa de llegar.

Por fin, Leo volvió a ponerla boca arriba. Tenía el rostro tenso por el esfuerzo y cubierto de sudor. Fue entonces cuando Catherine se percató de que, aparte de martirizarla a ella, se había estado torturando a sí mismo. Leo le puso los brazos por encima de la cabeza y le separó las piernas. Durante un segundo, viendo aquel poderoso cuerpo masculino encima de ella, Catherine sintió pánico a causa de su propia indefensión. Entonces, él la penetró con una embestida potente y resbaladiza, y todo aquel miedo se disipó, engullido por un torrente de placer. Luego, Leo colocó el brazo que tenía libre bajo el cuello de Catherine, que cerró los ojos e inclinó la cabeza cuando él la besó en el cuello.

Catherine se encontraba sumergida en un mar de sensaciones, a la vez que era golpeada por oleadas de calor cada vez más intensas, mientras Leo la poseía con acometidas lentas y lascivas. Él siguió empujando una y otra vez, hasta que ella gimió al sentir que estaba a punto de explotar. Leo no se detuvo hasta que a Catherine no le llegó el último espasmo y se quedó totalmente laxa y en silencio. Entonces, con un susurro, la persuadió para que le rodeara la cintura con una pierna, y, seguidamente, le levantó la otra hasta que quedó sujeta en su hombro. Aquella postura hizo que Catherine volviera a abrirse, aunque con un ángulo diferente, por lo que, cuando él reanudó las embestidas, tocó una nueva zona dentro de ella. Otra ráfaga de placer la inundó, tan intensa y veloz que apenas si pudo respirar. Permaneció en aquella posición, temblando, mientras Leo se metía cada vez más adentro, a niveles que Catherine no había imaginado posibles. Rápidamente, fue propulsada a una segunda convulsión, aún más vertiginosa que la primera; pero antes de que ésta hubiera concluido, Leo se retiró bruscamente de su interior para poder liberarse de su propia carga, derramándola lúbricamente sobre el vientre de Catherine.

—Oh, Cat —masculló al cabo de unos instantes, todavía encima de ella, aferrándose a las sábanas.

Catherine volvió el rostro hasta que sus labios tocaron el borde de la oreja de Leo, y el erótico perfume a sexo y sudor le llenó la nariz. Puso la mano sobre su espalda y la acarició, notando que él se estremecía de placer ante el amable roce de sus uñas. Qué apasionante era yacer con un hombre, sentir cómo se relajaba dentro de una, mientras el pulso de ambos se ralentizaba. Qué asombrosa asimilación de carne, humedad y sensaciones, allí donde sus cuerpos entraban en contacto.

Leo levantó la cabeza y la miró.

—Marks —dijo con voz trémula—, no se puede decir que seas perfecta.

—Soy consciente de ello —contestó ella.

—Tienes demasiado temperamento, estás más ciega que un topo, eres una poeta deplorable y, francamente, tu acento francés podría ser mucho mejor. —Leo se apoyó en los codos y tomó el rostro de Catherine entre sus manos—. Sin embargo, cuando considero esas cosas dentro del conjunto de ti, te conviertes en la mujer más perfectamente imperfecta que he conocido jamás.

Cat sonrió, absurdamente halagada.

—Eres de una belleza sublime —prosiguió Leo—. Eres amable, divertida y apasionada, y, además, muy inteligente, pero estoy dispuesto a pasar esto último por alto.

—¿Está pensando en declararse de nuevo? —preguntó ella, dejando de sonreír.

Leo la miró fijamente.

—Tengo licencia especial del arzobispo. Podríamos casarnos en cualquier iglesia que quisiéramos, cuando quisiéramos. Mañana por la mañana, si me dijeras que sí.

Catherine volvió el rostro, frunciendo el ceño contra el colchón. Le debía una respuesta; tenía que ser honesta con él.

—No sé si alguna vez seré capaz de aceptar semejante propuesta.

Leo se quedó muy quieto.

—¿Porque te la hago yo, o por la propuesta en sí?

—Por la propuesta en sí —admitió Cat—. Sucede que, con usted, resulta muy difícil decir que no.

—Bueno, eso me da esperanzas —dijo él, aunque el tono de su voz sugería lo contrario.

Leo se levantó y fue a buscar un paño húmedo para Catherine. Cuando regresó, se quedó junto a la cama, viendo cómo se limpiaba.

—Piénsalo de esta manera —dijo—. El hecho de estar casados no cambiaría gran cosa entre nosotros, salvo que zanjaríamos nuestras discusiones de una forma mucho más satisfactoria.

Además, por descontado, yo tendría amplios derechos sobre tu cuerpo, tus propiedades y todas tus libertades individuales, pero no veo qué puede haber de malo en eso.

Aquella fanfarronada hizo que, a pesar de su creciente desánimo, Catherine casi sonriera de nuevo. Cuando terminó de limpiarse, dejó el paño en la mesita de noche y se subió las sábanas hasta los pechos.

—Ojalá la gente fuera como los relojes y los mecanismos que tan bien se le dan a Harry —dijo—. Así, podría reparar mis defectos fácilmente; y da la casualidad de que hay partes mías que no funcionan como deberían.

Leo se sentó en el borde de la cama y, sosteniendo la mirada de Catherine, extendió su musculoso brazo, la tomó de la nuca, la atrajo hacia sí y poseyó su boca con voracidad, hasta que ella notó que la cabeza le daba vueltas y que se le había acelerado el pulso.

Entonces, él levantó la cabeza y dijo:

—Pues yo adoro todas tus partes tal y como son. —Leo se echó hacia atrás y le acarició el mentón con ternura—. ¿Podrías, al menos, reconocer que te gusto?

Catherine tragó saliva.

—Es... es evidente que así es.

—Entonces, dímelo —la urgió él, desplazando la caricia hasta el cuello.

—¿Por qué quiere que diga algo que se sobreentiende?

Leo persistió, pareciendo comprender lo difícil que resultaba aquello para Marks.

—Son sólo unas pocas palabras —dijo, pasando el pulgar sobre la vena palpitante que había en la base del cuello de Cat—. No tengas miedo.

—Por favor, no...

—Dilo.

A Catherine le sobrevino un escalofrío. Era incapaz de mirar a Leo a la cara. A pesar de todo, hizo un esfuerzo hercúleo, respiró profundamente y consiguió mascullar lo que él pretendía.

—Me... me gusta.

—¿Lo ves? —murmuró él, abrazándola—. ¿Tan difícil era?

Catherine deseaba acurrucarse contra el acogedor pecho de Leo, pero, en lugar de ello, estiró los brazos, manteniendo una distancia prudencial entre ambos.

—Eso no importa —dijo—. De hecho, empeora las cosas.

Leo la soltó de inmediato y la miró con desconcierto.

—¿Cómo dices?

—Lo que ha oído. Yo nunca podré darle más de lo que ya le he dado. Y, por mucho que lo niegue, usted querría la clase de matrimonio que tienen sus hermanas. Querría la misma devoción y cariño que siente Amelia por Cam.

—Yo no quiero el cariño de Cam.

—No bromee —protestó Catherine, desconsolada—. Hablo muy en serio.

—Perdóname —respondió Leo en voz baja—. A veces, las conversaciones serias me ponen nervioso, y tiendo a recurrir al humor. —Hizo una pausa—. Entiendo lo que quieres decir. Sin embargo, ¿qué pensarías si te dijera que el hecho de que te sientas atraída por mí me bastaría?

—No le creería, porque sé lo infeliz que acabaría siendo usted. Vería la clase de matrimonios que tienen sus hermanas, recordaría la devoción que sentían sus padres el uno por el otro, y se amargaría al darse cuenta de que, en comparación, nuestro compromiso sería una parodia.

—¿Qué te hace estar tan segura de que no acabaríamos cuidando el uno del otro?

—He mirado dentro de mi corazón, y no lo he visto. A eso es a lo que me refería antes. No creo que pudiera ser capaz de confiar en nadie lo bastante como para amarlo. Incluso tratándose de usted.

Leo permaneció impasible, pero Catherine percibió algo oscuro bajo aquel supuesto autocontrol, algo que parecía ser rabia o exasperación.

—No es que seas incapaz —dijo él—, es que no quieres. —Leo la soltó con cuidado y fue a recoger la ropa que había dejado en el suelo. Empezó a vestirse y siguió hablando con un tono de voz sumamente indiferente, que impresionó a Catherine—. Tengo que marcharme.

—Se ha enfadado.

—No; pero, si me quedo, acabaremos haciendo el amor otra vez y seguiré proponiéndote matrimonio hasta mañana. Y, por muy bien que yo tolere el rechazo, tengo ciertos límites.

Los labios de Catherine esbozaron palabras de arrepentimiento y autocrítica, pero decidió callar, presintiendo que si las decía sólo conseguiría enfurecer a Leo. A él no le daban miedo los retos, pero estaba empezando a comprender que no podía hacer nada con respecto al desafío que Marks le presentaba; había un dilema inexplicable que parecía imposible de resolver.

Una vez que se hubo vestido y puesto su levita, Leo volvió a acercarse a la cama.

—No trates de predecir de lo que eres capaz —murmuró, pasando los dedos por debajo de la barbilla de Marks e inclinándose para darle un beso en la frente—. Te sorprenderías —añadió. Entonces, fue hasta la puerta, la abrió y echó un vistazo a ambos lados del pasillo. A continuación, miró a Catherine por encima del hombro—. Cierra la puerta con llave cuando salga.

—Buenas noches —dijo ella con dificultad—. Y... lo siento, milord. Ojalá yo fuese de otra manera; ojalá pudiera... —Catherine se detuvo y sacudió la cabeza, apesadumbrada.

Al cabo de unos instantes, Leo sonrió y le hizo una advertencia.

—Vas a perder esta batalla, Cat. Y, por más que te pese, vas a acabar disfrutando la derrota.

27

Ir a ver a Vanessa Darvin al día siguiente era lo último que Leo hubiera querido hacer. No obstante, tenía curiosidad por averiguar por qué quería ella verlo. La dirección que Poppy le había dado correspondía a una residencia de South Adley Street, en el barrio de Mayfair, no demasiado lejos de la casa que Leo alquilaba. Se trataba de una vivienda de estilo georgiano, de ladrillos rojos y molduras en blanco, en cuyo frente, del mismo color, se alzaban cuatro delgadas pilastras.

A Leo lo fascinaba aquella zona de la ciudad, no tanto porque estuviera de moda como por el hecho de que tiempo atrás, a principios del siglo XVIII, había sido declarada «corrompida e insegura» por el Gran Jurado de Westminster. Había sido condenada por el juego, por los espectáculos subidos de tono, por los combates de boxeo, por las peleas de animales y por todos los vicios derivados del crimen y la prostitución. Poco a poco, a lo largo de los siguientes cien años, se había ido aburguesando, hasta que John Nash había sellado su duramente ganada respetabilidad con Regent Street y Regent's Park. Para Leo, sin embargo, Mayfair siempre sería una dama respetable con un pasado de dudosa reputación.

En cuanto llegó a la residencia, fue conducido a un salón que daba a un jardín de dos niveles. Vanessa Darvin y la condesa Ramsay lo recibieron efusivamente. Tomaron asiento y, como era habitual en aquellos casos, cuando no existía una relación muy estrecha, hablaron un poco de todo, de la salud de las respectivas familias, del tiempo y de otros asuntos cómodos e intrascendentes. La idea que Leo se había formado de ambas mujeres la noche del baile no cambió ni un ápice. La condesa era una vieja cotorra y su hija, una joven hermosa pero egocéntrica.

Pasó un cuarto de hora, media hora, y Leo empezó a preguntarse si alguna vez acabaría enterándose del motivo de su visita.

—Madre mía —exclamó la condesa al fin—, me había olvidado de que tengo que hablar con el cocinero de la cena de esta noche. Lo lamento, pero debo ausentarme ya mismo. —La mujer se puso de pie, e inmediatamente Leo hizo lo mismo.

—Quizá yo también debería marcharme —dijo él, agradeciendo la oportunidad de escaparse.

—Quédese, milord —le pidió Vanessa en voz baja, intercambiando una mirada furtiva con su madre antes de que ésta saliera del salón.

Leo se percató de que no era más que un pretexto para que la muchacha y él se quedaran solos, y volvió a sentarse.

—Así que hay un motivo por el que yo estoy aquí.

—Efectivamente, hay un motivo —confirmó Vanessa. Era realmente guapa; tenía su resplandeciente melena oscura peinada en rizos, y sus impresionantes ojos resaltaban su tez de porcelana—. Querría discutir un asunto muy personal con usted. Supongo que puedo confiar en su discreción.

—Supone bien. —Leo la observó con interés. Bajo aquella fachada provocativa, había un matiz de urgencia e inseguridad.

—No sé muy bien cómo empezar —dijo ella.

—Vaya al grano —sugirió él—. Conmigo, las sutilezas suelen ser una pérdida de tiempo.

—Me gustaría proponerle algo, milord, que satisfaría nuestras necesidades mutuas.

—Qué curioso. No había caído en la cuenta de que tenemos necesidades mutuas.

—Está claro que la suya es casarse y tener un hijo rápidamente, antes de morir.

—No tengo pensado morir enseguida. —Leo estaba un tanto sorprendido.

—¿Qué me dice de la maldición de los Ramsay?

—No creo que exista tal maldición.

—Mi padre tampoco —señaló la joven.

—Pues, entonces —dijo Leo, a quien la situación le resultaba algo incómoda a la vez que divertida—, ya que parece que mi hora está próxima, no hay tiempo que perder. Dígame lo que quiere, señorita Darvin.

—Necesito encontrar un marido cuanto antes; de lo contrario, no tardaré en verme en una situación sumamente desagradable. —Leo la miró con cautela, pero no respondió—. Aunque no nos conocemos mucho —prosiguió—, sé bastante acerca de usted. Sus excesos pasados son bien conocidos, y creo que todos los atributos que harían de usted un marido poco idóneo para cualquier otra mujer, harían que fuera ideal para mí. En realidad, nos parecemos mucho. A todas luces, es usted cínico, amoral y egoísta. —Vanessa hizo una pausa—. Yo también; motivo por el cual jamás intentaría cambiar ninguna de esas cualidades.

Fascinante. Para tener menos de veinte años, aquella chica poseía una confianza en sí misma realmente pasmosa.

—Si quisiera descarriarse —continuó Vanessa—, yo no pondría ninguna queja. Probablemente, ni siquiera me daría cuenta, puesto que estaría igual de ocupada que usted. Se trataría de un matrimonio sofisticado. Puedo darle hijos para garantizar que el título y la casa permanezcan en su linaje. Además, podría...

—Señorita Darvin —dijo él con prudencia—, le ruego que no siga.

Leo se percató de lo irónico de la situación. Vanessa le estaba proponiendo un auténtico matrimonio de conveniencia, libre de ataduras incómodas y de sentimientos. Justo lo contrario de la clase de compromiso que él deseaba tener con Catherine.

No hacía demasiado, sin embargo, la propuesta le hubiera atraído.

Leo se acomodó de nuevo en su silla, miró a la joven e hizo acopio de paciencia.

—No niego que en el pasado haya cometido errores; pero a pesar de ello, o quizá gracias a ello, la idea de un matrimonio sofisticado no me atrae lo más mínimo.

A juzgar por la estupefacción del semblante de Vanessa, estaba claro que la había sorprendido. Ella se tomó su tiempo para contestar.

—Pues debería, milord. Una mujer mejor que yo se sentiría avergonzada y decepcionada, y acabaría odiándolo. Mientras que yo —recalcó Vanessa, tocándose el pecho con un gesto perfectamente estudiado y desplazando la atención de Leo hacia su busto, magnífico y rotundo—, jamás esperaría nada de usted.

El acuerdo que le proponía Vanessa Darvin era el antídoto perfecto para la domesticidad aristocrática. Era deliciosamente frío y civilizado.

—Pero yo necesito a alguien que espere algo de mí —se oyó Leo decir.

La verdad de aquella aserción cayó sobre él como un rayo. ¿De verdad acababa de decir eso? ¿Realmente hablaba en serio?

Dios santo, sí.

¿Cuándo y cómo había cambiado? Dejar atrás los excesos cometidos a causa del dolor y del desprecio por sí mismo había supuesto para Leo una lucha titánica. En un momento dado, había dejado de querer morir, lo cual no era en absoluto lo mismo que querer vivir. No obstante, durante un tiempo, eso había sido suficiente.

Hasta que había conocido a Catherine. Ella lo había reavivado como un cubo de agua fría en el rostro; lo había hecho desear ser un hombre nuevo, no sólo por ella, sino también por él mismo. Debería haber sospechado que ella lo llevaría al límite; Dios sabía hasta dónde. Y lo cierto era que a Leo le encantaba. Amaba a aquella guerrera menuda y con anteojos.

«No dejaré que recaiga y se convierta en un degenerado», le había dicho ella el día que él se había herido en las ruinas. Lo había dicho en serio y Leo la había creído. Ése había sido el punto de inflexión.

Cuánto se había resistido él a amar a alguien de aquella manera... Sin embargo, resultaba realmente excitante. Se sentía como si tuviera el alma en llamas, como si cada parte de su ser ardiese con una alegría desbordante.

Consciente de que se le habían subido los colores, Leo inspiró profundamente y soltó el aire poco a poco. Entonces, esbozó una sonrisa al reflexionar sobre la peculiar inconveniencia de haberse dado cuenta de que estaba enamorado de una mujer, justo cuando otra le acababa de proponer matrimonio.

—Señorita Darvin —dijo amablemente—, me siento honrado por su oferta; pero usted quiere al hombre que fui, no al que soy ahora.

Hubo un destello de maldad en los ojos castaños de la joven.

—¿Afirma haberse reformado? ¿Acaso reniega de su pasado?

—En absoluto, pero aspiro a un futuro mejor —respondió Leo, haciendo una pausa a propósito—. A pesar de la maldición de los Ramsay.

—Está cometiendo un error. —Los bellos rasgos de Vanessa se endurecieron—. Ya sabía que no era un caballero, pero no lo tenía por un idiota. Márchese, por favor. Está visto que no me servirá usted de gran cosa.

Leo se puso de pie de inmediato. Antes de salir del salón, sin embargo, miró a Vanessa con perspicacia.

—No puedo evitar preguntarle, señorita Darvin... ¿por qué, simplemente, no se casa con el padre del bebé?

Ésa resultó ser una suposición muy acertada.

A Vanessa se le encendió la mirada antes de poder dominar la expresión de su rostro.

—Porque se encuentra muy por debajo de mí —dijo suavemente, con la voz tensa—. Me temo que soy mucho más selectiva que sus hermanas, milord.

—Qué pena —murmuró él—, porque a mí me parece que, a pesar de eso, ellas son muy felices. —Leo hizo una reverencia—. Hasta la vista, señorita Darvin. Espero que tenga suerte en la búsqueda de un marido que no esté por debajo de usted.

—No necesito suerte, milord. Me casaré, y pronto. No tengo ninguna duda de que mi futuro marido y yo seremos muy felices cuando tomemos posesión de Ramsay House.

Cuando estuvo de vuelta en el hotel, tras haber pasado la mañana en la modista con Poppy, Catherine se estremeció de placer al entrar en los aposentos de los Rutledge. No dejaba de llover, con gotas gruesas y gélidas que presagiaban la llegada del otoño. A pesar de ir pertrechadas con capas y paraguas, ninguna de las dos había podido evitar mojarse un poco. Ambas fueron directamente hasta la chimenea del salón, y se quedaron de pie junto al fuego.

—Harry no debería tardar en volver de Bow Street —dijo Poppy, apartándose un mechón de cabello húmedo que se le había pegado a la mejilla. Su marido había acudido a una reunión con un agente especial de la policía y un magistrado de Bow Street para hablar de lord Latimer. Hasta el momento, Rutledge había sido extremadamente reservado en lo que se refería a los detalles de la situación, pero había prometido que, cuando hubiera ido al despacho del juez, lo contaría todo con pelos y señales—. Lo mismo debería hacer mi hermano tras ver a la señorita Darvin.

Catherine se sacó los anteojos y se sirvió de uno de los pliegues de la manga para limpiar el vaho que se había acumulado en los cristales. Entonces, oyó que *Dodger* le daba la bienvenida con una de sus risitas de hurón, y el animal salió disparado hacia ella desde ninguna parte. Catherine volvió a ponerse los anteojos, se agachó para recogerlo y *Dodger* se retorció entre sus brazos.

—Rata odiosa —murmuró, meciendo su cuerpo, largo y terso.

—Pero si te adora, Cat —alegó Poppy con una sonrisa, sacudiendo la cabeza.

—Aun así, pienso devolvérselo a Beatrix a la menor oportunidad —replicó Catherine. Sin embargo, inclinó la cabeza y dejó que el hurón le diera un beso en la mejilla.

De repente, se oyó un golpe en la puerta, seguido del ruido de alguien que entraba, un murmullo masculino, y una doncella que cogía el abrigo y el sombrero. Era Leo, que irrumpió en el salón trayendo consigo el olor a lluvia y lana mojada. Tenía las puntas del cabello húmedas y ligeramente rizadas contra su cuello.

—Leo —exclamó Poppy con una carcajada—, ¡estás empapado! ¿Es que no te has llevado paraguas?

—De poco sirven los paraguas cuando llueve de costado —señaló él.

—Voy a buscar una toalla —dijo Poppy, saliendo a toda prisa del salón.

Leo y Catherine se quedaron a solas, y sus miradas se encontraron. A él se le borró la sonrisa, y contempló a Marks con una atención que resultaba preocupante. ¿Por qué la miraba de aquella manera? Era como si algo se hubiese desatado dentro de él, y sus ojos azules parecían endemoniados.

—¿Cómo ha sido su charla con la señorita Darvin? —preguntó Catherine, tensándose en cuanto Leo se acercó a ella.

—Reveladora.

Catherine frunció el ceño ante lo breve de la respuesta, y se mostró impaciente.

—¿Qué quería de usted?

—Me ha propuesto un matrimonio de conveniencia.

Catherine pestañeó. Era justo lo que había esperado y, pese a todo, oírlo la puso celosa.

Leo se detuvo a su lado; la luz de las llamas le iluminó el rostro y las diminutas gotas de lluvia que aún tenía encima brillaron como diamantes sobre su piel bronceada. Ella sintió el deseo de tocar aquel vaho, de poner la boca encima, de saborear su piel.

—¿Qué le ha contestado usted? —se vio forzada a preguntar.

—Que me sentía muy halagado, por supuesto —respondió él como si tal cosa—. Siempre es agradable sentirse deseado.

Leo sabía que Marks estaba celosa, y se dedicó a jugar con ella. Catherine, por su parte, intentó por todos los medios no perder los nervios.

—Tal vez debería aceptar —dijo con frialdad.

—Tal vez lo haya hecho —contestó él, sin apartar los ojos de ella.

Catherine respiró sonoramente.

—Por fin has llegado —dijo entonces Poppy, muy animada, entrando en el salón con una pila de toallas limpias, ajena a la tensión que había entre Leo y Catherine. Le entregó una toalla a su hermano, que la cogió y se secó la cara.

Catherine se sentó en el sofá, dejando que *Dodger* se acurrucara en su regazo.

—¿Qué quería la señorita Darvin? —oyó que preguntaba Poppy.

—Me ha propuesto matrimonio —contestó Leo, con la voz apagada por la toalla.

—Cielo santo —dijo su hermana—. Es obvio que no tiene ni idea de cómo es tener que aguantarte todos los días.

—En su situación —comentó él—, una mujer no puede permitirse exigir demasiado.

—¿A qué situación se refiere? —preguntó Catherine con interés.

Leo le devolvió la toalla a su hermana.

—Está esperando un bebé, y no quiere casarse con el padre. Por supuesto, esto no tiene que salir de este salón.

Las dos mujeres permanecieron en silencio. Catherine se enfrentó a una curiosa mezcla de sentimientos: condescendencia, hostilidad, celos, miedo... A juzgar por la noticia, las ventajas de una unión entre Leo y la señorita Darvin estaban muy claras.

Poppy miró a su hermano con circunspección.

—Para confiar en ti de esa manera, sus circunstancias deben de ser bastante desesperadas.

Leo tuvo que posponer la respuesta, ya que, en ese preciso instante, Harry entró en los aposentos, con el sombrero y el abrigo chorreando agua.

—Buenas tardes —dijo Rutledge, esbozando una sonrisa. La doncella cogió sus prendas empapadas, y Poppy se acercó a él con una toalla seca.

—¿Has venido caminando? —preguntó ella, desplazando la vista de los bajos mojados de su pantalón a su semblante salpicado de gotas de lluvia con la solicitud propia de una esposa.

—Digamos que casi termino nadando —contestó Harry, que parecía disfrutar de las atenciones de su mujer.

—¿Por qué no tomaste un coche o pediste que te trajeran uno?

—Todos los coches se ocuparon en cuanto empezó a llover. Además, no estaba muy lejos. Sólo un gallina hubiera pedido que le trajeran un carruaje.

—Mejor ser un gallina que coger un resfriado —replicó Poppy yendo tras su esposo, quien se acercó a la chimenea.

Harry sonrió y se inclinó para robarle un beso, mientras trataba de deshacer el nudo mojado de la corbata.

—Yo nunca me resfrío —declaró, sacándose la banda de tela mojada, y se quedó junto al fuego. Entonces miró a Leo, expectante—. ¿Cómo ha ido la reunión con la señorita Darvin?

Leo tomó asiento y se inclinó hacia delante, apoyando los codos en las rodillas.

—Eso da igual; háblanos de tu visita a Bow Street.

—El agente especial Hembrey ha tenido en cuenta la información que tú has proporcionado, y está deseando abrir una investigación al respecto.

—¿Qué clase de investigación? —quiso saber Catherine, mirando a su hermano y, acto seguido, a Leo.

—Hace unos años —explicó este último, impasible—, lord Latimer me invitó a formar parte de un club exclusivo, una especie de sociedad de calaveras que celebra reuniones secretas en una antigua abadía.

Catherine abrió los ojos de par en par.

—¿Cuál es el propósito de esas reuniones?

Harry y Leo callaron. Al cabo de unos instantes, Leo procedió a responder con tono llano y la mirada clavada en un punto distante, más allá de las ventanas que estaban siendo azotadas por la lluvia.

—La depravación más absoluta. Falsos rituales religiosos,

violaciones, crímenes abyectos... Prefiero ahorrarte los detalles. Sólo te diré que todo era tan repulsivo que, incluso en el apogeo de mi libertinaje, rechacé la invitación de Latimer.

Catherine observó a Leo con cautela. La luz del fuego doraba las líneas de su tenso rostro.

—Latimer estaba tan seguro de que yo aceptaría —prosiguió él—, que me detalló algunos de los crímenes en los que había participado. Y dio la casualidad de que yo estaba lo bastante sobrio para recordar la mayor parte de lo que me dijo.

—¿Es suficiente esa información para que sea llevado a juicio? —preguntó Catherine—. Y, en tanto que aristócrata, ¿no puede lord Latimer negarse a ser detenido?

—Solamente en casos civiles —contestó Harry—, no en los de carácter criminal.

—Entonces, ¿cabe la posibilidad de que sea juzgado?

—No, eso no sucederá —respondió Leo en voz baja—. La sociedad de la que forma parte no permitirá que sus actividades salgan a la luz. Cuando sepan que Latimer está siendo investigado, lo más probable es que lo obliguen a marcharse de Inglaterra antes de que pueda ser encausado. O, mejor todavía, puede que hagan que acabe flotando en el Támesis.

—¿Querrá el agente Hembrey que yo vaya a declarar? —preguntó Catherine.

—De ninguna manera —le aseguró Leo—. Hay pruebas más que suficientes en su contra sin que tú te veas envuelta en esto.

—Suceda lo que suceda —añadió Harry—, Latimer estará demasiado ocupado para molestarte, Cat.

—Gracias —dijo ella, mirando nuevamente a Leo—. Es un gran alivio saber eso. —Hizo una pausa algo extraña, y luego repitió sin mucha convicción—: Un gran alivio.

—Pues no pareces tranquilizada en absoluto —observó Leo algo molesto—. ¿Qué te ocurre, Marks?

Aquella falta de comprensión, unida a los comentarios previos de Leo sobre Vanessa Darvin, fue demasiado para los maltrechos nervios de Catherine.

—Si estuviera usted en mi situación —dijo, muy tensa—, no estaría precisamente loco de contento.

—Pues yo creo que estás en una situación excelente. —Leo le dirigió una mirada glacial—. Latimer no tardará en desaparecer, Rutledge te ha reconocido públicamente como su hermana, eres una mujer autosuficiente y no tienes obligaciones ni compromisos con nadie. ¿Qué más podrías desear que no tengas ya?

—Nada en absoluto —soltó ella.

—A mí me parece que, en el fondo, te sabe mal dejar de huir y esconderte, porque ahora debes enfrentarte al desafortunado hecho de que no tienes nada, ni nadie, hacia donde correr.

—Me conformo con quedarme quieta —contestó Catherine con frialdad.

Leo sonrió con una indiferencia provocadora.

—Eso me recuerda a la vieja paradoja.

—¿Qué paradoja?

—Esa que plantea lo que sucede cuando una fuerza irresistible se topa con un objeto inamovible.

Harry y Poppy permanecieron en silencio, mirándolos alternativamente a uno y a otro.

—¿Se supone que yo soy el objeto inamovible? —preguntó Catherine con sarcasmo.

—Si tú lo dices...

—Bueno, pues os advierto que no me gusta —dijo ella, frunciendo el ceño—, porque siempre he creído que ésa era una cuestión absurda.

—¿Por qué? —preguntó Leo.

—Porque no tiene respuesta posible.

Catherine y Leo se miraban fijamente.

—Sí que la hay —replicó Leo, que parecía disfrutar con la creciente furia de Marks.

Harry decidió entrar en la conversación.

—Desde un punto de vista científico, no —señaló—. Un objeto inamovible tendría que tener una masa infinita, y la fuerza irresistible, infinita energía, y ambas cosas son imposibles.

—En términos semánticos, sin embargo —rebatió Leo con una calma exasperante—, sí que hay una respuesta.

—Por supuesto —dijo Harry con sequedad—. Un Hathaway siempre encuentra el modo de defender su argumento. Ilumínanos, pues, ¿qué respuesta es ésa?

Leo contestó sin apartar la mirada del semblante tenso de Catherine.

—La fuerza irresistible toma el camino que le ofrezca menos resistencia y rodea el objeto inamovible... dejándolo atrás.

Catherine se dio cuenta de que él la estaba retando. Qué arrogante y manipulador; estaba sirviéndose de la delicada coyuntura de la pobre Vanessa Darvin para provocarla y sugerir lo que habría sucedido si ella no hubiese sucumbido ante él. «Rodear el objeto y dejarlo atrás»... ¡Tal cual!

Catherine se puso de pie de un salto, con la mirada encendida.

—Entonces, ¿por qué no va y se casa con ella? —espetó, cogiendo su pequeño bolso y el cuerpo laxo de *Dodger*, y abandonó el salón a toda velocidad.

Leo fue tras sus pasos sin vacilar.

—Ramsay —dijo Harry.

—Ahora no, Rutledge —murmuró Leo. Al salir, cerró la puerta con tanta fuerza que ésta se quedó temblando.

En el silencio que se hizo a continuación, Harry miró a Poppy, completamente azorado.

—No suelo ser corto de entendederas —dijo él—, pero, ¿de qué demonios estaban hablando?

—De la señorita Darvin, supongo —contestó ella, sentándose en el regazo de su marido, y le pasó los brazos por detrás del cuello—. Está embarazada y pretende casarse con Leo.

—Ah. —Harry apoyó la cabeza en el respaldo de la silla, haciendo una mueca—. Ya veo. Leo está aprovechando la situación para forzar a Catherine a tomar una decisión.

—Pero tú no lo apruebas —dijo Poppy como una afirmación, apartando un mechón de cabello mojado de la frente de su esposo.

Harry la miró con picardía.

—Es exactamente lo que haría yo en su lugar. Pero, por supuesto, no lo apruebo.

—¡Deje de seguirme!

—Quiero hablar contigo —replicó Leo, siguiendo a Catherine por el pasillo. Cada paso que daba correspondía a dos de los de ella.

—No tengo interés en escuchar nada de lo que tenga que decirme.

—Estás celosa —dijo él, que parecía más que contento por ese hecho.

—¿De usted y de la señorita Darvin? —Catherine soltó una carcajada llena de resentimiento—. Más bien lo que siento es lástima. No se me ocurre una unión más abocada al fracaso.

—No puedes negar que es una mujer muy atractiva.

—Salvo por su cuello —no pudo evitar decir Catherine.

—¿Qué diablos le pasa a su cuello?

—Que es insólitamente largo.

Leo intentó, sin éxito, reprimir una risotada.

—Puedo pasar eso por alto. Porque, si me casara con ella, seguiría siendo dueño de Ramsay House y ya tendríamos un bebé en camino. ¿No te parece ideal? Por si fuera poco, la señorita Darvin me ha prometido que me dejaría tener todas las aventuras que quisiera y que haría la vista gorda.

—¿Qué me dice de la fidelidad? —preguntó Catherine, furiosa.

—La fidelidad está pasada de moda. En realidad, sería una pena no salir por ahí a seducir a otras mujeres.

—¡Usted me dijo que no tenía ningún inconveniente en serme fiel!

—Sí, pero eso era cuando hablábamos de nosotros. Un matrimonio con la señorita Darvin sería algo completamente distinto.

Ambos se detuvieron en cuanto estuvieron frente a la puerta

de la *suite* de Catherine. Mientras ella sostenía al hurón, que seguía durmiendo, Leo rebuscó en el bolso y sacó la llave de la habitación. Catherine no se molestó en mirarlo mientras él le abría la puerta.

—¿Puedo pasar? —preguntó Leo.

—No.

A pesar de la negativa, él entró y cerró la puerta.

—No se entretenga —dijo Catherine en tono grave, yendo a dejar a *Dodger* en su cesta—. Seguro que tiene usted mucho que hacer, empezando por cambiar el nombre en esa licencia especial de matrimonio.

—Me temo que no; la licencia sólo vale contigo. Si me caso con la señorita Darvin, tendré que pagar una nueva.

—Espero que resulte cara —dijo Catherine con vehemencia.

—Lo es. —Leo se acercó a ella por detrás y la abrazó, sosteniéndola firmemente contra él—. Pero, además, hay otro problema.

—¿Cuál? —preguntó Catherine, tratando de zafarse.

—Que te quiero a ti —le contestó Leo al oído con un susurro—, y solamente a ti.

Catherine se quedó quieta y cerró los ojos al sentir una punzada húmeda entre las piernas.

—¿Acaso no ha aceptado la propuesta?

Leo le pasó la nariz con ternura por detrás de la oreja.

—Pues claro que no, tontita.

Muy a su pesar, Catherine no pudo evitar un suspiro de alivio.

—Entonces, ¿por qué ha dado a entender que sí lo había hecho?

—Porque tengo que presionarte de alguna manera. De lo contrario, alargarías esta situación hasta que yo estuviera demasiado decrépito para servirte de algo. —Leo condujo a Catherine hasta la cama, la levantó en brazos y la tiró sobre el colchón, haciendo que sus anteojos salieran volando.

—¿Qué está haciendo? —preguntó ella indignada, resistiéndose y apoyándose en los codos, sepultada por las numerosas faldas de su vestido, que tenía los bajos y los volantes empapados—. Tengo el vestido mojado.

—Te ayudaré a quitártelo —dijo él. El tono solícito de su voz fue traicionado por el brillo malicioso de sus ojos.

Catherine bregaba entre las capas de tela y los volantes, mientras Leo le desabrochaba la ropa con una eficiencia asombrosa. Viéndolo darle la vuelta a Marks hacia un lado y hacia otro, tirando de aquí y de allá, cualquiera hubiera pensado que tenía más de dos brazos. Haciendo caso omiso de sus quejas, Leo le separó la pesada falda del corpiño, junto al forro almidonado de muselina, y lo dejó todo en el suelo. Luego siguió por los zapatos, que tiró por el costado de la cama. Entonces, puso a Catherine boca abajo y empezó a aflojarle el corpiño, fuertemente fruncido.

—¡Disculpe, pero no he pedido que me pelen como a una mazorca! —protestó ella, agitándose, en un intento de que él le quitara las manos de encima. Inmediatamente, Leo dio con las cintas de las calzas y las soltó. Catherine chilló.

Él rio en voz baja e inmovilizó a Cat con las piernas, besándola en la nuca. Ella sintió una oleada de calor por todo el cuerpo, encendido por el contacto de la sensual boca de Leo.

—¿La ha besado? —escupió Catherine, con la voz apagada por la ropa de cama.

—No, amor mío. No me he sentido tentado por ella en absoluto. —Leo le mordisqueó y le lamió el cuello, y Catherine suspiró. Entonces, le metió las manos por debajo de las calzas y le magreó las nalgas—. No hay mujer en el mundo que me excite más que tú; pero resulta que eres puñeteramente terca, y sabes protegerte muy bien. Quiero decirte cosas... hacerte cosas... y el hecho de que no estés lista para ello va a volvernos locos a ambos.

Leo introdujo la mano entre los muslos de Marks, notó que estaba mojada y se puso a acariciarla suavemente en círculos. Ella gimió y se retorció debajo de él. Catherine todavía tenía el corsé firmemente sujeto, y la compresión que éste hacía sobre su cintura parecía intensificar las sensaciones que se arremolinaban entre sus piernas. A pesar de que una parte de ella se rebelaba contra los arrumacos de Leo, no pudo evitar estremecerse de placer.

—Quiero hacerte el amor —le dijo él, recorriendo el reverso de su oreja con la punta de la lengua—. Quiero estar tan dentro de ti como sea posible, sentir tu carne apretándome y vaciarme en tu interior. —Leo deslizó un dedo dentro de ella, y luego otro. Catherine gimoteó—. Sabes perfectamente cuánto te gustaría eso —susurró él, palpándola con delicadeza—. Ruégamelo, y te amaré sin descanso. Me quedaré dentro de ti toda la noche.

Catherine boqueó, tratando de tomar aire; el corazón le latía cada vez más rápido.

—Me pondría en la misma situación en la que se encuentra la señorita Darvin —arguyó—. Embarazada y suplicándole que se case conmigo.

—Dios, sí, me encantaría.

Aquella respuesta indignó a Catherine, que fue incapaz de decir nada, mientras los largos dedos de Leo la estimulaban por dentro y por fuera. Su cuerpo se puso en tensión, experimentando un placer que iba en aumento, lenta pero inexorablemente. Seguía habiendo varias capas de tela entre ambos, y lo único que ella sentía era la boca de Leo en el cuello, y aquella mano diabólicamente arrebatadora.

—Nunca le he dicho esto a nadie —dijo él, con voz aterciopelada—, pero la idea de verte embarazada es la cosa más extremadamente excitante que he imaginado jamás. Ver tu vientre y tus pechos hinchados, la manera graciosa como caminarías... Te adoraría. Me ocuparía de satisfacer todas y cada una de tus necesidades, y todos sabrían que habría sido yo el que te había dejado así, y que serías mía y solamente mía.

—Es usted tan... tan... —Catherine era incapaz de pensar en la palabra adecuada.

—Lo sé: horrendamente primitivo —sentenció Leo, soltando una carcajada—. Sin embargo, no te queda más remedio que tolerarlo, porque soy un hombre y no puedo evitarlo.

Leo la acarició de manera diestra pero delicada, moviendo los dedos sensual e incansablemente. Catherine sintió que era arrasada por una nueva oleada de placer, que le llegó hasta los dedos de las manos y de los pies. Él le bajó las calzas hasta las rodillas e intentó torpemente desabrocharse los pantalones. Cuando lo hubo conseguido, puso todo el peso de su miembro sobre Marks, que sintió una presión húmeda y rotunda entre los muslos, a la vez que sus sentidos eran consumidos por el fuego de la pasión, y su cuerpo se estremeció ante la inminente llegada del éxtasis.

—Tienes que tomar una decisión, Cat —la conminó Leo, besándole el costado del cuello con avidez—. Dime que me detenga ahora mismo, o deja que te tome hasta el final, porque ya no voy a poder salir de ti en el último momento. Te deseo demasiado; y, probablemente, voy a dejarte embarazada, mi amor, porque ahora mismo me siento en plenas facultades. Así que será todo o nada. De ti depende.

—No puedo —contestó Catherine, frustrada, revolviéndose. Leo se apartó de ella y le dio la vuelta. Incapaz de detenerse, bajó la cabeza y se puso a besarla vorazmente, deleitándose con los jadeos que salían de su garganta.

—Es una pena —dijo él entonces, resollando—. Estaba a punto de hacer algo realmente lascivo. —Leo se hizo a un lado y se subió los pantalones, mascullando algo acerca del riesgo de lesionarse para siempre mientras trataba de abrochárselos de nuevo.

Catherine lo miró con incredulidad.

—¿No piensa terminar?

Él suspiró.

—Ya te lo he dicho: todo o nada.

Ella se estrechó entre sus propios brazos, temblando de deseo hasta el punto de que le castañeteaban los dientes.

—¿Por qué trata de martirizarme?

—Es evidente que, por mucha paciencia que tenga, no voy a hacerte cambiar de opinión. Así que tengo que intentar otras tácticas —arguyó Leo, besándola cariñosamente y saliendo de la cama. Después de peinarse con las manos y arreglarse la ropa, miró a Cat de manera provocativa y sonrió de tal forma que parecía burlarse de ambos—. Estoy librando una guerra, amor mío, y el único modo de ganar esta clase de pelea es hacer que quieras perder.

28

Solamente una mujer de piedra podría haber resistido la campaña a la que Leo se entregó la semana siguiente. Según él, sólo la estaba cortejando, pero lo cierto es que no había palabras para definir la manera en que asedió a Catherine, valiéndose de todo su encanto.

Primero provocaba alguna discusión absurda y entretenida, y luego se comportaba con ternura y amabilidad. Le susurraba al oído cumplidos arrebatadores y poesías, le enseñaba palabras obscenas en francés y la hacía reír en los momentos más inapropiados. Lo que no hacía, sin embargo, era tratar de besarla o seducirla. Al principio, a Catherine le divirtió aquella táctica tan descarada. Luego, no obstante, se sintió molesta por ello, y finalmente, intrigada. A menudo se encontró clavando la vista en la boca de Leo, tan firme y perfecta. No podía evitar rememorar los besos que se habían dado y se pasaba el día pensando en ellos.

Cierta vez, cuando asistieron a un concierto privado en una mansión de Upper Brook Street, mientras la anfitriona mostraba la casa a los invitados, Leo apartó a Catherine del grupo, se la llevó a un rincón oculto tras unos tiestos con helechos, y ella se lanzó a sus brazos. Sin embargo, en lugar de besarla, él se limitó a estrecharla contra su cuerpo y a acariciarle la espalda suavemente, y susurró algo contra su peinado, aunque tan suavemente que Catherine no pudo saber de qué se trataba.

Lo que ella disfrutaba por encima de todo eran los paseos que daban por los jardines del hotel, donde la luz del sol se colaba entre los árboles y los setos, y la brisa traía el aroma que presagiaba la llegada del otoño. Mantenían largas conversaciones, abordando, ocasionalmente, temas espinosos, que entrañaban preguntas delicadas y respuestas difíciles. Y, a pesar de todo, era como si ambos estuvieran yendo en la misma dirección; conectaban de una manera que ninguno de los dos había experimentado antes.

A veces, Leo retrocedía y contemplaba a Catherine como quien admira una obra de arte en un museo, tratando de aprehender su significado. El interés que él demostraba por ella era embriagador y fascinante. Además, era un conversador maravilloso. Le contaba historias sobre sus desventuras de la infancia, sobre cómo había sido criarse en la familia Hathaway, o sobre el tiempo que había pasado en París y en la Provenza. Catherine escuchaba atentamente cada detalle, uniéndolos como retales de un conjunto para formarse una idea mejor de uno de los hombres más complejos que había conocido nunca.

Leo era un truhán poco sentimental que, no obstante, era capaz de hacer gala de una gran sensibilidad y compasión. Sabía expresarse muy bien, y podía usar las palabras a su antojo, ya fuera para sosegar como una canción de cuna o para diseccionar como el bisturí de un cirujano. Cuando le venía en gana, desempeñaba el papel del aristócrata aburrido, y camuflaba convenientemente las maquinaciones de su mente. A veces, sin embargo, cuando bajaba la guardia, Catherine vislumbraba el chico galante que había sido antaño, antes de que las circunstancias de la vida lo hubieran desgastado y endurecido.

—En muchos aspectos es como era nuestro padre —le contó Poppy en privado—. A él le chiflaba conversar. Era un hombre serio, un intelectual, pero poseía una vena fantasiosa. —La joven sonrió, recordando—. Mi madre siempre decía que podría haberse casado con un hombre más guapo, o más rico, pero no con uno que hablara como lo hacía él, y ella sabía que nunca hubiera sido feliz al lado de un tipo anodino.

Catherine lo entendía perfectamente.

—¿Se parecía lord Ramsay a tu madre en algún aspecto?

—Pues sí. Ella era aficionada al arte, y fue quien animó a Leo a estudiar arquitectura —contestó Poppy, haciendo una pausa—. No creo que le hubiera gustado saber que él acabaría heredando un título nobiliario; no tenía muy buena opinión de la aristocracia. Y, ciertamente, no habría aprobado el comportamiento de Leo en los últimos años, aunque hubiese estado muy contenta de ver que él ha decidido enmendarse.

—¿De quién ha sacado ese ingenio tan retorcido? —preguntó Catherine—. ¿De tu madre o de tu padre?

—Eso —contestó Poppy con ironía— es enteramente suyo.

Casi a diario, Leo obsequiaba a Catherine con algún detalle: un libro, una caja de dulces, un cuello de encaje de Bruselas con un delicado dibujo de flores...

—Es el encaje más bonito que he visto nunca —le dijo ella con pesar, dejando el precioso regalo sobre la mesa, con sumo cuidado—. Pero, milord, me temo que no...

—Ya lo sé —la interrumpió él—. Un caballero no debe hacer regalos de índole personal a una dama que está cortejando. —Leo bajó la voz, temiendo que Poppy y el ama de llaves, que estaban hablando en la entrada de las estancias de los Rutledge, pudieran escucharlos—. Pero no pienso devolverlo; ninguna otra mujer podría hacerle justicia. Y Marks, no tienes ni idea del ejercicio de contención que he tenido que hacer. Quería comprarte unas medias bordadas con florecillas que llegaban hasta el interior de tus...

—Milord —susurró Catherine, ruborizándose ligeramente—. Contrólese; no se olvide de dónde estamos.

—Lo que no he olvidado es cada detalle de tu cuerpo. De hecho, es probable que vuelva a dibujarte desnuda. Pues cada vez que tengo un lápiz en la mano, la tentación resulta abrumadora.

—Me prometió no volver a hacerlo —le recordó ella, tratando de ponerse seria.

—Es que mi lápiz tiene voluntad propia —alegó él con gravedad.

A Catherine se le subieron aún más los colores, aunque no pudo evitar bosquejar una sonrisa.

—Es usted incorregible —dijo.

Leo puso cara de circunstancias.

—Bésame y me comportaré.

Ella suspiró, exasperada.

—¿Justo ahora, que Poppy y el ama de llaves están aquí cerca?

—No se darán cuenta. Están enfrascadas en una apasionante charla acerca de las toallas del hotel —contestó él, bajando la voz—. Sólo te pido un besito. Aquí —dijo, señalando la mejilla.

Quizá fuese porque, mientras la provocaba, Leo parecía un adolescente, y sus ojos azules brillaban con picardía. El caso es que, al mirarlo, Catherine fue asaltada por una nueva y extraña sensación, un aturdimiento cálido que invadió cada centímetro de su cuerpo. Se inclinó hacia delante y, en lugar de besarlo en la mejilla, lo hizo directamente en la boca.

Él, sorprendido, dejó que ella tomara la iniciativa. Cat sucumbió a la tentación e hizo durar el beso más de lo que había pensado en un principio, usando la boca con fruición y tocando tímidamente los labios de Leo con la lengua. Él respondió con un sonido grave y la abrazó. Catherine notó que Leo se estaba excitando, y que corría el riesgo de mandarlo todo al garete y dar rienda suelta a sus impulsos.

Cuando terminó el beso, Catherine pensó que Poppy y la señora Pennywhistle estarían mirándolos escandalizadas. Sin embargo, echó un vistazo por encima del hombro de Leo y vio que el ama de llaves seguía dándoles la espalda.

Poppy, no obstante, se había percatado del beso, y miró a Cat con malicia.

—Señora Pennywhistle —dijo, llevándose a la mujer fuera de allí—, acompáñeme al pasillo. El otro día me pareció haber visto una mancha horrorosa en el alfombrado y quería mostrársela. Creo que estaba aquí... Pues no, tal vez por allá... Caray, ya no me acuerdo.

Catherine aprovechó el momento de intimidad y miró a Leo a los ojos.

—¿Por qué has hecho eso? —preguntó él con la voz ronca.

Ella trató de pensar en alguna respuesta graciosa.

—Quería poner a prueba el rendimiento de mi cerebro después de un beso.

Leo esbozó una sonrisa. Entonces tomó aire y se dispuso a complacer a Marks.

—Si entraras en tu habitación a oscuras con una cerilla en la mano —enunció—, ¿qué encenderías primero, la lámpara de aceite que hay sobre la mesa o el fuego de la chimenea?

Catherine frunció el entrecejo y pensó la respuesta.

—La lámpara.

Leo sacudió la cabeza.

—La cerilla —dijo en tono burlón—. Marks, ni siquiera te estás esforzando.

—Otra —pidió ella. Él obedeció sin vacilar, inclinando la cabeza sobre Cat y dándole un beso largo y apasionado, mientras ella se relajaba y hundía los dedos en su cabellera. Cuando acabó de besarla, Leo frotó su nariz sensualmente contra la de Marks.

—¿Es legal o ilegal que un hombre se case con la hermana de su viuda? —preguntó.

—Ilegal —respondió Catherine lánguidamente, tratando de atraer a Leo de nuevo hacia ella.

—Es imposible, porque está muerto —corrigió él, resistiéndose y mirándola con una sonrisa dibujada en el rostro—. Ya está bien.

—No —protestó Cat, acurrucándose contra Leo.

—Tranquilízate, Marks —susurró él—. Uno de los dos tiene que tratar de controlarse, y deberías ser tú —le dijo, dándole un besito en la frente—. Tengo otro regalo para ti.

—¿De qué se trata?

—Mira en mis bolsillos. —Leo se estremeció levemente y se echó a reír, nervioso, en cuanto ella se puso a cachearlo—. En los del pantalón, no, pequeña desvergonzada —la reprendió, asiéndola por las muñecas y dejándolas suspendidas en el aire, como si estuviera sometiendo a una gatita traviesa. Incapaz de resistir la tentación, se inclinó sobre Catherine y volvió a besarla en la boca. Hasta no hacía demasiado, que Leo la dominara de aquella manera la hubiese asustado; ahora, sin embargo, Catherine sintió que algo profundamente excitante se despertaba en su interior.

Leo despegó su boca de la de ella y la soltó, ahogando una carcajada.

—En los de mi abrigo —dijo—. Por Dios, cuánto quisiera... No, prefiero no decirlo. Sí, ahí está tu regalo.

Catherine sacó un objeto envuelto con un paño. Lo desenvolvió con cuidado y descubrió que se trataba de unos nuevos anteojos de plata, flamantes y preciosos, con cristales ovalados y refulgentes. Encandilada por el diseño, pasó el dedo por las intricadas filigranas de las patillas, desde el principio hasta el extremo curvo—. Son muy bonitos —dijo, maravillada.

—Si te gustan, encargaremos otros de oro. Espera, déjame ayudarte —se ofreció Leo, sacándole los anteojos viejos con cuidado, disfrutando con ello.

Catherine se puso los nuevos y advirtió que, aparte de ser muy livianos, le quedaban perfectamente sujetos al puente de la nariz. Echó un vistazo a su alrededor y se dio cuenta de que todo se veía con una nitidez pasmosa. Entusiasmada, pegó un salto y fue corriendo hasta el espejo que había sobre la mesa del recibidor, donde contempló su propio reflejo.

—Estás guapísima —dijo Leo, apareciendo tras ella, imponente—. Me encanta cómo le sientan los anteojos a una mujer.

Catherine sonrió; sus miradas se encontraron en el cristal.

—¿En serio? Qué preferencia tan extraña.

—No lo creo —replicó él, posando las manos sobre sus hombros y acariciándole el cuello—. Resaltan tus hermosos ojos, y te dan un aire misterioso, cosa que, como ya sabemos, es cierta. —Leo bajó la voz y añadió—: Sin embargo, lo que más me gusta es quitártelos y prepararte para un buen revolcón.

La rudeza de sus palabras hizo que a Catherine le sobreviniera un escalofrío. Cerró los ojos y notó que Leo se arrimaba a ella y le apoyaba la boca en la nuca.

—¿Te gustan? —murmuró él, besando la piel tersa y suave de Marks.

—Sí —contestó, inclinando la cabeza hacia un lado. La lengua de Leo recorrió su cuello con dulzura—. No sé por qué se ha tomado semejante molestia. Es muy amable por su parte.

Leo levantó la cabeza y encontró la mirada soñolienta de Catherine en el espejo. Entonces, llevó los dedos a su cuello, y se puso a acariciarlo como si quisiera incrustar la sensación de su propia boca sobre la piel de Marks.

—No pretendía ser amable —susurró, bosquejando una sonrisa—. Tan sólo que vieras con claridad.

«Estoy empezando a hacerlo», estuvo a punto de decirle ella. Sin embargo, Poppy regresó antes de que pudiera abrir la boca.

Aquella noche, Catherine durmió mal, sumida en el mundo de las pesadillas, que parecía tan real, si no más, que el mundo infinitamente más agradable que habitaba estando despierta.

En una mezcla de sueño y recuerdo, recorría la casa de su abuela, hasta encontrar a la anciana sentada tras su escritorio, anotando algo en un libro de cuentas.

Entonces, se lanzaba a los pies de la anciana y enterraba la cara en sus voluminosas faldas negras. Seguidamente, los dedos esqueléticos de la mujer le levantaban el mentón.

El rostro de su abuela estaba oculto tras una densa capa de maquillaje blanco, que contrastaba con su cabello y sus cejas, teñidas de color castaño. Al revés que Althea, no llevaba pintura en los labios, tan sólo un ungüento pálido.

—Althea ha hablado contigo —dijo la vieja, en un tono de voz que recordaba el crujido de las hojas secas.

Catherine, sollozando, hizo un esfuerzo para contestar.

—Sí, pero no... no he entendido lo que...

Su abuela respondió con voz rasposa, apretando la cabeza de

Cat sobre su regazo y pasándole los dedos suavemente por el cabello, peinándola.

—¿Acaso Althea no se ha explicado bien? Puede que tú no seas ninguna lumbrera, pero tampoco eres tonta. ¿Qué es lo que no has entendido? Y deja de llorar; ya sabes que lo detesto.

Catherine apretó los ojos con fuerza, tratando de contener las lágrimas. Tenía el cuello tenso por la congoja.

—Quiero ser cualquier otra cosa —dijo—. Quiero una oportunidad.

—¿Es que no quieres ser como tu tía? —preguntó la mujer, con una suavidad enervante.

—No.

—¿Y tampoco quieres ser como yo?

Catherine titubeó y sacudió la cabeza ligeramente, temerosa de volver a decir «no». Hacía tiempo que había aprendido que, con su abuela, esa palabra sólo podía utilizarse muy de vez en cuando.

—Pero si ya lo eres —señaló ella—. Eres una mujer, y todas las mujeres están destinadas a vivir como rameras, pequeña.

Catherine estaba petrificada. Los dedos de la anciana se convirtieron en garras, y las caricias, en una suerte de arañazos lentos y rítmicos sobre su cabeza.

—Todas las mujeres se venden a los hombres —prosiguió—. El matrimonio no es más que otra clase de transacción, en la que la mujer sólo debe preocuparse de copular y criar a los hijos. Las que nos dedicamos a esta honorable profesión, por lo menos, somos honestas al respecto. —De golpe, el tono de voz de la mujer se volvió reflexivo—. Los hombres no son más que unos animales brutos y repulsivos, pero ellos gobiernan el mundo y siempre lo harán. Y, para poder sacarles todo el partido posible, una debe ser sumisa. Ya verás como se te dará muy bien, Catherine. Me he dado cuenta de que posees ese instinto; te gusta que te digan lo que tienes que hacer, y te gustará todavía más cuando te paguen por ello. —La abuela levantó la mano de la cabeza de su nieta—. Y ahora, no vuelvas a molestarme. Pregúntale a Althea todo lo que quieras. Cuando ella empezó a trabajar, tampoco estaba muy contenta, pero no tardó en darse cuenta de las ventajas de su situación. Además, todas tenemos que ganarnos el pan, ¿no te parece? Incluida tú; ser mi nieta no te confiere ningún derecho especial. Y quince minutos tumbada boca arriba te harán ganar lo mismo que otras mujeres en dos o tres días de trabajo. Así da gusto ser sumisa, Cat.

Catherine salió del despacho de su abuela sintiéndose como si hubiera caído en un pozo sin fondo. Tuvo la tentación alocada y pasajera de salir corriendo de aquella casa; pero sin dinero y sin un sitio adonde ir, una chiquilla desvalida como ella no hubiera durado en Londres más que unas pocas horas. Los sollozos que había contenido en el pecho se transformaron en escalofríos.

Catherine volvió a subir las escaleras y se fue a su cuarto; pero, entonces, el sueño cambió, y los recuerdos se convirtieron en pesadilla. Los escalones parecieron multiplicarse, y el ascenso se hizo cada vez más difícil, mientras todo era cada vez más oscuro. Sola y temblando de frío, consiguió llegar a su habitación, que solamente estaba iluminada por el brillo de la luna.

Había un hombre junto a la ventana. De hecho, estaba sentado a horcajadas sobre el marco, con un pie apoyado firmemente en el suelo y el otro colgando despreocupadamente por fuera. Ella lo reconoció por la forma de su cabeza, por las rotundas líneas de su silueta y por una voz aterciopelada que le erizó el vello de la nuca.

—Ahí estás. Ven conmigo, Marks.

Catherine se sintió inundada por una gran sensación de alivio y anhelo.

—Milord, ¿qué está haciendo aquí? —gritó, corriendo hacia Leo.

—Esperándote —contestó él, estrechándola entre sus brazos—. Te voy a llevar lejos de aquí; ¿quieres?

—Sí, sí, pero... ¿cómo?

—Saldremos por esta ventana. Tengo una escalera.

—Pero, ¿es seguro? ¿De veras cree que...?

Leo llevó la mano a la boca de Catherine, haciéndola callar.

—Confía en mí —le dijo, apretando con más fuerza—. No te abandonaré.

Ella trató de decirle que iría a cualquier parte en su compañía, que haría cualquier cosa que él le pidiera, pero lord Ramsay le estaba tapando la boca con demasiada fuerza como para que ella pudiera hablar, hasta el punto de que empezó a dolerle la mandíbula y le costó respirar.

Entonces, abrió los ojos. La pesadilla se esfumó, revelando una realidad mucho peor. Catherine se agitó bajo un peso aplastante, y trató de pedir auxilio contra la mano callosa que le tapaba la boca.

—Su tía desea hablar con usted —le dijo una voz en la oscuridad—. Lamento tener que hacer esto, señorita, pero no tengo otra opción.

En el lapso de unos pocos minutos, el trabajo estuvo hecho.

William la amordazó con un trozo de tela, encajándole un gran nudo justo en la boca, contra la lengua. Después de atarla de pies y manos, encendió una lámpara. A pesar de no tener puestos los anteojos, Catherine advirtió que él iba ataviado con la chaqueta de color azul marino que llevaban todos los empleados del Hotel Rutledge.

Ojalá hubiera podido pronunciar unas pocas palabras, suplicar o negociar con William, pero el nudo que tenía metido en la boca se lo impedía. La saliva hizo que el desagradable sabor agrio del trapo se intensificara. Catherine se dio cuenta de que estaba impregnado con algo y, acto seguido, notó que su consciencia se rompía en mil pedazos, como un rompecabezas inacabado. El pulso se le ralentizó y el corazón empezó a bombear veneno hacia los miembros, que dejaron de responder. Entonces, sintió que la cabeza le iba a estallar, como si, de repente, el cerebro se hubiera vuelto demasiado grande para su cráneo.

William se acercó a Catherine con una de las bolsas que usaban las camareras para depositar las sábanas y toallas sucias, y empezó a meter a Catherine dentro por los pies. El hombre evitaba mirarla a la cara, concentrándose exclusivamente en su tarea. Ella observaba sin poder hacer nada, y se dio cuenta de que él se tomó la molestia de asegurarse de que el camisón no se le subía por encima de los tobillos. A pesar del estado de sopor en el que se hallaba, a Catherine le llamó la atención que William tuviera la deferencia de preservar su intimidad.

De repente, las sábanas se agitaron a sus pies, y *Dodger* salió a toda velocidad de ellas, chillando furiosamente, abalanzándose sobre el brazo y la mano del intruso e infligiéndole varias dentelladas profundas y cortantes. Catherine nunca había visto a la pequeña bestia comportarse de semejante manera. William gruñó, sorprendido, y le dio un manotazo, al tiempo que soltaba un taco en voz baja. El hurón salió despedido y fue a estrellarse contra la pared, cayendo inerte al suelo.

Ella gimió contra la mordaza, derramando lágrimas ácidas que le hacían arder los ojos.

Jadeando, William se inspeccionó la mano, sangrante; dio con un trapo que había junto a la jofaina, se la envolvió con él y volvió a ocuparse de Catherine, introduciéndola poco a poco en la bolsa, hasta que le hubo cubierto la cabeza.

Ella comprendió que, en realidad, Althea no pretendía hablar con ella, sino liquidarla. Tal vez él no lo supiera, o, a lo mejor, pensara que no valía la pena decirle la verdad. En cualquier caso, eso carecía de importancia. Catherine no sentía nada, ni miedo, ni angustia, aunque no dejaban de brotarle lágrimas de los ojos. Qué destino espantoso abandonar el mundo sin sentir nada en absoluto. En aquel momento, ella no era más que un cuerpo fláccido metido en un saco, una muñeca descabezada, sin recuerdos y sin sensaciones.

Con todo, unos pocos pensamientos lograron abrirse paso a través de aquella capa de ausencia, como destellos de luz en la oscuridad.

Leo nunca llegaría a saber que ella lo había amado.

Catherine pensó en los profusos tonos de azul de sus ojos. Su mente estaba ocupada por una constelación de estrellas con forma de león. «La más brillante corresponde a su corazón.»

Él iba a echarla de menos. Ojalá le pudiera ahorrar aquel trance.

Qué felices hubieran podido ser pasando el resto de sus vidas juntos. Qué maravilloso hubiese sido ver envejecer aquel semblante precioso. Catherine tuvo que reconocer que jamás había sido tan feliz como en los momentos que había compartido con él.

Su pulso era cada vez más pausado, y el corazón le pesaba y le dolía por los sentimientos contenidos, como un nudo ajustado dentro del letargo.

«No quería sentir que te necesito, Leo. He luchado muy duro para mantenerme en los límites de mi propia vida... cuando debería haber tenido el valor de entrar en la tuya.»

29

Poco antes del mediodía, Leo volvió de visitar a su viejo mentor, Rowland Temple. El arquitecto, que ahora ejercía de profesor en el University College, había sido distinguido hacía poco con la Real Medalla de Oro por su contribución a los avances en el estudio académico de la arquitectura. A Leo le había hecho gracia comprobar, pero no le había sorprendido, que Temple seguía igual de arrogante e irascible que siempre. El anciano veía en la aristocracia una fuente de ingresos que le permitía mantenerse económicamente solvente, pero detestaba su sentido del estilo, tan tradicional y carente de imaginación.

—Tú no eres uno de esos parásitos atontados —le había dicho Temple enérgicamente, cosa que Leo había tomado como un cumplido—. Parece que no logras desprenderte de mi influencia, ¿eh? —observó más tarde. Por descontado, Leo había asegurado que así era, y que recordaba y valoraba todo lo que el viejo le había enseñado. De todas formas, no se había atrevido a mencionar la influencia mucho mayor que había ejercido sobre él el también anciano maestro que había tenido en la Provenza.

—La arquitectura consiste en resignarse a las dificultades de la vida —le había dicho Joseph a Leo una vez, en su *atelier*. El viejo profesor había estado transplantando algunas plantas encima de una larga mesa de madera mientras Leo trataba de ayudar—. *Non*, no las toques, *mon fils*; comprimes demasiado las raíces, y necesitan más aire del que les dejas. —El hombre apartó la maceta de Leo y continuó con su sermón—. Para ser arquitecto tienes que reconocer el entorno que te rodea, sean cuales sean sus condiciones. Entonces, una vez que ya lo has asimilado por completo, tomas tus ideas y les das forma.

—¿Pueden dejarse a un lado las ideas? —preguntó Leo, medio en broma, medio en serio—. Me he dado cuenta de que no estoy a su altura.

El profesor Joseph miró a su alumno y sonrió.

—Tampoco puedes alcanzar las estrellas, pero sigues necesitando su luz, y siguen ayudándote a navegar, *n'est-ce pas*?

Tomar tus ideas y darles forma; era la única manera de diseñar una buena casa o un buen edificio.

O una buena vida.

Y, al fin, Leo había dado con la piedra angular sobre la que edificar todo lo demás.

Una piedra muy tozuda, por otra parte.

Leo frunció los labios, pensando qué hacer con Catherine ese día, cómo cortejarla, o cómo fastidiarla, puesto que, aparentemente, ella disfrutaba ambas cosas por igual. Tal vez, él empezara con una pequeña discusión que remataría con un beso; o, quizá, si conseguía pillarla desprevenida, volviera a proponerle matrimonio.

Después de llamar suavemente a la puerta, entró en los aposentos de Harry y Poppy y vio que su hermana acudía corriendo al recibidor.

—¿Se sabe algo de...? —empezó ella, callando en cuanto vio que se trataba de él—. Leo, me preguntaba cuándo volverías. De haber sabido dónde estabas, hubiera enviado a alguien a buscarte.

—¿Qué sucede, hermanita? —preguntó él jovialmente, pero inmediatamente comprendió que algo iba muy mal.

Poppy parecía abatida, y sus ojos, abiertos de par en par, resaltaban sobre la palidez del rostro.

—Catherine no ha subido a desayunar esta mañana. He supuesto que quería seguir durmiendo; a veces tiene pesadillas...

—Sí, ya lo sé —Leo tomó las manos de su hermana y advirtió que estaban frías—. Desembucha, Poppy —dijo, mirándola atentamente.

—Hace una hora envié a una doncella a la habitación de Catherine, para ver si necesitaba algo, pero no estaba allí, y había esto sobre la mesita de noche —dijo Poppy, alargando la mano, temblorosa y entregándole a Leo los anteojos nuevos—. Y, además... había sangre en la cama.

A Leo le llevó unos instantes contener el ataque de pánico que le sobrevino. Notó una punzada que recorría su cuerpo de la cabeza a los pies, y una explosión de energía en el corazón, una necesidad abrumadora de matar.

—Están registrando el hotel —oyó decir a su hermana por encima del zumbido que sentía en los oídos—. Harry y el señor Valentine están hablando con los conserjes.

—Latimer la ha raptado —concluyó Leo con voz gruesa—. Debe de haber enviado a alguien por ella. Juro que voy a sacarle las tripas a ese hijo de perra y que lo colgaré con ellas.

—Leo —susurró Poppy, tapándole la boca. La mirada de su hermano la aterró—. Por favor.

En ese momento, su marido entró en las estancias y eso la alivió ligeramente.

—Harry, ¿habéis averiguado algo?

El semblante de Rutledge no presagiaba nada bueno.

—Uno de los bedeles del turno de noche dice que, anoche, vio a un hombre vestido con el uniforme del hotel y dio por sentado que se trataba de un nuevo empleado. Bajaba por las escaleras con un saco de ropa sucia. Reparó en ello porque, normalmente, son las camareras las que se ocupan de eso, pero nunca a esas horas de la noche. —Harry puso la mano sobre el hombro de su cuñado, pero Leo se la sacó de encima—. Ramsay, mantén la calma. Ya sé lo que piensas, y lo más probable es que tengas razón; pero no puedes salir en su busca como un energúmeno. Tenemos que...

—Intenta detenerme —replicó Leo con tono gutural. No había manera de controlar lo que se había desencadenado dentro de él, y desapareció antes de que Harry pudiera decir nada más.

—Por Dios —murmuró Rutledge, trastornado, pasándose las manos por el cabello y mirando a Poppy—. Ve a buscar a Valentine —dijo—. Todavía está hablando con los conserjes. Dile que vaya a ver al agente especial Hembrey, o a quienquiera que se encuentre en Bow Street, y que le explique lo que ha sucedido. Hembrey puede mandar a alguien a casa de lord Latimer. Dile a Valentine que recalque que está a punto de cometerse un asesinato.

—Si él no lo hace —respondió con frialdad—, lo haré yo.

Catherine se despertó extrañamente eufórica, lánguida y un tanto mareada, pero muy contenta de despertarse de sus pesadillas. Sin embargo, en cuanto abrió los ojos, se dio cuenta de que la pesadilla no había terminado, y que se hallaba en una habitación llena de un humo espeso y dulzón, cuyas ventanas estaban tapadas con pesadas cortinas.

Tardó un buen rato en recobrar la calma, al tiempo que hacía un esfuerzo por ver sin los anteojos. Le dolía la mandíbula y tenía la boca terriblemente seca. Sintió la necesidad apremiante de beber agua fría y respirar aire fresco.

Tenía las manos atadas a la espalda, y estaba recostada en un sofá, vestida con su camisón. Torpemente, se sirvió del hombro para tratar de apartarse algunos mechones de pelo que le caían sobre el rostro.

A pesar de lo borroso de su visión, Catherine reconoció aquella habitación, y también a la anciana que se encontraba sentada a su lado, flaca como un sarmiento y vestida de negro. La mujer movió las manos con la misma delicadeza que un insecto mueve sus pinzas, levantando un estrecho tubo de cuero unido a un narguile. Se llevó el extremo a los labios, dio una calada, la retuvo y echó una nube de humo blanco.

—¿Abuela? —preguntó Catherine con la voz rasposa y la lengua hinchada.

La mujer se le acercó, hasta que su rostro se hizo visible. Tenía la cara empolvada de blanco, los labios pintados de rojo y los ojos, que le resultaban conocidos, sombreados con rímel.

—Tu abuela está muerta. Ahora, la casa y el negocio son míos.

«Althea», pensó Catherine, horrorizada. Mejor dicho, una versión cadavérica de su tía, cuyos otrora atractivos rasgos faciales se habían arrugado y endurecido. El maquillaje blanco tapaba la capa superior de piel, pero no se había instalado en los surcos de las arrugas, dándole al semblante la apariencia de la porcelana cuarteada. Resultaba mucho más horripilante de lo que la abuela de Catherine había sido nunca, y sus ojos, saltones y empañados como los de un polluelo, parecían indicar que estaba bastante perturbada.

—William me contó que te había visto —dijo Althea—, y yo le dije: «¿por qué no vas a buscarla? Al fin y al cabo, hace tiempo que nos debe una visita». Tuvo que planearlo bien, pero ha logrado apañárselas. Buen chico, William —lo felicitó, mirando hacia un rincón en penumbras.

Él respondió con un murmullo ininteligible, al menos para Catherine, a la que todavía le zumbaban los oídos. Era como si los sentidos y las terminaciones nerviosas le funcionaran de una manera distinta a la habitual.

—¿Podría beber un poco de agua? —pidió con la voz ronca.

—William, dale un poco de agua a nuestra invitada.

William obedeció con torpeza. Fue a servir un vaso y se acercó a Catherine, arrimándoselo a los labios y viendo cómo ella bebía lentamente de él. El agua fue absorbida de inmediato por los tejidos resecos de sus labios, el interior de la boca y su garganta. Tenía un regusto a polvo, aunque, tal vez, fuera simplemente producto de la sequedad de su boca.

William se retiró y Catherine aguardó, mientras su tía, pensativa, le daba otra calada a la pipa.

—Tu abuela nunca te perdonó —dijo Althea— que huyeras como lo hiciste. Lord Latimer nos acosó durante años, reclamando que le devolviéramos el dinero, o que te entregásemos a él. Pero a ti no te importó el daño que pudieras causar; nunca pensaste en lo que nos debías.

Catherine hizo un esfuerzo por mantener la cabeza erguida, pero por algún motivo no dejaba de caer hacia un lado.

—Yo no os debía mi cuerpo.

—Pensabas que eras demasiado buena para eso, ¿verdad? Querías evitar que te sucediera lo que a mí; querías una oportunidad. —Althea hizo una pausa, como esperando que Catherine se lo confirmara. Sin embargo, cuando no obtuvo lo que pretendía, prosiguió con vehemencia—. ¿Por qué debías tener una cuando yo no la tuve? Una noche, mi madre entró en mi habitación y me dijo que traía a un caballero muy agradable que me arroparía, pero que antes me enseñaría unos juegos nuevos. Después de esa noche, no quedó un ápice de inocencia en mí. Y sólo tenía doce años.

Althea volvió a pegarle una buena calada al narguile, expulsando, a continuación, otra mareante nube de humo. Catherine ya no pudo evitar respirar el aire viciado, y de repente la habitación pareció mecerse suavemente, como ella había pensado alguna vez que se mecería un barco en el mar. Era como si, mientras escuchaba a su tía, estuviera flotando sobre las olas. También tuvo un arranque de pena por la mujer, pero, como el resto de sus emociones, ésta también se encontraba muy por debajo de la superficie.

—Pensé en fugarme —dijo Althea—, y le pedí a mi hermano, tu padre, que me ayudara. Por aquel entonces, todavía vivía con nosotras, y entraba y salía de casa cuando le daba la gana, por no mencionar que se acostaba con las putas siempre que le apetecía, y sin pagar, pero ellas no se atrevían a quejarse a nuestra madre. Le dije que necesitaba dinero, y que me refugiaría en el campo, bien lejos de Londres. Sin embargo, él fue a ver a tu abuela y le contó mis intenciones, y pasé meses sin poder salir de casa.

Por lo poco que Catherine recordaba de su padre, un individuo rudo y despiadado, aquella historia no era difícil de creer. Sin embargo, preguntó con frialdad:

—¿Por qué no te ayudó?

—Mi hermano prefería que la situación se quedara como estaba; tenía todo lo que quería sin mover un dedo, y mi madre le concedía cualquier capricho. Y al muy cerdo no le importó delatarme con tal de mantener su situación. ¿Qué otra cosa podía esperarse de él? A fin de cuentas, se trataba de un hombre. —Althea hizo una pausa—. Así que me convertí en puta, y me pasé años rezando para que alguien me rescatara. Pero Dios no atiende los ruegos de las mujeres, solamente los de aquellos que hizo a su imagen y semejanza.

Aturdida y adormilada, Catherine hizo un esfuerzo por mantener sus ideas en orden.

—Tía —preguntó con cautela—, ¿por qué me has traído aquí? ¿Por qué tengo que pasar por lo mismo que pasaste tú?

—¿Por qué tendrías que tener una oportunidad cuando yo no la tuve? Quiero que te conviertas en mí, del mismo modo que yo me convertí en mi madre.

Efectivamente, aquél era uno de los temores de Catherine, el peor de todos. Tenía miedo de que, si la incitaban, la depravación que escondía en su interior se adueñase de ella.

Sin embargo, eso era imposible.

El nebuloso cerebro de Catherine trató de aferrarse a esa idea, dándole la vuelta y examinándola. El pasado no era el futuro.

—No soy como tú —dijo poco a poco—, ni lo seré jamás. Lamento de veras lo que hicieron contigo, tía, pero yo no elegí lo mismo.

—Pues ahora deberás escoger.

A pesar de la ensoñación opiácea de Catherine, el tono meloso de Althea le puso la piel de gallina.

—O aceptas cumplir de una vez por todas el antiguo compromiso que contrajimos con lord Latimer —prosiguió la mujer—, o atiendes a clientes en el burdel, igual que yo. ¿Qué vas a elegir?

Catherine se negó a hacerlo.

—Hagas lo que hagas —dijo con firmeza a pesar de estar drogada—, nada cambiará lo que soy.

—Y ¿qué es lo que eres? —preguntó Althea, cuya voz destilaba odio—. ¿Una mujer decente, demasiado buena para este lugar?

Catherine sintió que la cabeza le pesaba demasiado para seguir manteniéndola erguida, así que volvió a recostarse sobre el sofá, descansando la cabeza en el apoyabrazos.

—Una mujer amada.

Aquélla fue la peor y más dolorosa respuesta que Catherine podría haberle dado a su tía, pero no era más que la verdad.

Incapaz de abrir los ojos, Catherine advirtió un movimiento cerca de ella. Se trataba de Althea, quien le inmovilizó el rostro con una mano y le metió el tubo del narguile entre los labios. Entonces, le apretó la nariz con los dedos, y a Catherine no le quedó otra opción que llenarse los pulmones con el humo de la pipa, frío y áspero. Se puso a toser, pero su tía la obligó a dar otra calada, tras la cual quedó sumida en un sopor plácido, hasta el punto de que casi perdió la consciencia.

—Llévatela arriba, William —ordenó Althea—, a su antigua habitación. La llevaremos al burdel más tarde.

—Sí, señora —acató él, cogiendo a Catherine con cuidado—. ¿Puedo desatarla, señora?

Althea se encogió de hombros.

—Es evidente que no está en condiciones de ir a ninguna parte por su propio pie.

William condujo a Catherine escaleras arriba, la dejó en su vieja cama, que olía a humedad, y le desató las manos. Entonces, le cruzó los brazos sobre el pecho, como si fuera un cadáver en un ataúd.

—Perdóneme, señorita —murmuró, mirándola. Catherine tenía los ojos entreabiertos y la mirada perdida—. Su tía es lo único que tengo. Y yo debo hacer lo que dice.

30

Guy, lord Latimer, tenía su residencia en una sección tranquila y pintoresca, no demasiado antigua, de la zona oeste de Londres, en una calle con una hilera de casas de fachada estucada, edificadas en una hondonada boscosa. Leo había estado allí en más de una ocasión, pero de eso hacía ya varios años. Aunque la calle y la casa estaban muy cuidadas, el lugar estaba sembrado de recuerdos desagradables, que hubieran hecho que, en comparación, un tugurio del East End hubiese parecido una rectoría.

Leo desmontó del caballo antes incluso de que se hubiera detenido, corrió hacia la puerta principal y comenzó a golpearla con los puños. Sus pensamientos habían divergido en dos corrientes paralelas. Una de ellas era la determinación angustiosa de dar con Catherine antes de que alguien pudiera hacerle daño. Y, en caso de que ya le hubiera ocurrido algo, Dios quisiera que no, hacer que se pusiera bien cuanto antes.

La otra, tenía como único fin hacer papilla a Latimer.

Harry todavía no había llegado, pero Leo estaba seguro de que no podía tardar demasiado y, de todas formas, no tenía intención de esperarlo.

Un mayordomo con cara de trastornado abrió la puerta, y Leo lo hizo a un lado con el hombro.

—Señor... —alcanzó a decir el hombre.

—¿Dónde está tu patrón? —preguntó Leo bruscamente.

—Lo lamento, señor, pero no se encuentra... —El mayordomo pegó un grito, sobrecogido, en cuanto Leo lo agarró de la chaqueta y lo aplastó contra la pared más cercana—. Por Dios, señor, le suplico...

—Dígame dónde está.

—En... la... biblioteca... Pero no se encuentra bien.

Leo bosquejó una sonrisa malévola.

—Tengo el remedio que necesita —dijo.

De repente, un lacayo apareció en el recibidor, y el mayordomo empezó a farfullar pidiendo ayuda, pero Leo ya lo había soltado. En cuestión de segundos, llegó a la biblioteca, que estaba a oscuras y en cuyo interior hacía un calor exagerado. En la chimenea ardía un fuego demasiado vivo para aquella época del año. Latimer estaba acurrucado en una silla, cabizbajo y con una botella medio vacía en la mano. Las llamas le iluminaban el rostro, hinchado, confiriéndole el aspecto de un alma en pena. El hombre levantó la vista, perdida, y se topó con los rasgos afilados de Leo, quien se dio cuenta al instante de que estaba completamente borracho. Tanto, que debía de hacer horas que llevaba bebiendo.

Aquello hizo enfurecer a Leo, porque si había algo peor que hallar a Catherine en manos de Latimer, era no encontrarla allí. Leo se abalanzó sobre el malnacido, lo cogió del cuello con ambas manos y lo levantó de la silla. La botella cayó al suelo. A Latimer se le salieron los ojos de las órbitas, se ahogó y escupió, tratando de sacarse a Leo de encima.

—¿Dónde está? —inquirió Leo, sacudiéndolo con fuerza—. ¿Qué has hecho con Catherine Marks? —Leo aflojó un poco la presión sobre el cuello de Latimer, lo justo para que éste pudiese hablar.

El cabrón tosió y resolló, sin dar crédito a lo que estaba ocurriendo.

—¡Maldito chiflado! ¿De qué diablos estás hablando?

—Ha desaparecido.

—¿Y crees que la tengo yo? —preguntó Latimer, soltando una carcajada.

—Convénceme de lo contrario —lo conminó Leo, volviendo a estrujarle el cuello con fuerza—, y puede que te deje vivir.

El semblante abotargado de Latimer se oscureció.

—No necesito a esa mujer para nada, ni a ninguna otra furcia, ¡y todo por el lío en el que me has metido! ¡Mi vida se está desmoronando por tu culpa! Investigaciones, interrogatorios en Bow Street... incluso los que eran mis amigos se han vuelto en mi contra. ¿Sabes cuántos enemigos te estás haciendo?

—Muchos menos que tú.

—¡Quieren verme muerto, maldito seas! —exclamó Latimer, revolviéndose.

—Qué coincidencia —respondió Leo, apretando los dientes—; igual que yo.

—¿Qué demonios sucede contigo? —preguntó Latimer—. No es más que una mujer.

—Si le ocurre algo, no me quedará nada que perder. Y si no doy con ella en menos de una hora, lo pagarás con la vida.

Hubo algo en el tono de voz de Leo que sobrecogió a Latimer.

—Te juro que yo no tengo nada que ver.

—Dime la verdad, o te moleré a palos hasta que resulte imposible reconocerte.

—Ramsay. —La voz de Harry Rutledge cortó el aire como una espada.

—Dice que no está aquí —murmuró Leo, sin apartar la vista de Latimer.

Se oyó una serie de chasquidos metálicos, y Harry colocó el cañón de una pistola en la frente de Latimer.

—Suéltalo, Ramsay —ordenó.

Leo obedeció.

Latimer pronunció un sonido ininteligible que cortó el silencio sepulcral que se había hecho de repente en la habitación. Harry lo miró fijamente a los ojos.

—¿Te acuerdas de mí? —le preguntó en voz baja—. Debería haber hecho esto hace ocho años.

Por lo visto, la gélida mirada de Harry asustó a Latimer incluso más que el tono amenazador de Leo.

—Por favor —susurró el hombre, temblando.

—Dame alguna información sobre el paradero de mi hermana en cinco segundos, o te vuelo la cabeza. Cinco...

—No sé nada —aseguró Latimer.

—Cuatro...

—¡Lo juro por mi vida! —insistió, poniéndose a llorar.

—Tres... Dos...

—¡Por favor, haré lo que sea!

Harry titubeó, escrutando al tipo, pero se dio cuenta de que decía la verdad.

—Maldita sea —murmuró. Bajó el arma y soltó a Latimer, que cayó al suelo, borracho, entre sollozos—. No está aquí con él.

Rutledge y Leo intercambiaron una rápida mirada. Era la primera vez que Leo sentía alguna afinidad con su cuñado, al compartir la desesperación que provocaba en ambos la desaparición de Catherine.

—¿Quién más podría habérsela llevado? —preguntó Leo en voz baja—. No hay nadie que pueda estar conectado a su pasado... salvo su tía. —Hizo una pausa—. La noche que fuimos al teatro Catherine se encontró por casualidad con un hombre que trabajaba en el burdel y al que había conocido cuando él era un niño. Se llamaba William.

—El burdel está en Marylebone —dijo Harry abruptamente, dirigiéndose a la puerta y haciéndole un gesto a Leo para que lo siguiera.

—¿Por qué la tía de Catherine querría secuestrarla?

—No lo sé. Quizá se ha vuelto loca del todo.

El prostíbulo estaba desvencijado, y las molduras de la fachada se habían descascarillado y vuelto a pintar cientos de veces, hasta que, finalmente, alguien había decidido que el esfuerzo ya no valía la pena. Las ventanas estaban negras como el hollín, y la puerta principal, torcida como una sonrisa lasciva. La casa contigua era mucho más pequeña, pero estaba igual de deteriorada; era como un niño maltratado junto a su promiscua hermana mayor.

A menudo, cuando un burdel era un negocio familiar, los dueños vivían en un domicilio aparte. Leo reconoció la casa gracias a la descripción que Catherine le había hecho. Ahí era donde ella había vivido, cuando era una jovencita ingenua y desconocía que su futuro ya le había sido arrebatado.

Harry y él tomaron una calle aledaña y se metieron en un callejón infecto que había detrás del prostíbulo, flanqueado por chabolas ruinosas, uno de los tantos de aquel laberinto de callejuelas y rincones escondidos tras la vía principal.

Había dos hombres haciendo guardia en la puerta de la casa más grande, el burdel, y uno de ellos era de un tamaño tal que lo delataba como el matón del lugar. En el mundo de la prostitución, la función del matón era mantener el orden dentro del prostíbulo y zanjar las discusiones entre meretrices y clientes. El otro hombre, menudo y delgado, era un vendedor ambulante, con un delantal atado en la cintura y un pequeño tenderete a un lado del callejón.

Al ver que los visitantes se fijaban en la entrada trasera del burdel, el matón se dirigió a ellos en tono afable.

—Las damas todavía están descansando, caballeros; vuelvan al caer la noche.

Leo hizo un esfuerzo mayúsculo por contestar a aquella mole del modo más amable posible.

—Tengo que hablar de negocios con la señora de la casa.

—Ahora mismo, no creo que sea posible... pero puede hacerlo con Willy —dijo el hombre, señalando con su mano fornida la destartalada casa contigua. Su actitud era relajada y su mirada, penetrante.

Leo y Harry se acercaron a la entrada de la casucha. Una hilera de agujeros era todo lo que quedaba en el lugar donde, una vez, había estado la aldaba. Leo llamó a la puerta con los nudillos, suavemente, cuando lo que realmente quería era echarla abajo a patadas.

Al cabo de unos instantes, la puerta se abrió y Leo se encontró cara a cara con el pálido y enjuto William. El muchacho abrió los ojos de par en par al reconocer a Leo. De haber tenido su semblante algo de color, éste se hubiera esfumado de inmediato. William trató de volver a cerrar la puerta, pero Leo se abrió paso de un empujón.

Al agarrar a William por la muñeca, Leo vio la venda ensangrentada que le cubría la mano. Todo encajaba... La idea de lo que aquel hombre podría haberle hecho a Catherine encendió en él una ira tan violenta que eclipsó cualquier otro pensamiento. En realidad, Leo dejó de pensar. Al cabo de un minuto, se dio cuenta de que estaba en el suelo, sentado a horcajadas sobre William, pegándole sin piedad. Apenas si fue consciente de que Harry le pedía a gritos que lo soltara.

Alertado por el barullo, el matón irrumpió por la puerta y se abalanzó sobre él, pero Leo lo arrojó volando por encima de su cabeza. El cuerpo del hombre fue a dar contra el suelo con una violencia tal que hizo temblar la casa. El matón se puso de pie y empezó a revolear los puños, que tenían el tamaño de un pollo asado, con una fuerza aplastante. Leo retrocedió, levantando la guardia y lanzando un derechazo, que el forzudo detuvo con facilidad. Sin embargo, Leo no peleaba de acuerdo con las reglas habituales de una pelea entre caballeros, y, sin vacilar, le dio un puntapié en la rodilla. El hombre se dobló, dolorido, y Leo aprovechó para darle una patada en la cabeza, tras lo cual el matón se desplomó a los pies de Harry.

Rutledge llegó a la conclusión de que su cuñado era uno de los luchadores más sucios que había visto jamás; miró a Harry, hizo un gesto de asentimiento y se dirigió al recibidor, que estaba vacío.

La casa parecía desierta, lo que le daba un aire todavía más inquietante. Sólo se oían los gritos que proferían Leo y Harry mientras buscaban a Catherine. El lugar apestaba a opio, y las ventanas estaban cubiertas por una capa de mugre tan gruesa que hacía innecesarias las cortinas. Las habitaciones eran deplorables, cubiertas de polvo y telarañas. Las alfombras estaban manchadas, y los suelos de madera, estropeados y combados.

Harry vio, escaleras arriba, la luz de una habitación que se filtraba por el pasillo a través de una espesa nube de humo. Sin perder un segundo, subió los escalones de dos en dos, incluso de tres en tres, mientras el corazón le latía como si fuera a salírsele del pecho.

Una vez allí, distinguió la silueta de una anciana acurrucada en un sofá. Los amplios pliegues de su negro vestido no llegaban a esconder la delgadez del cuerpo, retorcido como el tronco de un manzano. Parecía que estaba semiinconsciente, y sus dedos huesudos acariciaban el tubo de cuero de un narguile como si fuera una serpiente.

Harry se acercó a ella, le puso la mano en la cabeza, y se la empujó hacia atrás para ver su rostro.

—¿Quién es usted? —graznó la vieja, que tenía los ojos manchados, como si los hubieran bañado en té. Harry trató por todos los medios de no oler su aliento.

—He venido en busca de Catherine —dijo—. Dígame dónde está.

La anciana se lo quedó mirando fijamente.

—Es usted su hermano...

—Sí. ¿Dónde está? ¿Dónde la tiene? ¿En el burdel?

Althea soltó el narguile y cruzó los brazos sobre su pecho.

—Mi hermano nunca vino por mí —señaló con voz lastimera, mientras el sudor y las lágrimas se colaban a través del maquillaje, convirtiéndolo en una masa pastosa—. No puede llevársela —dijo, pero no pudo dejar de mirar hacia un lado, en dirección a las escaleras que conducían al tercer piso.

Harry se plantó arriba en un abrir y cerrar de ojos, y advirtió que de una de las dos habitaciones que había en la tercera planta salía una ráfaga de aire fresco y un rayo de luz natural. Se metió dentro y echó un vistazo. La cama estaba deshecha y la ventana abierta de par en par.

Rutledge se quedó petrificado y sintió un dolor opresivo en el pecho, como si su corazón hubiese dejado de latir, producto del miedo.

—¡Cat! —gritó. Corrió hacia la ventana y, acto seguido, miró a la calle, tres plantas más abajo.

Sin embargo, abajo no había ningún cuerpo ni sangre, nada más que basuras y estiércol.

En ese momento, con el rabillo del ojo percibió algo de color blanco que llamó la atención de Harry, como el aleteo de un pájaro. Giró la cabeza hacia la izquierda y ahogó un grito al ver a su hermana.

Catherine, vestida con un camisón blanco, estaba encaramada en lo alto del techo de dos aguas. Estaba solamente a unos tres metros de distancia, y, por lo visto, se había subido por una cornisa increíblemente estrecha que había encima del segundo piso. Tenía los brazos aferrados a las rodillas, y estaba temblando furiosamente. La brisa le agitaba el cabello, suelto, que parecía una bandera brillante ondeando contra el cielo gris. Con que soplara una ráfaga de viento fuerte, o perdiese momentáneamente el equilibrio, Catherine podía caer al vacío.

No obstante, más preocupante que su precaria sujeción al tejado, era que su semblante carecía por completo de expresión.

—Cat —dijo Harry con calma. Ella movió la cabeza en su dirección, pero pareció no reconocerlo—. No te muevas —ordenó él con la voz ronca—. Quédate quieta. —Rutledge metió la cabeza dentro lo justo para llamar a Leo, y volvió a sacarla por la ventana—. ¡Ramsay! Cat, no muevas ni un músculo. Ni siquiera parpadees.

Ella no pronunció una sola palabra, y se limitó a permanecer como estaba, sentada, tiritando y con la mirada perdida.

Leo apareció detrás de Harry y asomó la cabeza. Rutledge oyó que él también contenía un grito.

—Madre de Dios —soltó Leo que, percatándose de la gravedad de la situación, trató de mantener la calma—. Está completamente ida —dijo—. Esto va a ser realmente complicado.

31

—Yo caminaré por la cornisa —dijo Harry—. No me dan miedo las alturas.

—A mí tampoco —aseguró Leo, con expresión sombría—, pero no creo que pueda soportar el peso de ninguno de los dos. Las vigas que tenemos encima están medio podridas, lo que quiere decir que, muy probablemente, toda la estructura lo esté.

—¿Se te ocurre alguna otra manera de llegar a ella? ¿Por el techo de la tercera planta, tal vez?

—Nos llevaría demasiado tiempo. Tú sigue hablando con ella mientras yo trato de encontrar una soga.

Leo desapareció y Harry se asomó por la ventana todo lo que pudo.

—Cat, soy yo, Harry —dijo Rutledge—. Me reconoces, ¿verdad?

—Pues claro —contestó ella, apoyando la cabeza en las rodillas, temblando—. Estoy tan cansada...

—Espera, Cat. Éste no es momento de echarse una siesta. Levanta la cabeza y mírame. —Harry no dejó de hablarle, animándola a quedarse quieta y permanecer despierta, pero ella apenas si era capaz de hacerle caso. En más de una ocasión, Catherine cambió de posición, lo que hizo que a Rutledge le diera un vuelco el corazón, temiendo que su hermana se cayera del techo.

Afortunadamente, Leo regresó en un santiamén con una cuerda de longitud considerable. Estaba resollando y tenía la cara empapada en sudor.

—Qué rápido —lo felicitó Harry, arrebatándole la soga.

—Estamos al lado de una casa donde los clientes vienen a que los azoten —arguyó Leo—. Había cuerda para dar y vender.

Harry midió dos trozos de soga con sus brazos y empezó a atarlos.

—Si tienes pensado incitarla a que vuelva a la ventana —dijo—, será mejor que lo olvides. No responde a nada de lo que le digo.

—Tú ocúpate de atar el nudo, que yo me encargaré de hablar con ella —propuso Leo.

Él jamás había experimentado un miedo de esas características, ni siquiera durante la agonía de Laura. Ser testigo de cómo la vida de su amada se consumía como la arena de un reloj había sido un proceso lento y doloroso, pero esto era mucho peor; se trataba de la sensación más angustiosa que había padecido nunca.

Se asomó por la ventana y contempló a Catherine, encogida y exhausta. Él conocía perfectamente los efectos del opio, la confusión y el letargo, la sensación de que las extremidades pesaban demasiado para poder moverlas y, al mismo tiempo, la impresión de ser ligero como un pájaro. Sin embargo, lo peor de todo era que ella ni siquiera podía ver.

Si conseguía ponerla a salvo, Leo no iba a dejarla sola nunca más.

—Bueno, Marks —dijo, con el tono de voz más sereno del que fue capaz—, de todas las ocasiones ridículas en las que tú y yo nos hemos encontrado, ésta se lleva la palma.

Ella levantó la cabeza de las rodillas y, con los ojos entrecerrados, miró en la dirección de Leo.

—¿Milord?

—Sí, he venido a salvarte. No te muevas. Como no podía ser

312

de otra manera, harás que tu rescate sea lo más épico y dificultoso posible.

—No pretendía que sucediera esto —se lamentó ella, arrastrando la voz, aunque con un deje de indignación, que resultaba conocido y bienvenido—. Solamente quería escapar.

—Lo sé, y dentro de unos instantes, voy a traerte de vuelta al interior para que podamos discutir como es debido. Mientras tanto...

—No quiero.

—¿No quieres entrar? —preguntó Leo, atónito.

—No, no quiero discutir —precisó Catherine entre sollozos, volviendo a agachar la cabeza.

—Dios —dijo él, compungido—. Te prometo que no discutiremos, amor mío. No llores. —Leo suspiró; le temblaba la mandíbula. Harry le pasó la cuerda, a la que le había hecho un lazo perfecto en un extremo—. Escúchame, Cat. Levanta la cabeza y baja las rodillas un poquito. Voy a lanzarte la soga, pero es muy importante que no trates de cazarla, ¿comprendes? Tú quédate sentada y deja que la cuerda caiga en tu regazo.

Ella obedeció y se quedó quieta, parpadeando y entrecerrando los ojos.

Leo le dio unas vueltas a la cuerda para acostumbrarse a su peso y calcular cuánta longitud tenía que soltar. Luego lanzó la soga con cuidado, pero el lazo cayó sobre las tejas, a unos centímetros de los pies de Catherine.

—Tiene que lanzarlo con más fuerza —dijo ella.

A pesar de la desesperación y la ansiedad, Leo tuvo que reprimir una sonrisa.

—¿Alguna vez dejarás de decirme lo que tengo que hacer, Marks?

—Me parece que no —contestó ella tras unos segundos de reflexión.

Leo recogió la cuerda y volvió a tirar el lazo, y, esta vez sí logró que cayera suavemente sobre las rodillas de Cat.

—Lo tengo —anunció ella.

—Buena chica —dijo él, esforzándose por mantener un tono

de voz sosegado—. Ahora, pasa los brazos y la cabeza por el hueco y sujétatelo al pecho. No tengas prisa; mantén el equilibrio. —Leo observó, nervioso, cómo Catherine manipulaba el lazo—. Así, eso es. Sí. Dios, cuánto te amo. —Cuando vio la soga alrededor del torso de Catherine, por encima de sus pechos y bajo los brazos, Leo suspiró aliviado, y le entregó el otro extremo de la cuerda a Harry—. No lo sueltes.

—Descuida —contestó Rutledge, atándose el cabo alrededor de la cintura.

Leo volvió a centrar su atención en Catherine, quien le decía algo con el ceño fruncido.

—¿Qué pasa, Marks?

—No tendría que haber dicho eso.

—¿Decir qué?

—Que me ama.

—Pero es la verdad.

—No es cierto. Oí que le decía a Win que... —Catherine hizo una pausa, tratando de recordar—. Que solamente se casaría con una mujer que estuviera seguro de no amar.

—Suelo decir estupideces a menudo —alegó Leo—. Nunca se me ha ocurrido que nadie pueda tomarme en serio.

De repente, se abrió una ventana en el edificio de al lado, el que albergaba el burdel, y se asomó por ella una prostituta con aspecto de estar enfadada.

—Aquí hay chicas que tratan de dormir, ¡así que dejen de gritar como si quisieran despertar a los muertos!

—No tardaremos nada —replicó Leo, irritado—. Vuelva a la cama.

La prostituta hizo caso omiso.

—¿Qué diantres está haciendo esa mujer encima del puñetero tejado?

—No es asunto suyo —dijo Leo secamente.

Empezaron a abrirse más ventanas y fueron asomándose más chicas, sorprendidas por lo que veían.

—¿Dónde está?

—¿Creéis que saltará?

—Espero que no; ¡menudo estropicio!

Catherine parecía no haberse percatado del público que estaban atrayendo, y sus ojos, entrecerrados, seguían clavados en Leo.

—¿Lo dice en serio? —preguntó.

—Hablaremos de eso más tarde —replicó Leo, que estaba sentado a horcajadas en el alféizar de la ventana, agarrándose del marco—. Por el momento, quiero que te sostengas del lado de la casa y pongas el pie en la cornisa; con cuidado.

—¿Lo dice en serio? —repitió ella.

Leo no daba crédito.

—Por el amor de Dios, Marks, ¿tienes que hacer gala de tu testarudez justo en este momento? ¿Acaso quieres que me declare delante de un coro de prostitutas?

Catherine asintió con la cabeza enérgicamente.

—¡Vamos, cariño, díselo! —exclamó una de las chicas.

Las demás siguieron su ejemplo, entusiasmadas.

—¡Venga, querido!

—¡Ánimo, guapo!

Harry, que estaba justo detrás de Leo, sacudía la cabeza lentamente.

—Si tiene que servir para que se baje del techo, díselo, maldita sea.

Leo se estiró todo lo que pudo.

—Te amo —dijo escuetamente. Entonces se fijó en la imagen menuda y trémula de Catherine, y notó que le subían los colores y que su alma se abría con una emoción más profunda de la que jamás habría imaginado que residía en su interior—. Te amo, Marks. Mi corazón te pertenece por completo; y, por desgracia, todo lo demás también. —Hizo una pausa, esforzándose por encontrar las palabras adecuadas, que, si bien solían salirle con tanta facilidad, en aquella ocasión cobraban una trascendencia particular—. Ya sé que no soy un buen partido, pero te suplico que, aun así, me aceptes. Porque quiero hacerte tan feliz como tú me haces a mí. Quiero que construyamos una vida juntos. —Le costaba mantener el tono de voz firme—. Por favor, Cat, ven conmigo, porque no podría vivir sin ti. No tienes que amarme si no quieres, ni ser mía. Tan sólo déjame ser tuyo.

—Oooh... —suspiró una de las prostitutas.

Otra se enjugó los ojos.

—Si ella no se lo queda —anunció, sorbiéndose las lágrimas—, ya lo haré yo.

Antes de que Leo hubiera concluido su declaración, Catherine se había puesto de pie y avanzaba hacia la cornisa.

—Ya voy —dijo.

—Despacio —le advirtió Leo, sosteniendo la cuerda con fuerza mientras observaba atentamente los pies de Catherine, pequeños y desnudos—. Hazlo exactamente igual que antes.

Ella iba progresando centímetro a centímetro, con la espalda pegada a la pared.

—La verdad es que no me acuerdo de cómo he llegado hasta aquí —reconoció, sin aliento.

—Bueno, pero no mires para abajo.

—De todas formas, no puedo ver.

—Mejor así. Sigue avanzando —la conminó él.

Poco a poco, fue recogiendo la soga, como si tirara de Cat, que se iba acercando cada vez más, hasta que estuvo al alcance de Leo. Él estiró la mano tanto como pudo, con tanto esfuerzo que le temblaban los dedos. Un paso, otro, y al fin pudo rodear con sus brazos a Catherine y meterla de vuelta en la habitación.

El grupo que contemplaba la escena desde el burdel prorrumpió en vítores y aplausos; poco a poco las ventanas volvieron a cerrarse.

Leo cayó al suelo de rodillas y hundió la cara en el cabello de Catherine. Entonces se estremeció, aliviado, y soltó un sonoro suspiro.

—Por fin te tengo entre mis brazos, Marks. Me has hecho pasar los dos peores minutos de mi vida. Van a pasar años hasta que logres compensarme por esto.

—Pero si solamente han sido dos minutos —protestó ella, reprimiendo una carcajada.

Leo rebuscó en sus bolsillos y sacó los anteojos, colocándolos con cuidado sobre la nariz de Catherine. De golpe, todo volvió a ser nítido.

Harry se arrodilló junto a ellos y acarició el hombro de su hermana, que se volvió y le dio un fuerte abrazo.

—Mi hermano mayor —susurró—. Otra vez has venido a buscarme.

Catherine sintió la sonrisa de Rutledge contra el pelo.

—Y lo haré las veces que haga falta —respondió él, levantando la vista y mirando a Leo con arrepentimiento—. Será mejor que te cases con él, Cat. Un hombre dispuesto a hacer esto por ti merece la pena.

Cuando estuvieron de vuelta en el hotel, Leo, muy a su pesar, dejó a Catherine en manos de Poppy y de la señora Pennywhistle. Las mujeres se la llevaron a su habitación y la ayudaron a bañarse y lavarse el cabello. Cat estaba exhausta y desorientada, así que agradeció enormemente todas aquellas atenciones. Una vez que se hubo puesto un camisón limpio y una bata, se sentó junto al fuego y dejó que Poppy la peinara.

Habían limpiado y ordenado el dormitorio, y la cama estaba recién hecha. El ama de llaves se fue con una pila de toallas mojadas, dejando a solas a Catherine y Poppy.

No había señales de *Dodger* por ninguna parte. Entonces, Cat recordó lo que había sucedido cuando William la había raptado y se le hizo un nudo en el estómago, pensando qué habría sido del pobre animal. Ya preguntaría sobre el hurón a la mañana siguiente; en aquel momento, no se veía capaz de enfrentarse a ello.

Poppy, oyendo que sollozaba, le alcanzó un pañuelo y siguió peinándola con ternura.

—Harry me ha pedido que no te importune con esto esta noche, querida, pero si se tratase de mí, preferiría saberlo. Después de que te fueras con Leo, tu hermano se quedó a esperar a que llegase la policía. Fueron arriba y encontraron a tu tía, pero había muerto. Hallaron pasta de opio en su boca.

—Pobre Althea —murmuró Catherine, enjugándose las lágrimas con el pañuelo.

—No deberías compadecerte de ella. Yo sería incapaz.

—¿Qué pasó con William?

—Escapó antes de que pudieran arrestarlo. Oí a Harry y a Leo hablando del tema; van a mandar a alguien en su busca.

—Prefiero que no lo hagan —declaró Catherine—. Quiero que lo dejen en paz.

—Seguro que Leo estará de acuerdo con cualquier cosa que le pidas —dijo Poppy—. Pero, ¿por qué? Después de lo que te hizo...

—William era tan víctima como yo —alegó Catherine—. Sólo trataba de sobrevivir. La vida ha sido terriblemente injusta con él.

—Y también contigo, querida; pero tú has hecho algo bueno con ella.

—Sí, pero yo tenía a Harry, y a ti, y a tu familia.

—Incluido Leo —señaló Poppy con cariño—. Yo diría que está absolutamente prendado de ti. Para alguien que estaba decidido a vivir como un mero espectador, es toda una proeza. Y todo gracias a ti.

—¿Te molestaría que me casara con él, Poppy? —preguntó Cat, casi con vergüenza.

Poppy la abrazó desde atrás, apoyando la cabeza brevemente sobre la de ella.

—Creo que hablo en nombre de toda la familia Hathaway si digo que estaremos eternamente agradecidos si te casas con él. No se me ocurre nadie, aparte de ti, que estuviera dispuesto a tomarlo como esposo.

Después de una cena ligera a base de caldo y tostadas, Catherine se fue a la cama y dormitó un rato, despertándose de vez en cuando, inquieta. Sin embargo, cada vez que lo hacía, veía la tranquilizadora imagen de Poppy, que leía sentada junto a la cama; el resplandor de la lámpara hacía que su cabello pareciera de caoba.

—Deberías volver a tus aposentos —masculló Catherine al fin, pues no quería parecer una niña que tuviera miedo de la oscuridad.

—Prefiero quedarme un poco más —replicó Poppy en voz baja.

No obstante, cuando Catherine volvió a despertarse, vio que era Leo quien ocupaba la silla. Con mirada soñolienta, escrutó los rasgos de su hermoso semblante y sus ojos azules, tan intensos. Leo tenía la camisa parcialmente desabrochada, lo que dejaba al descubierto parte del vello del pecho. De repente, ella sintió la imperiosa necesidad de que la sostuvieran contra aquel torso fuerte y robusto, y alargó la mano hacia Leo.

Él se acercó a Catherine sin vacilar, estrechándola entre sus brazos, y se echó junto a ella, reposando la cabeza sobre la almohada. El contacto entre ambos y el olor de Leo hicieron que a Catherine le sobreviniera un impetuoso deseo.

—Sólo yo —susurró— me sentiría segura en los brazos del mayor granuja de Londres.

Leo rio.

—No puedes evitarlo, Marks. Con un hombre corriente, no tendrías ni para empezar.

Ella se acurrucó junto a él, estirando las piernas bajo las sábanas.

—Estoy agotada —aseguró—, pero no puedo dormir.

—Te prometo que mañana por la mañana te sentirás mejor —dijo Leo, posando la mano en la cadera de Catherine, por encima de la colcha—. Cierra los ojos, amor mío, y deja que cuide de ti.

Ella trató de obedecer, pero, a medida que pasaban los minutos, se encontraba cada vez más intranquila y ansiosa, y notaba una especie de sequedad que se le metía en los huesos. Su piel anhelaba que la tocaran, la rascaran, la frotaran... pero incluso la delicada tela de las sábanas bastaba para irritarla.

Leo se levantó y fue a buscar un vaso de agua, que Catherine bebió con ganas. Su boca agradeció que la refrescaran.

Después de llevar el vaso vacío, él apagó la luz y regresó junto a ella. Catherine se estremeció al notar que el peso de Leo hundía el colchón, y la información dispersa de sus sentidos convergió en una única y apremiante necesidad. En la oscuridad, la boca de Leo halló la de Catherine, quien no pudo evitar reaccionar de manera exagerada. Él llevó la mano a su seno y se dio cuenta de que, bajo la fina capa de muselina, el pezón ya estaba erecto.

—Es uno de los efectos secundarios del opio —dijo Leo en voz baja—. A medida que el cuerpo se va acostumbrando, la sensación es cada vez menor; pero la primera vez que lo pruebas, suele pasar esto. Cuando el efecto de la droga empieza a desaparecer, tu cuerpo empieza a pedir más, y esa ansia se manifiesta en forma de frustración.

Al tiempo que hablaba, Leo iba acariciando la cúspide tiesa del pecho de Marks con el pulgar. La sensación se extendió por todo el cuerpo de Catherine, encendiendo su vientre y sus extremidades. Ella empezó a jadear y a retorcerse, demasiado excitada para sentirse avergonzada por sus gemidos, mientras la mano de Leo se movía bajo las sábanas.

—Con calma, cariño —susurró él, acariciándole el abdomen—. Deja que te ayude.

Con suma delicadeza, Leo empezó a trabajar la inflamada entrepierna de Catherine, acariciando, separando y penetrando, deslizando los dedos con facilidad en la húmeda cavidad. Ella arqueó el cuerpo, deseoso y dispuesto, incitando a Leo a acariciarla más adentro y con mayor frenesí.

Él inclinó la cabeza y la besó en el cuello, apoyando el pulgar sobre el punto más sensible de Catherine hasta ponerlo al rojo vivo, mientras el resto de sus dedos iban ensanchando su flor. Aquellas caricias provocaron en ella espasmos liberadores y casi dolorosos, le arrancaron un inevitable gruñido e hicieron que se aferrase a la espalda de la camisa de Leo, hasta sentir que la tela comenzaba a romperse. Resollando, soltó la prenda y masculló una disculpa. Sin embargo, él se arrancó la camisa y la hizo callar con un beso.

Leo extendió la mano sobre la zona íntima de Catherine, estimulándola con mimo exquisito, mientras ella gimoteaba y se estremecía. Pronto llegó una nueva serie de convulsiones tórridas, y Catherine separó los muslos para que él pudiera introducir los dedos a su antojo. Cuando las últimas sacudidas hubieron concluido, ella se arrellanó entre los brazos de Leo y sucumbió a la extenuación.

En mitad de la noche, volvió a apretarse contra él, requiriéndolo. Leo se colocó encima, susurrándole que debía relajarse, que él la ayudaría, que se ocuparía de ella, y Catherine sollozó sin reservas al sentir sus besos bajando por su cuerpo. Leo le levantó las piernas y tomó sus nalgas con ambas manos. Entonces, inclinó la cabeza y hundió la lengua en el tierno cáliz. Sin embargo, no adoptó un ritmo, sino que prefirió jugar con ella, lamiendo, chupando y frotando la nariz contra la tumefacta carne de Catherine, que acabó siendo barrida por sucesivas oleadas de placer, a la vez que ahogaba un grito de alivio.

—Tómeme —suplicó en cuanto Leo volvió a yacer a su lado.

—No —contestó él amablemente, sujetándola contra el colchón—. Esta noche, no. Esperaremos a que vuelvas a estar sobria. Por la mañana, los efectos del opio se habrán disipado. Entonces, si todavía quieres que te haga el amor, estaré encantado de complacerte.

—Lo deseo ahora —insistió ella, pero Leo se limitó a satisfacerla con la boca una vez más.

Catherine se despertó algunas horas más tarde, advirtiendo que el cielo, de color ciruela, presagiaba la inminente llegada del amanecer. El alargado cuerpo de Leo estaba sujeto a ella, con un brazo bajo el cuello y otro por encima del vientre. Le encantaba sentirlo a su lado, tibio, robusto, con la piel suave como la seda en algunas zonas, y áspera en las que estaban cubiertas de vello. Aunque tuvo cuidado de no moverse, él se estiró y murmuró algo.

Lentamente, Cat tomó la mano de Leo y la puso encima de su propio pecho. Él empezó a acariciarle los senos antes incluso de haberse despertado. Entonces, sus labios tocaron la nuca de Catherine, que notó la excitación de Leo en las nalgas, y se apretó contra él. Leo metió una pierna entre las de Cat, a la vez que deslizaba la mano por la esponjosa mata de vello que ella tenía entre los muslos.

Catherine sintió la carne enhiesta de Leo presionando la entrada de su cuerpo, húmeda. Él trató de abrirse paso en su interior, pero se detuvo a medio camino. Los músculos íntimos de Cat estaban hinchados debido a la excesiva actividad nocturna, y les costaba acomodar a Leo.

—Mmmm —murmuró él contra su oreja—. Tendrás que poner más empeño, Marks. Ambos sabemos que puedes soportar más que esto.

—Ayúdeme —respondió ella, jadeando.

Leo asintió con un murmullo. Alzó la pierna superior de Catherine y ajustó su posición. Entonces, Cat sintió que Leo se deslizaba dentro de ella y cerró los ojos.

—Así... —susurró él—. ¿Es esto lo que quieres?

—Más fuerte... más fuerte...

—Espera, amor mío... déjame hacerlo poco a poco.

Leo se movió dentro de Catherine con embestidas lentas pero decididas, mientras seguía acariciándola en la entrepierna. Se tomó su tiempo, y ella no tuvo otra opción que aceptarlo. De inmediato fue invadida por una abrumadora sensación de calor, que crecía a medida que él la tocaba, la besaba, le decía cosas al oído, y hundía su vara en ella. Catherine gritó su nombre, a punto de alcanzar el clímax, y Leo, con gran ternura, la llevó al éxtasis. Ella posó la mano, temblorosa, sobre la cadera de Leo, aferrándose a él.

—No te detengas, Leo. Por favor.

Él comprendió a qué se refería. Sintiendo que el interior de Catherine, empapado, se cerraba una vez más alrededor de su miembro enhiesto, Leo bombeó con fuerza, derramando su carga. Por fin, ella conoció la sensación de recibir su semilla, la manera en que el vientre de Leo se tensaba y cómo, finalmente, aquel hombre tan poderoso no podía evitar estremecerse de la cabeza a los pies.

Yacieron juntos un buen rato, viendo cómo la luz del incipiente día se colaba a través de las cortinas.

—Le amo, milord —susurró Catherine—. Mi Leo.

Él sonrió y la besó. Entonces, se levantó y se puso los pantalones.

Mientras Leo se lavaba la cara en la jofaina, Catherine cogió los anteojos. Casualmente, su mirada se detuvo en la cesta vacía de *Dodger*, que estaba junto a la puerta, y se le borró la sonrisa.

—Pobre animalito —murmuró.

Leo regresó a su lado, inquietándose al reparar en los ojos llorosos de Catherine.

—¿Qué te ocurre?

—Es por *Dodger* —dijo ella, sollozando—. Lo echo de menos.

Leo se sentó en la cama y la abrazó.

—¿Te gustaría verlo?

—Sí, pero es imposible.

—¿Por qué?

De repente, antes de que pudiera contestar, Catherine advirtió un movimiento extraño bajo la puerta. Un cuerpo esbelto y peludo trataba de pasar, no sin esfuerzo, por aquel espacio minúsculo. Ella parpadeó, incapaz de moverse.

—¿*Dodger*?

El animal fue corriendo hasta la cama, chillando y con la mirada encendida.

—¡*Dodger*, estás vivo!

—Pues claro que está vivo —confirmó Leo—. Anoche lo dejamos en los aposentos de Poppy para que tú pudieras descansar. —Leo sonrió, mientras el hurón saltaba al colchón—. Pequeño granuja... ¿Cómo has sabido llegar hasta aquí?

—Ha venido a buscarme —dijo Catherine, abriendo los brazos y dejando que *Dodger* se abalanzara sobre ella y se acurrucara contra su pecho. Entonces, se puso a acariciarlo, mientras murmuraba palabras de cariño—. Intentó protegerme, ¿lo sabía? William se llevó un buen mordisco en la mano. —Catherine frotó el mentón contra la cabecita del hurón—. Es todo un guardaespaldas.

—Bien hecho, *Dodger* —lo felicitó Leo, quien se levantó un instante y fue a rebuscar en los bolsillos de su levita—. Supongo que, en ese caso... al casarme contigo, ¿ganaré también un hurón?

—¿Cree que Beatrix dejará que me lo quede?

—No me cabe duda —dijo él, volviendo a sentarse al lado de Catherine—. Siempre está diciendo que es más tuyo que suyo.

—¿De veras?

—Bueno, resulta evidente, teniendo en cuenta su fascinación por tus ligas. Y la verdad es que no se lo puede culpar por ello. —Leo la tomó de la mano—. Tengo que preguntarte algo, Marks.

Ella se incorporó de inmediato, dejando que *Dodger* se le enroscara en el cuello.

—Ya no recuerdo si se trata de la quinta o la sexta proposición de matrimonio —señaló él.

—Tan sólo la cuarta.

—Te lo volví a pedir ayer. ¿Cuentas ésa?

—No; en realidad, más que «cásate conmigo», lo de ayer fue más como «haz el favor de bajarte del techo».

Leo enarcó una ceja.

—Tienes toda la razón. Seamos serios, pues —dijo.

Entonces, deslizó una sortija en el dedo anular de la mano izquierda de Catherine. Era el anillo más asombroso que ella hubiese visto jamás, un fastuoso ópalo plateado con destellos de fuego azul y verde en su interior. Cada vez que movía la mano, el ópalo brillaba con un color nuevo y sobrenatural. Estaba rodeado por varios diamantes pequeños y resplandecientes.

—Lo vi y me recordó tus ojos —le explicó Leo—, aunque no sea ni la mitad de precioso que ellos. —Hizo una pausa y miró a Catherine fijamente—. Catherine Marks, amor de mi vida... ¿quieres casarte conmigo?

—Primero, quiero responderle a otra cosa —dijo ella—. Algo que me ha preguntado antes.

Él sonrió y apoyó la frente contra la de Catherine.

—¿La pregunta sobre el granjero y las ovejas?

—No, esa sobre lo que sucede cuando una fuerza irresistible se encuentra con un objeto inamovible.

Leo no pudo contener la risa.

—Adelante, responde.

—La fuerza irresistible se detiene, y el objeto inamovible se mueve.

—Mmmm... Me gusta —dijo Leo, rozando suavemente sus labios con los de Catherine.

—Milord, preferiría no volver a despertarme como Catherine Marks nunca más. Quiero convertirme en su esposa lo antes posible.

—¿Mañana por la mañana te parece bien?

Catherine asintió.

—Aunque... echaré de menos que me llame Marks. Ya me había acostumbrado.

—Puedo seguir llamándote así de vez en cuando, durante los momentos de pasión. Intentémoslo. Bésame, Marks —susurró Leo con voz grave y seductora.

Y ella, sonriente, obedeció.

Epílogo

Un año más tarde

El llanto de un bebé rompió el silencio.

Leo se estremeció y alzó la cabeza. Le habían prohibido que entrara en la habitación donde Catherine estaba dando a luz, y esperaba en el salón junto al resto de la familia. Amelia se había quedado con ella y con el doctor, y salía de vez en cuando a dar parte de la situación a Win o a Beatrix. Mientras tanto, Cam y Merripen, que habían visto a sus propias esposas pasar por el mismo trance, se mostraban muy optimistas con el parto.

La familia Hathaway estaba demostrando ser especialmente fértil. En marzo, Win había traído al mundo a un varón robusto al que habían llamado Jason Cole, pero que todos apodaban Jàdo. Dos meses después, Poppy había dado a luz a una niña menuda y pelirroja, Elizabeth Grace, que era adorada tanto por Harry como por el personal del Hotel Rutledge al completo.

Ahora le había llegado el turno a Catherine. Y, a pesar de que el nacimiento de una criatura era algo normal para otra gente, para Leo se trataba de la experiencia más enervante por la que había pasado jamás. El hecho de ver sufrir a su mujer resultaba insoportable, pero no había nada que él pudiera hacer al respecto. No importaba cuántas veces le hubieran asegurado que el parto estaba yendo de maravilla; a Leo, horas interminables de esfuerzo y dolor no le parecían ninguna maravilla.

Tuvo que esperar ocho horas en el salón con la cabeza entre las manos, rumiando en silencio, inconsolable. Temía por Catherine, y no soportaba no poder estar a su lado en un momento tan crucial. Tal y como había predicho, la amaba como un demente; y, como ella había afirmado, Catherine era perfectamente capaz de lidiar con él. Eran muy distintos en muchos aspectos y, sin embargo, estaban hechos el uno para el otro.

El resultado había sido un matrimonio especialmente armonioso. Se distraían con discusiones furiosas y divertidas, y con largas y reflexivas conversaciones. Cuando estaban a solas, solían hablar en una suerte de código que nadie más era capaz de interpretar. Por otra parte, eran una pareja muy sensual, apasionada, afectuosa y juguetona. No obstante, lo verdaderamente sorprendente de su matrimonio era la amabilidad con la que se trataban. Ellos, que antes discutían de manera tan acalorada.

Leo jamás hubiera imaginado que la misma mujer que en otro tiempo sacaba lo peor de él, ahora hiciera todo lo contrario; como tampoco hubiera imaginado que su amor por ella adquiriera tales proporciones que fuera imposible controlarlo o refrenarlo. Ante un amor tan incondicional, sólo cabía rendirse.

Si le llegaba a suceder algo a Catherine... Si algo salía mal durante el parto...

Leo se puso de pie poco a poco, apretando los puños, en cuanto Amelia ingresó en el salón con un recién nacido entre los brazos, convenientemente envuelto. Se detuvo nada más entrar y dejó que la familia, emocionada, se arremolinara en torno a ella.

—Una niña perfecta —anunció, radiante—. El doctor dice que tiene un color excelente y los pulmones fuertes —añadió, llevándole el bebé a Leo.

Él estaba demasiado asustado para moverse, y, en lugar de coger a la pequeña, se limitó a mirar fijamente a su hermana y a preguntarle, con la voz ronca:

—¿Cómo está Marks?

Amelia comprendía perfectamente su preocupación, y contestó con suma amabilidad.

—Teniendo en cuenta las circunstancias, estupendamente, querido. Ya puedes subir a verla, pero antes saluda a tu hija.

Leo suspiró y cogió a la criatura con cuidado. Maravillado, contempló su rostro, menudo y rosado, y su delicada boquita. Qué ligera que era... Le costaba creer que estuviera sosteniendo a un ser humano.

—Tiene mucho de los Hathaway —dijo Amelia con una sonrisa.

—Bueno, pues haremos lo que podamos para corregir eso —respondió Leo, inclinándose para besar la diminuta frente de su retoño. Los suaves y finos mechones de cabello le hicieron cosquillas en los labios.

—¿Habéis decidido cómo se llamará? —preguntó Amelia.

—Emmaline.

—Un nombre francés; es muy bonito. —Por alguna razón, Amelia no pudo evitar reír levemente—. ¿Cómo le hubieseis puesto si hubiera sido niño?

—Edward.

—¿Como papá? Qué encantador. Pues me parece que le va a sentar muy bien.

—¿A quién? —preguntó Leo, que seguía ensimismado con su hija.

Amelia tomó el rostro de su hermano con la mano y lo guio hacia la puerta, donde Win les estaba mostrando otro pequeñín a Merripen, Cam y Beatrix.

A Leo se le pusieron los ojos como platos.

—Dios mío. ¿Gemelos?

Cam se acercó a él con una sonrisa de oreja a oreja dibujada en el rostro.

—Felicidades; es un niño precioso. Se puede decir que has entrado en la paternidad con ganas, *phral*.

—Has tenido a tu heredero justo a tiempo —agregó Beatrix—, ¡solamente quedaba un día!

—Un día, ¿para qué? —preguntó él, confuso, devolviéndole

la niña a Amelia y tomando en brazos a su hijo. Entonces, contempló su carita y se enamoró por segunda vez aquel día. Era demasiado para su abrumado corazón.

—Para que caducara la cláusula por la cual podías perder la casa, ¿para qué si no? —contestó Beatrix—. Ahora, podremos quedarnos con ella.

—No puedo creer que pienses en eso en un momento como éste —le reprochó Leo.

—¿Por qué no? —preguntó Merripen, a quien le centelleaban los ojos—. Por lo que a mí respecta, me alivia saber que podremos quedarnos en Ramsay House.

—¡Estáis todos preocupados por una puñetera casa, cuando yo acabo de pasar ocho horas absolutamente infernales!

—Lo siento, Leo —se disculpó Beatrix, tratando de parecer arrepentida—. No había pensado por lo que tú estabas pasando.

Leo besó a su hijo y se lo entregó con cuidado a Win.

—Ahora, voy a subir a ver a Marks. Seguramente, esto también ha sido difícil para ella.

—Felicítala de nuestra parte —dijo Cam, con un deje burlón en su voz.

Leo subió los escalones de dos en dos y llegó a la habitación donde Catherine descansaba. Bajo las sábanas, parecía muy pequeña; estaba pálida y tenía aspecto de estar exhausta. En cuanto vio a su marido, esbozó una sonrisa.

Leo se acercó a ella y la besó en los labios.

—¿Qué puedo hacer por ti, mi amor?

—Nada en absoluto. El doctor me ha dado un poco de láudano para el dolor. Volverá enseguida.

—Ojalá hubieras dejado que me quedara —le susurró Leo en la mejilla, a la vez que le acariciaba el cabello.

Él notó que Catherine sonreía.

—Estabas asustando al doctor —alegó ella.

—Tan sólo le he preguntado si sabía lo que estaba haciendo.

—Te estabas poniendo agresivo —señaló Catherine.

Leo se volvió y se puso a buscar algo en la mesita de noche.

—Eso ha sido porque ha sacado un maletín de instrumental

que parecía más apropiado para torturar a alguien que para ayudarlo a tener un hijo. —Leo encontró un tarrito de bálsamo y aplicó un poco de aquel ungüento en los secos labios de Catherine.

—Siéntate conmigo —dijo ella entre los dedos de su esposo.

—No quiero hacerte daño.

—No me lo harás. —Catherine le dio una palmadita en el colchón, animando a Leo a tomar asiento.

Él se puso a su lado con sumo cuidado, tratando de no agitarla.

—No me sorprende lo más mínimo que hayas concebido a dos niños a la vez —le dijo, tomando su mano y besando sus dedos—. Has demostrado ser terriblemente eficiente, como de costumbre.

—¿Cómo son? —preguntó ella—. No los he visto después de que los hayan lavado.

—Patizambos y cabezones.

Catherine soltó una risita e, inmediatamente, esbozó una mueca de dolor.

—Por favor, no me hagas reír.

—La verdad es que son hermosos, amor mío —añadió Leo, dándole un beso en la palma de la mano—. Nunca había sido totalmente consciente de lo que pasa una mujer cuando da a luz. Eres la persona más fuerte y valiente que he conocido jamás; una auténtica guerrera.

—No exageres.

—Y tanto. Atila, Genghis Khan, Saladino... Comparados contigo, eran unos gallinas. —Leo hizo una pausa y sonrió—. Ha estado muy bien por tu parte asegurarte de que uno de los bebés fuese un niño. La familia está contentísima.

—¿Porque ahora podremos quedarnos en Ramsay House?

—En parte, pero sospecho que lo que realmente los alegra es que, ahora, voy a tener que lidiar con gemelos. —Leo efectuó otra pausa—. Ya sabes que van a ser unos diablillos.

—No me cabe duda. De lo contrario, no serían nuestros.

—Catherine se acurrucó contra Leo, y él la arrimó con cuidado a su hombro—. ¿Ya sabes lo que pasará a medianoche? —murmuró.

—¿Que dos criaturas hambrientas se despertarán llorando al mismo tiempo?

—Aparte de eso.

—No tengo ni idea.

—Pues que la maldición de los Ramsay se romperá.

—No deberías habérmelo recordado. Ahora, voy a pasar miedo durante las próximas... —Leo se fijó en el reloj que había encima de la repisa de la chimenea—. Siete horas y veintiocho minutos.

—Quédate conmigo; yo te protegeré —dijo Catherine, quien bostezó y apoyó todo el peso de su cabeza contra él.

Leo sonrió y le acarició el cabello.

—Estaremos bien, Marks. Acabamos de empezar nuestro viaje, y todavía nos queda mucho por hacer —dijo él, bajando la voz al darse cuenta de que la respiración de Catherine se volvía más reposada—. Descansa, amor mío, y deja que sea el centinela de tus sueños. Y ten por seguro que mañana por la mañana, y cada mañana a partir de ahora, te despertarás al lado de alguien que te ama.

—¿Te refieres a *Dodger*? —masculló ella contra el pecho de Leo, que sonrió.

—No; me temo que tu querido hurón tendrá que quedarse en su cesta. Me refería a mí.

—Ya lo sé —dijo Catherine, acariciándole la mejilla—. Sólo tú, para siempre.

No te pierdas la próxima novela de la serie.
¡Aquí te adelantamos el primer capítulo!

Amor
por la tarde

Prólogo

Capitán Christopher Phelan
1.er Batallón de la Brigada del Rifle
Campamento de Cabo Mapan
Crimea

Junio de 1855

Mi querido Christopher:
No puedo escribirte de nuevo.
No soy quien tú crees que soy.
Yo no pensaba enviarte cartas de amor, pero de a poco terminaron siendo eso. En su camino hacia ti mis palabras se convirtieron en latidos del corazón sobre la página.
Vuelve, por favor, vuelve a casa, y búscame.

Sin Firma

1

Hampshire, Inglaterra
Ocho meses antes

Todo comenzó con una carta.

Para ser más precisos, fue con la mención del perro.

—¿Y el perro? —preguntó Beatrix Hathaway—. ¿Qué dice del perro?

Su amiga Prudence, la belleza soberana del condado de Hampshire, la miró por encima de la carta que había recibido de su pretendiente, el capitán Christopher Phelan.

A pesar de que no era correcto que un caballero mantuviera correspondencia con una señorita soltera, ellos habían acordado intercambiar cartas con la cuñada de Phelan como intermediaria.

Prudence fingió enfadarse.

—Sinceramente, pareces mostrar más interés por un perro que el que has mostrado nunca por el capitán Phelan.

—El capitán Phelan no necesita que me interese por él —respondió Beatrix llanamente—. Por él se interesan todas las chicas casaderas de Hampshire. Además, ha decidido ir a la guerra y estoy segura de que lo estará pasando bien luciendo su elegante uniforme.

—No es nada elegante —replicó Prudence con tristeza—. En

realidad, en el nuevo regimiento tienen unos uniformes espantosos: totalmente sencillos, de color verde oscuro con guarniciones negras, sin galones dorados ni ningún otro adorno. Cuando le pregunté por qué, el capitán Phelan me dijo que era para que los rifleros pasaran desapercibidos. Sin embargo, eso no tiene ningún sentido porque, como todo el mundo sabe, un soldado británico es demasiado valiente y orgulloso como para pasar desapercibido durante la batalla. Pero Christopher, es decir, el capitán Phelan dijo que eso estaba relacionado con... bueno, usó una palabra francesa...

—¿*Camouflage*? —preguntó Beatrix, intrigada.

—Sí, ¿cómo lo sabes?

—Muchos animales se camuflan para lograr sobrevivir. Por ejemplo, los camaleones. O las lechuzas, que con su plumaje jaspeado intentan confundirse con la corteza de los árboles. De esa forma...

—Cielo santo, Beatrix, no empieces con otra charla sobre animales.

—No empezaré si me cuentas qué pasa con el perro —la coaccionó Beatrix.

Prudence le dio la carta.

—Lee tú misma.

—Pero, Prudence —protestó Beatrix cuando tuvo las pequeñas y pulcras hojas en sus manos—, el capitán Phelan debe de haberte escrito algo personal.

—Eso me hubiera gustado. Es una carta totalmente triste y pesimista. Nada más que batallas y malas noticias.

A pesar de que el capitán Phelan era el último hombre a quien Beatrix hubiera querido defender, no pudo dejar de señalar:

—Él está en el extranjero, luchando en Crimea, Prudence. No creo que haya muchas cosas agradables que contar en una guerra.

—Bueno, a mí no me interesan los países extranjeros y nunca he dicho lo contrario.

Beatrix esbozó de mala gana una sonrisa.

—Prudence, ¿estás segura de que quieres ser la esposa de un oficial?

—Mmm, por supuesto... muchos oficiales no van jamás a la guerra. Son hombres modernos de ciudad, y si están de acuerdo con cobrar media paga, prácticamente no tienen ninguna obligación y tampoco tienen que pasar el tiempo en el regimiento. Y en el caso del capitán Phelan así fue hasta que lo llamaron del servicio exterior. —Prudence se encogió de hombros—. Creo que las guerras siempre son inoportunas. Gracias al cielo el capitán Phelan volverá pronto a Hampshire.

—¿Ah, sí?¿Cómo lo sabes?

—Mis padres dicen que la guerra terminará en Navidad.

—Yo también he oído decir eso. Sin embargo, me pregunto si no hemos subestimado demasiado la capacidad de los rusos y por el contrario hemos sobreestimado la nuestra.

—¡Qué poco patriota! —exclamó Prudence con sorna.

—El patriotismo no tiene nada que ver con el hecho de que el Ministerio de la Guerra, en su entusiasmo, no haya hecho un buen plan antes de enviar treinta mil hombres a Crimea. No conocemos bien el lugar ni contamos con una estrategia razonable para apoderarnos de él.

—¿Cómo sabes tanto?

—Por el *Times*. Hay noticias sobre el tema todos los días. ¿Tú no lees los periódicos?

—No la sección de política. Mis padres opinan que es de mala educación que una muchacha joven se interese por esas cosas.

—Mi familia discute de política todas las noches durante la cena, y mis hermanas y yo participamos. —Beatrix hizo deliberadamente una pausa antes de agregar con una sonrisa pícara—: Nosotras siempre tenemos nuestras propias opiniones.

Los ojos de Prudence se abrieron como platos.

—Mi Dios. Bueno, no debería sorprenderme. Todo el mundo sabe que tu familia es... diferente.

«Diferente» era el adjetivo más amable de los que se usaban a menudo para describir a los Hathaway.

La familia estaba compuesta por cinco hermanos. El mayor era Leo, seguido de Amelia, Winnifred, Poppy y Beatrix. Después de la muerte de sus padres, la suerte de los Hathaway había dado un giro espectacular. Aunque pertenecían a un hogar plebeyo, estaban lejanamente emparentados con una rama aristocrática de la familia. Tras una serie de sucesos inesperados, Leo había heredado un vizcondado, para el cual él y sus hermanas no tenían la más remota preparación. Todos se habían mudado del pequeño pueblo de Primrose Place a Ramsay House, en el sur del condado de Hampshire.

Seis años después, los Hathaway habían logrado aprender lo estrictamente necesario para adaptarse a la alta sociedad. Sin embargo, ninguno de ellos había aprendido a pensar como la nobleza, ni había adquirido los valores ni los remilgos aristocráticos. Y allí donde otra familia en circunstancias similares hubiera intentado aprovecharse de la situación para hacer matrimonios que mejorasen su posición social, los Hathaway hasta ahora habían preferido casarse por amor.

Y en el caso de Beatrix, había dudas de que llegara a casarse algún día. Ella era una muchacha refinada sólo a medias. Pasaba la mayor parte del tiempo cabalgando o haciendo excursiones a pie por los bosques, pantanos y praderas de Hampshire. Prefería la compañía de los animales a la de la gente y se dedicaba a recoger a los huérfanos y heridos para rehabilitarlos. A los que no podían valerse por sus propios medios para vivir en la naturaleza los adoptaba como mascotas y se ocupaba ella misma de cuidarlos.

Eso había sido suficiente para ella... hasta ahora. Cada vez con más frecuencia a Beatrix la invadía una irritante sensación de insatisfacción. Un anhelo. El problema era que Beatrix nunca había conocido a un hombre que le pareciera adecuado. Evidentemente, ninguno de los pálidos y extremadamente corteses ejemplares de los salones de baile londinenses que ella frecuentaba. Y aunque acudieran los hombres más vigorosos del país, ninguno de ellos tendría ese algo indefinible que Beatrix anhelaba. Ella soñaba con un hombre cuya fuerza de voluntad igualara la suya. Quería ser apasionadamente amada, desafiada, derrotada...

Beatrix miró detenidamente la carta que tenía entre las manos.

No es que no le gustara Christopher Phelan, por más que reconocía que él era todo lo contrario que ella. Era sofisticado, de alta cuna, capaz de moverse con soltura en el mundo refinado que a ella le era ajeno. Era el segundo hijo de una familia pudiente del lugar; su abuelo materno era conde y su familia paterna se distinguía por tener una importante fortuna en transportes.

Aunque los Phelan no habían heredado ningún título, el hijo mayor, John, había recibido una finca en Warwickshire, después de la muerte del conde. John era un hombre serio y considerado, fiel a su joven esposa, Audrey.

Pero el hermano menor, Christopher, era un hombre completamente distinto. Como sucedía a menudo con los segundones, se había comprado un cargo en el ejército. A los veintidós años había entrado como oficial de caballería, un puesto excelente para un muchacho tan gallardo, ya que su mayor responsabilidad era portar los estandartes del regimiento durante los entrenamientos y los desfiles. También era el gran favorito de las damas de Londres, donde llevaba una vida poco recomendable, ya que gastaba su tiempo bailando, bebiendo y jugando; también acostumbraba exhibirse con magnífica ropa y se permitía todo tipo de escándalos amorosos.

Beatrix había estado con Christopher Phelan en dos ocasiones; la primera, en un salón de baile, y lo había encontrado el hombre más arrogante de Hampshire. La segunda había sido en un picnic, donde había revisado su opinión: era el hombre más arrogante de todo el mundo.

—Esa joven Hathaway es una criatura extraña —le había oído decir Beatrix a un amigo—. Sin la belleza de sus hermanas, lamentablemente.

—Yo la encuentro encantadora y original —había protestado el amigo—. Y sabe hablar de caballos como ninguna otra mujer que yo haya conocido.

—Naturalmente —había respondido Phelan con sequedad—. Con su aspecto y sus modales, resulta más apropiada en un establo que en un salón de baile.

Desde entonces, Beatrix lo había evitado todo lo posible. No porque le importara que la comparasen con un caballo, puesto que los caballos eran animales adorables, con un espíritu noble y generoso. Y ella sabía que, aunque no fuera una gran belleza, tenía sus especiales encantos. Más de un hombre había alabado su cabello castaño oscuro y sus ojos azules.

Sin embargo, esos modestos atractivos eran nada comparados con el esplendor dorado de Christopher Phelan. Era bello como Lancelote, como Gabriel, quizá como Lucifer, si uno creía que éste, alguna vez, había sido el ángel más hermoso del cielo. Phelan era alto y de ojos grises, y su pelo tenía el color oscuro del trigo otoñal cuando le da el sol. Tenía una estampa fuerte y marcial, la espalda recta y las caderas estrechas. Aun cuando se movía con una gracia indolente, había en él algo sin duda muy potente, como en un depredador egoísta.

Recientemente había sido seleccionado entre los mejores hombres de los regimientos para formar parte de la Brigada del Rifle. Los «rifleros», como les llamaban, eran un grupo excepcional de soldados, entrenados para actuar autónomamente, según su propia iniciativa. Se los animaba a tomar posiciones más allá de sus propias líneas y a disparar contra oficiales y caballos que de otra forma no hubieran tenido a su alcance. A causa de su excelente puntería, Phelan había sido nombrado capitán de la Brigada del Rifle.

Beatrix se había divertido pensando que ese honor probablemente no le había agradado del todo a Phelan. Especialmente porque se había visto obligado a cambiar el vistoso uniforme de los húsares, con su chaqueta negra y sus abundantes galones dorados, por uno muy sencillo de color verde oscuro.

—Vamos, léela —se oyó decir a Prudence mientras se sentaba frente al tocador—. Tengo que arreglarme el peinado antes de ir a dar nuestro paseo.

—Tu cabello está estupendo —protestó Beatrix, incapaz de ver ningún defecto en el minucioso tocado de trenzas rubias recogidas—. Sólo vamos a Stony Cross. Nadie en la ciudad va a saber ni a preocuparse si tu pelo está o no está perfecto.

—Pero yo sí voy a saberlo. Además, nadie sabe con quién podemos cruzarnos por el camino.

Acostumbrada como estaba a los interminables preparativos de sus hermanas, Beatrix sonrió y meneó la cabeza.

—De acuerdo. Si estás segura de que no te importa que yo lea la carta del capitán Phelan, voy a leer sólo la parte del perro.

—Vas a quedarte dormida antes de llegar a lo del perro —dijo Prudence, poniéndose con mano experta una horquilla entre las trenzas.

Beatrix miró las líneas escritas. Las palabras se veían apretadas, las letras con terminaciones en espiral, listas para saltar de la página.

Querida Prudence:

Sentado en esta tienda polvorienta, trato de pensar en algo interesante que escribirte y me doy cuenta de que estoy desesperado. Tú mereces hermosas palabras, pero todo lo que puedo decirte es esto: pienso en ti constantemente. Pienso en esta carta, en tus manos y en el perfume de tu muñeca. Te deseo. Deseo tener silencio y aire límpido, y una cama con una suave almohada blanca...

Beatrix alzó las cejas y sintió que una oleada de calor le subía bajo el alto cuello de su vestido. Hizo una pausa y se dirigió a Prudence.

—¿Tú encuentras esto aburrido? —preguntó con suavidad, mientras el rubor se extendía como una mancha de vino en un mantel blanco.

—El comienzo es lo único bueno —repuso Prudence—. Sigue.

... Después de dos días de marcha por la costa hacia Sebastopol, nos batimos con los rusos en el río Alma. Han dicho que ha sido una victoria de los nuestros. A mí no me lo parece. Hemos perdido al menos dos tercios de nuestros oficiales y una cuarta parte de los soldados. Ayer cavamos las tumbas. Al recuento final de muertos y heridos lo llaman «la factura del carnicero». Hasta ahora, trescientos sesenta muertos británicos, y un número mayor de soldados con heridas mortales.

Uno de los caídos, el capitán Brighton, tenía un terrier llamado *Albert*, que sin duda es el perro más malo que pueda existir. Después de que enterráramos a Brighton, el perro se sentó sobre su tumba y aulló durante horas. Además, trató de morder a todo el que se acercara. Yo cometí el error de darle un trozo de galleta y ahora el bendito animal me sigue a todas partes. En este momento está sentado en mi tienda, mirándome con ojos de loco. Los aullidos prácticamente no han cesado. Cada vez que me acerco a él, trata de clavarme los dientes en el brazo. He pensado pegarle un tiro, pero estoy demasiado harto de matar.

Familias enteras lloran por los seres queridos que yo les he quitado. Hijos, hermanos, padres. Creo que ya me he ganado un sitio en el infierno y la guerra apenas ha empezado. Yo estoy cambiando y no para mejor. El hombre que tú conociste ya no existe y me temo que no te gustará el que lo ha reemplazado.

El olor de la muerte, Prudence, está en todas partes.

El campo de batalla está sembrado de cuerpos destrozados, de ropas, de suelas de botas. Imagina una explosión que te arrancara las suelas de los zapatos. Dicen que después de un combate, las flores silvestres son más abundantes en la temporada siguiente: la tierra está tan removida y desgarrada, que queda lugar para que echen raíz las nuevas semillas. Quiero llorar pero aquí no hay sitio para eso. Ni tiempo. Tengo que dejar de lado mis sentimientos.

¿Existe en el mundo algún lugar donde haya paz?

Por favor, escríbeme. Cuéntame algo de la labor de punto que estés haciendo o háblame de tu canción preferida. ¿Está lloviendo en Stony Cross? ¿Las hojas han empezado a cambiar de color?

Tuyo,

CHRISTOPHER PHELAN

Cuando Beatrix terminó de leer la carta, se dio cuenta de que un extraño sentimiento, una sorprendente congoja, le oprimía el corazón.

No era posible que semejante carta hubiera sido escrita por el arrogante sabelotodo de Christopher Phelan. No era en absoluto lo que ella había esperado. Había en esas líneas una vulnerabilidad, un callado reclamo, que la tocaron profundamente.

—Tienes que escribirle, Pru —dijo, doblando la carta con mucho más cuidado que cuando antes la había cogido.

—No haré tal cosa. Eso sólo lo animaría a quejarse más. Pienso guardar silencio, y quizás eso le incite a escribirme algo más alegre la próxima vez.

Beatrix frunció el ceño.

—Como sabes, yo no tengo mucho en común con el capitán Phelan, pero esa carta... Él merece que lo comprendas, Pru. Escríbele sólo unas líneas. Unas pocas palabras de consuelo. No te llevará mucho tiempo. Y acerca del perro, tengo un pequeño consejo que puede ayudarle...

—No voy a escribir nada acerca de ese maldito perro. —Prudence suspiró con impaciencia—. Escríbele tú.

—¿Yo? Él no quiere saber nada de mí. Piensa que soy rara.

—No puedo imaginar por qué. Sólo porque llevaste a *Medusa* al picnic.

—Es un puercoespín muy educado —dijo Beatrix a la defensiva.

—El caballero a quien le atravesó la mano no parecía pensar lo mismo.

—Eso fue únicamente porque intentó cogerlo mal. Cuando uno agarra un puercoespín, debe deslizarle las manos por debajo.

—No, no es necesario que me lo digas porque no pienso agarrar uno en toda mi vida. Y en cuanto al capitán Phelan, si piensas todo eso, escríbele una respuesta y fírmala en mi nombre.

—¿No va a reconocer que la letra es diferente?

—No, porque todavía no le he escrito nada.

—Pero él no es mi pretendiente —protestó Beatrix—. Y yo no sé nada de él.

—En realidad, sabes tanto como yo. Conoces a su familia y eres muy amiga de su cuñada. De todas maneras, yo no diría que el capitán Phelan sea mi pretendiente. O por lo menos, mi único pretendiente. Con toda seguridad, no quiero comprometerme a casarme con él hasta que vuelva de la guerra con todos sus miembros intactos. No quiero tener un marido al que tenga que llevar en silla de ruedas el resto de mi vida.

—Pru, eres demasiado superficial.

—Por lo menos soy sincera —protestó Prudence.

Beatrix la miró dubitativa.

—¿Realmente quieres que una amiga escriba en tu lugar una carta de amor?

Prudence hizo un gesto displicente con la mano.

—No una carta de amor. En la carta que él me envió no hay una pizca de amor. Sólo escríbele algo alegre y alentador.

Beatrix hurgó en el bolsillo de su vestido de paseo y guardó en él la carta. En su fuero interno, discutía consigo misma reflexionando que nunca acaba bien cuando se hace algo dudoso desde el punto de vista moral, aunque sea por buenas razones. Pero, por otro lado, no podía quitarse de la mente la imagen de un soldado exhausto escribiendo una breve carta en la soledad de su tienda, con las manos ampolladas por cavar las tumbas de sus compañeros. Y un pobre perro aullando en un rincón.

Ella sentía que escribirle estaba completamente fuera de lugar. Y sospechaba que Prudence sentía lo mismo.

Trató de imaginar cómo había sido para el capitán Phelan dejar a un lado su elegante vida y encontrarse en un mundo donde su existencia estaba amenazada día a día. Minuto a minuto. Era imposible hacerse una imagen del hermoso y mimado capitán luchando contra el peligro y las penurias. Contra el hambre y la soledad.

Beatrix observó a su amiga pensativamente y sus miradas se cruzaron en el espejo.

—¿Cuál es tu canción preferida, Pru?

—No tengo ninguna. Dile la tuya.

—¿Te parece que discutamos esto con Audrey? —preguntó Beatrix, refiriéndose a la cuñada de Phelan.

—De ningún modo. Audrey tiene un problema con la honestidad. No va a querer mandar la carta si sabe que yo no la he escrito.

Beatrix hizo algo que podría haber sido una risa o un gruñido.

—Yo no puedo llamar a eso un «problema» con la honestidad. ¡Oh!, Pru, por favor, piénsalo y escríbele tú. Sería mucho más fácil.

Pero Prudence, cuando la presionaban para hacer algo, por lo general se volvía más intransigente, y este caso no era la excepción.

—Más fácil para cualquiera menos para mí —dijo con aspereza—. Estoy segura de que no sé cómo contestar esa clase de carta. Y es probable que él ya se haya olvidado de que la escribió. —Volvió a centrar su atención en el espejo y se puso una pizca de vaselina de pétalos de rosa en los labios.

Qué hermosa era Prudence con su rostro en forma de corazón y sus cejas finamente arqueadas sobre sus grandes ojos verdes. Pero qué persona tan insignificante era la que se reflejaba en el espejo. Era imposible saber lo que realmente sentía por el capitán Phelan. Sólo una cosa era cierta: era mejor contestarle aunque fuera torpemente, antes que negarle una respuesta. Porque a veces el silencio puede hacer tanto daño como una bala.

Más tarde, en la soledad de su habitación en Ramsay House, Beatrix se sentó frente a su escritorio y mojó la pluma en tinta azul oscuro. Una gata gris con tres patas, llamada *Fortuna*, holgazaneaba en una esquina del escritorio, mirándola con atención. *Medusa*, el puercoespín de Beatrix, ocupaba el otro lado del escritorio. *Fortuna*, un animal prudente por naturaleza, nunca molestaba al pequeño y erizado puercoespín.

Después de releer la carta, Beatrix escribió:

Capitán Christopher Phelan
1.er Batallón Brigada del Rifle
Campamento 2ª División, Crimea
17 de octubre de 1854

Hizo una pausa y alargó la mano para tocar delicadamente la pata delantera de *Fortuna* con un dedo.

—¿Cómo empezaría Pru una carta? —se preguntó en voz alta—. ¿Le llamaría cariño? ¿Querido? —Frunció la nariz ante la idea.

Escribir cartas no era precisamente el fuerte de Beatrix. A pesar de provenir de una familia muy comunicativa, siempre había valorado más los impulsos y las acciones que las palabras. De hecho, podía saber más de una persona durante un corto paseo al aire libre que conversando con ella sentada durante horas.

Después de evaluar las diversas cosas que uno podía escribir a un completo extraño haciéndose pasar por otra persona, Beatrix finalmente se rindió.

—Me doy por vencida. Sólo escribiré como a mí me gusta. Él probablemente estará muy agotado por la batalla para darse cuenta de que la carta no pertenece a Prudence.

Fortuna apoyó el mentón sobre su pata y entrecerró los ojos. Un ronroneo de satisfacción se escapó de la gata.

Beatrix comenzó a escribir.

Querido Christopher:

He leído los reportajes sobre la batalla de Alma. Según lo que relata el señor Russell en el *Times*, usted y otros dos de la Brigada de Rifleros fueron a la cabeza del regimiento de la Guardia Coldstream y mataron a muchos oficiales enemigos, poniendo en desorden sus columnas. El señor Russell destaca con admiración que los rifleros nunca retrocedían ni escondían la cabeza cuando venían volando las balas.

Como le tengo en gran estima, querido señor, quiero decirle que, en mi opinión, su valentía no menguaría si usted esconde la cabeza cuando le disparan. Agáchese, ocúltese, hágase a un lado o, mejor, escóndase detrás de una roca. ¡Le prometo que no pensaré mal de usted por eso!

¿*Albert* está todavía con usted? ¿Aún muerde? Según mi amiga Beatrix (la que lleva un puercoespín a los pícnics), el perro está sobreexcitado y tiene miedo. Como los perros en el fondo son lobos y necesitan quien los conduzca, usted debería establecer una relación de dominio con él. Cada vez que trate de morderlo, cójale todo el hocico con su mano, apriéteselo y dígale «no» con voz firme.

Mi canción favorita es *Sobre las colinas y allá lejos*. Ayer llovió en Hampshire. Una tormenta de otoño que hizo caer muchas hojas. Las dalias no durarán mucho y las heladas han marchitado los crisantemos, pero en el aire hay un olor divino, a hojas viejas, a corteza mojada y a manzanas maduras. ¿Sabía usted que cada mes tiene su propio olor? Mayo y octubre son los meses que mejor huelen.

Usted pregunta si hay algún lugar pacífico en el mundo y lamento decirle que ése no es Stony Cross. Hace poco tiempo el burro del señor Mawdsley se escapó del establo, se lanzó camino abajo y de algún modo entró en un prado cercado. La preciada yegua del señor Caird estaba pastando inocentemente cuando el descortés seductor se abrió camino hacia ella. Ahora parece que la yegua está preñada, y los Caird están enemistados pues demandan una compensación económica y Mawdsley insiste en que si la cerca del prado hubiese estado reparada, el encuentro clandestino jamás habría ocurrido. Y lo que es peor, se comenta que la yegua es una pelandusca desvergonzada y que para nada trató de preservar su virtud.

¿Usted piensa de verdad que se ha ganado el infierno? Yo no creo en el infierno, al menos no en la otra vida. Pienso que el infierno lo construyen los propios hombres aquí en la tierra. Usted dice que el caballero que yo he conocido ya no existe. Me gustaría darle un consuelo mejor, pero sólo puedo decirle que, sin importar cuánto haya usted cambiado, será bienvenido cuando regrese. Haga lo que deba hacer. Y si eso le ayuda a soportarlo, esconda sus sentimientos detrás y cierre la puerta. Quizás algún día podamos ventilarlos juntos.

Suya,

PRUDENCE

P.D. Ayer fuimos a dibujar con Beatrix. Adjunto va un dibujo de un conejo marrón alimentándose en el huerto de manzanos de Ramsay House. Lamentablemente, el tema del dibujo no quería mantenerse quieto e insistía en salir corriendo con un tallo de cardo. Es evidente que los conejos de los Hathaway son algo imbéciles y no tienen ningún respeto por los trabajos artísticos.

Cuando Beatrix terminó, dobló la hoja de papel y puso en el medio el dibujo de un conejo en el huerto.

Ella jamás había engañado a nadie intencionadamente. Se habría sentido muchísimo mejor si hubiera escrito a Phelan con su propio nombre. Pero todavía se acordaba de las despectivas observaciones que el capitán había hecho sobre ella. Él no habría querido recibir una carta de esa «extraña Beatrix Hathaway». Él había pedido que le escribiera esa belleza rubia llamada Prudence Mercer. ¿Y una carta escrita bajo una falsa identidad acaso no era mejor que nada? Un hombre en la situación de Christopher necesitaba todas las palabras de aliento que uno pudiera ofrecerle.

Necesitaba saber que alguien se interesaba por él.

Y por alguna razón, después de leer la carta de Phelan, Beatrix sintió que a ella le interesaba mucho.